linda

U0432878

林达作品系列

扫起落叶好过冬

林 达 著

生活·讀書·新知 三联书店

Copyright © 2013 by SDX Joint Publishing Company.
All Rights Reserved.
本作品中文简体版权由生活·读书·新知三联书店所有。
未经许可，不得翻印。

图书在版编目（CIP）数据

扫起落叶好过冬／林达著．—2版．—北京：生活·
读书·新知三联书店，2013.7（2014.3重印）（2015.8重印）
（2015.10重印）
（林达作品）
ISBN 978－7－108－04433－4

Ⅰ.①扫…　Ⅱ.①林…　Ⅲ.①法制史－世界－现代－
通俗读物　Ⅳ.① D909.9-49

中国版本图书馆 CIP 数据核字（2013）第 027271 号

责任编辑	吴　彬
装帧设计	罗　洪
责任印制	卢　岳
出版发行	生活·讀書·新知 三联书店
	（北京市东城区美术馆东街 22 号）
邮　　编	100010
网　　址	www.sdxjpc.com
经　　销	新华书店
印　　刷	北京市松源印刷有限公司
版　　次	2006 年 10 月北京第 1 版
	2013 年 7 月北京第 2 版
	2015 年 10 月北京第 13 次印刷
开　　本	880 毫米×1230 毫米　1/32　印张 15
字　　数	300 千字　图片 77 幅
印　　数	140,001-150,000 册
定　　价	50.00 元

（印装查询：01064002715；邮购查询：01084010542）

目 录

第一辑

003　阿灵顿和罗伯特·李将军

012　林肯总统和李将军

020　一个从军事学院走出来的政治家

033　百年之痛——访维克斯堡之一

049　不要丢失的记忆——访维克斯堡之二

064　普利策：一百年前的故事

080　林奇堡：私刑的发源地

089　迟到四十年的道歉

103　早春的门罗

124　国会大厦里的游魂

第二辑

131　当黑杖被关在大门外的时候

140　阿米绪的故事

159　战争、和平、和平主义

164　一个历史学家和他的小镇

174　华盛顿总统就职典礼的制服和杰弗逊的手提电脑

179　各有一番风景

187　血无价，亡羊补牢时未晚

191　从反歧视走向争取平等

197　橘黄色的校车来了——为教育平等作的艰辛努力

212　九十老太的长征

216　九十老太的被捕

第三辑

223　两千年前那个叫西塞罗的老头儿

227　四两如何拨千斤

240　陪审团已经作出了判决

260　火中的星条旗

274　非法之法不是法

288　一百年的历史和燃烧的十字架

302　星期日早晨的谋杀案

322　泰利拦截：警察的权力

327　行使国家征用权的条件

335　泰丽之死提出的问题

第四辑

357　弗兰西斯和他的修道院

371　寻访杨家坪

385　汉娜的手提箱

400　哪怕在奥斯威辛，绘画依然是美丽的
　　　——犹太女画家弗利德的故事

423　克拉拉的故事

426　外婆的故事及其他

429　面对今日的奥斯威辛

第五辑

437　《公民读本》第一课

441　马克·吐温的真面目

446　一个春天的困惑

452　为一本回忆录写的序言

456　读《我们仨》

459　《野火集》的启示

463　听一次演讲后的随想

470　里根葬礼观后

第一辑

阿灵顿和罗伯特·李将军

圣诞节决定开车出门旅行。车门一关,就是自己的一个世界。路径是自己选择的,景色是变换的,外部世界被速度抛出一段不远不近的距离。这就使人产生错觉,好像只要自己不主动走进这个世界,就可以永远不走进去。所以,这个时候在感觉上最能够触摸自由。

去的是美国首都华盛顿。这个地方去过几次了,却一直没有走进过阿灵顿国家公墓。在电视和电影里,这是一个经常可以看到的地方。印象很深的一次是在一年前。一个精神病患者枪击国会大厦,打死两个警卫,他们就是安葬在这个公墓。记得其中有个黑人警卫,他的妻子是一个端庄的华人。因此,在追悼会上,他们有着黑肤色的女儿,在悼词开始的一系列称呼中,突然用纯正的中文,叫着自己的外婆、姑姑、阿姨。

阿灵顿国家公墓是美国的一个荣誉归葬地,却不是官员的高级墓地,所以,一个死于疆场的普通士兵一定能够安息于此,而官阶高

阿灵顿国家公墓

至总统,却往往没有份。总统中的例外是约翰·肯尼迪,因为他是在自己的岗位上被刺杀,大家就同意把他看作是一个战死的士兵。他的弟弟罗伯特·肯尼迪,也是以同样的情况入葬在旁。他们的墓碑都极为简朴。罗伯特·肯尼迪的墓碑,只是一个不到两英尺高的白色十字架。根据这样的思路推理,就不难理解,为什么这个公墓里规模最宏大、日夜有士兵按照严格礼仪巡守的,是无名士兵之墓了。

虽然阿灵顿国家公墓非常难进,仍然有许多符合条件的人,选择安息在故乡。这里待遇最隆重的无名士兵墓,是分别在几次大战中各选一名无法确认身份的美国士兵安葬于此。安葬在越战墓穴中的无名士兵,却一直被一个家庭怀疑是他们的骨肉。士兵在此下葬几十年后,这个家庭终于可以借助以前没有的基因技术,在去年确认了自己的亲人,把他接回故乡。所以,现在阿灵顿的无名士兵墓中,越战士兵的墓穴还是空的。

阿灵顿国家公墓和林肯纪念堂只有一河之隔,以大桥相连。我们来到这个著名旅游胜地,还有一个原因。就是阿灵顿这块土地本身,有一段曲折的故事在吸引我们。

这块面积为一千一百英亩（相当于六千五百多中国亩）的土地，在一开始，并不是美国联邦政府的财产。它不仅是一处私产，而且不平常地牵涉了两个著名美国历史人物的家庭。今天，这个故事都被浓缩到一幢建筑物中，它就竖立在阿灵顿国家公墓的制高点。这就是今天被称为阿灵顿宅屋的那幢二层楼老房子。它是由一个姓卡斯迪斯的年轻人建造的。

卡斯迪斯是什么人呢？他年幼丧父，从小由他的外祖母和继外祖父抚养长大。他的继外祖父，就是美国的第一任总统乔治·华盛顿。卡斯迪斯长大后，兴趣广泛，不仅是个有远见的农业家，还涉猎绘画和剧作。1802年，他开始在父亲生前买下的这块土地上盖阿灵顿宅屋。选在这个山顶建房，真是很有眼光。从这里可以俯瞰华盛顿的最中心地带和著名的波托玛克河。山下丘陵连绵，覆盖着苍郁的森林。屋子虽然不算大，设计师却很有名。他叫乔治·海德菲尔德，是美国首都华盛顿的整体规划建设的重要参与者。这房子盖了差不多十五年才大致完成。

在阿灵顿宅屋修建过程中，卡斯迪斯娶妻生女，女儿是他们唯一的孩子。宅屋建成以后，一家三口终于欢欢喜喜搬进这里。这时，他们的女儿玛丽都十来岁了。他们开始了一段如画景色中的浪漫生活。他们经常接待的客人里，有卡斯迪斯夫人的表姐和她的儿子。这男孩和玛丽常玩在一起，终于成就了一个青梅竹马的故事。这个爱情故事的男主角，就是美国历史上又一个重要人物，南北战争的南军统帅罗伯特·李。

婚礼就在这幢阿灵顿宅屋中举行，那是1831年华盛顿凉爽的春夏之交。李将军那时还只是个年轻的中尉，刚刚从西点军校毕业两年。此后三十年，他一直在联邦军队服役。在这三十年里，他没有什么大的跌宕起伏。他受过良好教育，有自己稳定的理想和价值观，一直受到同事的尊重。完全凭着他自己的努力，成为一个联邦军队将军。

婚后的三十年里，李将军和夫人也时常随军职需要临时在军营居住。可是要说他们的家，就是这栋阿灵顿宅屋了。他们在这栋房子里，生下了他们的六个孩子。这是一个和睦的大家庭。除了李将军一家八口，还有李夫人玛丽的父母，也就是卡斯迪斯夫妇，生前一直和他们住在一起。看来，一百多年前，祖孙同堂也是美国家庭的理想模式。对于三代十口人，这实在算不上是一栋太大的房子。今天我们在阿灵顿宅屋参观，都还能感觉到当年的局促。

整个阿灵顿的产权，始终由李将军的岳父保留。直到他在1857年去世，留下遗嘱，将阿灵顿的产权留给了夫人。他知道，夫人也将不久于人世，所以附加了一笔，在夫人身后，这笔遗产将归属他最喜爱的大外孙，也就是李将军的长子。美国人除了姓之外，前面的名字可以拖得很长。这阿灵顿的隔代两个产权拥有者，有一个共同点，就是他们在姓之前都有一个引以为豪的名字，乔治·华盛顿。这是纪念他们家族的、也是美国的先驱伟人。

岳父的去世，是这个家庭的一个重大变故。作为遗嘱执行人和家庭的顶梁柱，罗伯特·李必须立即在岳父留下的农田产业上投入精力，也要同时改进家族的财务状况。阿灵顿老屋经过三十年的负载，也需要大修。家务紧迫，李将军随即向军中请假，准备集中一段精力完成两代家族事务的过渡。直到1860年，他才回到自己在联邦军队的岗位上。他是联邦军队的一名将军，三十年来在此服役，他做梦也没有想到，他将面临军旅生涯和整个人生的一场巨变。

在动荡的年头，哪怕是一个稳重如磐石的人，一旦卷入历史大旋涡，也顿时只能随之旋转飘荡，失去根基。就在罗伯特·李回到联邦军队岗位的时候，美国开始了历史上唯一的一次剧烈动荡。南北分裂，一场内战迫在眉睫。

李将军是南方人，却基于自己的道德理念，历来反对蓄奴。在他的家乡弗吉尼亚蓄奴是合法的。可是，当后来的北军统帅、战后的美国总统、现在印在五十美元钞票上的格兰特将军还没有解放自己家的奴隶时，李将军已经率先解放了自己家族的全部奴隶。李将军也从来不赞同南方分裂的主张，他热爱由自己的父亲和叔叔们参与建立的合众国。但是，他基于道德立场，同样不赞成北方以武力解决南方的分离诉求。

但是，始终在斡旋和平的弗吉尼亚中间力量没有成功。林肯总统决定征兵，战争已经无可避免。最后几个南方州也由于反对林肯攻打南方的决定而愤然离去。那是1861年4月17日，弗吉尼亚加入南方分离阵营的消息传到阿灵顿。罗伯特·李感受到一种被撕裂的痛楚。这就是李将军面前的残酷现实：他所服役三十年的军队，要去攻打他的家乡父老。他是一个效忠自己军队的将军。可是，他并不认为这场战争就具备道德依据和合法性。

就在这幢阿灵顿宅屋里，罗伯特·李苦苦挣扎了三天。三天以后，他在这里做出了他一生最重大的一个决定。李将军决定交出联邦军队对他的委任。两天以后，也就是1861年的4月22日，罗伯特·李离开阿灵顿去正在组建中的南军。他心里完全清楚，自己抛弃了三十年来所建立的、现成的联邦军中高级将领的地位和荣誉，他知道南方在军备上几乎是从零开始，他知道自己此去前途凶险。也许，正因为如此，不论是南方还是北方，至今没有人怀疑，李将军的抉择是源自他心中的道德担当。

阿灵顿庄园

当他走出宅屋骑马下山,正是满山春花烂漫的时候。这是他最后一次看到阿灵顿迷人的景色。后来,他曾经在给侄子的信中写道:阿灵顿是"我在这个世界上最钟爱、最依恋不舍的地方"。

罗伯特·李此后再也没有机会回到阿灵顿。他离开的一个月后,阿灵顿山雨欲来,联邦军队有意将宅屋占领的消息不时传来。李夫人和全家也匆匆撤离。

此后的阿灵顿遭遇,我们可以在今天的国家公墓展厅里看到。那里有一张巨大的照片,泛着历史的颜色。照片上就是1861年的阿灵顿宅屋。宅屋前的台阶上,四散着联邦士兵。他们拄着枪拍照,表情上分明写着,他们要给联邦军队对叛军首领私宅的占据,留下一个纪念。

于是,接下来的阿灵顿宅屋,就是联邦军队的司令部了。宅屋中的一些物品被安全地转移存放,也有一些物品,甚至包括这个家族的先人乔治·华盛顿总统的遗物,在混乱中星散和遗失了。

战争给予一个国家的最大冲击,是对原有体制和契约的破坏。战争是一个非常状态。在非常状态的借口下,一些在正常状态下不可能出笼的"法律",就会顶着"战时法"的牌子出来。美国最基本的一个共同契约,就是绝对保护私人财产。可是在战争中,大量的"阿灵顿现象"出现了。这显然是和美国建国以来的起码法律相违背的。在有着根深蒂固法律文化的民众面前,联邦政府不能没有个交代。于是,一条"战时法"应运而生。

这条"战时法"规定,凡是被联邦军队占领的私人土地的原合法拥有者,都必须亲自前来缴纳地产税,否则,按照通常的违法抗税处理。也就是说,寄钱、寄支票、银行转账,统统不作数,非要人来不可。当时阿灵顿可以说是这一类情况的一个典型。除了战乱中人们很难按时赶到交税,阿灵顿的主人还有一个安全问题。作为战时的敌方高级军事将领和家属,他们对自己前往联邦区域,是否会按叛乱罪被捕,心里一点儿没底。所以,阿灵顿的主人没有依"战时法"前往交税,阿灵顿被没收。

这个结果可以说就是立这个"战时法"的目的。可是,没收以后的阿灵顿,还不是联邦政府的当然囊中之物。按照美国的有关法律,这类没收财产必须进入拍卖市场公开拍卖,以拍卖确定其价值和新一轮的主人。于是,阿灵顿在战争中被拍卖。结果,当时的联邦政府做了手脚,以致在这场拍卖中,居然只有联邦政府"独家"前来投标。经历此番"法律手续",阿灵顿终于"合法"落入联邦政府手中。尽管在这个过程中,我们还是看到美国的法律文化在起着一定作用,换个地方,只需一纸通令,作敌产没收即可,哪里还需要费这些周折。

阿灵顿易手联邦政府,新主人可以对它随心所欲了。这里还是军营——可想而知,一个战时的军队驻扎地是什么光景。阿灵顿不仅有一个宅屋,还是一个很大的庄园。可是,树木被大量砍伐。1864年,当李夫人终于找到机会,在战后第一次走进阿灵顿时,看

罗伯特·李将军

到昔日家园已经面目全非,至少有近二百英亩被开辟出来,成了阵亡士兵的墓地。

1865年,战争以南方的战败、联邦军队的获胜告终。李将军率众代表南军向格兰特将军投降。但直到他去世,他始终没有得到联邦政府表示宽恕的一纸赦免,就是说,他终身没有摘帽。

战后,美国在各方的努力下,虽经历曲折,可最终还是很快达成共识,就是必须迅速使这个国家全面回到契约状态。于是,美国又恢复了战前正常的法律秩序。可是,对于在战争非常时期形成的既成事实,如何处理呢?

1882年,阿灵顿的合法继承人,罗伯特·李的大儿子,走向法院,状告联邦政府未经合法程序侵占私产。法院判定联邦政府败诉,命令联邦政府交出阿灵顿。阿灵顿必须物归原主。

联邦政府执行了法庭命令,将阿灵顿产权归还李家。同时,鉴于阿灵顿已在事实上成为联邦军人墓地,已经有几百个坟墓分布在各个山坡上。因此,联邦政府和李家谈判,提出以十五万美元买下阿灵顿,这在当时算得上是一笔巨款了。李家接受交易,联邦政府正式成为阿灵顿的合法拥有者。1933年交由国家公园部管理,成为我们今天看到的阿灵顿国家公墓。

法庭对阿灵顿的判决,距离阿灵顿的被侵占,已经过去整整二十年了。联邦总统也已经换了好几个。一个从惨烈内战中走出来的国家,政府可以有无数借口继续侵占这块土地。比如说,这是战争的既成事实；比如说，当时的行为符合"战时法"；比如说，那是林肯时代的事情，现在已经改朝换代了；比如说，这是敌产，可作例外处理；比如说，这是二十年前的事情了，应该向前看了；比如说，阿灵顿事实上已经成为联邦军人墓地，改回私人庄园也不可能了，等等等等。

可是，假如法律可以践踏一次而不被纠正，就不能保证不被践踏第二次、第三次。如果你认可了第一次非法剥夺，就无法保证将来不发生第二次非法剥夺。法律失去公信力，国家就随时可以陷入混乱，公民的家园就没有起码保障了。

正因为如此，在今天的阿灵顿国家公园的制高点，国家公园部保留了阿灵顿宅屋，并在里面设立了纪念馆。纪念馆内尽可能地恢复了阿灵顿宅屋内当年李将军一家的生活原貌。义务讲解员向来自全国的民众，不厌其烦地讲述这样一个真实的阿灵顿变迁的故事。

林肯总统和李将军

我们不是第一次到肯塔基州的莱克辛顿来,只是每回都是来去匆匆,只有这一次,悠闲地在市内逛了逛,逛出一些感想来。

肯塔基的地理位置很特殊,位于南北之间,又可以算是"中西部",是美国的"中原"地带。美国建国初期,这里还是边远蛮荒之地,那时的美国还没有肯塔基州。后来美国向西开发,一个个的新州加入联邦。那也是美国政治制度渐渐扩展的时代,下层豪杰在边远地区的地方政治中出头露面的机会开始多起来。第一个靠战功崛起的安德鲁·杰克逊总统,就是从肯塔基南面的田纳西州出来的。又过了二十多年,林肯和他的政敌道格拉斯,还有从道格拉斯的民主党里分裂出来的布莱肯利奇,就都是肯塔基州和稍北的伊利诺伊州的人了。政治中心在地理上从传统的弗吉尼亚州和马萨诸塞州往西移,政治舞台则从少数精英圈子向下层平民降低。

我们走进一所学校。这是一所私立大学,很小,建筑物极为典雅，环境幽静之至，想来学费也一定贵得不得了。从校门口的一块纪念标牌上得知，在1780年，肯塔基还未加入美国的时候，它就已经成立了。就是这样一个名不见经传的大学，毕业生里出了两位副总统、一位最高法院大法官、五十位参议员、一百零一位众议员、三十六位州长、三十四位驻外大使。这番业绩听起来令人印象深刻，其实只是说明，早期政治权力还是一个不大的小圈子的游戏，这是制度民主化之前的精英政治遗留的痕迹。

亚伯拉罕·林肯是制度民主化以后第一个真正具备平民特征的政治家。他出生在肯塔基州的农舍里。林肯的崛起，标志着美国从建国初期共和国精英政治到民主政治转变的完成。从此，民主政治家来了。

政治家，politician，有时候也译成政客。中文里，政治家是褒义词，政客是贬义词。英语里，politician中性而有时略带贬义。民主一旦完成，也就意味着传统的政治家，statesman，转变成民主政治下的politician，现代政治家和政客。在古典共和政治的时代，特别强调政治家的道德水准；在现代民主政治的时代，这种对个人道德的强调不仅是一种奢侈，而且失去了现实的操作意义。古典共和政治诉诸于道德，现代民主政治则诉诸于制度。

林肯出身农家，没有机会受完整的正规教育，前面提到的那所大学，他是没有资格进去的。他干的是伐木工、店员、农庄帮工、摆渡工、土地丈量员。他没有贵族祖上的余荫，也没有机会建立疆场功勋，他的唯一手段是竞选演讲。在一生无数次的竞选演说中，他从不讳言自己出身卑贱，"这儿是谦卑的亚伯拉罕·林肯"，"如果你们选了我，我将万分感激，如果你们不选我，我也同样万分感激"。美国南方牧场要用一种劈开的树干做围篱，劈树干是最费力气的粗活。林肯的支持者却常在林肯演讲的场所放一堆劈开的树干,以表明我们的候选人曾经是干这种粗活的。林肯的儿子觉得不好意思,说现在满世界都知道爹是劈树干的,林肯却很乐意这样。道理简单得很,这样就在感情上接近了下层民众,而选票就在他们手里。其实,那一系列的粗活,林肯并不擅长。他干粗活只干到二十一岁。林肯最感兴趣的是政治,他是一个天生的政治家。他搬迁到伊利诺伊州后,在地方小镇上开始竞选,二十出头就选上了州众议员,开始了他的政治家生涯。

后来的人们都说,林肯领导了美国人民废除奴隶制的斗争。有一个传说,说林肯在二十来岁的时候去了一次密西西比河口的新奥尔良,在那里的市场上,看到一个面目清秀的黑人少女正待出售。这个镜头刺痛了他,他发誓,有朝一日找到机会就要粉碎奴隶制。后世史家考证说,这多半是人们编出来的故事,因为从那以后,有整整二十年,林肯在自己的政治活动中,从来没有下手打击奴隶制。作为一个普通人,林肯是一个富于同情心的人,是一个有正义感的人。毫无疑问,他在道德上痛恨奴隶制。可是他在奴隶制面前保持了沉默,因为政治家不得不寻找成功的机会,那时废奴的时机还不到。林肯出生的肯塔基州,是十九世纪前半叶美国国内奴隶买卖的输出基地,肯塔基州的四分之一人口是黑奴,有大批肯塔基黑奴被卖到更需要劳动力的南方。奴隶买卖假如真的刺痛林肯的话,是用不着跑到新奥尔良的。我们在莱克辛顿参观了林肯夫人玛丽·塔德的娘家。塔德家就蓄奴。

1854年,国会在伊利诺伊州的参议员道格拉斯的活动下,通过了坎萨斯—内布拉斯加法案,这个法案取消了1820年在"密苏里妥协案"中规定的北纬36度30分以北不得蓄奴的法律。道格拉斯的理由是,是否允许奴隶制,应该是各个州的人民自己来决定,是"地方自治",是"民众自决"。他打的居然是一张"民主牌"。这个法案不仅激怒了废奴主义者,也使北方大多数不愿意和黑人共处的民众感到忧虑。北方的大多数白人并不是激进的废奴主义者,他们不喜欢黑人,甚至讨厌、害怕黑人。根据新的法案,黑奴就可能向北方蔓延,影响北方白人民众的工作和生活。这是美国建国半个多世纪后奴隶制回光返照的时刻。林肯意识到了阻挡奴隶制的责任,他也看到:他的机会来了。1854年8月,林肯第一次在公开演讲中谴责奴隶制。他说:我痛恨奴隶制,因为我确信这种制度是不道德的,是邪恶的。

从此以后,一直到1860年被选为总统,整整六年时间里,当他面对北方民众的时候,他就一遍一遍地在道德上谴责奴隶制,毫不讳言他痛恨奴隶制;而当他面对南方民众的时候,他苦口婆心地解释,他并不主张废奴,废不废应该是各州自己的事情,他主张的是:不能让奴隶制向北方扩散。他个人虽然痛恨奴隶制,但是他主张让奴隶制自然死亡。

1858年7月10日在芝加哥——北方废奴主义的大本营,林肯发表演讲:

> 让我们抛弃不同人种之说,不同种族之说,某种族更为低级故而必须置于一种低级地位,诸如此类的无稽之谈。让我们抛弃所有这一类的东西,让我们在这块土地上,团结如一人,直到我们能够再一次站起来宣布,所有的人生而平等。

两个月后的9月18日,在南方查尔斯顿——蓄奴主义者的大本

营,林肯发表演说:

> 我必须说,我不是,也从来没有,主张以任何方式实行白人和黑人种族的社会及政治平等;我不是,也从来没有,主张让黑人也有选举权,也能当陪审员,也能担任公职,也能和白人通婚。

这两场演讲,都赢得了听众的热烈鼓掌。什么是林肯的心里话?哪个林肯是真正的林肯?这样的问题,只有在古典共和政治下,才是有意义的。在现代民主政治下,这个问题失去了操作意义。政治家既有用自己的理念和道德良心引导民众的责任,更有追随民意、笼络民意、塑造民意的需要。事实上,你已经不可能有把握地知道,什么时候他是一个基于原则和道德说话的政治家,什么时候他是一个权衡利弊说话的政客了。著名史学家理查德·霍夫斯塔德认为,这是寻求民众选票支持的职业政治家的正常表现。当然,即便如此,政治运作的这两个部分如何侧重,是否有一定的原则,依然能够看出一个优秀的现代政治家和政客之间的区别。

和道格拉斯进行的七次著名的辩论,表现出了林肯作为一个政治家的智慧。道格拉斯为奴隶制辩护,辩护的不是奴隶制的道德,而是民众的财产权,是地方自治和民众自决,是州权。毕竟是民主时代了,道格拉斯是在向民众呼吁,可他是向一个单一阵营发出诉求。林肯也是在向民众呼吁,却是在激进废奴主义者和害怕黑人的民众之间找到一个平衡点,向两边发出诉求。1860年大选,民主党分裂,肯塔基州的前任副总统布莱肯利奇和道格拉斯分道扬镳,林肯"渔翁得利",当选为总统。可是，南方十一个州的大选举团没有一个人投林肯的票。林肯得到的民众选票，仅为百分之三十九。

选票状况已经预言，林肯面临着情绪激昂的民众的对立。对于一个国家的总统来说，这实在不是一件乐于看见的事情。四年总统任期，林肯只做了一件事情，打了一场南北战争，美国唯一的一次内战。

林肯尚未宣誓就职，南方七州已经宣布分离。林肯总统接手的是一个残缺的国家。他即使有意战争解决，目标也是要维护联邦的统一和完整，而不是废奴。他直觉不能由他来发动战争。他要南方人先打第一枪。联邦政府在南方查尔斯顿的海港里有一个孤零零的苏姆特要塞。要塞里的百十来个士兵，位于南方的咽喉要地，给养不足，支撑不下去了。林肯不下令将其撤回，却通知查尔斯顿的南卡罗来纳州州长，说联邦政府将向要塞提供给养补充。这等于表示，联邦政府不承认分裂，联邦的军事要塞将在查尔斯顿海港里长期存在。这一策略，逼得查尔斯顿的南方人动手要把要塞收回，于是向苏姆特要塞开火。南北战争就此爆发。

亚伯拉罕·林肯

可惜，那个时候的美国人，谁都没有估计到战争的残酷性。战争爆发后，林肯总统的第一个征兵令，只征召七万五千人，从军三个月。那个时候林肯总统脑子里，可能还觉得短暂冲突之后，还是可以在几十个政治家之间达成妥协。他肯定没有想到，这场战争，将持续四年，美国将损失六十一万八千个青壮男子。那时已经有了照相术，南北战争留下了很多照片。我们现在看到的林肯总统照片，无一例外是紧皱眉头、忧伤焦虑的沉重表情。林肯夫人博物馆的工作人员介绍说，虽然肯塔基州没有加入南方邦联，肯塔基人却认为自己是南方人。这位第一夫人的娘家，有几个兄弟参加了南方叛军，有多人战死在战场上。南方人骂这位第一夫人是叛徒，北方人则指责她是南方派在白宫的间谍。她的一位女友，见了林肯总统后说，"天哪，他为什么总是这样苦着脸！"林肯总统怎么可能不苦着脸呢？引出一场内战，丧失六十一万八千个生命是什么分量，任何一个有道德的政治家都不会无动于衷。正是这紧皱的眉头，证明了林肯总统在某种程度上，仍然是古典的statesman。

结束南北战争这场灾难的，不是林肯总统，而是南军的司令罗伯特·李将军。和林肯总统相比，李将军就像是从历史里走出来的老派绅士。他们生活在同一个时代，却活生生的是两个时代的人。李将军出生在弗吉尼亚，那是政治舞台随着民主化而西移以前的政治中心。李将军和华盛顿将军有亲戚关系，在精神上则仍然继承着华盛顿那一代的绅士准则。在社会活动的舞台上，他们古典一代和民主时代的人有一个区别：风兴浪起的时候，民主时代的人倾向于向下诉求，向民众呼吁；古典时代的人倾向于向内诉求，诉诸自己内在的道德良心。

李将军是一个职业军人，听从国家的召唤对他来说，就是听从弗吉尼亚州的召唤。他素来痛恨奴隶制，很早就解放了自己家的奴隶。他也反对南方的分离，更反对用战争来解决分离问题。他从军人的眼光得出结论，北强南弱，南方根本没有在一场长期战争中取胜的机会。可是，当弗吉尼亚州在南北战争打响以后宣布分离，加入南方邦联的时候，他不得不服从弗吉尼亚州的征召，带领南军开始了艰巨的战争。四年后，1865年春天，李将军置个人荣辱和生死以度外，在阿波马托克斯向对手格兰特将军投降。他唯一的要求,是要求北军善待他的士兵。从出征到投降,李将军的所作所为,在道德上一以贯之,达到了尽善尽美的地步。李将军的投降,是美国民主化后,古典政治人格最后的告别演出。从此以后,在美国政治舞台上,你大概只能期待林肯的出现,却很难再期待罗伯特·李将军这样的人了。

李将军投降后不过几天,林肯总统被刺杀,他倒在了自己的岗位上。在美国历史上,南北战争是一个转折点。南北战争以后国会通过的宪法第十三和第十四修正案,终于从法律上废除了奴隶制度,并且提出了"正当程序"和"同等保护"的原则。再往前推三十年,一个法国人托克维尔访问美国后,曾提出了"多数的暴政"的担心。民主是多数的统治,如果多数决定对少数人施以暴政,就像美国的奴隶制那样,用什么来纠正和防止?南北战争后的美国回答说:民主原则加上人权法案,再加第十三和第十四修正案。

美国就在那个时刻完成了古典共和政治到现代民主政治的转变,这是一种历史进步。从此以后,民众眼睛里的政治家,不再有statesman,而全部是politician了。他们不再要求站出来竞选的人都是华盛顿总统、杰弗逊总统那样的绅士,他们不再奢求德高望重。他们也不再相信这些政治家的演讲都是实话、都是心里话,他们用怀疑的眼光来看待台上的人。他们知道,这些人说话有可能言不由衷,有可能避重就轻,有可能纯粹是为了选票而一时献媚于民众,欺瞒民众。但成熟民主制度下的民众,也不会因此而对制度失望。他们知道,避免政客为祸,只能依靠反对派的平衡,依靠开放的积极的新闻监督,依靠启蒙了的民众自己。他们知道,人是靠不住的,只能依靠健康的制度。

一个从军事学院走出来的政治家

2004年的感恩节，我们去了一次北方。在回家的路上，我们又特地绕道，去了一次弗吉尼亚州的莱克辛顿。

莱克辛顿这个地名真是很容易误导，因为全美国到处都有。最出名的是麻省波士顿市附近的那个小城莱克辛顿，因为它是美国人抗英独立的起点。照一个中国朋友的说法，"那就是红色中国的延安啦"。可是，你能想象在中国，因为延安出名，就每个省都随随便便地纷纷把自己的小城叫做"延安"吗？肯定不成。可是，美国人就是这样，天真得有点可笑，他们为莱克辛顿骄傲，就说，那我们也叫做莱克辛顿吧。这样，美国就遍地都是莱克辛顿了。

弗吉尼亚的莱克辛顿是一个历史荟萃的地方。它也是弗吉尼亚军事学院的所在地。我们以前来过一次。只是，那是圣诞假期，我们在校园里逛了一圈，却没有能够参观它的博物馆，它在节日里关门了。这次来，就是想补一补这个缺憾的。

弗吉尼亚军事学院

弗吉尼亚军事学院是1839年创立的,是美国最早的州立军事学院。这个学校总是给你一个很奇特的感觉,就是一副很军事学院的样子。这么说也许有些可笑,可是,很奇怪,就是这种感觉。那种感觉并不是来自它的戒备森严,它并没有军人和岗哨把门,连个门卫都没有。我们熟门熟路了,开着车直直地就进入了校园。即便是内部区域,也只有入口处一根细细的绳子,上面吊着一块小小的牌子,提醒你:闲人莫入。可是,它的整体就像一张很简朴、严肃的面孔,和美国一般大学的散散漫漫或者学究气形成对照。建筑是浅灰色的城堡,围了一圈,就像是严密防守的城墙。就在这样的背景上,有一个青铜的南军将军塑像,前面一溜四个红色支架,架着古代的青铜大炮。军事学院的气氛,顿时就给营造出来了。

学院的博物馆在大草坪的另一端。这个博物馆不大,建筑物却是精心设计过的。它和周围的学院建筑风格并不完全一样,可是非常谐调。小小的博物馆,展品却非常丰富。首先,它是一个正在吸引生源的学院,所以,聪明地介绍这个学院本身的历史,占了一定的比重。例如,它有两个学生宿舍内部的展示,一个是南北战争期间的学生宿舍,一个是现在的学生宿舍。既让你看到了历史变化,也让有意入校的学生,对自己的生活环境有个大致的概念。

莱克辛顿既是南北战争时期南军将领李将军的战后归宿地,也是南军最著名的战将,人称"石墙"杰克逊将军的归葬地,那个大炮旁的塑像,就是杰克逊将军。所以,南北战争也自然是博物馆的一个重大主题。

在展厅里,有一家三代七十五年来收集的南北战争题材的艺术品。在此之前,我们看过许多这个题材的油画,可是大多是表现宏大的战争场面。而这一家人却有着独特的收藏眼光。他们把注意力落在表现与战争有关的个人题材上。艺术品的创作时间大多是在战争刚刚结束的时候,艺术家的感觉还是完全新鲜的。于是有很多动人的细节。破旧的墙上,挂着的军用水壶、挎包和军帽的静物画;北军家属们和亲人的分别;冰天雪地下搓着手的士兵;在百姓家中休整的士兵——这样的画作中,军人不再是战争机器上的螺丝钉,而是一个个活生生的人。

小小的博物馆展厅里,居然还有一匹马,当然,那是一个标本。这就是当年"石墙"杰克逊将军的坐骑。那时的军人很珍爱自己的坐骑,李将军的坐骑,就安葬在他旁边。李将军的安葬地是个小教堂,李将军在里面,他的坐骑"旅行者",就静静地守在门外。

旅行者

杰克逊将军在这里的重要地位,有一个重要原因,将军曾是这个学校的教官。这样的名人故事,在这个学校不是很稀奇。比如说,第二次世界大战中,著名的巴顿将军,不仅自己是这个学校的学生,他们祖孙三代,都是从这个学校出来的。

巴顿将军的爷爷巴顿上校,是弗吉尼亚军事学院1855届的学生。巴顿上校在1864年战死在南北战争的战场上。他死后,属下的士兵,把他的血衣和击中他的那个弹片,交给了他的妻子。巴顿夫人接过来,细心地和他的手绢、钱包一起,保存下来。十三年后,巴顿将军的父亲巴顿二世,成为这个学校1877届的学生。毕业后,他没有参加军队,还搬出了弗吉尼亚州。可是,他把自己的儿子巴顿三世,也就是后来的巴顿将军,又送回弗吉尼亚,送进了这个学校,成为1907届的学生。

有趣的是,这位巴顿家族最出色的军人,在这个学校读书的时候,却应付不了这里的考试。像这样的情况,学校一般会建议学生离开军校,转往普通大学,否则会拿不到毕业证书。巴顿三世最后选择转往北方的西点军校,成为那里的毕业生。这个学校在向参观者讲述这个故事的时候,提到这个学校比西点军校对学生有更严格的要求,大概有点小小的得意。

我们却很庆幸西点军校的存在,否则,巴顿三世就永远也变不成巴顿将军了。不仅"二战"少了一个著名战将,历史也要少好多有趣的故事了。

这个博物馆的最重要的位置,不是给"石墙"杰克逊,也不是给伟大的巴顿将军的,而是给了弗吉尼亚军事学院毕业的另一个"二战将军"——马歇尔将军(George Catlett Marshall)。

马歇尔将军的雕像,就在"石墙"杰克逊的一侧。看着这两座雕像,感觉真是很不相同。不仅是时代的不同,还是个人气质的不同。杰克逊将军是英武的,透着军人的潇洒和战场指挥官的自信,隐隐地还有一点抑制不住的野性。而马歇尔将军却是如此不同,他是严谨的,尽管一身戎装,却整整齐齐,目光中有一种超越军人的深邃。

作为一个将军,马歇尔将军是一个非常特殊的军人。他集军人和政治家于一身。

马歇尔出生在南北战争结束的十五年之后、1880年的最后一天。马歇尔的家庭常常自豪地提起,这个家族曾出过美国历史上的一个伟大人物,那就是奠定美国司法基础的美国最高法院的马歇尔大法官。可是,到了马歇尔将军出生的时候,他的家庭只是一个普通的家庭,他也只是宾夕法尼亚州小镇上的一个普通孩子。

马歇尔的父亲在做着不大的生意,可是这个孩子,却执意要从军,当一名士兵。后来,人们总是说,他就像一个马克·吐温笔下的小孩"汤姆·索亚"。他五十年为国服务的生涯,从军队到政界,经历了八位总统。他的经历似乎象征着千千万万个普通美国人,在生活中逐渐发现自己能力的过程,也似乎象征着美国本身,在强者林立的国际社会,渐渐成长起来。

马歇尔本来打算去读西点军校的,后来,决定投身弗吉尼亚军事学院。他的哥哥曾是这个学校1894届的学生。进学院之前,马歇尔听到哥哥和母亲的对话,哥哥对母亲说,他不相信弟弟能够读下来。这让好强的马歇尔很是憋气,他发誓要让哥哥看看他今后的好成绩。

在二十世纪的第一个年头,1901年,作为最出色的学生,马歇尔从这一圈灰色城堡中走出来,他在弗吉尼亚军事学院毕业了。毕业的

杰克逊将军　　　　　　　　　　　　　马歇尔将军

时候，他是士官生们的指挥官。那时候的军校学生，穿着有漂亮长扣的欧式军装，马歇尔的帽子上，还有着一尺多高的饰物，看上去活像一个个神气的小公鸡。就在毕业的同时，他在家里娶回了自己的新娘。

那个时候，正是美国西班牙战争之后。西班牙输了战争，把它的殖民地菲律宾，以两千万美元的价格，卖给了美国。美国因此需要扩

马歇尔在"二战"战场上用的吉普车

军和开始海外驻军。1902年，马歇尔也因此进入美国军队，告别他的新娘，入驻菲律宾；直到四十九年零七个月以后退役时，马歇尔是美国国防部长、五星上将。这是后话了。

一年之后，在1903年，马歇尔回到了美国。1907年和1908年，马歇尔又以优异的成绩，分别毕业于步骑兵学校和军官学校。在第一次世界大战期间，他在法国战场，成为潘兴将军手下的参谋长。

1939年9月1日，正是希特勒进攻波兰的时候，马歇尔将军上任，成为美国陆军参谋长。人们总是想当然地认为，美国一直是个军事大国。事实恰恰相反。美国长期不愿意卷入欧洲的矛盾和战争，常备军非常有限。在马歇尔将军上任的时候，手下只有十七万四千名装备很差的士兵。美国军队当时在世界上的排名是第十七位，落后于保加利亚和葡萄牙这样的国家。面对一个危险的世界局势，马歇尔将军迅速提升美国军队，在二次大战中，美军拥有了八百万能够适应全球战场的战斗力量。没有这支部队，盟国打败纳粹德国的军队和日本军队，都是不可能的。

而严格地说，马歇尔将军和巴顿将军不同，他并不是一名第一线指挥战役的战将。按照美国人的说法，他的位置是"桌子上的拿破仑"。在二次大战中，他在法国曾经策划和指挥过一次几乎是不可能的调度，将六十万美国军人和九十万吨的军用物资长途转移。作业全部是夜间秘密地进行，居然没有让德国人发现。

在二次大战即将胜利的时候，盟军要开始进攻法国和重新从德国人手里夺回欧洲。大家都觉得应该让马歇尔将军领军去欧洲。有一次，罗斯福总统甚至对艾森豪威尔将军说，今天提起南北战争，大家都记得那些战场上的将军和指挥官，可谁会记得参谋长是谁呢。我真不愿意五十年后,马歇尔将军也被人们忘得一干二净。整个战争都是靠着他在那里调度,他的功劳一点不比战场上的将军小。所以,我实在想把他派到欧洲去当一次司令官。可是,最后罗斯福总统发现自己根本找不到一个人,能够真正替代马歇尔将军现在的位置。所以他还是对马歇尔将军说:"我觉得要是把你给派出国,我晚上就休想放心睡觉了。"

马歇尔将军二话不说,就留下来。他还是天天趴在他在作战部的那张桌子上,像一只蜥蜴。战争不仅需要勇敢,尤其是大规模的现代战争,几百万士兵所需要的军用物资,就要时时跟得上。不仅飞机大炮枪械弹药需要及时运送到战士手里,士兵吃的喝的,更是一天也不能中断。需要最有智慧的那个将军运筹帷幄。

很多人为马歇尔将军抱不平,觉得他比入主白宫整整八年的艾森豪威尔将军更了不起,也觉得他比麦克阿瑟将军更有功劳。可是,在"二战"结束的时候,马歇尔将军确实不像他们那么声名赫赫。战后,马歇尔将军也没有像其他人那样,写出他的回忆。他说,假如他写的话,他就会写出百分之百的事实,可是这样一定会伤害他的一些同事的感情,所以还是不写吧。

"二战"结束后两年的1947年6月,独具慧眼的哈佛大学,理解到马歇尔将军是一个如此优秀、却又不同于其他同行的将军,决定授予马歇尔将军荣誉法学博士学位。当着出席授学位仪式的八千名来宾,哈佛校长科南特(Conant)说,马歇尔将军不仅是一个战士,也是一个政治家。他的能力和品格,在美国历史上,只有一个人可以与之相比。他没有说出那个人是谁,可是所有在场的人都知道,科南特校长指的是美国的创立者乔治·华盛顿。

科南特是对的。马歇尔不仅是一个将军，还是一个政治家。对于马歇尔将军的同学巴顿将军来说，军人就是军人。巴顿迷恋驰骋疆场、调兵遣将、指挥大型战役的将军生涯。巴顿将军总是有一种幻觉，觉得是亚历山大大帝的伟大灵魂依附在他的身上。他彻头彻尾的是一个军人，并且有一种膨胀的将军豪气。可是，乔治·华盛顿和乔治·马歇尔，他们作为将军，却有能力克制和超越自我。他们有能力使得自我消失，而把自己的生涯，完全和一个事业融为一体。今天回想起这两个历史人物，美国历史学家感叹说，他们的品质似乎难以企及。

可是，如果说，华盛顿将军把自己完全交给了美国的自由事业，那么，马歇尔将军则把眼光落到了欧洲和世界的和平。

1947年6月5日，马歇尔将军站在哈佛大学，接受这个荣誉学位的时候，第二次世界大战结束已经整整两年。可是，欧洲是什么样的局面呢？盟国的胜利已经完全被一种新的焦虑和紧张所压倒了。英国首相丘吉尔在发问："现在欧洲成了什么？它是一个碎砖乱瓦堆，一个大坟场，一片散布着瘟疫和仇恨、伤口还在流血的土地。"是的，欧洲虽然终于打败纳粹、得到了和平，可是，却成为一个巨大的战争废墟。欧洲没有产品能够出售以换取资金，人们期待建立和发展的民主政治也就处于危险之中。两年过去了，不是欧洲人不努力，而是没有最起码的启动资金。

其实，这就是第一次世界大战以后欧洲的状态。在这样的状态下，独裁、强权呼之欲出，战争也呼之欲出。如若无法改善这样的局面，再一次轮回，世界就会像发疟疾一样，始终是动荡不安的，和平将成为奢侈品。

也就在这个时候，马歇尔将军出任美国的国务卿。他觉得自己真是被人错误地委以如此重任,其原因是他不是一个善于用言辞表达自己的人,他不能滔滔雄辩。你可曾听说一个大国的外交部长,竟然不善言辞?他从这个有着简朴的灰色城堡的弗吉尼亚军事学院出来,站在有着高贵学院气质的红色校舍围绕的哈佛大学的院子里,面对八千来宾,没有华丽辞藻,没有对以往功绩和今日表彰的得意,他只是忧心忡忡、实话实说:"我必须向诸位禀告,今天的世界局势,十分严峻。"接着,他说出了自己对恢复欧洲的构想。

那就是著名的马歇尔计划。

马歇尔计划的目标是,面对冷战的威胁,由美国伸出援手,给予欧洲启动资金,迅速恢复欧洲的经济,以结束欧洲和国际政治上可能出现的更大混乱。

可是,美国是一个议会民主制的国家,拿出一分钱去,也要得到民众和议会的认可。美国一向从理念上,就和欧洲起于利益纷争的战争划清界限。因此,第一次世界大战中美国的出兵,仅仅为了打出和平。"二战"后的欧洲又基本上是与"一战"后雷同的局面。美国民众刚刚牺牲了大量自己的子弟,现在要给惹事的欧洲大量送钱,很难想通。

马歇尔将军是个实干家,不善演讲,可是,现在他逼着自己,不仅到国会还跑遍全国各地,向民众发表演说。他苦笑着说,这活像一个政治家在那里竞选参议员、竞选总统的劲头。他不仅对民众动之以世界和平的理想,也晓之以世界经济互动的道理。最终,马歇尔计划终于被美国民众所接受。

从1948年至1952年,美国以一百三十亿美元,相当于1997年的八百八十二亿美元,援助了欧洲十六个国家,这些资金全部用于恢复

弗吉尼亚军事学院博物馆

欧洲经济。马歇尔计划非常有效,战后的欧洲,迅速站立起来了,有了自己重新起步、发展的基础。这不仅是一个经济援助成功的例子,也给国际社会提供了一种思维方式。

在第一次世界大战结束的时候,作为战胜国的法国,向战败的德国过度索取赔偿。德国因此民不聊生、走投无路。由于民众慌不择路,希特勒的纳粹党伺机而起,最终祸及世界,首先就祸及它的邻居法国。马歇尔将军用它的计划,向世界宣扬一个理念,贫穷不仅滋生罪恶,也助长集权政治,最终威胁和平。国际社会有责任消除贫困,扶助民主理念。他还向世界传达这样的信息,一场战争的胜者,可以不是趾高气扬的征服者和压榨者,而是战败国人民的朋友和救援者。因此,马歇尔计划也包括了当时的西德,联邦德国迅速恢复,发展成为一个现代国家。

1953年，马歇尔将军获得诺贝尔和平奖。

我们走出博物馆。秋日的阳光，正暖暖地透过枝叶斑斑斓斓地洒下来。一阵微风拂过，金黄色的秋叶窸窸窣窣地落下，覆盖在尚未枯黄的绿色秋草上，草坪就像这里的风格，一丝不苟。我们再次走到马歇尔将军的雕像前，身边时而走过一些年轻的军校士官生。他们将幸运地在这样一所有着悠久历史、优良传统的学校里，铸就一个军人的灵魂。

军人的灵魂不仅是有勇有谋，更是把生命融入使命。

百年之痛
——访维克斯堡之一

维克斯堡（Vicksburg）是密西西比河边一个著名小城市。如果沿20号州际公路往西开，横穿密西西比州，快要上大桥跨过密西西比河的时候，公路右侧高坡上闪出的红墙绿瓦的城市，就是维克斯堡。一百多年前，维克斯堡是重要的水陆交通枢纽，又是扼守密西西比河大动脉的军事要塞，具有非常重要的战略意义，被称之为"美国的直布罗陀"。

南北战争刚打响的时候，战场集中在东部的弗吉尼亚州南方邦联首都里士满一带，密西西比州还是南方邦联的大后方。林肯总统却在一次军事会议上告诫手下的将军们："你们看看，这些人占领着一大片土地，维克斯堡是这片土地的一把钥匙。只有把这把钥匙放进我们的口袋，战争才可能结束。"两年半后，1863年春天，林肯总统命令北军格兰特将军率军沿密西西比河南下，来取这把钥匙。这就是南北战争史上最具战略意义的一仗——维克斯堡战役。

密西西比河上的大桥

我们用圣诞节假期做了一次密西西比河下游之旅,又一次访问了这个美丽的城镇。

一

我们是从密西西比入海口的新奥尔良开始这次假期旅游的。离开新奥尔良以后,上61号公路往北开,基本上和密西西比河平行。我们知道那辽阔浩瀚的大河就在我们左边,却很难看到大河。密西西比河两边几乎都是平坦的湿地森林,水大的时候,浩浩荡荡地漫延,把森林都泡在水里;水退下则留下浓密的树林藤蔓和沼泽。我们想尽量贴近大河,大河却总是把我们推到十几公里外干燥的高地上。

61号公路穿行在起伏的林地之中，双向四车道却"车烟"稀少，经常是前不见古人，后不见来者，开车时心里就老想着最好出来什么东西可以看看；突然看到有一条小道折向大河方向——进去看看吧，我们就一头扎进密林深处。林中小路铺设得非常好，曲曲弯弯，午后的太阳一会儿出现在左边，一会儿出现在右边。除了连续弯道的警告牌以外，也没有什么路牌，不知会开到什么地方，只知道我们是在大河和61号公路之间，要丢也丢不到哪里去。偶然可以隐隐约约看到林深不知处的大房子，大片草坪和花园打理得非常整齐。这些想来就是以前的庄园了。当落日快要隐入密林的时候，突然出现一块标志牌：温莎庄园遗址——原来在这儿，我们一直想看的就是它。

温莎庄园曾经有一栋大房子，在建筑设计上采用了古罗马的柱子形式，南北战争以后在一次大火中烧毁，庄园被废弃。直到我们站在荒无人迹的废墟前，才深深感叹罗马柱的魅力。废墟其实就是房子烧毁以后残留下来的几排巨大的柱子，黄昏的树林里，风停了，鸟栖了，暮色从四面八方悄悄地拥上来，只有远处的夕阳照亮了那高高的科林斯柱头。

离开温莎废墟，天就黑了，我们却不知道自己在地图上的什么地方，黑暗中也没有什么可看的，就盼着最好有个地方可以歇息。终于，前面出现一个城镇，看路牌知道是吉布森港（Port Gibson），正是我们要找的地方。在这个小镇，曾经打了维克斯堡战役的重要一仗。

温莎庄园的柱子

二

密西西比河是美国的命脉。沿河的所有出产,都靠这条大河运出去,送往东部海岸、送往欧洲。南北战争期间,这条大河保障着南方的商贸,也保障着南军的军事供给。早在1862年初,北军就要切断南方的这条运输线。二月,北军攻占了北面田纳西州境内的两个沿河要塞;四月,北军占领了南面入海口的新奥尔良。但是,只要维克斯堡在南方手里,南方的军事供给就仍然可以用船运到维克斯堡,再通过维克斯堡的铁路运往前线。林肯总统随即命令占领了新奥尔良的北军将领法拉古将军(David Farragut),沿河北上攻打维克斯堡。

法拉古将军尝试着打了一下以后报告说,维克斯堡易守难攻。密西西比河两岸都是沼泽湿地和湖沼,陆上士兵和辎重无法沿河运动。维克斯堡位于密西西比河东岸的一处陡壁高地,西面是大河,南军在维克斯堡沿河的高地上排好了炮阵,居高临下,从河上进攻几乎是自杀。它的南面和北面都有沼泽湿地的护卫,难以接近,只有东面山地有铁路和陆路可通,就是现在20号州际公路的走向,不过那面是南方邦联的大后方。维克斯堡这把钥匙,攥在南方手里,绝非轻易可取。

1863年春天,林肯总统命令格兰特将军从北面田纳西州分水陆两路南下。陆上一路,在河西的路易斯安那境内,避开沿河沼泽湿地,走泥泞的小路南下。海军一路,由鲍特尔将军(David Dixon Poter)率领,沿河南下。可是,当他们从河上能远远看到维克斯堡山顶上法院大楼穹顶的时候,只能停下来了。维克斯堡的南军守军,以逸待劳,无论是陆上还是河上,都是不可攻克的。

格兰特将军在此停滞良久,百般试探不成。最后,他决定采取大迂回的战略。他的计划是绕到维克斯堡的下游,从下游南军防守薄弱的地方渡过河,然后深入河东的南军腹地,绕到维克斯堡的东面来。为此,一方面他命令陆上士兵携带辎重穿越泥沼小路,行军到下游;另一方面,他需要船只在下游处把陆上士兵渡过河。为此,他命令鲍特尔将军的船队强行穿越维克斯堡河段。4月16日夜间,北军船队熄火熄灯,顺流往下漂,企图借夜色的掩护,溜到下游去。船队接近维克斯堡的陡壁时,南军的哨兵发现了,一声呐喊,南军把浸透油膏的棉花包点燃,投入河中。河上漂满燃烧的棉花包,把河面照得通亮。河岸上,维克斯堡的南军大炮连续射击,隆隆的炮声震得大地颤抖。

这是南北战争史上最大胆的一次军事行动。这次北军的运气太好了。尽管几乎所有船只都被多次击中,尽管损失了一艘运输船,鲍特尔将军的船队还是在夜色里赢得了宝贵的几分钟。南军的炮火晚了,船队在炮林弹雨中奇迹般地通过了维克斯堡,在下游一个叫"大湾"的地方和陆上部队会合。

大湾是这一河段里适合渡河的地方,河东有南军的防守要塞。4月29日,北军舰队对大湾要塞实施连续炮轰,企图为陆上部队渡河创造条件。结果舰队遭受要塞炮轰损失惨重。鲍特尔将军报告说,大湾要塞是密西西比河上最坚固的地方。北军不得不放弃在此渡河,继续沿河南下。最后北军在吉布森港附近渡过了密西西比河,和驻守这个小镇的八千南军展开激烈的攻防战。这一仗打得极为惨烈。最后南军失守,往东北方向撤退。南军的阵亡者,被小镇的镇民们安葬在今日小镇的"冬绿墓地"(Wintergreen Cemetery)。这一仗证明,南军没有

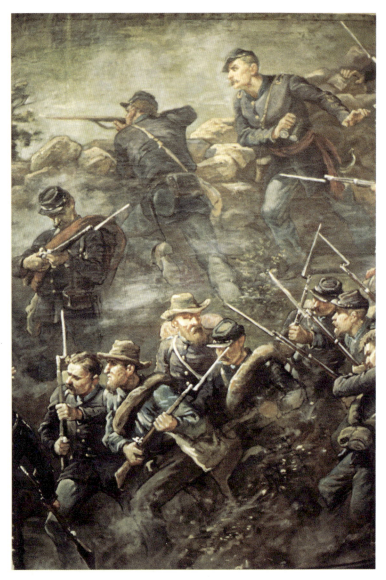

南北战争题材的美术作品

兵力全面防守住密西西比河。密西西比的钥匙，岌岌可危了。

三

我们投宿在吉布森港唯一的一家旅馆里，旅馆是黑人开的，很干净很安静。找晚饭吃，除了一家快餐店外，只有一家鱼饭店。靠着大河，吃鱼挺好。鱼饭店进门墙上有一张很大的鱼图，画着密西西比河的各色鱼种，标着拉丁学名，好像是科普教材。开票的黑人女孩子说，今天只供应"水牛鱼"（buffalo fish）。什么是水牛鱼？她说了个拉丁学名，我们还是不懂。厨房的黑人小伙子说，进来看吧。进得厨房，当中是一个大水池，水池里养着大鱼，大的有一米多长。小伙子摆出架势，捞出一条两尺来长的鱼来，一下子扔掉地上，大鱼扑腾着，溅得所有人一头水。我们一看，就像我们的黄河大鲤鱼。就吃这水牛鱼了。可惜小伙子不管什么菜谱，做鱼的方式只有一个：油炸，炸得喷香。

第二天一早，我们在小镇上边走边看。这个小镇，有一些保养得非常好的老房子。值得一看的老房子门口，都有格式统一的说明牌，介绍房子的建造年代、风格特点、历史典故。在这密西西比河边的密林深处，这个小镇显得不可思议的安静和健康。我们还从来没有看到过这么小的镇子里有那么多的教堂。仅在一条短短的教堂街上，就有八个教堂比邻而立，分属从天主教堂到犹太教堂等不同的宗教流派，而且建筑和历史都有一定的名堂，都值得细细探究一番。

怪不得传说当年格兰特将军进了小镇，说道："这个镇子太美了，下不了手烧它（too beautiful to burn）。"

维克斯堡小镇

四

北军攻占吉布森港以后，继续北上，于5月13日在维克斯堡东面的密西西比州府杰克逊附近激战。占领杰克逊以后，形成一条防线，阻挡从东面调集的南军增援。随后，北军沿着杰克逊到维克斯堡的铁路向西推进。南军为保卫维克斯堡，只能将防线收缩，集中在维克斯堡，背靠密西西比河，在维克斯堡外围北面、东面、西面构筑炮阵防线。几天后，格兰特将军的八万北军，兵临城下。

5月19日，北军进攻维克斯堡，被南军击退。5月22日，北军经过休整，备足弹药，再次发起进攻。从清晨开始，北军大炮对这个河边小镇实施连续四个小时的轰炸。上午十点，北军的士兵从三英里长的前线同时出击。这一仗是南北战争历史上最血腥的战斗之一,双方士兵都打得非常顽强。北军一度在几处突破了南军防线,占领了城郊的铁路枢纽,南军士兵硬是拼刺刀重新夺回来。南军的阵线上,一度有几处同时飘扬起北军的军旗,可是随后又被一拥而上的南军拿下,再次升起南军的旗帜。当夜色降临的时候,北军被击退,两军阵地之间,留下了三千具北军士兵的尸体;还有数不清的伤者,在炮火烤焦了的土地上,挣扎着爬回自己的阵地。

这一仗让格兰特将军认识到,维克斯堡不愧是固若金汤,硬攻是无法奏效的。随后几天,战火停息。可是,战场上的三千具士兵尸体,却在密西西比的骄阳下暴晒着,两军阵地上突然冒出了数不清的苍蝇,尸体的气味令人不安。24日晚上,维克斯堡守军通知格兰特将军,明天守军将短暂停火,以便北军收葬他们的阵亡士兵。

第二天,维克斯堡郊外的战场上,出现了短暂却令人难忘的和平景象。双方士兵走出战壕,收埋自己一方的阵亡士兵。南军走到了北军的战壕里,北军也走到了南军的战壕里。他们互相问候、交谈,互相提供方便,互相致谢,互相款待对方一支烟、一杯水。在很短暂的空闲里,有些士兵甚至一起玩了一会儿纸牌。北军的安德森上校在日记中写道:我看到我们这边的一个年轻士兵,在两条战壕之间,遇见了他在南军中的兄弟,他们两兄弟坐在一段木头上,一起聊了一会儿。

维克斯堡的雕塑

这也是战争中最为惨痛的时刻：士兵们发现，他们浴血拼杀的敌人，其实和自己一模一样，是普通的农家子弟，是平常的城镇孩子。在战斗中，士兵只有一条路，只有一个目标，就是取胜。为此，你不杀死敌人，敌人就要杀死你。可是，内战的敌人，其实和自己一样，善良淳朴，怀着高尚的道德心。甚至，那就是自己的兄弟。

当停火宣布结束，双方召集自己的士兵。南北阵营的士兵互相告别，互道珍重。北军立即把维克斯堡包围得严严实实，下决心要把这把钥匙拿到手。长达四十天的维克斯堡围城战开始了。

五

格兰特将军在进攻失利之后，决定把维克斯堡困死。这时候，维克斯堡西面的密西西比河，上下游都是北军的船队封锁，水上供给已经中断。陆上则是格兰特将军的大军，构筑了炮阵和战壕，围得水泄不通，连一只兔子都跑不进去。北军对维克斯堡阵地实施炮轰。南军士兵只能利用战壕和地下掩体躲避。维克斯堡市民为了避免炮火误伤，也在自家房子院子和路边坡坎上挖掘地洞，在北军炮轰的时候就钻进洞里。

维克斯堡本来就是一个不大的城镇，外界供应中断，粮食立即吃紧。商店里货架一扫而空。守军司令宣布粮食实行配给。围城进入六月下半月，维克斯堡已经接近断粮。市民们依靠每天少得可怜的粮食配给，用各自可能的办法生存下去，越来越多的时间是待在地洞里，已经没有力气做其他的事情了。城内的工商业基本上停顿。就是在这样的情况下，维克斯堡本城的《公民报》，竟然没有中断，还是断断续续地印出来，向本城市民报道新闻。唯一不同的是，纸张早已用罄，《公民报》只能印在仓存的壁纸背面，那个时候，已经没有人有心思用壁纸糊墙了。

南军的士兵也在挨饿，虚弱不堪，病患越来越多。他们日夜待在战壕里，白天暴晒，夜晚寒风，很多人已经没有力气站着瞭望了。

六月下旬，北军又策划了一次进攻。北军工兵在炮火掩护下，从自己阵地上挖了一个通向对方阵地的地下通道，在对方阵地下面埋放了大量炸药。6月25日，北军点燃了炸药，轰然一声，南军的阵地飞上了天。南军阵线出现了一个大缺口，一个巨大无比的坑洞。北军的一百五十门大炮同时开火，五万北军士兵全线发起进攻。预先埋伏的北军士兵拥入这个缺口，企图由此突击攻入维克斯堡。

维克斯堡的雕塑

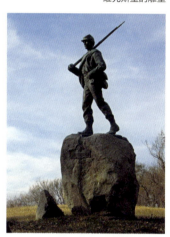

维克斯堡的雕塑

饥饿而疲惫的南军士兵迎了上去，展开了一场近距离激战。双方士兵都杀红了眼，没有人逃跑，没有人退缩；事实上，除了格杀，杀到自己倒下为止，没有别的选择。这场战斗，持续不断整整进行了二十六个小时，虚弱得几乎站立不起来的南军士兵，硬是把北军赶出了自己的阵地。当北军终于放弃进攻的时候，战场上留下无数倒下的士兵。伤者临死前的抽搐挣扎和凄惨呻吟，惊心动魄，令双方士兵军官们默然。

格兰特将军终于明白，维克斯堡的南军士兵是打不下来的。可是，他已经不需要打了，维克斯堡已经弹尽粮绝。

六

维克斯堡的南军司令，叫佩贝尔顿（John Pemberton）将军。佩贝尔顿将军是北方人，和北军格兰特将军一样，毕业于西点军校，也参加过墨西哥战争。他的夫人是南方弗吉尼亚人，他受夫人的影响而同情南方。当南北战争将要打起来的时候，他认为南方是对的，他想辞去自己在联邦军队的职务，为南军效劳。他犹犹豫豫，担心的是这样做，老家费城的家人会怎样说他。最后，在夫人的催促下，他离开华盛顿，参加南军，并且以其正直、勇气和才干，迅速得到提拔，被委以保卫维克斯堡的重任。

现在，1863年6月底，他对南军的增援终于彻底绝望，他知道，被围的维克斯堡已经没有出路。他更知道，城里的百姓，战壕里的士兵们，在看着他。

1863年7月2日，佩贝尔顿将军召集手下军官开会。军官们告诉他，士兵们已经一点吃的也没有了，他们甚至已经没有力气站起来了。佩贝尔顿将军说，我们的士兵还有一条路，那就是投降，我们可以趁着我们还有最后的一点战斗力，和对方开始投降条件的谈判。他要手下军官就此投票。除了两个人以外,所有军官都投票赞成投降。佩贝尔顿将军说,我同意大家的意见,我将通知格兰特将军,和他谈判。

七

游访维克斯堡,最可看的是国家公园局管理的维克斯堡战场公园。

1899年,在维克斯堡战役过去三十六年后,国会立法建立维克斯堡国家军事公园,将维克斯堡市郊围城保卫战的整个战场,几乎全部划入公园范围,占地一千八百英亩,以保护当年战场遗迹。为了防止风水冲刷战壕而失去当年双方军事对峙的实况,维克斯堡军事公园为围城保卫战中所有军事单位的地点,立下了永久性的标志牌。这些标志牌,南军一方用红色,北军一方用蓝色。连绵的红蓝标志牌,把当年的围城保卫战阵线标得一目了然。南军的防线,有些已经在城内居民区,现在也竖立标志牌和纪念碑。这些标志牌纪念碑,有些是在学校的操场上,有些是在居民的院子里。参战军队士兵的家乡所在各州,也陆续在军事公园内,在自己子弟兵当年流血牺牲的地方,立下纪念碑,并为自己州的军官们塑像。维克斯堡军事公园一共有一千三百二十四座纪念碑标志牌和说明牌。这些纪念碑和塑像,使维克斯堡军事公园成为美国东南部最大的室外雕塑公园。公园里还保存着总长二十英里的战壕遗址,十五座历史桥梁,五座历史建筑物和一百四十门当年留下的大炮。

我们是正午时分到维克斯堡的。从20号公路下来,随即进入军事公园大门。在大门口的信息中心拿一张地图,就开始沿着单行的游览线巡视阵地了。先经过外围联邦军队的围城阵线,一路上的标牌表明此地驻守的是北方什么州的什么部队,军官的姓名,战役和伤亡人数。这一路有十几英里长,最后到达维克斯堡国家公墓,这儿面对密西西比河的山坡上,埋葬着一万七千名牺牲在南北战争中的士兵。这是美国最大的阵亡将士公墓。

然后我们开始游览内线南军的防守阵地。两军阵线,有些离得较远,有些则近在咫尺,对方喊话都能听见。就在两军阵线之间的一个地方,山坡上原来有一棵老橡树。1863年7月3日,北军的格兰特将军和南军的佩贝尔顿将军,在橡树下会面了。

佩贝尔顿将军告诉格兰特将军,此行目的是谈判投降条件。格兰特将军说,投降必须是无条件的。佩贝尔顿将军坚持,投降的条件是,南军官兵在宣誓不再拿起武器后,必须释放回乡。佩贝尔顿将军让手下参谋和北军参谋继续谈判。当天晚上,终于达成投降协议:南军官兵将获得释放,但是他们必须在第二天,1863年的7月4日、美国的国庆日,交出维克斯堡。

八

我们参观了维克斯堡内的老法院博物馆,这是当年维克斯堡最壮观的建筑,现在是维克斯堡的历史博物馆。1863年7月4日,就在这法院前的广场上,举行了正式的投降仪式。枪声停息了,硝烟在散去。南军士兵们从战壕里走了出来,用最后的力气列队,站在他们的对手面前。他们站在阳光下,第一次不再担心有冷枪流弹飞来。维克斯堡的市民们,从各自的地洞里,摇晃着慢慢走了出来,含着眼泪,默默无语地看着——他们的城市,在美国的国庆日,投降了。维克斯堡战役结束了，南北战争随之将走向尾声。不久，内战就要结束，和平将要来到。

内战对任何一个民族都是一场悲剧。美国人从南北战争至今从来没有停止对这场内战的反省。但是，内战之痛，没有什么地方的人像维克斯堡市民那样，痛彻心肺。他们是在被强大的军队围困了四十天，弹尽粮绝以后，被迫投降的。而那投降的日子，恰好是"北方人的国家"的

老法院博物馆

国庆日。当和平来到，战时的饥饿艰辛和苦难会被淡忘，但是当全国焰火腾空庆祝国庆的时候，战争带给他们的屈辱和难以言说之痛却无法忘怀。从此以后，维克斯堡这个城市不再庆祝7月4日国庆日。每年的这个日子，全国喜气洋洋一片欢腾，只有密西西比河边这个美丽的城市，一片死寂。

内战在维克斯堡留下了最为惨痛的兄弟相残的创口。从那场战役里过来的人，无论是南军还是北军，都再也无法忘记那两军对阵互相残杀的日子。1890年春天，维克斯堡战役的两军老兵们，第一次旧地重游，参加双方老兵的联合纪念活动。以后年年在此举行老兵团聚。老人们把酒言欢，有时候还要为当年的理想重起争执。当这些老人渐渐老去，每年的团聚人数越来越少，终于再没有人来团聚的时候，维克斯堡之痛依旧。维克斯堡的市民依然不庆祝国庆。

百年之痛　047

1937年5月22日，格兰特将军的孙子和佩贝尔顿将军的孙子，在祖父们的战场上会面了，他们在当初两位将军谈判投降条件的老橡树下，庄重地握手，互相致意。他们想用这一举动，来医治维克斯堡的百年之痛。

1945年7月4日，在第二次世界大战即将胜利的日子里，维克斯堡市民在八十二年以后，首次庆祝国庆节。至今，内战已经过去一个半世纪，但每年7月4日，维克斯堡仍然和其他城镇不同，仍然是平静的，仍然没有群众性的庆祝活动。我想，要是当年的格兰特将军、后来的美利坚合众国格兰特总统，能想象维克斯堡市民心头的百年之痛的话，他就不会非要在7月4日进城了。

不要丢失的记忆
——访维克斯堡之二

回想起两次相隔数年的密西西比河之行,翻看着旅行中的照片,维克斯堡的故事似乎还没有讲完。

一

维克斯堡围城的故事,只是密西西比河流域在一百四十年前南北冲突的一个象征。

密西西比河是一条非常丰富的河。它的丰富和围绕着它的南方故事有关,也和南北冲突有关。马克·吐温的《汤姆·索亚历险记》发生在这里,《汤姆叔叔的小屋》也发生在这里,直到现在,站在密西西比河边,我的耳边就不由自主会响起那低沉的男中音:

"Old Mississippi, many you have seen,(古老的密西西比河,你什么都看到了,)

密西西比河

Old Mississippi, good friend we have been,（老密西西比河啊,我们曾经是好朋友,）

Oh, you know my yearning , burning in my heart,（哦,你知道我心中燃烧的渴望,）

And you know my sadness when we part."（你也知道,分手时我是多么悲伤。）

密西西比河不仅是世界上数一数二的长河,也是世界上最弯曲的一条河流。它在几百英里的直线距离中,可以九曲十八弯地多走上一倍多的距离。这些弯道也经常被河流抛弃,不知从什么时候开始,它就会突然又走一条捷径,把一大块弯道内的土地抛向大河另一边的陆地。

维克斯堡附近,就曾经发生这样一次河流改道,把维克斯堡下游三英里的一个小镇,抛到了它的上游。沿河各州常以密西西比河为界。河流改道会把一个小镇从这个州抛向那个州。马克·吐温曾经这样形容他那个时代的南北冲突:"这样的事情要是发生在早年的河流上游,那么,一个密苏里州的奴隶,就可能一朝醒来,被改道的河流送到伊利诺伊州,而变成一个自由人了。"

马克·吐温不仅在密西西比河畔度过童年,南北战争中,二十六岁的马克·吐温还曾经是南军的一名士兵。他短短两个星期的参战,据说只是失业的结果,这是人们很少提到的,在美国的南北战争时期,政治基本还是政治家的事情,尤其是北方,很多人只是为了军饷在打仗。两个星期之后,马克·吐温找到新的生计,和哥哥一起去内华达州淘金,就离开了军队。可是不久,他又回到南方,成为一名战时记者。

直到很多年以后,马克·吐温重游密西西比河,他还是念念不忘维克斯堡的围城故事。那时候,事情已经过了二十年,可是照马克·吐温的说法,维克斯堡"惊天动地的"战争,创伤犹存:堡垒还在那里,被炮弹打断的巨木残枝还在那里,躲避炮弹的洞穴还在那里。一个黑人不无夸耀地指给马克·吐温看,在他自家的院子里,还留着二十年前一颗没有爆炸的炮弹。他告诉马克·吐温,自从围城期间它落进这个院子,就再也没有挪过窝。他说,炮弹打来的时候,"我在那里,我的狗也在那里。狗向它冲过去,可我没有。我只对它说:您别客气,就躺在那儿好了,别动了。您想炸,就把我这地方炸了吧,我没那么闲,在林子里还有活儿要干,我还有好多活儿等着我干呢"。

维克斯堡人向马克·吐温讲述他们二十年前的鲜活回忆。他们怎样与外界隔绝,被北军围成了一座死城。"前面是炮船,后面是军队和排炮",城市不再有新闻,车站不再有火车和旅客,密西西比河

南北战争题材的美术作品

不再有熙熙攘攘往来的舟船。一切都是静止的,只有呼啸的炮弹和飞涨的物价。哪怕在清晨三点,照样可能被炸弹惊醒,人们被逼出被窝,冲向气闷狭小的洞穴,身后是大兵们大笑着的叫声:"钻地洞吧,老鼠们!"

战争令人麻木。马克·吐温问道,在整整六个星期的围城期间,人们无事可做,那么,他们写日记吗?得到的回答是:不,他们只在前六天写。"第一天,写满满的八页;第二天,五页;第三天,一页——写得很宽松;第四天,三四行;第五天和第六天,一两行;第七天,日记中断了。"恐怖的维克斯堡战争生活,已经变得"平常"。

维克斯堡"看到了战争的一切,陆战和水战都一一挨过去了,围攻、地雷、袭击、败退、炮击、疾病、俘虏、饥荒,更是家常便饭了"。周日的弥撒照常举行。一开始人不多,渐渐就多起来。当炮弹呼啸着从屋顶飞过,一切静止,鸦雀无声,人们活像是在参加一个葬礼。然后,有人发出一个声响,弥撒就继续下去,爆炸声和风琴赞美诗的声音,一起响起来。

7月4日,维克斯堡因弹尽粮绝而投降,生活似乎恢复了常态。可是,在常态的掩盖下,维克斯堡人已经被改变了。他们不只是不再庆祝7月4日这个国庆节,还有各种无形伤害隐藏在内心深处。

我记得最惊心的那个故事:一个维克斯堡人对马克·吐温说,战争中的一个礼拜天,他从教堂走出来,遇见了一个阔别已久的朋友。在这非常时期相遇,感慨万千,他热烈地握着老朋友的手,一边说:"今晚轰炸结束,你到我那个洞里去,我弄到一瓶原装的威士忌……"那时的威士忌像金刚钻一样昂贵。话音未落,一颗炮弹飞来,弹片削去了老朋友的肩膀,他握着的手还没松,肩膀就一下倒挂在他手上。从此,他再也不得安宁,因为他清楚地记得,在那一瞬间,他脑子里下意识地出现一个念头:这酒是省下来了……此后二十年,死死纠缠他的,竟是这样一个问题:我怎么会如此卑劣?我怎么会冒出这样的念头?

他此生都休想安宁了……还有多少维克斯堡人,内心再也无法安宁?

在马克·吐温重访维克斯堡的时候,联邦政府已经建立了第二个纪念碑,纪念佩贝尔顿将军代表维克斯堡向北军的格兰特将军投降。那是一个金属纪念碑。第一个大理石纪念碑,已经支离破碎,就像维克斯堡深深隐藏的内心。

马克·吐温也拜访过我们今天见到的那个国家公墓,几千名保卫维克斯堡的南军将士，除了少数几个被误认的外，都没有归葬入这个公墓。

那时，大门上方为埋葬在这里的北军士兵，刻有这样的文字："1861—1865年，一万六千六百名为国捐躯的英魂在这里安息。"马克·吐温离去后又是一百二十年过去了。我们来到这个公墓的时候，被埋葬的灵魂依旧，门楣却已经无存。在今天的夕阳下，我们看到，有好几块墓碑已经长进了大树的树身和老根。当年，马克·吐温看到的时候，那还是一棵年轻的小树吧？

二

如何定义一场内战的"为国捐躯"？

内战是世界上最没有名堂的事情，如同这含含糊糊的"为国捐躯"的说法。至今为止，所有非常明确的说法，都是简化了的结果。当时的美国南方还存在着奴隶制，当时北方所代表的美国主流社会厌恶和反对奴隶制，却并没有要为了"解放奴隶"，就不惜发动一场战争的念头。南方的一些州，厌烦了北方对奴隶制的频频抨击，决定脱离美国，自己过日子。而林肯只看到南方毫无兵力，低估了战争的代价，决定以一场战争拖住去意已定的南方。

当时的南方已经成立了自己的国家——南方邦联。最惨的其实是如弗吉尼亚州这样几个中间州，还有一大批它们的政治家。他们反对奴隶制，也反对国家分离，更反对一场内战。他们在内心里，希望历史遗留的制度问题，能够随着时间推移渐进地变化，完成历史的演进。可是，南方要走，北方要打，没有他们的立锥之地。是北方对他们家乡的武力进攻,把他们逼进南方的阵营里。

这是南方人至今耿耿于怀的原因。林肯预计征兵几千、战事三个月便能"解决"的问题,而最终打了整整四年。六十一万美国青年自相残杀,战死在南方的土地上。怎一个"为国捐躯"了得!

美国的民主制度是自然演进的,南方也一样。它在历史的负担下逐步改变。但是,以前从没有出现过强制多数人意志的外来政府。对于历来把"州"看作是自己"国家"的南方人,在战后所谓"重建时期",失去了民主权利,感觉如同是被"外国"侵略者的军政府所"统治"了。南方的"重建时期",一直是美国历史上我很感兴趣的一个特殊时期。在那个时期里,很多事情都是反常的。

我们也是在改建为博物馆的维克斯堡老法院大楼里,待了几个小时,才津津有味地读出这些纸张发黄的原始资料来的。

我们是第二次来这里了,几年前就来过一次。那是个门可罗雀的博物馆,还是原来那个工作人员卖门票。他给自己营造了一个很有历史感的环境,一个小小的角落,悬挂罩着老式灯罩的白炽灯。昏黄的灯光下,有一只精工细作的古董收银机,哐当一声,我们的门票钱给收进了这只美丽的古董,我们相视而笑,他也笑了。他还是瘦瘦的,戴着眼镜,没有访客的大多数时间里,就是捧着一本历史书,在那里入神地看。门外他收养的那只带着黑色条纹的灰色野猫,还懒懒地守在那里。

那里的陈列手段是最原始的。限于空间的局促,所有的陈列品都拥挤

南北战争题材的美术作品

地塞满了陈旧的老式玻璃柜。可是那些资料却是难得的珍贵。

例如，在那里有一张这样的手书通知，是1865年8月11日，维克斯堡投降整整两年之后，由占领维克斯堡地区的军政府给邻近小城吉布森港的一位女士发出的通知。原信是这样的：

布莱斯科太太：

你据此被通知在明天上午十点到我处，进行对联邦政府的效忠宣誓，否则将被作为政府的敌人起诉。

路易斯·尤柯
联邦军队上校司令官

在历史记载中，这名布莱斯科太太最终拒绝了"忠诚宣誓"，结果进了监狱。当时所有的南方人被要求作出"忠诚誓言"，这也正是这场宣布目标为"解放奴隶"的战争，掩盖着的实际上的"反分离"内核。虽然，相对于许多其他国家对"叛乱"敌方的事后杀戮，一百四十年前的美国联邦政府要求南方民众作的"签署效忠书"、"忠诚誓言"，是相当温和的措施，可是，对于南方人来说，终是一个难忘的羞辱。

战事发生在南方，维克斯堡投降虽然蒙羞，却远不是最糟糕的结果，因为整个南方已是一片焦土。就是在维克斯堡地区，它的整个经济体系，也和南方其他地区一样，被彻底摧毁了，原有的法治系统也被破坏了。当时，北方来的临时军政府控制了一切，南方人一度失去很多习惯了的自由，就连举行葬礼，也必须取得军政府的批准。在这个老法院博物馆里，就陈列了一张1865年3月24日由维克斯堡的联邦军政府发出的葬礼批准书。

黑人奴隶被突然解放了。可是，他们也同样经历了一段异常困难的岁月，因为他们突然失去了住处和谋生的手段。假如制度的转变是和平的，那么庄园经济还在，前奴隶就可能转化为拿工资的雇工，而慢慢适应自由谋生的生活，逐步改变自己的处境。可是，战争彻底毁灭了南方赖以生存的庄园经济，庄园主们在战后普遍变为赤贫，已经根本没有能力提供任何工作机会。

由于解放奴隶的战争目标，是在战争中途切换而来的。联邦政府并没有为这些被突然解放的奴隶之生计作出安排。虽然，在维克斯堡的华盛顿街和格罗富街的转角上，象征性地开设了全美国第一家由黑人开设的银行。可是大量的南方前黑奴的生活，由于南方经济被摧毁，而陷入了前所未有的绝境。

同时，北方也有大量的投机商人，乘南方之危，主要是乘经济的失序，前来捞取非常利益，使得在重创之下的南方经济，遭受了最后一击。从此南方出现了"carpetbaggers（背地毯包者）"这个词，"地毯包"是当时能够找到的、最大的背包，南方人以此讥诮那些来自北方的投机商人，背着能够装下地毯的最大的背包，来装走他们从南方搜刮到的东西。一度这个称呼成了"北佬"的代名词。

三

踏着嘎吱嘎吱的木楼梯，我们上了老法院博物馆的二楼。它的一大部分，今天还是维持了原来法庭的原貌。这个大楼本身就是战争的一个见证。

这个法庭最早是在1859年6月开庭的。当时整个建筑物还没有完工,法庭的大厅里,只安放了一些简单的木头条凳。围城期间,法院楼本身被炮弹击中,当场打死了四个密西西比第五步兵团的士兵,还伤了十几个人。在维克斯堡围城期间,这里主要用来关押北军战俘,在维克斯堡投降之后,法庭在很长时间里被联邦军队占用。

战后,庭审逐渐恢复,在这里发生的一些审判,也反映了南方重建时期的种种混乱和困惑。

战后,维克斯堡发生的最大惨祸,是一个船难。1865年4月24日,一艘名叫"苏尔塔娜"号的蒸汽船,离开维克斯堡,运送战争结束后的北军士兵回家。当时,只有三百七十六人载客量的"苏尔塔娜"号,严重超载,上了二千六百名乘客,其中一千八百八十六名是在各地刚刚被释放的北军战俘。南北战争期间,战俘营的条件都非常糟糕,死亡率很高,在战俘营熬过来都不容易。可是,不管船主和负责船务的前南军军官的抗议,负责的北军军官们完全忽略这些反对意见,坚持超载上人。

"苏尔塔娜"号连甲板上都挤满乘客,逆流沿密西西比河上行。1865年4月27日,一个黑色黎明,在行至孟菲斯附近的时候,"苏尔塔娜"号锅炉爆炸。船立即起火下沉。一千六百名乘客死亡,其中包括一千二百名士兵。这是美国最大的一起船难。

追究"苏尔塔娜"号渎职的案子,就是在这个法庭审理的。其中一名纽约来的军官斯彼得,在这里受到军事审判,被判定罪名成立。可是,当时的战争部长却反对定罪,法官也就随即推翻了判决,解除对斯彼得的全部指控。斯彼得最后荣誉退役。他没有再回纽约的家,而是留在这里,渐渐变成了一个维克斯堡人。更出人意料的是,他后来自己也成为一名维克斯堡的法官。

老法院

除了这个渎职案的审理,在战后,这个法庭另外几个重要案子,也都具有重建时期的特色。

1865年5月,十二名联邦士兵在这里接受军事审判。他们被指控谋杀了维克斯堡的一名前庄园主的妻子库克夫人。最后有数名士兵被定罪。这个案子之所以有名,是因为在维克斯堡被占领期间,曾经发生多起联邦士兵谋杀维克斯堡平民的案件,可是都没有进入司法程序,库克夫人案是唯一的一个例外。

另一个案子是1867年的春天,一名年轻的黑人科利亚,被控谋杀一名白人联邦军官。科利亚原来是赫兹家族的一个奴隶,曾在南军的骑兵中服役四年。战后他回到家乡,得知一名联邦军官欺负他以前的主人,他就以复仇的名义,杀了那名军官。他以谋杀罪被审判,在一位名律师的辩护之下,他最后没有被定罪。

逐渐地,这里已经从"军事法庭"转为普通法庭。正常的法治也开始逐步恢复,一个标志性的案件,是前南方邦联的总统杰弗逊·戴维斯作为原告提出,而在这里被审理的一个案子。

作为前南方邦联总统的杰弗逊·戴维斯,在战后当然是一个叛乱首领、国家分裂者的身份。他因此在联邦监狱里待了整整两年。可是,在处理杰弗逊·戴维斯的态度上,可以看出美国的基本风格。在整个入狱期间,杰弗逊·戴维斯期待的就是被起诉,因为对他来说,南方分离的诉求并没有违反宪法。他坚信,只要开庭起诉,他就以一个被告的身份,获得了为自己、为南方辩护的机会。也正是由于在联邦的层面,正常的法治迅速恢复,联邦政府也知道起诉的不利,就在两年之后,放弃起诉,无罪释放了叛乱南方的前总统杰弗逊·戴维斯。这个做法,为整个美国回到曾被战争破坏的正常体制,作出了有力的推动。

杰弗逊·戴维斯回到家乡,正是在南方的地方法治开始恢复的时候,他又在1874年,南北战争结束九年之后,走进了我们眼前的这个法庭。他要求归还战前他拥有的"刺木丛庄园"。在战争中,这个庄园被联邦政府没收,之后还给了戴维斯的兄弟,然后又被卖给了原来的庄园奴隶们。这些奴隶后来放弃了这个庄园,庄园又落到戴维斯的一些亲戚手里。

这个案子的关键,显然是在评判对于庄园的第一次没收行动,即政府没收属于"敌产"的私人财产,是否合法。在这个法庭,杰弗逊·戴维斯穿着象征南军的灰色制服,每天和他的律师出席庭审,就坐在我们眼前的那张长桌后面。在这个由重建时期的北方政府控制的法庭上,杰弗逊·戴维斯败诉了。可是在向密西西比州最高法院的上诉中,杰弗逊·戴维斯最终赢回了自己的庄园。

四

由于维克斯堡国家墓地在建立的时候,没有包括南军战死士兵的遗骸。因此,1866年5月15日,在维克斯堡投降的两年之后,维克斯堡的妇女们在这个老法院聚会,成立了一个南军墓园协会。从此开始有组织地纪念那些为保卫维克斯堡而献出生命的南军士兵。

当时的南军士兵来自南方各地,并不都是当地人。我们在战场纪念园里,甚至发现了来自我们居住的佐治亚州的团队的阵地前沿纪念碑。那是在一个小小的青草坡上,旁边就是一栋漂亮的大石头住宅,一黑一白两只大狗,好奇地出来迎接我们。这一部分南军的阵地已经和今日的维克斯堡居民区混合在一起,可是,显得特别幽静。

墓地

南方的记忆都是从这些妇女开始的。那些战死疆场的、败军的官兵们，是她们的父亲、丈夫、儿子。她们先站出来，从纪念生命开始，传承属于南方的记忆。南方各地村镇的南军纪念碑，几乎都是由这样的"南方之女协会"发起建立的。

于是在美国，南北战争的记忆，就由南北双方在各自表述。联邦政府强调奴隶制的残酷，强调南北战争在结束南方奴隶制上的功绩；同时，也在强调国家统一的重要和南北战争中止南方分离的意义。而南方则发掘战争的最初动因和解放奴隶无关的事实，讲述战争本身的残酷，强调他们的宪法权利，叙述战争对南方的摧残和战后重建时期他们失去的民主权利和自由。

双方都是有偏重的，都不是全部事实。而把两边的表述合起来以后，那个两边都有错、两边都有正确之处的复杂而纠葛难缠的历史事实，才是真正的美国南北战争史。今天的人们，越来越意识到，重要的是容许双方都作出自己的表述。否则，历史的记述是不完整的。

走出老法院，我们在想，为什么历史记录必须是完整的？因为不完整的历史在阻碍人们吸取教训。

假如完全依照南方的表述，他们很可能为了替自己辩解，而对南方奴隶制的残酷轻描淡写，回避在历史冲突中，他们一方的道德责任。而假如完全按照北方的表述，南方承受的巨大战争灾难也可能被忽略，使得今后的美国对内战的灾祸缺少反省。

今天，所有的历史细节都没有遗失。尽管联邦政府和南方记述对南北战争的结论性论述，有着很大的差别。可是，美国历史不是抽象的结论，而是浩瀚书卷一字字记下来的一个个地区、城镇、家庭、个人经历的历史细节。

通过这些细节，美国人开始明白，当年他们无力阻止这场战争，不论是南方还是北方，都深陷在他们各自的历史局限之中。可是，这些细节所描述的伤害和教训，却可能阻止新的国内矛盾激化，阻止一次次新的内战发生。他们从自己的表述中看到了对方的错误，他们也从对方的表述中，看到了自己的历史误区。

围城的故事

维克斯堡坐落在密西西比河边，那是一个有着大河湾的老城。我们绕行在一个个高坡上，从不同的角度细细打量那古老美丽的河流。巧的是，那天下午，刚好有一对祖孙，也在走我们游览的路线。就像是一个经久的隐喻，每次爬上一个山坡，我们总是看到这一老一少，先我们一步，迎着和煦的风，坐在坡上。老人在给孩子指点：

　　北佬就是从那里围了过来……

维克斯堡人就这样，在一代代讲述他们被围城的故事。

普利策：一百年前的故事

提起新闻业，大概没有人不知道普利策其人。想起普利策的故事，我总是会有一些和新闻业相关的七七八八的感想。

一

普利策是一个典型的新闻人，或者说是一个天生的冒险者。很多风险投资者都具备他这样的性格。我相信这样的人从精神构造上就和常人不一样。他们天生的就在内心涌动着超常的冒险欲望、异乎寻常地追求一个奇异人生。普利策也是如此，他从小就像一只飞蛾，渴望扑向一团炽烈光亮，哪怕明知这光亮就是一团火，一头撞上去就会瞬间焚毁，他也会死活不顾地一定要撞上去。

这可不是什么文学比喻，这是普利策人生出场一开始就亮出来的选择。虽然青春期的少年或多或少会有类似冲动，所谓不管"干什么",总要"干点什么"。所以,顺便说句题外话,这也是判断一个政治家是否正派的标准:正派的政治家会坚决始终面对成年人说话。而不正派的政治家煽动民众时往往会先从青春期的孩子入手。普利策1847年出生在匈牙利,他和正常的青春期孩子还是不同,少年普利策早早独立。而且刚一独立,他就在固执地寻找一个炮火连天的战场。至于这仗为什么要打、打的是谁,他根本不在乎。

于是,普利策先是要求加入奥地利军队,后来又要求加入即将开赴墨西哥战场的法军,然后渡海要求参加英军,以便前往英国殖民地印度。可是,这些军队都一一拒绝了这个送上门来的"炮灰"——他太不像一块当兵的料了。少年普利策身高一米九,却瘦弱得像根竹竿,还是个近视眼。

终于到了1863年,适逢美国南北战争进行到最尴尬的时刻。战争的规模、伤亡和拖延的时间,都远远超过了林肯总统的预期和民众能够忍耐的程度,联邦一方的北军一向采用的志愿募兵已经行不通,初试抽签征兵,就在纽约引起大暴乱。于是联邦政府转而向欧洲高价招收雇佣兵。一批寻找雇佣兵的二道贩子,被抽成的利益吸引应运而生。他们立即扑向欧洲,在大街小巷乱串,猎取任何一个愿意步上遥远的美国战场的对象。1864年底,一个美国兵贩子和十七岁的普利策相遇,双方一拍即合。

聪明过人的普利策,在旅途中就摸清了来龙去脉。在接近美国的时候,他跳入冰冷的海水,抢在兵贩子之前赶到纽约,领走了那笔可观的雇佣兵费用。幸而这个几近疯狂的少年,没有就此战死在这场对他来说毫不相干的战争中。不到一年,战争结束,在这块完全陌生的新大陆上,谋个饭碗成为普利策的当务之急。真巧,不甘平庸的普利策遇到新闻界。他先进入德语的侨民报纸，随着英语长进，又逐步转到英语报纸。这真是天赐良机，那是和平时期他能够找到的最具刺激性的行当了。

在那个年代的美国，新闻界是另一个厮杀声不断的战场，大量具有普利策性格的人投身其中。他们要在激烈竞争中，找出最具刺激性的轰动新闻——这不单是商业利益和报纸的销量在驱动，还因为这就是这个行业本身的职业属性。记者们一个个跟侦探一样在刺探和抢夺新闻，大报主编们水平的高低，是天天随着报纸的出版而揭晓的，新闻界很自然地就集合起一批中流砥柱。普利策是从一线记者干起的。他一天工作十六个小时，是个拉也拉不住的工作狂。

普利策加入这一行正是时候，那时美国新闻业在蓬蓬勃勃发展，却还没有规范。因此，读他的故事也真像是在读一部美国新闻史。

新闻业不是人们刻意制造出来的，它来自人对本能需求的满足。它像一颗埋在非常适合生长的土壤里的种子，一旦发芽，就会迅速生长起来。人们组成社会，自然要了解自己身边发生的事情，报纸在英语里就叫"新闻纸"，是完全鲜活、真实的社会动态。报纸一旦不能反映社会真实，一旦被外力扭曲，它就失去生命和灵魂了。

美国报纸一开始是有强烈的政治倾向性的。这种倾向倒还不是来自政府的控制，而是来自竞争中的两党政治的需要。最初的美国政治基本上还是精英政治，而报纸也因印刷技术上的原因，价格奇贵，无法普及，活像是精英们的论坛。随着印刷技术的突破，报纸从精英层走向大众。南北战争中，人们对战争新闻的需求，也对新闻业猛推了一把。很快，新闻独成一业，红红火火，上到达官贵人，下到市井小民，谁也离不开报纸了。普利策恰在这个时候，参加了进去。

随着政治党派的自然产生,报纸也跟着有了强烈的党派性,有此党的声音,也有彼党的声音,吵得不亦乐乎。有时,一个党派的新闻还只肯给自己一派的报纸。瘦弱的普利策做记者却是拼命三郎,虽然是共和党报纸的记者,他却什么新闻都积极争取。有一次,他破门而入,竟把阻挡他进入民主党会场的看门人打翻在地,成功写出了民主党秘密会议的新闻报道。

假如说,美国这块土地是一群天使居住的地方,那么它的故事带来的经验就一文不值。两百多年来,这里是一个"联合国"。世界各地有各种问题的人,在这里聚到了一起。当时移民来美国的人,多半在家乡的状态和少年普利策一样潦倒,不少人的性格是和普利策一样敢于闯荡甚至铤而走险。虽然并非每个人都有普利策的好运气,可是在兜里没钱,却都要吃饭这一点是没有区别的。因此,假如说美国历史上的大城市,曾是一个犯罪率高、黑帮盛行、盗贼满地、骗子投机无处不在的地方,实在是一点也不叫人奇怪。移民们把世界各地的黑暗,都扯下一片,随身带了来。而警察体系的成长速度,常常跟不上天天在港口一大船一大船下来的移民增长速度。

社会的黑暗面,也自然会进入政治上层。幸而,依据宪法美国始终保障了自然发展的新闻界。当时,一个好记者的招牌首先是正直、反腐败。所以冲锋陷阵工作、生死不顾的一流记者普利策很快出名。更稀奇的是,年方二十一岁的普利策竟然因此当选为密苏里州参议员。大概只有美国这样人人都是移民、不讲资历的国家,才会出现这样的事情。在1870年1月上任的时候,他离法定的参议员年龄还差了整整四岁。他自己当然心里有数,可是仍一声不吭,走进议会大厅就在里面坐下来。居然也没有人提起他的"非法年龄"。

普利策

记者和议员的双重身份,更使普利策始终站在揭露反对腐败行为的最前端。在那个年代的美国,说新闻业是个战场,一点不算是夸大。精神病院的黑幕、政党和财团的金钱交易、保险公司的欺诈、警方的残忍行为等等,无一不在报纸的揭露和抨击之中。有一次,普利策揭露了一个承包商的黑幕,那个像拳击运动员一样身材的承包商,当众指着他的鼻子破口大骂。论打架,细长身材的普利策不可能是他的对手。据说,在激怒之中,他回去提了一把枪来,半路告诉别人说:"要出新闻了!"最后,他们先是扭成一团,后来又有枪响,双方都受了伤。究竟发生了什么,两人的说辞不同,谁也搞不清楚。幸好没有出人命,事情也就不了了之。此后人人知道,普利策走到哪里,口袋里都会揣着一把枪。

新闻业站在揭露腐败的前沿,其实并不需要做任何刻意安排,不需要报社老板做动员,因为那应该是新闻业的本性。只要不加以干扰,新闻业自然就是这个样子。普利策那种把新闻当作生命,甚至有些夸大的战斗性,都是优秀记者的基本特点。只要任其自然发展,这个行当就会自然地聚集起这样一批人来,以暴露社会阴暗面、发掘腐蚀社会的违法行为为目标。因为在这里面,优秀的新闻人能找到自己的人生使命感,也因为他们知道读者在那里等着,这是他们存在的意义。人们常常把记者叫做无冕之王。因为唯有记者六亲不认,天底下正在发生的一切故事,都是他们在负责追踪的"新闻"。区区平民,只要当上记者,皇上也在他的监察之下。

美国新闻业的自由经济特性,给普利策这样出类拔萃的新闻人,提供了可观的发展机会。为了留住报纸的灵魂人物,他工作的《邮报》老板,决定给年方二十五岁的普利策以报纸的一部分股权,这使得普利策很快成为一个富人。他后来卖掉自己的股份,在三十一岁的时候,买下了自己的报纸。

二

1878年,普利策的手里掌握了一份他自己的报纸。一开始,他对新闻业就颇有自己的反省。在报纸党派性还很强的时代,他提出自己的报纸要"为民众服务,不为任何政党牟利",报纸"不是政府的支持者,而是批评者"。身为共和党人,他宣称自己的报纸不是"共和党的喉舌",而是要"说出事实"、"要摒弃民众偏见和党派偏见"。

这让我想起后来的《华盛顿邮报》创办人尤金·梅耶,他在买下自己的报纸的时候,也发表了他经过反省后确立的办报原则:

> 报纸的第一使命,是报道尽可能接近事实真相;作为新闻的传播者,报纸要如绅士一样正派;
>
> 报纸要对读者和普通民众负责,而不是对报社老板的私利负责;为了公众利益,报社要准备为坚持真实报道而牺牲自己的利益;
>
> 报纸将不与任何特殊利益结盟,在报道公共事务和公众人物

的时候,要公平、自由和健全。

这番原则的公布是在1935年3月5日,表明尤金·梅耶要走独立、中性的道路。可是直到那个时候,很多人都还在怀疑,尤金·梅耶本人是一个具有强烈党派倾向的共和党人,怎么可能办出一份独立的报纸来。可见直到二十世纪三十年代,报纸的党派性还是很普遍的。而普利策提出类似原则,是在尤金·梅耶的整整五十七年前。

新闻业的社会监督功能,使它似乎顶着一个金色冠冕,让人觉得它就是领受了神圣使命来到人间,就是一个天然正确的社会角色。可是,身在"此山中"的普利策,深知并不那么简单。新闻业也是一个由人组成、由人在运作的系统。它也在聚集和反映出人的弱点。

不单单像普利策这样的新闻从业者是有弱点的,也不单商业运作会对这些弱点推波助澜。就本质上来说,新闻业本身就是建立在人的弱点上的,所以才会有这样的老话,叫做"狗咬人不是新闻,人咬狗才是新闻"。人都有好奇、猎奇的心理,人的创造性就来源于此。可是,当这种好奇心失去分寸、大众心理集合膨胀,也会带来令人吃惊的负面后果。

人最难了解和面对的,大概就是自己了。任何一个新闻人都知道,越是地震、海啸、火山爆发这样的灾难,也就具有越大的"新闻性"。然而,"新闻轰炸"几天之后,人们的心理会迅速疲劳,再连续报道,民众就不会再感兴趣。因为它不再是"具有新闻性"的"新闻"。面对悲惨的事件,人们确实具备、也总是愿意相信自己的同情心和关怀他人的意愿,可是人们往往不愿意面对的是:每个人的良知都有局限。人有优点和弱点,善和恶,那是一枚钱币的两面,新闻业是传达善恶兼备之人性的最典型的地方。假如没有这点认识,新闻业很难有彻底的反省。

新闻从业人员很容易失去必要的界限,在狂热事业心的驱动下,他们可能过度利用大众心理中的弱点,使得新闻业的弱点和大众的弱点叠加起来,令新闻业走向歧途。走过头的报纸,就叫作一张"不负责任"的报纸。而什么是报纸的社会责任,以什么方式具体履行它的社会责任,这是整个新闻界在发展中逐渐反省的问题。普利策、尤金·梅耶式的思考,正是美国新闻界的良知,在商业大潮中的逐步觉醒。

那是一个非常艰难的过程。因为市场在推动,政治风云漫卷,与同行对手又在激烈竞争。尽管普利策开始思考报纸的责任,许多问题还是无可避免地发生,他的报纸此后还是曾被政党利用,成为他们的喉舌。虽然在事后,他痛悔不已。

在普利策的时代,报界的商业竞争也都出现过抄新闻和伪造新闻的小动作。探得一条重要新闻,要花大力气,还要花钱。尤其当时的交通通讯还很不发达,要报道国际新闻,实在很吃力。而"制造新闻"却很难查证。普利策的《快邮报》新闻曾经常被其他报纸抄袭,弄得他很恼火,结果他设了一个圈套,刊登了一个阿富汗反英暴动的所谓电报新闻稿。经常抄袭他们的《圣路易斯星报》也发表同样文章。普利策马上发表声明,这是自己故意伪造、用来打击抄袭者的假新闻。《星报》名誉严重受损,不久就倒闭了。

可是普利策自己的报纸也不能免俗。1895年,普利策当时已经成为报业巨头,他手下的《世界报》和另一个报业巨头赫斯特的《日报》,进入白热化竞争,双方的编辑简直像肉搏一样拼上了。这时,双方都有抄袭对方的情况。结果,《日报》抢先设计了一个圈套,刊登了一篇完全虚假的伪造报道，情节特别感人。这样的游戏其实很危险，假如对方并不上钩，还可能揭露你伪造新闻。但普利策的编辑果然上当，改头换面剽窃了这个新闻故事，还捏造了自己为开发古巴新闻派出的专船。紧张地等候着鱼儿上钩的《日报》报社里，编辑们一片欢声雷动，马上公开他们的假新闻计策，猛烈攻击《世界报》的诚信。普利策只好自吞苦果。最令人气结的是，《日报》编辑在伪造的时候，还有意把新闻故事主角的名字起作"我们剽窃新闻"这句话的谐音。

这还不是最糟糕的事情。普利策和赫斯特竞争的高潮，也是美国报业发展的高潮。当美国和西班牙的美洲殖民地之间形势紧张，这两家大报几乎是身不由己地、为了报纸的"新闻效果"而开始煽动民众。这时，美国军舰"缅因号"，突然在属于西班牙殖民地的古巴哈瓦那港口爆炸。竞争中的普利策和赫斯特，为了比赛新闻的"耸动"，在报上推出种种煽动性的猜测，甚至两个报纸都发表了伪造的"缅因号"舰长给海军部长的电报，称爆炸"并非事故"。双方的报纸发行量都因此猛升和暴涨。美国民众果然被激怒，民众的情绪又反过来推动报纸甚至推动国会宣战。

我想，普利策和他的手下编辑并非战争狂人，可是他们曾是新闻狂人。这个行业竞争激烈，还挑战着体力、智力、快速反应能力、判断力等等，这是具有拼杀刺激的行业。美国新闻业很自然就集合起一批如普利策这样能力超强、在精神状态上热情过度、正义感过强，甚至精神处于临界状态的人。他们在推动着新闻巨轮，巨轮也在推动着他们，越滚越快。到了一定的地步，他们已经完全身不由己。他们既主动地穷追猛打社会的黑暗腐败，也被动地被新闻的社会轰动效应推动而飞速旋转。他们为正义奋不顾身,而虚荣和幻觉有时又把他们推向非正义。有时候,他们自己也分辨不清:当他们开始怀疑自己,他们也一定在竭力说服自己相信,自己只是在百分百地维护职业荣誉。人性的两面,都被这个特殊的行业,骤然放大了。

疯狂的天性,巨大的压力、佐以自身矛盾的冲突,足以令人错乱。最典型的是普利策的《世界晚报》的执行主编,他深深陷入自己炒起来的新闻界战争热潮,不能自拔。一天傍晚,报纸已经送去印刷厂,他突然冲上楼大喊,战争!战争!我们必须出一份号外!接下来,他颇为冷静地交代了号外的安排,巨大的"战争"二字横跨了整个头版。事后,同事们才发现他已经精神失常,再赶紧派人冲到街头,从报贩手里赶紧抢回那些"战争宣言"。

普利策手下的主编、编辑和一线记者们,可以数出一大把是以程度不同的精神失常甚至自杀结束职业生涯的,包括他的也成为报业名人的弟弟。十九世纪后期美国新闻界的急剧发展和膨胀,其速度足以冲昏任何正常的头脑。何况当时选择加入这个行当的人,多少有着异乎常人的激情。

普利策在三十九岁就爆发严重的精神方面的疾病。他的眼睛此后逐步失明。普利策变得无法接受噪音。哪怕是轻微的、常人根本感觉不到的声音,他也完全不能忍受。

难以否认的是,那一片混乱,却是新闻界自然发展的必经之路。

一片混乱之中,仍然有头脑清醒的新闻人。当时的《晚邮报》主编古德金,严厉谴责普利策和赫斯特都在"严重歪曲事实,蓄意捏造故事,煽动民众"。《世界报》的疯狂,维持了四个月。四个月后普利策清醒过来。可是,已经晚了。如古德金所预言的那样,这两大报纸在美西战争中的表现,作为"美国新闻史上最无耻的行为"被记录下来。

三

三十九岁以后的普利策,有二十二年是在远距离控制他的《世界报》。有很多年,他只能住在一艘隔音包裹严密的游艇上,漂荡在海上,以远离尘世无时不在的噪音,眼前一片黑暗。他的精神状态是不稳定的,好在这个时候他已经是一个巨富。他的财富能够减轻他的痛苦。他能够有能力支付和保障一个非常特殊的生活状态,以高薪聘用最好的秘书班子。他对轻微的噪音都不能忍受,却很喜欢听音乐。于是,永远有人在随时准备为他演奏。他依然思维敏捷、有一副最佳新闻老板的头脑。《世界报》由他的主编们在具体运作,他只顾掌控大方向。每天早上,他最重要的事情,就是让他的秘书给他读新闻:他的报纸的新闻、别的报纸的新闻。在最关键的时刻,他从来没有离开"他的战场"。他没有生活,他只有报纸。

普利策本人就是一个矛盾体。他真诚地出于正义感、出于对穷人的同情,猛烈地抨击富人的奢侈生活。可是,报纸的商业运作,也很早就使普利策成了一个极富裕的报界大亨。从本质上,他其实和许多的富人一样,在做着善事,也在过着奢侈的生活,也经常挥霍无度。他通过自己报纸的运作,在为社会寻求公义,关心着那些他所不认识的社会大众们,却常常并不那么关心自己的孩子和亲人,对手下的人经常粗暴无礼。社会批判和社会关怀,变得悲壮和抽象,成为一个人实现自我价值的"崇高理想",而不完全是人性善良的自然延伸。矛盾本身体现着真实的人性和人生。假如诚实地面对自己，几乎每个人多多少少，都是如此。人们只是更愿意表现、甚至夸张地展示自己的某一面，而不由自主地在忽略回避自己人性中的另一面罢了。所谓人性，不论善恶，只是人的属性，本不为奇。

新闻业恰是一个最典型地表达人性矛盾与冲突的行业。它在凸显伸张社会正义的同时，并不能自然避免它的种种缺陷。它的虚荣和夸张、它过度的猎奇、它受大众弱点的操纵。这就是新闻业的个性。看待新闻业，就像看待人一样。你不能企求人成为天使，你也不能期待把新闻业彻底改造成为温文尔雅的天使行业。事实证明，任何一个社会试图扼杀新闻业先天的追猎本性，都是危险的，都会因此失去了社会自然产生和发展出来的自净功能。

在普利策接受《世界报》七年半的时候，搬进纽约新的报社大楼。《世界报》当时骄傲地在报上列举了他们的成就，其中包括：揭露了精神病院的黑幕使之得到改进；促使改善了宾夕法尼亚州矿工的工作条件；促使纽约州不再按照一项中世纪法律而关押欠债者；揭露一名共和党参议员操纵总统竞选；击败了大公司老板提出的取消星期六休息半天的法律提案；揭露希尔顿将慈善院改建为大旅馆的过程；揭露贝尔通信公司的欺诈；迫使纽约市敲诈勒索的典狱长被解雇；揭露阻止了路易斯安那州一家彩票公司一千万美元的欺诈；使得一个只被富人使用的花园向公众开放；赞助和组织读者捐款，设立为穷人服务的免费医疗所，等等。普利策提出对婴儿牛奶品质严格管理、促进牛奶达到穷人也能接受的低价，在他努力了二十年后，美国才意识到这是政府的责任，才成立了食品药物管理局。普利策经营他的《世界报》长达二十八年，这样的努力从来也没有停止过。

普利策作为一个杰出的新闻人,他和他的报纸,始终在揭露社会阴暗、政府黑幕,在奸商、政府官员、政府公职人员的劣迹后面紧追不舍。自己却不但安然无恙,还在迅速发展壮大。1908年,普利策已经六十一岁,他的主编怀疑西奥多·罗斯福总统的政府在操作巴拿马运河开发的时候,有贪渎行为,于是在报纸上提出质疑。结果,尽管《世界报》的这一行动,普利策事先并不知情,但他本人和他手下的总编和一名编辑,还是被盛怒之下的罗斯福总统起诉诽谤罪,告上法庭。由于这个案子,开始了整个新闻界对巴拿马运河操作的调查,种种疑点在暴露出来。

这项起诉持续了将近两年,直到罗斯福总统下台,新上任的总统塔夫特仍然坚持继续这一起诉。在《世界报》主编发出这一质疑的时候,手头只有蛛丝马迹而并没有确凿的证据。因此,当时普利策和他周围的人,都不知道最后法院是否会判他有罪。这时的普利策,已经是在他生命的最后几年,大家相信,根据他的健康状况,只要是一进监狱,他毫无疑问会马上死去。普利策内心其实也很紧张,可是,循着他的办报理念,他又坚持要求他的《世界报》继续对当任的塔夫特总统的政府作出犀利的批评。

这个案子最后成为整个美国新闻界与政府的对抗。因为对新闻界来说,假如一张报纸批评政府,政府就可以动用国家力量来起诉报纸,如果定了"诽谤罪"的话,报纸以后还怎么生存?最后法院宣判普利策无罪。普利策松了一口气,总算他不必死在大牢里了。可是,他高兴没有多久,就有消息传来,刚刚在非洲打猎杀了狮子的西奥多·罗斯福,卷土重来。罗斯福咽不下这口气,上诉到联邦最高法院。

1911年的新年里,美国联邦最高法院一致裁决,驳回了西奥多·

罗斯福的上诉，这场官司终于落下帷幕。

普利策自己并不满意。他认为，由于关键文件被销毁，巴拿马运河操作一案的内幕最终没有完全揭开。普利策认为，假如案情揭开，还能够证明自己的报纸报道属实，根本不存在诽谤问题。可是，对整个美国新闻界来说，法院在审理的时候，认为不论报道是否属实，罗斯福起诉的依据的基本推测就是错的，就是说，不能认为这样质疑的报道，就是"损害了美国的尊严"。这种思维方式，使得这个案子对新闻界的意义尤为重要。

十个月后，六十四岁的普利策去世了，茫茫大海上，他孤独的游艇缓缓降下半旗。

四

普利策的过人之处在于，他对新闻业是有反省的，他或许是从自己的负面教训中意识到，没有自我反省意识的新闻业也是危险的。远在他去世之前，他就已经开始建议美国成立一所新闻学院。1904年5月，普利策在为《北美评论》(*North American Review*)撰写的一篇文章中提到："我们的共和国将与媒体共存亡。维护社会公德，需要拥有训练有素、是非分明、有勇气为正义献身的智能型报人，以及有能力、公正、具有民众精神的媒体。否则，民众、政府会变得虚伪而可笑。一个愤世嫉俗、唯利是图，或蛊惑民心的媒体，最终会制造出一样卑劣的民众。塑造共和国未来的力量，掌握在未来的新闻记者手中。"

普利策在遗嘱中，将两百万美元捐赠给哥伦比亚大学，用以建立一所新闻学院。其中五十万设立今天闻名世界的普利策新闻奖。普利策说，他认为新闻业应该进步和得到提高，他说："这是一个崇高的职业，一个因其对人民心灵和道德产生影响的、无比重要的职业。我希望能够协助吸引正直能干的年轻人加入这个行列，同时也帮助那些已经从业的人们，让他们能得到最高水准的道德和智力培训。"在普利策眼中，新闻业是一个需要不断认真研究的学问，也是一个需要不断反省的严肃行业。

从传播本身来说，在普利策的时代，还没有经过卫星瞬间传送的广播电视这样强有力的媒体。从社会环境来说，也没有今天这样的局势。今天的媒体假如要煽动民众的话，具有岂止当年的普利策们千百倍的调动力。新闻正在日日面临新的课题。

今天的美国民众在更多依靠一个自由开放的新闻系统，来抵御媒体可能的煽动。他们尽量从不同来源获取信息，以判断新闻报道的真伪，而成熟的行业竞争和淘汰，是新闻业质量的保证。每一个大大小小的报纸，都是一个独立的分支，它们相互之间达到一个制约和平衡。来自外部的监督，不是政府而是读者。读者每人手里有一份选择的权利，假如你的报纸消息经常是虚假的，民众就弃你而去，买别人的报纸去了。

1917年，普利策新闻奖第一次颁发。也就在那一年，俄国爆发十月革命。这个新国家由种种理想化的观念出发，试图由国家力量改造新闻出版业，只有被认为是"好的思想、好的言论、好的新闻"才发表。从实践来看，这样的新闻业却是死气沉沉，失去了新闻出版业的灵魂。而社会也失去一个最重要的监督。新闻业被强势操纵，也就同时放大了它可能的煽动能力。新闻业有它天生的弱点，假如由强力来掌控的话，其结果只能是两种弱点的叠加。

写到这里，我惊讶地发现，今天恰好是普利策去世的日子。他在1911年10月29日去世，那是整整九十四年之前。他的经验教训已经是一百年前的故事了。

　　承认人有弱点，而且承认人的弱点不可能完全消除，这看上去是一件很小的事情，可是，这样的立论起点，给西方文化对制度建立之必要，提供了最早的警醒和持续不断的努力，也把个人和社会，放在一个不断反省的氛围中。新闻业只是其中一个典型例子。普利策以自己磕磕绊绊的新闻生涯，在提醒人们这个简单的道理。

林奇堡：私刑的发源地

2000年元旦，我们告别纽约南下，顺路去新泽西州访友。与这些朋友是神交已久，首次见面，却相谈甚欢。最后聊到下一个目的地，我们说，要去弗吉尼亚州的林奇堡。

这是一个多年来在扰动我们的地方。我们经常长途旅行，多次在州际公路遇到几条岔路的指示牌，上面写着"通往林奇堡"。美国的许多小镇，是由人名命名的，此人通常是小镇的奠基者。林奇也是个普通人名。可我们在第一次读到这个路牌时，不由自主地相互对视了一下，彼此从对方眼中都读出一点惊诧和异样。因为，林奇（lynch）在英语中也是一个十分凶险的词，它的意思是：民众私刑。这地方怎么就赫然以此为名？

这次在我们计划北上行程的时候，就不约而同地想到，给林奇堡留下一点时间。离开朋友的家，我们顺序上了78和81号两条州际公路。开出新泽西后，在一个小时不到的时间里，就穿越了马里兰和西弗吉尼亚两个州,当然,都是只擦过一个边角。然后就是漫漫地行驶在弗吉尼亚了。

我们试过,从几条不同的高速公路穿行这个州。感觉还是81号州际公路两旁的景观最"弗吉尼亚"。冬天,一丛丛疏朗而枝干遒劲的橡树之间,是一片片纯净蓝天下的山区牧场。山坡重叠地画着一条条柔和的弧线,恰到好处地点缀着牛群。时而会出现一座老屋,虽然大多是楼房,却显出主人当年的拮据。房基占地面积很小,能省的装饰都省了。就这么细细瘦瘦,一幢又一幢,孤零零地,油漆斑驳地,站在山坡上,站在广袤的牧场中间。

这次我们进入弗吉尼亚有些晚了,不久天就渐渐地黑了。在莱克辛顿我们转上60号公路,那是一条小公路。我们决定住下。60号公路再向东南不久,就应该是直达林奇堡的501号公路了。

我们是第二天清晨才拐上501号公路的。这段路的一多半盘旋在山区,这是阿巴拉其山脉的一个支脉。顺着山顶有知名的蓝岭景观大道,而501只是纵向穿越而过。山路的峭崖下,流淌着魅力无穷的詹姆斯河。一条铁路忽左忽右,与河道紧紧相随。这条河一直将我们领向林奇堡,林奇堡就坐落在詹姆斯河边的高坡上。

今天的林奇堡,已经是个不小的小山城了。林奇是个姓氏,林奇也果然是这个城市的奠基人。可是,我们经过细细追究,才发现事情至少涉及父子两代的三个林奇。

最早来到这里的查尔斯·林奇,是一个爱尔兰男孩。那还是美国独立战争爆发前四十年。他和大量贫穷的欧洲移民一样,渴望新大陆的机会,却付不起旅费。所以,十六岁的林奇,学别人的样,自愿卖身为奴,以抵一张来美洲的船票。以劳力抵债,这是欧洲当时的流行做法,也是北美洲初期奴隶的一个来源。下船后,船长将他卖给了詹姆斯河边的一个烟草庄园主。没有想到的是,两年以后,林奇才十八岁,就时来运转。他的主人不仅喜欢他,而且把自己的女儿嫁给了他。一个奴隶一转身就成了庄园继承人。此后,他逐步在当地参政,成为地方贤达。他和妻子生了两个孩子,大儿子小查尔斯·林奇和二儿子约翰·林奇。

林奇家的两个儿子,看来都很有出息。约翰·林奇在詹姆斯河上经营起摆渡,渐渐发迹,成为当地数得上的富裕户;他的哥哥小查尔斯·林奇也凭着自己的品德学识,不仅在教会任职,还在当地政界参议。两个人显然都对这个后来以他们姓氏命名的林奇堡,做出了重要贡献。假如没有一场战争和后面的故事,他们可能就被当地居民列为城市奠基人尊奉了。可是,今天我们来到林奇堡,人们却很不愿意提到小查尔斯的名字,而总是把弟弟约翰推在前面。甚至问起林奇堡的命名来源,都有点吞吞吐吐、语焉不详。

继续探寻下去,我们发现两兄弟的性格好像很不相同,弟弟约翰·林奇始终循规蹈矩,活动范围限于商界,一点点积累财富,一步步稳稳地攀升,没有什么出格之举。哥哥小查尔斯·林奇却活跃得多,个性很是鲜明。他随父亲的引导,步入当地政界,甚至在1776年,就是美国发表《独立宣言》的那年,参加了弗吉尼亚的制宪会议。那时,他无疑是个观点明确的独立派。

林奇这个家庭随着他们的母亲的信仰,都是基督教教友派的成员。教友派是一个相当温和的教派。他们最出名的标志就是和平主义。也就是说,他们是绝对不参与战争行为的。可是,他们确实遇上了一场战争。那就是美国独立战争。

战争打乱了一切常规。人们的思想和行为都在发生冲突。在政治立场的选择上,这个新兴小镇毫不犹豫地选择了站在争取独立的美国一边;而在行动上,作为教友派的镇民,却不能参战支持美国,似乎命中注定是旁观者。在一些记载中,描述小查尔斯坚守教规,只参与了战时的地方自治,而没有介入战争。可是,在他的故乡林奇堡,人们考证出,小查尔斯最后成为教友派信仰的一个背叛者,不仅活跃于战时地方自治,也参与了独立战争。其证明之一是,小查尔斯因此被教会开除。所以,这大概是可信的。

在战争之前,这里有一定之规。弗吉尼亚是十三个英属美洲殖民地中最秩序井然的一个,差不多全盘照搬了英国的体制和法典。在首府威廉斯堡,几乎存在着后来美国制度的雏形。难怪后来制定美国宪法的时候,主力大多来自这块土地,而且驾轻就熟。可见,在独立战争之前,对于如何处理刑事案件,已经有很成熟的一套司法制度,有很严格的司法程序。大家也已经习惯于在"规矩"之中生活。

林奇堡在当时还是个小镇,没有法庭。在战争之前,根据当时的规定,他们必须把嫌犯送往殖民地首府所在地威廉斯堡。在那里,嫌犯按照既定的司法程序,接受法庭审判。虽然许多小镇都远离威廉斯堡,林奇堡就远在二百英里之外,但是,习惯于遵守契约的弗吉尼亚人,还是按照规定,在当时交通还很不方便的情况下,一次次地长途押送嫌犯去首府。

可是,打仗了。战争给这样执行已久的制度带来了两方面的冲击。一方面是刑事犯罪剧增。因为局面混乱,是大盗们的天赐良机。再者,普通的刑事案件也被政治立场放大。比如反对独立的一派,就经常袭击对立派村镇,盗取马匹出售给英军,所谓政治化盗贼大增。

另一方面，前往威廉斯堡押送嫌犯的迢迢路程，由于战争变得困难重重。尤其是政治化盗贼，都是成帮结伙，押送的嫌犯屡屡被同伙劫走。

就在这个时候，小查尔斯·林奇的个人性格和素质，使他站出来，开创了美国民主制度历史中的一个先例。他向镇议会提出，与其送出去的嫌犯被屡送屡劫，还不如自设"人民法庭"，就地审判，就地惩处，不仅免了诸多麻烦，还使罪犯难以逃脱。这个建议显然很合当时义愤填膺的民意，因此，在镇议会上一致通过。

林奇堡的"人民法庭"就这样建立起来。后来，这样"自行执法"的形式，就被称为"林奇法"。那是1778年，距离美国独立战争的结束还有近五年。"林奇法"一开创，处于战时的弗吉尼亚四周村镇，就开始效法和蔓延。于是，在成熟的英国体制中孕育着的美国，就在独立的过程中，极其偶然地有了法国革命风格的插入。

林奇堡的"人民法庭"，看上去是一个无可挑剔的战时措施。至于小查尔斯·林奇，当时已经退出议会，担任地方战时自治军的上校。他被议会一致推为"人民法庭"庭长，另有三名自治军的官员担任法官。法庭就设在庭长家的后院。至今并没有历史资料可以证明，他在任职期间是一个过分滥权的人。

小查尔斯·林奇主持的"人民法庭"执法的时期，大致就是独立战争剩下的四至五年之间。这个"法庭"现在看来还是相当克制。审理过程中，原告、被告和证人都必须上法庭；被告不仅有权为自己辩护，也可以提出自己的证人出庭作证；被告还有权向威廉斯堡的法院上诉。凡是被判无罪的，当庭释放，并且可以获得法庭的道歉。那么，被判有罪者如何处置呢？一开始，他们对罪犯的惩处，限于所谓"旧约摩西律"。就是脱去犯人的上衣，鞭打三十九下，随即释放。随着英军攻入弗吉尼亚，政治化盗贼的犯罪开始加剧，他们经常抢劫独立军的军火军粮，再向英军出售。于是，"人民法庭"的惩处也开始加重，判决的处罚改为拘禁一至五年。这个法庭没有发出过更重的判决，更没有判过死刑。

几年的时间一晃就过去了。独立战争结束后，弗吉尼亚立即恢复了战前的秩序，"人民法庭"寿终正寝。这个州后来和其他地方一样，有了依据美国宪法建立的独立司法制度。当时，不论在当地还是在美国其他地方，人们都没有注意这段小小的插曲。小查尔斯·林奇的生活当然也没有因为这段经历有所改变。他依然是一个完全正面的形象。他在当地和弟弟约翰·林奇一起受到尊敬和爱戴。战争结束不久，1786年10月29日，六十岁的小查尔斯·林奇去世，埋葬在他自己家的烟草田间。墓碑上的碑文是："爱国、热情的模范公民小查尔斯·林奇上校之墓"。每年夏天，宽大的烟草叶像波浪般在墓前随风摇荡。

战争结束了，小查尔斯·林奇也已经平静去世。他照理会和父亲老查尔斯一样，作为一个社会贤达留在"地方志"上，被家乡的后人怀念。这个故事也就结束了。可是，谁也没有想到，从这个历史人物出发，林奇演化成一个普通的英语单词，不仅风行美国南方，而且跨越国界，被整个英语世界所熟知。林奇（lynch, lynching）成为一个很揪心的词：民众私刑。

人们很少想到，有一些东西看上去非常脆弱，却是不能轻易去打破的。对契约的敬畏之心大概就是其中之一了。

"人民法庭"的依据是民主理念中"民众自治"、"多数统治"的原则。但是，维护社会公正的司法建制仅仅基于这样的原则是不够的。为了建立公正独立的法庭，司法建制必须具有牢靠的合法性。这种合

私刑

法性来源于,第一,公民契约,即在自然法原则上的宪法基础;第二,必须按照严格的预定的程序产生。没有这样的合法性的"法庭",即使在当时当地被公认为是公正的,但是一开先例,终有一天难免"多数的暴政"。对于民众激情的过度赞美是危险的。"人民"和"暴民"之间,并没有一条不可逾越的鸿沟。在失控的人群中,"人民法庭"随意蹂躏和消灭一个生命的情况,就很容易发生。聚集的人群在心理上一旦放任自己,就容易在处置罪犯的借口下,忽略个体生命,放大自己的权力。程序自然会迅速简化,刑罚必然就日趋严峻。而契约规定的严格的司法程序正是对草菅人命的有效约束。

　　曾经有过一个扭转的机会。在独立战争结束后,一些在林奇堡服过刑的人,前往弗吉尼亚州政府,控告小查尔斯·林奇"自组法庭,擅行私刑"的违法行为。这些上告的人基本上都是当年的保皇派。不知是弗吉尼亚的新政府有点"派性",还是小查尔斯·林奇的"人民法庭"在战时也无可厚非,总之,州政府并没有支持这些事实上被侵犯了公民权的上告者。州政府的判决虽然言辞温和地承认,小查尔斯·林奇的"临时措施并不完全与法律相符",但是,"在非常时期",这样的做法"还是可以容忍的"。于是,在初生的美国,"民众私刑"的违法行为，没有及时被法律制裁。民主制度的一个隐患，即"民众罪行"，没有被及时遏止。

弗吉尼亚以小查尔斯·林奇开端的"民众私刑"，在独立战争结束后没有终止，反而流传到南方近邻，在那里渐渐蔓延。"民众私刑"虽没有在全美国像瘟疫般流行，却在几个落后的南方州频频发生。这种状况曾长期存在，成为美国历史上的一大污点。高度的区域自治原则，也使得这些南方落后地区容易纵容"民众私刑"，外界却无法强行干预。在一定意义上，美国是个相当于小联合国的联邦，各州拥有自己的宪法和主权。在很长时期，其他州无法以人权为由，对另一州进行干涉。在这几个落后的南方州，民众私刑又曾和种族歧视相结合，一度成为对黑人的迫害手段。从1882年到1962年的八十年间，美国有四千七百三十六人遭到民众私刑，其中三千四百四十二名为黑人，一千二百九十四名为白人。六分之五的私刑事件，发生在几个落后的南方州。从二十世纪开始，民众私刑迅速减少，在1900年后的两年里，还有二百一十四起民众私刑，而整个五十年代的十年中，只有六起发生。

随着民众私刑的蔓延，林奇堡对小查尔斯的态度显得越来越暧昧。林奇堡有一个老法院的建筑，今天是这个城市的历史博物馆。我们在那里寻觅小查尔斯·林奇和这段历史，却只找到简单捎带的一笔。在简短的解说词中，家乡人多少有点为小查尔斯·林奇叫屈："尽管当时他执法十分公正，但是，他的名字后来还是不幸和'私刑'这个词连在一起。"可是仔细想想，小查尔斯其实没什么太大的委屈。也许他确实没有恶意。可是，他所做的，就是在美国初生的时刻，带头突破了这块土地上传统的对契约的敬畏之心。他给堤坝掘开了一个致命的缺口。民众私刑（lynching）虽然基本集中于几个州内，却被今天的美国人反省为"国家罪行"。

我们走出老法院改建的博物馆，对面竖立着一尊南军纪念碑。碑后是陡峭直下的台阶。与博物馆相邻的是一个教堂。在南方小城市中，这座教堂算是相当"宏伟"了。正是周末做礼拜的时间。吸引我们进去的是伴着震耳欲聋现代乐器的、热情奔放的摇滚圣歌——这是一座黑人基督教卫理公会的教堂。

我们站在门边，看着沉醉在音乐中尽情摇摆的人们。刚进来的黑人，都微笑着和我们打招呼。站了一会儿，转身出来。门外的黑人牧师对我们说：上帝保佑你们。

这是今天的林奇堡留给我们的最后印象。我们重新上路，把牧师的祝福一路带回了家。

迟到四十年的道歉

星期六的清晨,路过小镇自动贩报机。机器里卖的都是当地小报,内容主要是这个县的乡村和小镇的地方新闻。我们住在这里多年,却几乎从来不读这些地方小报。可是今天,就像上帝伸出手指,戳了一下我的脑门,我在匆匆走过贩报机的时候,朝展示头条新闻的玻璃门扫了一眼。于是,在走出超市的时候,破天荒地买了一张县报。

头版有一张小小的黑白照片,一寸半长,一寸宽,照片上的人我们很熟悉。虽然从未谋面,可是在一本介绍美国种族演进的书中,我们曾经提到过他。他叫勒姆尔·培尼,是美国军队的一名中校军官。

今天,培尼中校成为我们这个县主流报纸上的头条新闻。报上还有一个通知:这个星期日,2004年7月11日,是发生在我们麦迪逊县的培尼事件四十周年的纪念日。在我们家附近的一个教堂里将举行一个纪念音乐会。我们似乎是期待已久,却仍然感到十分惊讶。只有住在这里,你才能感受到,这个事件,对这个县的民众是多么沉重的一

县报头版

个历史负担。而今天麦迪逊县对培尼军官的纪念，见证着这个县的民众内心发生了多么深刻的变化。

四十年前的现在，是美国历史上气氛紧张的一个夏日，紧张的根源就在几个极端南方州。在培尼事件发生的九天前，美国的《民权法》在1964年生效。这个法案正式宣布结束了历经八十年的种族分离。大家都明白，虽说这是联邦法，可是它首先是针对几个南方州的。全世界都熟知美国曾经有过种族隔离制度，其实在美国五十个州中，只有少数南方州实行过种族隔离。

在这漫长的八十年里，南方本身也在往前走。二十世纪六十年代，是南方变化的当口，从要求教育质量的平等开始，黑人终于在联邦最高法院取得一步步的胜利。一部分南方州相继解除了种族分离。在这个过程中，最顽固的所谓南方深腹地：密西西比州和阿拉巴马州，都因此发生了一定程度的民众动荡。

我们所居住的佐治亚州，也有过种族分离制度，在变革的关键时刻，却并没有出现像阿拉巴马、密西西比那样大的民众动荡，黑白学生的合校也在逐渐完成。其主要原因，是这个州的领导人明智地作出了顺应历史潮流的决定。本来，这个州也许就可以逐渐过渡，平稳越过这个历史关头了。可是培尼事件突然改变了佐治亚州的历史。

任何一种立场，最怕的是极端分子。南方各州当时处于紧张状态，主要是极少数KKK极端分子，如同今天的恐怖分子一般，你根本无法预期他们会在什么时候、什么地方做出什么事情来。正因为如此，很少的人就能够造成大的恐怖，尤其感到恐怖的是黑人。

培尼军官是个黑人，却不是当地人。他的家是在首都华盛顿。翻开培尼军官的履历，那是一个非常杰出的美国公民。他是"二战"老兵，也是一个教育家。从太平洋战场回国以后，培尼军官是华盛顿地区学校的助理主管，管着五个学校。他领导着童子军，还是预备役的军官。1964年的这个夏天，他离开北方的家，去到南方的贝宁堡就是为了参加定期的预备役军训。军训在7月10日结束，他和两名战友听说南方现在对黑人不那么安全，就决定在夜间行车，希望在穿越南方的时候不引人注意。就在经过离我们家三十英里的雅典市的时候，他们在佐治亚大学正门，那个著名的黑色铸铁小拱门前，略作停留。那是7月11日清晨三点，原来的驾车人实在困了，培尼军官就上去把他换下来。他们还看了地图，决定抄近路，顺72号公路，再拐上了172号公路。

那个凌晨，空空荡荡的雅典市街头慢慢驶过另一辆车，那是住在该市的三名KKK极端分子，他们晃在街头，是自命有维持"秩序"的任务。约翰逊总统在九天前签署了1964年《民权法》，这使得他们怒火中烧。这段时间，他们风闻北方的民权工作者要来南方开展活动，因此，当他们在雅典市看到一辆由黑人开的华盛顿车牌的车子，就认定这是"约翰逊（总统）的小子们"来了，决定要"教训教训"他们。于是，三个白人驾车尾随着三个驾车赶路的黑人，直到驶入夜雾弥漫的荒野中。172号公路是一条乡村小路，清晨更是渺无人迹。三个KKK分子的车最后在逆向道超车，赶到驾车的培尼军官左面。其中两个人开枪，多发子弹射入车窗，驾车的培尼军官当场被打死。

培尼中校　　　培尼中校的车

车中幸存的两人被枪声惊醒，一开始还以为是炸了轮胎。之后才发现自己身上都喷上了血，疾驶中的车子完全失控。他们好不容易接过车，刹在一座大桥边，只差一点点，他们就冲进河里去了。这条河叫做"宽河"，桥头竖着我们居住的麦迪逊县的界牌。车子刚刚卡入这个县的边界线。麦迪逊县因此卷入一场旋涡。

一个联邦黑人军官在南方被无辜谋杀，又是在新的《民权法》通过仅仅九天的时候，被普遍认为是挑战《民权法》的第一个案子，全国震动。大家心里都明白，对于这样一个有争议的法律，纸上的条文是一回事，它真正是否有效，要经过执行的考验。联邦调查局派下了几十个探员。当时的佐治亚州行政领导人也下令彻查，并向全国表示，发生这样的事情，只是个别人的行为，我们州并不容忍谋杀。可是，事情的进展却最终把整个麦迪逊县，甚至把佐治亚州都笼罩在几十年不散的阴影中。

这样的案子，最有效的破案方式就是悬赏征集举报。因为作案者是在社会底层，对于知情者来说，赏金是他们一生都无法梦想到的一笔巨款。在得到线索后，联邦探员约谈了为两名谋杀者开车、却没有开枪的兰奇,他最终讲出了整个事情的经过,并且供出了两名开枪者梅耶和西姆斯。兰奇成了最重要的目击证人。另外一个重要证人,是在雅典市开修车行的葛斯塔,他是两名嫌犯的朋友,出事之后,他们亲口告诉他,谋杀培尼军官的案子是他们开的枪。

破案似乎很顺利,因此,这个案子的刑事审判在案发一个多月就开审了。

按照规定,案子在案发地审判。这个默默无闻的南方小县的县城,突然因开审一个全国大案而一夜出名。离我们家只有三英里的小镇上,近百名记者从全国各地蜂拥而来,把小镇中心最漂亮的一栋古老红砖楼房,团团围住。那栋建筑物是县法院。现在,法庭已经在几年前搬离,红楼还站在老地方,今天走进去,还可以看到原来法庭的布局依旧,陪审员的木椅子已经摇摇欲坠了。站在积着尘土的空旷大厅里,真是很难想象,四十年前这间普通的屋子,曾经是全美国关注的中心。

看上去,这只是一个凶杀案,可是在当时,大家都明白,这是一个KKK的谋杀案件。也就是说,在当时的南方,大家预料,这会是一个特别的、"政治气氛浓厚"的刑事审判。

法官斯凯尔顿是一个参加过"二战"的军官,还是一个前检察官。是一个公认的"非常好、也非常杰出的绅士"。在开审前,在他写的二十七页对大陪审团的要求中,特地写了要求陪审员放下偏见的条文:"本法庭保护进入法庭的所有公民的权利。不论他是穷是富,不论他的身份地位如何,不论他是黑人还是白人,是红种人还是黄种人。"法官要求陪审员放弃一切偏见,"平静地"权衡证据,作出判断。可是,在斯凯尔顿法官对大陪审团讲话的时候,他也似乎是在向一个庞大的听众群演说，他表达了一些政治见解。甚至阐述了自己对新的《民权法》的反对意见，主要是在《民权法》中，为了保护弱势群体，干预了业主历来拥有的一些权利，这在有着悠久自由经济传统的美国，是特别引发争议的。他认为这样的立法，"将是葬送这个国家自由的一个开端"。斯凯尔顿法官对陪审员的讲话很不寻常。似乎预示了，政治观念、政治立场，始终无可避免地成为这场刑事审判的背景。

在今天，麦迪逊县的后一代，已经无法想象，怎么可能发生如此荒唐的谋杀。那天晚上相遇的那三个白人和三个黑人，他们非亲非故，无冤无仇，谋杀也没有任何金钱利益的动机。在今天，新一代的麦迪逊人，回头去看，都说这是世界上最"莫名其妙"的谋杀。可是，被告的辩护律师赫德森是当地人，正如他在今天所说，这三个白人是KKK极端分子，在四十年前，"不仅他们的思维方式如此，还有很多人也是这样的，虽然是错的，至今仍然是错的，可是在那个时候，他们就是这个样子"。

开审是在1964年的8月，检察官请出的第一轮证人是和培尼军官同车的两个预备役军人。他们讲述了那个恐怖夜晚的经历，可是，事发时，他们两人都还在睡梦之中，惊醒后全力试图控制车子，在黑夜中能看到的也很有限，因此，从"目击犯罪"的角度来说，证词不能"扣住"罪犯。

检方的主要证人是为枪手们开车的兰奇。由于兰奇也是涉案者，在开审之前，已经在监狱里待了几个星期。在开审前，兰奇临到上阵的最后关头，突然拒绝出来作证。他宣称自己在牢里待了三十天，失眠、精神上受到侵扰，情绪低落到极点，因此现在他可能不负责任地作证和签字，所以不能出庭。证人葛斯塔也采取了同样的态度。

经过检辩双方的反复争辩,最后兰奇和葛斯塔在调查阶段对联邦探员的交代,还是被法官斯凯尔顿同意呈堂。在美国宪法中,规定被告有权面对自己的证人。证人要当场宣誓说实话。可是,依据佐治亚州当时的一条法律,法官有权决定,这样的书面证词是否可以呈堂。这条容许"未经誓言证词"的法律,后来被判定是违宪而废除,这是后话了。可是,法官斯凯尔顿也同意两名被告:梅耶和西姆斯,在法庭上不接受双方律师询问,只发表一个自己和凶杀无关的声明。大概是对第一个决定的平衡吧。

这样,兰奇和葛斯塔虽然没有出庭作证,可是当时宣读的他们的交代证言,是合法的证据。

在结辩的时候,州检察官对陪审员们说,他认为兰奇和葛斯塔对联邦探员的交代,是压倒性的证据。他称被告是"冷血谋杀者",他试图唤起陪审员们对这个黑人的恻隐之心。检察官告诉他们,培尼军官和他们是一样的人,也会感觉痛苦,也渴望生活。培尼军官对自己生命的珍视,和被告一样,和陪审员们一样,也和检察官一样。"绅士们,请拿出勇气,做一个正确的抉择。""让我们向世界宣告,他们从佐治亚州的雅典市跑到我们县里来杀人,我们麦迪逊县是反对的。向全世界宣告,这是错的。"州检察官提出要求判处被告死刑。

辩护律师赫德森的辩护焦点,是强调,他认为证人兰奇的证词是"被强迫提供的",还指出心理医生证明兰奇有精神方面的问题。可是,另一名辩护律师达西,几乎把辩护集中在挑起种族话题。他的结辩带有极大的煽动性,甚至提到联邦政府意图陷害南方白人的谣言。他还对陪审员们说:"别让人家说,我们麦迪逊县的陪审团是在把电椅变成一个祭坛,用我们人类成员的新鲜纯净的肉体,去满足那些愤怒暴徒们野蛮未开化的、充满报复心的欲望。"甚至多次提醒:"你们是白人的陪审团。"

是的,十二名陪审员全部是当地的白人,如果放到今天,也就是我们的邻居们。据说,他们之中至少有三分之二是KKK成员或者是KKK的同情者。不到四个小时,陪审团就作出了"被告无罪"的裁决。

由于此案发生在1964年《民权法》生效后的第九天,所以虽然对谋杀罪的起诉失败了,但有了这个法,联邦政府就能够以违反联邦《民权法》的名义再次起诉。对雅典市这两名嫌犯侵犯民权的再次起诉,是在案发将近两年之后。

在1966年6月的这次联邦审判中,还是借用了麦迪逊县的同一个法院大楼,同样还是当地的白人陪审员。这一次,梅耶和西姆斯,被定罪,分别判处十年的刑期。

在培尼案的谋杀罪审判中,证人拒绝作证,在当时是可以预料到的,当地白人民众普遍有种族歧视观念,证人必然会感受民众的压力。即使证据充分,陪审团作出"被告无罪"的裁决,也仍然是可以预料的。在陪审团开脱证据确凿的谋杀罪的背后,是四十年前当地南方白人的一个很普遍的立场:他们不认为一个黑人的生命和一个白人的生命是等同的。这个立场是一种隐隐约约的观念,平时他们不必作出声明和表态张扬,他们甚至可能都没有清楚地问过自己。这个问题在日常生活中似乎并未出现,即使在四十年前,因极端反对种族平等而要出去杀人,还是极为罕见的事情。绝大多数的南方白人民众勤勤恳恳劳动,他们是善良的,也是守法的。他们有种族偏见,看不起黑人,可这并不意味着他们就要去谋杀。相反,南方以治安良好出名,一向标榜"法律和秩序"。此案的两名凶手都是有些问题的人,其中的西姆斯,甚至在等候《民权法》审判的时候,就因开枪打伤自己的妻子,已经坐在牢里了。

可是四十年前的那个夏天,这桩谋杀案尖锐地把问题挑开了:白人杀了黑人,你同意依法判处白人死刑吗?假如同样的证据证明是黑人杀了白人,你还会裁定被告无罪吗?法庭上的十二名陪审员是随机抽样而来的普通麦迪逊公民,他们被看作是麦迪逊县的、佐治亚州的甚至是南方这几个州的白人民众的象征。于是平时只是隐隐约约存在的这种对生命价值的不平等看待,这种对大多数人来说,几乎是一个个人隐私式的观念,终于在1964年的夏天,被毫无遮拦地公之于世。

没有一个人、一个地区,是愿意轻松面对自己的恶行、面对自己铸成的不可挽救的大错的。时间越久,事实就越清楚:培尼中校被杀,正义却没有伸张,责任在麦迪逊所有的人身上。四十年来,背负这个历史重负,感受最沉重的,也就是这个麦迪逊县。在一本本历史书中,都清清楚楚地记载着,在1964年夏天,是麦迪逊县的陪审团,在法庭上判定杀人的被告无罪。

随着时间流逝,老一代的麦迪逊人不愿意提起培尼案,新一代的人在渐渐忘记。美国历来非常注重在历史遗址立一块小小的纪念牌的。可是,在麦迪逊县的培尼遇难地,却什么都没有。

我们几次在开车经过宽河大桥的时候,不由自主谈到培尼中校被杀案,我们问自己:"为什么这儿还没有竖起一块培尼中校遇难地的纪念牌?"我们也这样回答自己:"也许,麦迪逊县还没有等到卸下历史负担的那一天。"

当我们拿到这张报纸时,我们知道,这个县走出历史阴影,以新的面貌站起来的时刻终于到来。

四十年以后,一位南方口音、名叫坎达拉的雅典市白人女子,阅读了这个故事。她的丈夫正在竞选今年雅典市的市政委员,这个家庭是当地主流社会的一员。她读到,杀死培尼中校的凶手,和她一样,同是雅典市的居民,其中一个还活着。她还读到,培尼中校不仅和她的父亲一样,是"二战"老兵,还是一个热爱家庭的丈夫和三个孩子的父亲。培尼中校被杀的时候,他的孩子们分别是五岁、十岁和十三岁。坎达拉还读到,培尼中校的女儿琳达说,她清楚地记得,她的妈妈对她说,自己的感觉是那么奇怪,为什么丈夫没有倒在"二战"期间和日本人作战的菲律宾战场,却会在和平时期,倒在了自己国家的土地上。而培尼中校最小的儿子,当时才五岁。和父亲同名的小培尼,今天是一个飞行员,他说,"我们一直都明白,那里的人们并不都赞同KKK,我们是对KKK感到愤怒,而并不怨恨那里的白人"。

坎达拉被震动了。她问了几个当地的年轻人,他们却不知道这段故事。于是她对自己说,这是我们这个地方的一个污点,我们应该把它洗去。终有人要站出来,去为历史做些什么,也许,这个人就是我。因此,在我们买回来的这张报纸上,我们读到,当天在麦迪逊县,离培尼中校遇害处最近的一个黑人教堂里,坎达拉将举办培尼中校的纪念音乐会。

我们去了。和我们的邻居乡亲一起,满满的一教堂人,几乎挤得坐不下。三分之一是黑人,三分之二是白人,还有我们两个亚裔。有一位白人老人,已经那样地衰弱,几乎在轮椅上都坐不稳了,推着轮椅的是几乎同样衰老的白人老太太。他们缓慢艰难地走向大门,年轻

黑人教堂

人连忙上去相扶。两位老人面容认真虔诚，令人震动。音乐会请来了白人的乐队，也请来了黑人的乐队。有节奏感很强的黑人教堂歌曲，也有最土气的美国白人乡村乐队。这里的黑人教堂歌曲仍然保留着几百年前黑人从非洲家乡带来的风格，时而节奏强烈，声震屋宇，时而悠远伤感，慑人心魄。他们是南方最保守的浸信会成员，在上帝都可能觉得太刺激耳膜的强烈乐声中，他们迷醉地一遍遍重复歌颂着"哈利路亚"。

白人大多穿着保守，举止拘谨。一开始，大概还不习惯黑人教堂的风格，还是默默安静地坐着。黑人牧师招呼他们："一起唱起来跳起来啊，别忘了这可是教堂！"可是，白人的教堂多为庄严肃穆的风格，走进教堂，他们比平时的自己更安静。在这个时候，上来了一个穿着粉红外衣，又矮又胖的黑人老太太，我以为她一定是走错了才上台的。可是她一开口，歌声饱满纯净，一下子感染了所有的人。她在台上边唱边舞，时而高亢，时而低吟，她似乎是随心所欲地边说边唱，像是一个女神，又像一个女巫。她也不需要预先写

黑人教堂内

在黑人教堂里歌唱

好的歌词,她的歌词就是她和在场所有人的对话,也是和上帝的对话。她一遍一遍地重复,似乎可以无穷无尽,所有人却都像中了邪一样,随着她唱起来,一遍又一遍。很多人也坐不住了,站起来手舞足蹈。直到所有的人都成为她的和声部。她从台上唱到台下,到最后似乎只是在哼哼唧唧地跟自己说话,人群却完全被她迷住了,歌声变得狂热,似乎要冲出屋顶去。直到她最后举起双手表示结束,人群一起爆发出欢呼和掌声。

当地黑人儿童的圣歌合唱团朝气蓬勃,充满着活力。这种风格的童声合唱团,在美国的几乎所有黑人教堂里都有,他们有非常鲜明的黑人文化特色。四十年前,培尼中校必须在夜间才敢穿越南方,而且他最终也没能活着穿越出去。这个教堂的黑人牧师说,他当时还小,消息传来,他的父母吓得不知如何是好,慌张得像鸵鸟一样,用油漆把窗子都刷上了漆。而今天,在他的教堂里,麦迪逊的黑人孩子们放声歌唱,目光纯净,充满了自信。我回转头,向身后的一名白人妇女微笑了一下,她也笑了,眼中却泪光闪闪。

就如同当年麦迪逊县十二名陪审员的背后,是南方白人普遍的种族歧视立场;四十年后的今天,麦迪逊县纪念音乐会的背后已是一个新生的美国南方。

四十年过去了。乡亲们聚在一起,把他们久久背负的歉疚说出来。他们认为,今天南方的变化,不是黑人胜利了,而是所有的人都胜利了,我们都走出了褊狭,超越了自己的局限和族裔的樊篱。

我们排在耐心的队伍里,等待在一本纪念册上签下自己的名字和地址。这个纪念册将送给培尼中校的孩子们,这是新一代的麦迪逊人,向培尼中校的家庭,为他们的父辈作出一个迟到了四十年的道歉。我们在英语姓名之后,还签上了中文,让他们知道,在今天种族融合的新生的麦迪逊县里,还包括了我们这样的外来亚裔。

麦迪逊县的白人首席法官来了。还有一位其貌不扬的矮个黑人,是佐治亚州最高法院的大法官,特地从亚特兰大赶来。他告诉大家说,四十年前,他只有十七岁。培尼案的消息传来,父亲把他和正在空军服役的哥哥叫到一起,对他们说,培尼中校被杀死了,正义却没有得到伸张,我们应当从这样的事件中吸取教训。我们不能诉诸仇恨,我们要懂得如何寻求公正。他的父亲经营保险业,以前希望他能够继承父业。可是就在那一天,他决心进法学院做一名法官。他说,没有培尼中校,就不会有我的今天。

这次纪念音乐会上得到的捐款,将用于在培尼中校被害处竖立一块纪念铜牌。

阿灵顿国家公墓里的培尼中校墓碑

我们走出来，在夕阳之下，回望这个谦卑的乡村教堂，想起坎达拉在音乐会上说过的那句话：

> 我们今天聚在一起，不仅是在见证麦迪逊县的历史，我们是在创造历史。

早春的门罗

我们常走佐治亚州的78号公路。每次去看朋友弗兰西斯,总要走这一段。路边一个小镇的牌子让我们很留意。它在我们即将离开78号公路的前一个出口,看到它就知道快要拐下去了,等于是个预告。再有,小镇的名字在中译时还很有趣,你可以翻作"门罗",那是一个著名美国总统的名字,也可以翻作"梦露",那是影星玛丽莲·梦露的名字。在英语里,就都是它,"Monroe"。

一、门罗的一个集会

进了镇,看了标志牌才知道,这个小镇是在十九世纪二十年代门罗总统的时代建立的。所以,随着当任总统的名字叫了门罗。

门罗镇在亚特兰大以东四十英里,带我们早春时分来到小镇的,竟是一个六十年前的谋杀案。1946年7月25日,在门罗镇附近一个叫

门罗小镇

做摩尔滩(Moore's Ford)的河滩边,一群白人KKK暴徒,私刑谋杀了四个黑人。

2005年4月2日,是个星期六。前一天从广播中听到,今天上午门罗的黑人教堂有个"摩尔滩事件"的纪念集会,随后游行去摩尔滩,在那里有一个追思仪式。早晨起来,是个初春特有的大风天,屋前的竹林全都弯着腰。前一天晚上我们已经决定要去,现在听着把房子吹得嘎嘎直响的大风,我们还是上了车。

网上有个非营利性组织"摩尔滩纪念协会"的网站。作为专题网站,它对事件本身的介绍实在太简要,一共十来句话,没有任何细节。

在车上,我们聊着说,也难怪,六十年前的事情了,细节自然都消失了。再说,我们以前熟悉的几个KKK谋杀案,都是发生在六十年代民权运动的高潮中。当时,全美国都高度亢奋,注视着转折关口中的几个南方州。出一点事,就是国家级大案。而这个案子发生得实在太早,又是在偏远的南方小镇。默默无闻,想来也可以理解。

黑人教堂

网站上没有死难者照片,却有一个白人小孩。照片的注解是,他是目睹惨案发生的证人。小孩给我留下很深印象,因为这孩子笑得很甜,目光单纯。他的名字很好记:克林顿·亚当斯。

我们特地早一些去,先在小镇上走走。虽然是大风天,可是很晴朗。在阵风的间隙,阳光下的门罗非常温馨。土里土气的小店铺一家接一家,密密地排在一起,还是传统的形式。看来,小镇还没有被现代化的连锁商场击溃,两百年的文化积淀还在那里。我们一向很喜欢逛小镇,走在小街上,闲闲地看,总是让自己很放松。

可是没过多久,在那个黑人教堂的集会上我们才知道,很多年来,小镇曾经在轻松外表下,藏着很深的凶险。

在集会上主讲的,是个黑人州议员。他戴着眼镜,演讲很能够吸引听众。我注意到,很特别的是,他的胸前戴了一枚马丁·路德·金的像章。他讲述了自己的门罗故事。六十年代,他还是个年轻的民权运动者。有一次他到门罗来活动,当地接待他的一个黑人对他说,以

黑人州议员　　　　　　　　　　　　克林顿·亚当斯

后你要来这个小镇,先给我们一个电话,我们多去些人,去半路接你。接着告诉他,二十年前,这里有过一个"摩尔滩事件"。在黑人社区,恐惧还隐隐地留在那里。那个黑人对他说,我们不希望你也成为这样的牺牲品。

这是那个州议员第一次听到这个案子,虽然事隔二十年,他站在门罗的土地上,还是很受惊。因为在六十年代的民权运动中,在一些KKK活动猖獗的地区,他这样的活动者,处境可能突然变得很危险。

他还介绍说,直到1981年,门罗的黑人争取民权的游行,还有过和一些KKK成员对峙的情况,场面非常紧张。他指指坐在我们旁边一个叫做鲍伯的黑人说,当时鲍伯被KKK绑架了六小时,我们都以为他已经被杀掉了。

这基本上是一个黑人的聚会。也来了不少白人,其中将近一半是记者。州议员谈到,他们一直在收集证据,他说,我们还缺少许多细节。接着,他举了一些例子。就在这时,坐在我们后面两排的一个白人妇女举起手来说,我父亲作了口述记录,回忆他目击的"摩尔滩事件"。你提到的这些细节,里面都有。

州议员问:"你父亲叫什么名字?"

她回答说:"克林顿·亚当斯。"

"那个小孩!"我忍不住轻轻叫出声来。就是那个小孩,那个甜甜的、目光单纯的白人孩子。

那妇女自我介绍说,自己是亚当斯的大女儿,叫辛迪。她住在佛罗里达,晚上开了一夜的车,就是为了赶来支持这个集会,也为了看看"摩尔滩"。她指着身边的一个老年妇女说,这是我父亲的姐姐。

在游行中,亚当斯的姐姐坐车,我们一直和辛迪走在一起,好奇地问东问西。

二、六十年前的门罗

我们被亚当斯的故事深深打动,他的门罗故事,把我们带往美国南方更深的底层。

克林顿·亚当斯生长在一个穷苦的白人家庭。1946年,他整整十岁。

那个时候,美国南方的贫困农民,甚至比殖民时代更没有出路。

克林顿·亚当斯的姐姐和女儿

因为在殖民时代,甚至在建国初期,地多人少,移民都可以无偿分配到土地。可是,在1946年,耕地的兼并已经基本完成。一些人因种种原因,卖掉土地,变得赤贫,另一些农庄主富裕起来。南方出现了大量没有自己住所的流动佃农,有黑人,也有白人。那时,罗斯福总统的"新政"早已经开始,可是,对穷人施行福利的政策,还只是一个概念,一个在逐步推行中的政策,远远没有抵达真正贫困的农村底层。在联邦制的美国,当时联邦政府的权力很小,各地的差距非常大。

亚当斯家这样的南方白人民众,和黑人一起干活,和黑人做邻居,他们之间有着很深的感情和友谊。1946年是"二战"刚刚结束的时候。黑人乔治参军在澳洲和北非服役了五年,刚刚荣誉退役。亚当斯一向喜欢乔治,把他当作自己最好的朋友。在乔治退役回家的路上,是亚当斯伴他一起回家的。乔治在路上好欢喜,告诉亚当斯,他能为国家效忠,感到很骄傲。

亚当斯的父亲一年到头辛勤劳作,永远也挣不够养家的钱。在亚当斯周围,穷人比比皆是。亚当斯的好朋友艾默生,也是家徒四壁。艾默生的父亲脾气暴躁,一发脾气就把他打个半死。他们这样十岁的孩子,都得干活,只能抽空上学。结果断断续续,连认字都没有学会。

就在那年冬天,1946年2月的一个晚上,亚当斯的父亲对生活完全厌倦和绝望,上吊自杀。第二天早上,听到绝望的尖叫声,第一个跑来帮忙的,就是黑人邻居乔治·多尔西。在这段日子里,乔治给了他们很多帮助,一家人才渐渐渡过难关。此后,亚当斯和姐姐,都必须挑起生活的重担,"像骡子一样地干活"。

1946年7月25日,亚当斯和艾默生,准备一起去摩尔滩放牛。

前几天，附近出了件事。黑人罗杰听说一个白人农夫和他的妻子有染，两人大吵起来，罗杰在盛怒中用口袋里的小刀刺伤了对方，被警察抓走，在监狱里候审。就在亚当斯、艾默生向河边走去的时候，他们不知道，在城里，庄园主哈里逊借口地里要人干活，付了六百美元，为罗杰办了取保候审。罗杰是乔治的妹夫，哈里逊去监狱前，特地叫上了乔治夫妇俩和乔治的妹妹，要他们一起去。

两个孩子亚当斯和艾默生牵着牛，终于来到摩尔滩。这是阿巴拉契河的河滩。这条河是门罗镇所属的沃尔顿县和邻县的界河。它是这个行政区的边缘。就是在今天，通往摩尔滩的小路还是很冷僻，路的两边有了一些零星的大宅子，一家一家却相距很远，看得出都是近年新盖的。在游行去那里的路上，走了一个小时也没见有几辆车从身边驶过。至于摩尔滩，今天还是个不见人烟的地方。可以想见六十年前这里是多么荒僻。

将近黄昏，孩子们要回家了。就在这时，他们听见有车子开来，车上发出几乎不像是人声的惨叫。两个孩子吓得本能地趴在草丛中，让高高的草丛盖住自己。亚当斯看到的情景，令他伤心欲绝。一群KKK，大约有十几个人，绑架了他的黑人好朋友乔治·多尔西。旁边还有他的妻子梅、妹妹多萝茜和妹夫罗杰。这些KKK大多是门罗人，亚当斯都认识。他眼睁睁看着四个黑人被捆绑着殴打，最后一个KKK拔出手枪，开枪击倒了他们。然后这些人一哄而上，用手枪和长枪，向四个受害者射出了几百发子弹，凶手中间也有哈里逊。后来验尸时发现，仅其中一个受害者身上就有六十八个弹孔。令亚当斯百思不得其解的是，在凶手们的车子旁边，还停着一辆警察的巡道车。

在凶手终于离开之后，他们爬出草丛，战战兢兢地走到现场。亚当斯已经认不出他的好朋友了。鲜血还在汩汩地流淌,他们的脸都已经被打碎。两个孩子又惊又吓,跌跌撞撞地回家。半道上,亚当斯取了自己的马。在他独自回家的路上,他遇到其中一个凶手。那人把自己的拖拉机拦在通往摩尔滩的小路上,阻挡万一过来的车辆。此刻,他是去取回自己的拖拉机。亚当斯和他打了照面。十岁的孩子根本无法掩饰自己一脸的惊恐,他没有像往常那样和他打招呼,而是像见了魔鬼一样,疯了似的骑马回家找妈妈。

四个死难的黑人:乔治·多尔西(George Dorsey)二十八岁,妻子梅(Mae)二十四岁,妹妹多萝茜(Dorothy)二十岁,妹夫罗杰·麦尔肯(Roger Malcom)二十四岁,多萝茜是孕妇,正怀着七个月的孩子。

虽是南方偏远小镇,可是和我们想象的并不一样,事情发生之后,立即震动了全国。这个佐治亚小镇的案件令杜鲁门总统震怒,他立即下令联邦调查局彻查。他希望罪犯被定罪、受到惩罚。

杜鲁门总统出生在一个历史上的蓄奴州,在他生长的环境中,种族主义很普遍,他出生的时候,废奴不过才二十年,而他的长辈们就曾经拥有奴隶。因此历史学家们说,杜鲁门总统假如是一个种族主义者,也应该不是什么奇怪的事情。可是杜鲁门从当上参议员开始,就表现出对黑人民权的极大关注。他坚决主张和支持"反私刑立法",反对种族主义。就在1946年,"二战"刚刚结束,杜鲁门总统建立了民权委员会,调查全国民权状况尤其是黑人状况。这个委员会后来提交了著名的《1947年民权报告》。也就在"摩尔滩事件"发生的二十三天前,国会刚刚通过了反种族歧视的《1946年民权法》。

可以说,这是后来六十年代风起云涌的黑人民权运动的最初起点。可是正因为是起点，在几个极端南方州，捍卫黑人民权的环境还远没有成熟。美国的州是自治的，联邦管不着。

KKK的兴起，是因为南北战争后，南方民众对北方入侵不满。可是，在KKK走向恐怖暴力之后，南方的白人民众也开始反感，他们大多有种族偏见，却并不赞成恐怖活动。越来越多的人远离了KKK。可是，

门罗镇法院

恐怖活动的特点就是：人数很少的恐怖组织，也足以威慑一个地区。

经过大规模调查，案子进入了起诉前的"大陪审团阶段"。有个黑人孩子在大陪审团作证说，事发那天，他听见一些人在准备私刑用的绳子，还有说有笑。虽然他只是间接证人，但事后他还是被KKK绑架，打得只剩一口气。稍微恢复过来后，他立即逃往亚特兰大，从此隐姓埋名。

当时参与调查的，还有佐治亚州的州调查局。当时的南方地方官员，和联邦官员很不一样。亚当斯家就在案发地附近，事后不久，一个州调查局的人就和当地警察霍华德，一起来到亚当斯家，问他妈妈有没有听到什么。亚当斯一直在为自己的好朋友乔治不平，他按捺不住，从一边冲过来说："我知道是谁干的！"接着，他一五一十地叙述了经过。

警察霍华德是亚当斯一家的熟人。年初亚当斯父亲自尽以后，乔治奔去镇上给警察局打电话，就是霍华德来处理的，他看到亚当斯很

伤心，就和他谈了很久安慰他。小男孩感觉他很亲近。这时霍华德默不作声。待亚当斯讲完，他在一边招招手："孩子，你过来。"

霍华德说的话，亚当斯一辈子也不会忘记。他把手放在亚当斯的肩上，对他说："让我告诉你一个小秘密，你不要告诉任何人。我能够做的，只是把你看见的那几个人抓起来，可是我不可能把所有这伙人都关进监狱。我不能抓的那些人，可能回过来杀了你、你妈妈和你的兄弟姐妹。你的一家处在危险中，现在我要求你，忘记自己看到了什么，永远也不要讲出来。"

恐怖最终阻挡了所有的证人，很可能也阻挡了大陪审团。他们也许和亚当斯一样，并非缺少良知和勇气，可是他们要保护自己和家人的生命。刑事案件的起诉权归在州一级。联邦只能参与调查，没有起诉的权力。寻求公正的努力，最终还是失败了。

案子到了大陪审团前，却没有被起诉。整个邻近地区，包括我们家现在住的地方，黑人社区从此留在一片深重的恐怖中。在四个受难者的葬礼上，一些亲友不敢出席，来的人都一言不发，不敢对谋杀事件有任何表示。受难者们被匆匆安葬，渐渐地，没有人再记得他们的墓地在哪里。

这就是六十年前的佐治亚州，这就是六十年前的小镇门罗。

三、逃亡的一生

1946年7月25日，在暮色中那个惊恐万状的马背上的十岁孩子，一点没有想到，"摩尔滩事件"将永远改变他的一生。

如此恐怖的童年经验和强烈刺激，使亚当斯开始经常做噩梦，几十年都无法停止。

不仅如此。不久,一个KKK的庄园主来要他们一家成为他的佃户。"只要你们在我这里,我就保证,你们不会因为这小孩子'看到的事情'出麻烦。"这是他们家得到的第一个威胁。一家人从此在那里辛苦地干,拿很少的钱。妈妈劝他一定要忍,为了那个潜在的危险。亚当斯自己也懂了。不懂也得懂,那些凶手们,他经常都能够在附近碰到。四目相对的时候,真是"此时无声胜有声"。

一个喜欢亚当斯的黑人拖拉机手,教会了他开拖拉机。几年后亚当斯想,他们应该忘掉他了。他试着离开那家农庄,用他的技术挣更多的钱。可是很快两个当地警察就来找他,转告说,假如他不回去,那个庄园主说了,"不能保证他们一家的安全"。他只好回去。

整整八年过去了,就在亚当斯刚满十八岁的时候,警察霍华德找到他,对他意味深长地说,我看你还是参军去吧。就这样,亚当斯参军走了。在外面两年,亚当斯有了完全不同的生活经验。1956年退役回家后,年轻的亚当斯想,十年来他一直保持了沉默,不管怎么说,那些可怕的事情已经过去了。大家都把它忘掉算了。那些KKK也不应该为十年前他看到些什么,再找他的麻烦。可是他又错了。

刚刚到家,两个警察就又来找他,对他说,你在附近这么晃着,总是叫一些人感到紧张。你最好还是离开吧。

于是,二十岁的亚当斯离开了门罗。可是,"摩尔滩事件"却没有离开亚当斯。

从此,亚当斯开始了他逃亡的一生。不论他到哪里,总是不久,就会有KKK身份的警告跟来,威胁着要他离开。

离开门罗的那一年,亚当斯遇见了他后来的妻子玛约丽。玛约丽刚刚离婚，还带着刚满一岁的女孩。这个女孩就是辛迪。辛迪对我们说，对她来说，父亲就是亚当斯。"他是多么好的爸爸！"辛迪回忆说，小时候只知道他们家永远在搬家。她还记得自己很小的时候，有一次半夜了，妈妈把她推醒。父母匆匆地把能够装上车的东西塞满一车，家里还扔下好多东西，就这么逃一样地离开了。

童年时代的恐怖经验，给亚当斯带来真实的恐惧。亚当斯从小是个有责任感的孩子。他曾对自己发誓要守着秘密，他觉得有责任保护母亲和兄弟姐妹的安全，现在他更要保护自己的妻子和孩子。

辛迪说，妈妈后来告诉她，从一开始她就凭直觉知道，亚当斯有什么"大事"瞒着她。他经常夜半从噩梦中惊醒，惊呼出声。问起来，他总是不肯说。当然，还有他们莫名其妙的频繁搬家。有一次玛约丽忍不住问，我们难道就不能定居下来吗？亚当斯脱口而出说："只要他们还是那个样子，我们就定不下来。"玛约丽没有再问。最后，在又一次连夜逃亡之后，亚当斯终于把自己的童年故事告诉了妻子。

连辛迪一起，他们有了六个孩子。可是因为不停地流动，哪怕有了一个好工作也保不住。他们就一直是贫穷的。穷得有时候只能住在车子里。可是他们有一个和睦的家，孩子们都是好孩子。也幸亏美国在变化，南方也在变化。至少，穷人的孩子可以免费读到高中了。当然，因为始终在迁徙中，孩子们不能有固定的学校、老师和同学，不能和小朋友有稳定的友谊。非常的童年经历，令亚当斯的孩子们深受伤害。

也许别人会想，南方在六十年代以后已经有了根本的改变，KKK已经被民众所唾弃，即使在门罗，KKK也从一个"显文化"，逐渐退出舞台，亚当斯为什么还要逃亡？但作为一个当事人，亚当斯看得很清楚。对于KKK来说,大形势越是明朗,他们被起诉、定罪的可能性就越大。他们对亚当斯的存在就越不放心。亚当斯一家也就越危险。他心里很明白,他面对的是一群亡命之徒。他们的残忍,他十岁的时候就已经看到了。

就这样,几十年来亚当斯的一家先是在本州的各个城市奔走,希望离门罗、离妈妈的家不要太远,后来他们不得不离开佐治亚,开始在各个不同的州,不断搬家、不断逃离。

辛迪对我们说:"我们一家也是摩尔滩事件的受害者。只是我们受害的方式不同罢了。"

四、一个人的战争

在如此艰难的人生中,亚当斯从一个孩子变成年轻人、中年人,接近老年。他不仅在做着噩梦,不仅在KKK的逼迫下逃亡,他也在思考虽一年年远去、却跟随了他一生的"摩尔滩事件"。在他刚刚长大的时候,他只想忘却。那是太悲惨的事情,他承受不了这样的精神重负,本能地想卸去负担。可是他忘不了。

他几十年在夜晚的噩梦中煎熬。后来有了自己的家庭、孩子以后,他开始更深体会到乔治的妈妈突然失去两个孩子、家庭被毁灭的悲惨。亚当斯开始有了成年人的思考。他对正义不能伸张、暴徒没有被绳之以法感到愤怒。他还对妻子说,他始终内疚,觉得自己眼睁睁看着乔治被杀,自己只是躲在一边,什么也没有做。他恨自己怎么如此懦弱,没有站出来阻挡暴行,救下他的大朋友。这种悔恨的心情,越来越强烈。妻子安慰他说,你没有责任,你只有十岁。你站出来也一样救不了乔治。可是玛约丽知道,亚当斯在内心里,是一个传统道德观念很强、对自己的品质要求很高的人。回想"摩尔滩事件",他总是非常自责,总觉得自己见死不救,是生命中的羞耻。

那是一个人内心惊心动魄的战争。亚当斯既感到恐惧,要承担保护家人的责任,又被自己的良知和正义感所深深折磨。几十年来,他苦苦挣扎。"摩尔滩事件"已经过去几十年,乔治死的时候留下一个两岁孩子,被人远远地领养走了。没有人再重提旧事。除了暴徒们,惨案真正的目击者只有亚当斯和艾默生。

艾默生还很年轻的时候就死了。艾默生的死讯传来,亚当斯感到分外沉痛,他明白自己是"摩尔滩事件"唯一的历史见证人了。

亚当斯有一次回门罗看妈妈,路过凶手之一哈里逊的家。哈里逊正坐在门口的椅子上。亚当斯突然忍不住,决定走过去,作几分钟直接的对话。亚当斯站在哈里逊面前,直直地问道,你们KKK干吗老盯着我?哈里逊冷笑着说,这么些年,难道有谁动了你吗?亚当斯回答说,没有,可是无论我走到哪里,你们总是在盯着威胁我。哈里逊接着说,只要继续闭紧你的嘴,就没人会来动你。

就在这一瞬间,亚当斯决定向凶手质问那个始终令他不解的问题,他知道罗杰是在吵架时刺伤了一个白人。"可是,你们为什么要杀死乔治?!他是我看到过的最善良的人。我父亲死后,他给了我们家那么多帮助。他是个好人!"

这么些年来,以往的凶手们和这个证人之间,维持着一种奇怪的威胁和被威胁的关系。哈里逊没有想到,亚当斯会面对面地突然对谋杀直接提问。可是,也许这么多年来,他认为已经能够把亚当斯捏在手心里。所以他傲慢地回答说:"他在参军前倒是个还不错的黑鬼。可是，当兵回来以后，他以为自己可以和我们一样了。"

亚当斯扭头就走。他终于证实，乔治死得那么惨——他没有做错任何事情，没有伤害任何人。他被残杀仅仅因为他的皮肤是黑色的。多年的伤痛变成愤怒。他觉得他长久的秘密要冲出胸膛。可是想到可能给家人带来的危险，他又压下了自己的冲动。

1989年，亚当斯一家搬到了佛罗里达。多年的逃亡使他身心疲惫。他们带大了六个孩子，日子还是过得紧巴巴。亚当斯没有文化，干的是最吃力的体力活儿。可他总是尽心尽力尽养家的责任。

不幸的是那年11月9日，亚当斯在一场意外的工伤中，失去了一条腿，也失去了劳动能力。失去一条腿，对任何一个人来说，都是一个重大的打击，也是生命的一个转折。亚当斯躺在病床上，伤口慢慢愈合。回想死神擦身而过，他相信，假如当时不是上帝用一双手扶住他的肩膀，他早已经随死神而去了。躺在床上，亚当斯痛定思痛，回顾自己的一生。他终于意识到，虽然自己还不算很老，可是也许不知什么时候，就会突然离开这个世界。他问自己，他还有什么事情必须去做？他还亏欠着什么、还有什么令自己这一生深感遗憾？

那时的美国，劳动保险制度已经完善。在养病期间，律师为了争取最大的保险补偿，谈话中问及他的个人历史，追问着一个个问题。他避开"摩尔滩事件"，可是逃亡的一生，就像重新又经历了一遍，改变他人生的那个事件鲜活地出现在他脑子里，久远的记忆在猛烈撞击着他，那种痛苦、不甘、愤怒、悔恨，对正义的渴望，都强烈地纠合在一起，堵在胸口。突然，他明白了，他几十年来埋藏在心底的见证，不可阻挡地要站出来，站到阳光下。

辛迪和她的姑姑

亚当斯最终获得了一笔赔偿。这笔钱足够他不工作也能生活得非常好了。这时他已经暗暗下了一个决心。他告诉吃惊的妻子,说他要买房子。有生以来,亚当斯夫妇第一次拥有了一栋自己的房子。在这自己的小屋里,他把妻子和所有的孩子召集到一起。亚当斯说,他有重要的事情要告诉他们。

我还记得在大风中,辛迪金色的长发被吹得飞舞起来。在走向摩尔滩的游行队伍里,她给我们讲父亲的故事。讲到这里她笑了,说:"我们全家不停搬家的那些岁月,突然来到我面前。尽管爸爸妈妈一直对我们编造各种搬家的理由,这个时候我看着父亲严肃的脸,仿佛恍然大悟,我对自己说,上帝!爸爸别是个杀了人的逃犯吧!"

接着,辛迪看着远处,站下来,点了一支烟。她的目光变得凝重起来。她说,这是我第一次听到父亲的故事。我为这些黑人难过,我愿意支付任何代价,让正义得到伸张。我为那个十岁的小男孩难过,也为他的一生感到难过。他是一个多么好的人!回想我们家的多年经历,我更感到愤怒,这是什么事!杀人犯安安稳稳,我们家却一直在逃亡。

亚当斯告诉全家，他决定公开他的证词。他要走向公众，他愿意接受媒体的采访，他将向联邦调查局和司法机构作证。他不再逃亡，他将站住，回转身来，面对对手。这会给全家人带来什么样的危险，他不知道。他必须事先把自己的决定告诉他们。他爱他们，可是他必须站出来，别无选择。

辛迪和他所有的孩子们，都认真地说，爸爸，我们支持你。玛约丽深知亚当斯几十年来对乔治的内疚，此刻她只说了一句：我相信，乔治一定会为你今天的选择感到骄傲！

亚当斯说，在他的内心里，正义和良善终于战胜了对邪恶威胁的恐惧。他觉得上帝终于把他内心中最好的那些东西，引导出来了。

亚当斯终于找回了在"摩尔滩事件"之前的那个自己。那个自然的、心底和目光都一样纯净的男孩。

五、一个人的勇气可以复活历史

亚当斯走进了联邦调查局。

媒体神通广大，很快就透露了联邦调查局可能重新开始调查此案的消息，并且找亚当斯采访。亚当斯在电视台，公开了他所看到的全部"摩尔滩事件"真相。

亚当斯立即受到各种威胁。例如死去的哈里逊有一个儿子，正关在监狱里。他马上从监牢里送出话来：只要出狱，就会来找他算账。亚当斯没有退却。

已经是温暖的春天了。可是，这一天特别冷。我们在冷风中默默行进，来到摩尔滩。河滩上的老桥已经消失，在边上架了一座新桥。

河滩

站在桥上，辛迪紧紧地拉着她的姑姑，也就是亚当斯的姐姐。看上去，辛迪有些紧张，她还是第一次来到这里。后来，她下到河滩去。看着她的身影渐渐消失在河滩金黄色的茅草中，我们没有跟着下去。我们想，这当是她一个人去体验父亲当年感受的时候。

在桥头，亚当斯的姐姐指着辛迪下去的方向，对我们说，惨案发生的第二天，她和妈妈一起来过这里，遇难者已经被抬走，还一地是血。她捡起一颗被打下来的牙。妈妈吓得让她赶紧扔了。旁边的树上全是弹孔。

亚当斯面对全美国，他不仅为惨案本身作证，他还细细地回忆他记忆中的朋友。亚当斯说，这四个受难者不是四个名字，他们是活生生的人。他讲述童年的好朋友乔治。他讲到自己的父亲去世后，乔治怎么天天来帮助他妈妈干重活。有一天，乔治帮他们家劈了一大堆柴火，妈妈一定留他吃饭。乔治端了自己的盘子，就跑到外面坐在柴火堆上吃，怎么也劝不进来。十岁的亚当斯和妈妈都深感抱歉，亚当斯

纪念地标志牌

一直记到今天。他说，1946年门罗的黑人们，理所当然就认为，他不应该和白人邻居平起平坐，哪怕他们是那么要好的朋友。可是出国当兵五年回来的乔治，见过了世界，眼界开阔了。他不自觉地已经和当地的黑人有那么一点不一样。他已经一眼看透那些KKK的愚蠢和傲慢，他的眼神里一定有了那么一点过去没有的自尊。可是，就是为了那么一点不同的感觉，他就被KKK杀死了。他死后，证人受威胁，正义迟迟得不到伸张。亚当斯告诉大家，这就是那个时代的门罗和南方。

亚当斯千方百计，找到并且公布了四个死难者中三个人的照片。乔治的照片大概是从军队的登记中找到的。虽然陈旧的照片已经模模糊糊，还是可以清楚地看到，年轻的乔治穿着神气的美军军装，开心地笑着。

亚当斯为自己的黑人朋友寻求正义所作出的努力，感动和激励了门罗附近的人们，他们成立了这个"摩尔滩纪念协会"。在摩尔滩附近的路口，他们建立了历史纪念地的说明标志牌。还为四名受难者建立

早春的门罗　*121*

为死难者安魂

了一个永久的纪念碑。那是刻着受难者姓名的石碑和一个安魂的十字架。他们找到了其中三名受难者的墓地,其中包括乔治·多尔西的墓地。

1999年的老兵节,美军为乔治举行了隆重的军人安葬仪式。以纪念这位"二战"老兵。他从战场上回来只有九个月,就被暴徒杀害了。

在六十年代民权运动高潮中,发生了一些著名的谋杀案,都是所谓的"仇恨犯罪"。一些黑人和民权工作者在南方遇害。当年由于类似的原因,一些刑事罪没有能成功起诉。这几年,这些案子在各个州重新开始调查,甚至有一些案子成功地起诉、定罪。虽然四十年过去了,这些当年的年轻罪犯现在都是老人了。可是在这里,谋杀就是谋杀。杀人是个人行为,任何政治气候的原因,都不能成为个人凌虐、谋杀他人的借口。对谋杀罪的起诉没有时效的限制。

"摩尔滩事件"比一般民权案子都要早二十年,当年的凶手们没有受到法律制裁。证人证据在流失。现在事隔六十年,重新起诉就更为困难,仅仅一个人的目击证词是不够的。但是在民权组织和佐治亚州一些政治家的推动下,在2001年,佐治亚州议会全体通过决议,由州长签署,州调查局对"摩尔滩事件"重新开始调查。

现在,这个案子的状态是开放调查、尚未解决。起诉正在推动之中。当年的暴徒们虽然大多已经死去,但有两名涉嫌者仍然活着。今天的集会和游行,就是推动此案起诉的一个表达:寻求司法公正不是复仇,是为死难者伸张正义。假如罪恶不予追究,它带来的恐惧永远不会真正消除。只要还有一个罪犯活着，这样的努力就不会放弃。

前一天刚刚下过大雨，阿巴拉契河水在湍急地冲向下游。辛迪从摩尔滩上来，显得脸色苍白。我们回到桥上，所有的人手拉着手，一起站在风中祈祷，为死难者安魂。我们闭上眼睛，微微低下头。

大风拂过，我的眼前，出现了穿着军装的黑人士兵乔治，他一只手搭着军用包，高兴地笑着，往家走去；另一只手里，牵着一个十岁的白人小男孩。一段完全被湮没的历史，那四个受害者就因为这个孩子生长起来的勇气，从黑暗中这样走出来了。

他们将留在阳光里，再也不会回到黑暗中。门罗和南方一代代的孩子们，将继承他们以苦难留下的精神遗产，会有一个全新的生活。

国会大厦里的游魂

每个国家都有让自己尴尬的历史,美国也不例外。

美国建国的时候,就是个很奇怪而尴尬的国家。论政府构架,现代而先进,两百多年过去了,还运作得好好的。可是,要论国家状态,却原始而落后,证据也有一大堆。建国时没有火车汽车,没有电灯电报;虽有新闻自由的法律,却没有新闻业;直到美国第十八个总统,才有幸在白宫打上电话。

美国和别的国家,更是没法放在一起比较。美国制宪时候的1787年,当时最大的城市是费城,人口才四万。你一定要奇怪,那么纽约呢?纽约当时比费城还小,只有三万三千居民。波士顿更是只有一万八千人。这就是美国建国初期几个最大的都市了。只要作个比较,你就可以知道美国在世界上的"地位"了。当时,巴黎有六十万人口,伦敦有九十五万人口。根据今天专家的考证,当时的北京的人口大致是一百万,面积据说比刚刚扩建的伦敦城还要大,是十八世纪世界上最大的城市。当时中国正值乾隆年间,文明古国正值"盛世"。所以,当时的欧洲人当然看不起美国。

可是建国了,总要有个首都。美国首都的建造,颇费了一番周折。费城和纽约都在争着当首都。它们小归小,总是美国的数一数二的"大都市"。它们还各有各的理由:费城是1776年《独立宣言》和1787年《美国宪法》的诞生地,而纽约是建国后美国政府的所在地。就在举棋不定的时候,第一届政府发生政治危机。1790年,华盛顿的财政部长汉密尔顿要改革,受到弗吉尼亚州一批政治家的反对,僵持不下,就作了一个好像很不恰当的交易:这些政治家不再反对他的财政改革,可是,美国首都要放在当时的弗吉尼亚州。这就是美国定都的故事。

华盛顿总统虽然是弗吉尼亚人,凭他一贯的作风,对定都的事情态度中立。虽然首都最后定在他的家乡附近,华盛顿总统却是唯一一个没有在新首都上过班的总统,虽然,后来大家用了他的名字命名首都。

华盛顿市并不属于弗吉尼亚州,而是一个独立的、叫做哥伦比亚的特区,可是,说什么也没有想到的,正是由于首都的地理位置选在当时的弗吉尼亚州境内,却让美国人蒙上了永久的羞耻。

今天的首都华盛顿,当时还是一片荒原。直到建设了十年之后的1800年,在亚当斯总统的传记里还有这样的记录,"这里根本还没有形成一个城市,不如说这儿还是个简陋村庄。城里还有大片的树桩、收割后的茬地和沼泽。没有学校,连教堂也没有"。这是在森林里面,用原始方法,硬开出来的一个方圆十英里的特区。劳力奇缺,于是建都工程的负责人,开始向周围的农场主付出租金租用劳力。是的,我没有写错，是租用而不是雇用。

弗吉尼亚州是在美国的南北交接处，本身是蓄奴的南方州。所以和费城、纽约不同的是，华盛顿附近的弗吉尼亚州和马里兰州，都还是蓄奴州。因此非常自然地，当地农场主拿了租金后，送来干活的是他们的奴隶。南方的奴隶制，是美国当时原始落后的另一个证据。

美国南北的差距非常大，1800年，生长在北方的约翰·亚当斯总统来到建设了一半的首都华盛顿，这是他第一次来到"南方"。奴隶劳作的现实，令他非常不快，亚当斯夫人在信中写道，"在我们那里，两名吃苦耐劳的新英格兰人一天就能干完这十二个人（指奴隶）的活儿"。她不是责怪奴隶，而是说，奴隶主令"这些奴隶吃不饱穿不暖……他们的主人却在边上闲逛，虽然他能吹嘘的财产，只是一个奴隶"，她因为白宫附近有奴隶在干活，感到十分忧虑。

这就是美国的历史包袱。它是十三个独立殖民地凑起来的联合体，就像今天正在筹备中的欧盟。在联合的时候，讲好各州基本保留原来的主权，自己的事情多半是自己管，联邦无权干涉。所以，联邦总统对南方奴隶制，看着再不舒服，一时也无可奈何。

两百多年前，美国南方的奴隶劳动，是"正常"的景观。在他们的参与下，在砂岩上堆起了国会山，巍峨的国会大厦盖了起来。过了八十年，南方的奴隶制终于被根除。又过去一百四十年，今天的华盛顿已经是一个现代化的大都市。当年的国会大厦还屹立在那里，民众的代表、包括黑人们的代表，在那里进进出出。历史的一页已经翻了过去，当年国会山下的奴隶劳动，也完全被大家忘记了。

几年前，一些历史研究人员在美国财政部翻阅文件，突然发现了财政部当年向奴隶主支付奴隶"租金"的文件。尘封的历史又被重新打开，经过几年的研究，确认有四百多名奴隶，曾经参与了美国国会大厦的建设。今天想为自己国家自豪的美国人，自然感到很羞耻也很尴尬。

可是，怎么对待自己的尴尬历史？国家不是抽象的机器，它是由人组成的，而人都是有弱点的。人总是希望展示自己美好的一面，有意无意地掩盖自己尴尬的历史。国家也一样，一些国家在指责别人忘记历史的时候，甚至不会想到自己也会存在同样的问题。正视自己的尴尬历史，才是万分困难的、对自己本身人性弱点的超越。

今年五月的最后一天，在华盛顿，美国国会的两大党领袖，一

国会大厦

起宣布了一项决定。国会要专门成立一个小组,研究这段历史,查出全部实情,并且对奴隶们建造国会大厦作出的贡献,提出国家的纪念方式。

人们常常传说,一些含冤而亡的灵魂,会不肯离开他们生前待过的地方。美国国会大厦的大厅里,也许两百多年来也一直飘荡着奴隶们的游魂。两百多年过去了,美国民众在逐渐建立自信之后,一直在一桩桩地清理那些令自己难堪的历史旧案。只有清理,才能得到一个终结。当国会山竖起纪念碑的那一日,那两百多年前的奴隶之魂才能够安息,美国也才能因此卸下自己的一个历史重负。

然后,才可能真正开始一段新的历程。

第二辑

当黑杖被关在大门外的时候

每年10月或11月间,英国国会有一个开幕仪式。英国国会的官方正式名称很奇怪,叫"Queen in Parliament"(国会中的女王),主角是Queen(女王)。在这个仪式上,唯一的中心是女王伊丽莎白二世。这相当于他们的国庆大典,怪不得是一个竭尽炫耀之能事的仪式。炫耀的是王权,或者说是国家主权,那在英语里是同一个词。整个场面金碧辉煌,庄严隆重,甚至可以说是气焰万丈。对于那些挤在马路旁等着看女王马车经过的伦敦老百姓和游客们来说,这个热闹场面还真有看头。所以年年重复老套,年年热闹不减。美国的电视上有实况转播。我们通常会一边开着电视机,一边该干什么还是干什么,只是偶尔扫上一眼。之所以开着电视机,那是在等待,等待着冗长的过程,发展到最精彩的一刻。

这一刻是什么呢?

一、寓意丰富的仪式

国会开幕仪式正式开始以前,上下两院的议员们都已经在自己的议事厅里就座,早早等着了。

在上议院,只见一片红色的大袍子,袍子镶着宽大的金边和各种纹章字符。虽说我们对这些装饰不知其所以然,但却知道它们一定是大有来头。上议员们不仅服饰辉煌,还一律头戴灰白色带小卷卷的假发,使得他们看上去一个个地都令人有不真实感,颇为可笑。正是这种不真实的感觉,突出了他们竭力要表达的庄重,表示他们是半人半神的超越世俗的权力载体。即便历经长时间的等待,这些人照样不苟言笑,肃穆如初,等待女王来临。

下议院里,却是另一番光景。英国下院的议事厅经常在电视里出现,连我们在美国都看熟了。此刻议员们到齐了,本来就俭朴的下院议事厅就显得拥挤局促,像大学里挤满人的梯形教室。民选的下议员们穿的是现代服装,男的西装革履,女的套装套裙。虽说在现实生活中,还算是正规场合的刻板服装,可是和上院一比,就无可救药地凸显了下议员们的现代化、平民化和世俗化。等候之中,下议员们相互聊天说笑,议长显得无所事事,就连英国首相此刻都一脸轻松。英国首相和美国总统不同。美国总统一般一年只需要去一次国会,几乎是一个象征性的仪式。英国首相则必须经常出席下议院的质询,舌战群儒。一走进下议院就必定是精神紧张,全力以赴,否则根本应付不了。只有在今天,没他什么事儿,堂堂首相在此刻也只是一名普通观众。

著名的西敏寺国会大厦之外、马路两边,满是黑压压一片看热闹的人。

女王要出发了。出发之前，她的皇家卫队（Yeomen of the Guard），据说是王室最古老最忠实的武士，先期出发对上下两院的议事厅作一番搜查。这番搜查源于1605年一次试图爆炸国会的阴谋。如今这番搜查纯粹成了仪式的一部分，却一丝不苟地重复了四百年。女王总是在爱丁堡公爵的陪同下，坐着镀金镶钻的皇家马车，由一色骏马拉着，马蹄嘚嘚，不迟不徐，前往国会大厦。一路上，看热闹的民众发出阵阵欢呼，还有人一本正经地行着淑女的屈膝礼，恍如时光倒流。

到了西敏寺国会大厦，女王头戴那顶著名的皇冠，身披拖着长长后摆的大皇袍。皇袍是专为这个仪式准备的，后摆如此之长，须得有四个绅士穿扮的童子，为女王提着衣摆，跟着她缓缓行进，女王前面有人肩扛代表女王的权杖开道。前面后面，长长的队列，全是中世纪打扮的各种名堂的人物。当古代装扮的武士，站在高处，举起长长的喇叭，吹出一串报告女王驾临的号音时，那真是看得开心的一刻，原来莎士比亚的舞台排场，活在二十一世纪的我们，竟能有幸在真实的世界里欣赏。

女王一如既往，带着人们熟悉的不置可否的表情，似乎还有点倦怠。她好不容易地通过这番长长行列，到达上院，在正中的皇位上落座。开幕仪式将在上议院举行。

这个时候，那二百五十来个下议员，还在自己的下院议事厅候着。女王是从来不到下议院议事厅去的。她没有权力去。1642年查理一世国王进入下议院逮捕了五个议员，造成英国历史上议会和王室的最严重冲突。议会砍了国王的脑袋，就此禁止国王进入下议院。此后三百五十年，英国国王再也没有踏进下议院一步。可是此刻，女王还是得把下议员们召来，因为她即将宣布她的治国方策，而议员们名义

黑杖礼仪官

上还是要为女王效力的。

通过电视我们看到，一位半似武士半似绅士模样的人，笔挺地站着，等候女王命令。他就是"黑杖"，正式头衔是"黑杖礼仪官"（Gentleman Usher of the Black Rod），乃上议院最重要的礼仪官，他也已经有了五百年的历史。他的头衔来自于他置于肩上的那根半米来长的黑色木棍，木棍顶端镶着金色的狮头。他得到女王示意，便神气地一个转身，郑重其事地一步步地向下议院议事厅走去。

这时候，所有人的目光都集中在这位"黑杖"的身上。电视机的镜头随着他扫过周围肃立的人们。我们等着想看的那一刻终于来到了！

"黑杖"昂首挺胸一脸严肃地走到下议院议事厅门口，这时门里头二百五十来个议员们也全都面对着大门，一脸嬉笑。这种有点恶作剧的轻松表情似曾相识——那是在老的英国戏剧或英国小说的铜版画插图中所描绘的街头民众脸上经常出现的表情，是一种平民特有的表情，好像在等着看一出精彩的段子。"黑杖"跨着沉重的步子，眼看着就要到门口。这时，只见议事厅的两扇大门从里向外缓缓移动，不迟不早，就在"黑杖"即将迈进的一瞬间，"哐当"一声合拢，差点碰了"黑杖"的鼻子！

"黑杖"给关在了门外。这一幕，寓意深远。

只见吃了闭门羹的"黑杖"，举起手里那根代表女王授权的棍儿，用棍上金色的装饰狮头，砸在大门上一块专门的木块上，发出脆脆的声响。一下、两下、三下！大门上立即打开了一个几寸见方的小门，小门上还安装着细密的铁栅栏。铁栅栏后露出一双警惕的眼睛。按照老规矩，这眼睛扫视了一下"黑杖"的背后，确定"黑杖"没有带来武装的士兵，确定他只是上院派来的一个和平信使，下院议事厅的大门，这才重新缓缓打开。"黑杖"迈进一步，在地板上的一条白线前站住。这又是"祖上的规矩"，王室和上院的任何人都不允许越过这条白线。"黑杖"抬起头来，中气十足也礼貌十足地庄严宣布，女王陛下正在上议院等待她的议员们前往开会。

"黑杖"在敲门

大门上的小门

"黑杖"话毕，转身往回走。这时，"轰"的一声，身后的下议员们发出一阵笑声。大家这才起身，随着议长和首相，一路谈笑着，熙熙攘攘前往上院，活像电影院的散场光景。

上议院会场

到了上院开会的地方，没有这二百五十个下议员的座位。这儿是上议院的地盘，在会场里，靠着大门，有一道低矮的栏杆，按规矩，下议员们是绝不允许越过这道栏杆的。现在，女王在正中的王位上开读文告，上议院的假发长袍议员们端坐恭听，二百五十个下议员们在栏杆外面站着听。现代英国最有实权、真正管理着这个国家的首相和他的内阁成员，也站在这群人里。这一幕，连伏尔泰在二百五十年前看到也不免诧异：英国议会的民选议员们权力第一，地位却是第二。

女王清晰地读着文告，一口一个"我的政府"将如何如何。而起草文告，真正掌握这个国家实权的，正是那些站着的首相和内阁成员。

世俗政府实权和仪式性的地位，在这儿分裂。抽象主权、传统王室尽管摆足威风，位高却权不重；民选代表，没有世袭爵位之民众，貌似恭敬却掌握真正的权力。下议院用不客气对待"黑杖"的"礼仪"表示，民选政府的权力不受王室的干涉。下议院议事厅地板上的白线和上议院的低矮栏杆，是英国政治中游戏规则的象征。它们表示，权力必须划分，不管是什么人，都必须遵从划分权力的契约，哪怕这份契约来自于五百年前的传统。

就这样，英国人每年一次，重复这个仪式，已经不知重复了多少年。社会学家告诉我们，人类自从有了"政治"这个东西，仪式就是非常重要的，仪式在传递信息。我们看到过各式国事仪式，摆足架势要显示的大多为强大、统一等等。以前我们就听说，英国人最讲绅士派头，他们当然也是很要脸面的。可是英国女王和国会，却以这一丝不苟反复重演的仪式，表达互相都"把丑话说在前头"，互相传达遵守游戏规则的告诫和承诺，做得如此认真，叫人叹为观止。这就是英国人的"传统纪律教育"。在人类政治史上，这是最能显示盎格鲁—撒克逊人政治智慧的一刻了。

二、不分割的权力是有问题的权力

众所周知，英国议会和王室如今的关系是历史形成的。从早期贵族领主向国王讨权，要求明确权力和义务，互相有所承诺，订立大宪章，再用实力和关乎荣誉的规则来维持这种权力分割，到十七世纪王室和议会发生冲突，以致砍了国王的头。可见在契约形成的初期，承诺的维持是多么不容易。看英国历史，你会发现，那是一部典型的延续渐进的历史。在历史上，冲突是激烈的，冲突的议题却是古老的，解决的方式是缓慢推动的，鲜有如法国大革命那样颠覆性的创新变革。于是，他们的那些人物，不管是时势造英雄，还是英雄造时势，都难以把自己看成是开天辟地、开创从未有过之新时代的特殊人物。这就是英国人闻名于世的所谓"保守"。但英国顺着与法国的不同路径，也一样从古代走到现代，该变革的也已经都变革了。

这样，英国人砍了国王查理一世的头以后，到头来还是在王室里找一个人当国王。"光荣革命"的时候，他们赶走了一个国王，却满世界找，要把国王的后代请来，还是当国王。如果不是这样，那么免不了有一阵自相残杀，直到杀出一个最强的来。这杀出来的最强，还不是照样叫国王，往往还比不上原来的国王。

一部英国历史，充斥着王室内部的争斗，阴暗城堡里的血腥和亲情；王室和欧洲各王朝贵族之间的纠葛以及战争与和平，看得现在的人又糊涂又无聊。但是王室和议会的关系，却始终有一条脉络，那就是权力开始划分，契约和承诺成为王室和民众之间双向的义务。

及至最近两百年，实权已经大半到了议会下议院，也就是民选的代表们手里。王室已经大权旁落。伏尔泰从法国去英国，感到好生奇怪：英国的国王给管起来了，虽然仍旧有无数的机会去做好事，想做坏事却已经没有权力了。如今的女王，不仅是英国教会的首脑，还是国家主权的所有者。议会的决定名义上还要女王首肯，可是实际上女王的"同意"已经是议会对女王的"要求"，女王是必须同意的。必须得到你的同意，而且你还不能不同意，这种逻辑听起来实在是奇怪得很。今天，英国首相布莱尔每个星期还是觐见女王一次，向女王通报政情。这一觐见却是对外保密的。如今的女王伊丽莎白二世十分地开明,曾经让电视台进王宫,拍摄女王批准法令的过程。只见议会派来的官员站得笔挺,朗声宣读待批准的法令,女王款款而坐,似乎听得十分尽职。每读完一个,女王的回答却千篇一律地是:approved(同意)。

王室已经没有实权了,为什么还养着王室成员呢?失去实权的王室是最无力反抗的一小群人,为什么就碰不得呢?这是看惯了革命的人最想不通的地方。英国人到二十一世纪还保留着实位虚权的王室,外边人常常把这看成是英国人愚笨迟缓的表现。

在今天,王室是否有必要继续存在,也是英国人有时会提出的话题。因为如今的这种维持,更多的只是文化传统的象征意味了。最近的调查表明,大多数英国人还是希望维持现状。

然而,历史在很长的时间段里演变到现在的:从国会和王室实力相当,过渡到国会已经足够强大,执掌实权,而王室开始变得只是一群文弱绅士和妇孺。在这关键的一刻,国会和他们代表的英国平民,为什么不把王室撵出白金汉宫,如同当年我们把溥仪们撵出紫禁城一样呢。为什么他们反而在一年一度英国议会的开幕仪式上,让王室独揽风光,而这些戴假发,有贵族头衔的老头和西服革履嬉笑开朗的民选代表们,煞费苦心地照本演出这样的古老仪式呢?那是盎格鲁—撒克逊民族对于智慧的理解。他们在告诫自己,契约是必须遵守的,历史的教训是必须记住的,一个守约的民族才是有希望的。他们也在重温自己的历史教训:任何权力都必须是有限的,权力必须用权力来制约。

在这个时候再回头去看"美国革命":它有着创新变革的外貌,

却坚守了骨子里的一份"保守"。想想也就不奇怪了，因为美国的精神内核承继于英国，而不是脱胎于法国。

美国人曾经有了这样的机会，创立一个全新的国家。他们把本来可以"统一强大"的国家权力划分成立法、行政和司法三大块，三大块的权力互相穿插，互为补充又互相牵扯，他们称之为"制约和平衡"。这是美国政治结构的基本规则。这种运作过程的全部理由，都是从这个根子上长出的。而这种智慧，追根溯源，就可以追到"黑杖"被"哐当"一声关在下议院门外的那一刻。

阿米绪的故事

近几年随着中美文化交流的展开,美国一些远离主流的文化小溪,也渐渐被介绍到中国。于是,美国不再是一个刻板的固定套路,在大洋此岸人们的印象中,美国的形象正在逐步丰富起来。我曾经两次在国内的杂志上看到有人提到:美国有一群默默无声地生活在自己世界里的阿米绪人。

假如我们对美国的一般印象可以放在概念的一个极地的话,那么阿米绪是肯定必须送到相反的另一个极地去的。如果我们称美国的生活方式是现代的,那么阿米绪可以说是古代的;如果我们称美国是技术进步的,那么在同一个价值体系里,阿米绪不仅是落后的,而且是拒绝进步的,等等。假如再形象化一些,如果我们对美国人的印象是眼花缭乱、五彩缤纷的,那么阿米绪人永远是平淡的,是只有黑白的单色调的。

假如在你的想象中,阿米绪是一小群生活在某一个群山环抱、车船不达、鸟不下蛋的与世隔绝的山洼洼里的话，倒也没什么稀罕了。问题是，今天在美国这样一群教徒有差不多三十五万人，人数还在缓缓地增加。他们生活在美国传统农耕区富庶辽阔的平原上。他们不但不封闭，甚至不集聚而居，没有什么阿米绪村庄，他们全是散户。一个个阿米绪农户就星星散散地坐落在其他美国人的住房之间，混居在同一个地区。他们家门口的乡间公路也都是平展的柏油马路，直达高速公路。城镇就在附近，那儿就有购物中心和娱乐设施。嘈杂、多变而生气勃勃的现代生活就近在咫尺之遥。但是当你经过那里的民房，很容易辨别出阿米绪的住宅，除了都有巨大的谷仓之外，还在后院停着黑色的小马车。因为在我们断定不开汽车就算不得美国人的年代里，他们却只驾马车。

所以，这不能不让认定"技术进步"必是"挡不住的诱惑"的人们愣一愣神。不管将来如何，你不得不承认，毕竟在世界上此类诱惑最大的美国，阿米绪已经两百多年这样默默地过来了。宁静安详，也许不见得特别幸福，至少并不格外痛苦。他们也有自己的喜怒哀乐，但是并没有如我们想象的那样，被"诱"得骚动不安，六神无主，跃跃欲试，痛苦不堪。

说起他们的来龙去脉，还得上溯到五百年前的欧洲。

在十六世纪欧洲宗教改革的大潮中，从苏黎世产生出一个人数不多的激进改革派，被称为"再洗礼派"。他们主张严格实践《圣经》教义，排斥不符合《圣经》的虚文缛节。他们认为宗教信仰应该在日常生活中时刻加以实践，不能说一套做一套。他们认真地寻求《圣经》中对于大小事情的说法，弄清楚了就一定要去做，而且要做到。他们认为，教会应该是信仰相同的成人的集体。所以，婴儿出生以后"被动的"第一次洗礼不能算数。而在一个人成年之后，如果他确信自己真有信仰的话，应该"主动"地再接受一次基督徒的洗礼。这就是"再洗礼派"这一名称的来历。

十六世纪还远不是一个宗教宽容的年代。再洗礼派一问世，就遭到来自罗马天主教教会和其他新教徒两个方向的迫害。在再洗礼派发源的瑞士和德国南部，当时曾有几百个再洗礼派教徒被烧死在火刑架上。在这样残酷的环境中，再洗礼派却显示出惊人的宗教执著。他们认为，虽然他们面对的世界是傲慢的、富有的、褊狭的、暴戾的，而他们却仍然应该是善良的、清贫的、谦卑的、非暴力反抗的。在严酷镇压下，再洗礼派逐步形成了一些与其他新教教派不同的特点。他们无法形成良好的教会组织，一开始甚至只能在山洞里悄悄地聚会祷告。他们甚至没有明确的领袖，因为领袖一出来就给杀了。他们的一切都只能悄悄地做，恐惧、不安和受苦受难始终伴随着他们。

既然没有严密有形的教会组织，没有教会规范的约束，也没有一般宗教常见的仪式仪规的凝聚，那么，他们作为一个教徒存在，就完全是依靠他们内心的信仰了。因此，假如说再洗礼派的信仰特别执著，大概是不错的。他们在北欧传播的过程中出现了两个支派。十六世纪中叶，一个叫做梅诺的荷兰人曾试图在北欧重建和平的再洗礼派的团体。他们的后继者就叫做梅诺纳特，也就是梅诺派。而到了十七世纪末，瑞士和南莱茵河的再洗礼派还是处于遭受迫害的分散状态，有一个叫阿曼的瑞士人站出来号召再洗礼派的改革和联合，这一派就被叫做阿米绪，也就是阿曼派。

这两个分支此后都来到北美这块新大陆，大部分定居在宾夕法尼亚州和俄亥俄州。这两个州当年是北美大陆最好的农业区，而他们在欧洲时就是最出色的农夫。感谢开拓宾夕法尼亚的教友派，他们是对待异教最为宽容的北美主流教派，更要感谢北美大陆很快风行，并在美国独立以后由美国宪法保障的宗教自由，使这些"梅诺纳特"和"阿米绪"们，终于能够安居乐业了。由于阿米绪与梅诺纳特相比，他们更恪守古老的服饰和生活方式，在外观上更容易辨认，他们的风格与现代生活的反差也更为鲜明强烈，所以很多美国人也是只知阿米绪而不知梅诺纳特。

宾夕法尼亚的兰开斯特，是阿米绪比较集中的地区，离著名的大都市费城仅一小时车程。在去冬最寒冷的日子里，我们来到那里，也是想一睹真正的阿米绪生活。可是我们发现，他们安静谦卑地生活在自己的世界里。只要是对外开放，以满足游客好奇心而设立的"阿米绪旅游点"，那就一定不是阿米绪办的。因为这样获利甚丰的"第三产业"，并不符合他们的生活原则。然而，他们虽然在宗教上固守而且生活方式内向，可是他们对外界很友好，也理解外人对他们的好奇。假如你想给他们的小马车拍张照，他们会微笑着放慢车速，让你如愿以偿。我们发现，他们没有这类小教派非常容易出现的诡秘行迹，他们坚守的只是一种由宗教信仰导致的平淡。

生活在宾夕法尼亚的再洗礼教徒至今没有显赫的教堂，他们的教堂一如他们的农舍，朴素而卑微，有时候甚至像早期教友会一样，把他们聚会崇拜上帝的教堂谦称为会屋。老派的阿米绪还轮流聚集在各自的农舍里做礼拜，围着老式的乡村火炉，一边坐着男人，一边坐着女人，读着老版本的《圣经》，用的是这里其他人都不懂的高地日耳曼语。而在他们只有一间房间的学校里，他们的孩子则个个都要学两种语言，英语和这种他们从欧洲家乡带来的古老语言。

阿米绪人

　　无论在什么地方，你一眼就能把阿米绪认出来，因为他们的服饰与众不同。简单地说，四五百年来其他的人的服饰一直在变，而他们却一直没有变。不论是男人的服装礼帽，还是妇女的衣裙，都是一水的黑色。只有在节日或婚礼上，妇女们才加上一方纯白的披肩。姑娘们的裙衫上没有一个纽扣，男人们的服饰上有纽扣，但没有任何其他装饰。据说这些突出"谦卑"的规矩都可以从《圣经》中找到依据。在兰开斯特，假如你遇到以前只在电影里才能看到的"古代欧洲村民"，他们就是阿米绪。

也许，他们头顶的上方就是高压线，他们的邻居家用电器样样俱全，但是他们不用电。所以也没有电灯、电视、电冰箱、收音机和微波炉。阿米绪不用汽车，他们是农夫，却拒绝使用拖拉机和任何新式机械，有些梅诺纳特偶然使用汽车，但一定是黑色的，以示谦卑。阿米绪则用马拉犁耕地，驾着单驾马车外出。我们看到，在兰开斯特的乡间公路上，嗒嗒疾驶的阿米绪马车后面，常常跟着几辆耐心的邻居们的汽车。

对于认定只有自己的价值体系是唯一正确的人们，很难理解为什么阿米绪放着现成的新技术拒不使用。他们除了认定阿米绪固守落后，再也找不出别的解释。然而在多元文化的概念逐步被人们接受的今天，人们能够看到，这些再洗礼派教徒非常聪敏智慧，也非常能干。他们在兰开斯特县用传统农业技术经营的家庭小农庄，是全美单位出产最高的农庄之一，而且没有化学污染土壤退化等现代农业的通病。他们的生活简单而安逸。他们自己的解释是，由于他们的宗教信仰和几百年来所遭受的迫害，他们对整个外部世界抱有深刻的戒心，他们强烈地要和外部世界的浮躁轻薄和人性渐失保持一个距离，从而能不受诱惑干扰地追随他们的上帝。他们认为炫目的电器是对他们的精神世界的威胁。

兰开斯特公路上汽车马车混列行驶的景象在美国实属罕见，因此在离开之后我们依然久久难以忘怀。这也引起了我们的另一个好奇：阿米绪既然是混居在普通的美国人中间，他们要解决的问题显然不止是汽车和马车的矛盾，他们独特的宗教信仰与几百年前的生活方式，同现代化的外部世界是如何协调的呢？这个问题最突出的部分，就是他们和各级政府依据现代美国生活所制定的法律冲突是如何解决的呢？

之所以我们会立即产生这样的联想，就是因为在美国生活了几年之后，我们知道这是一个重法律契约并且执法很严的国家。在这个社会里，法律和政府的决策是多数达成一致的结果，所以法律一旦通过，就要求个人服从，包括持有不同意见的少数，而阿米绪显然是美国的少数。

在两个不同文化发生冲突的时候，最重要的往往是妥协的精神。阿米绪是一个谦卑的群体，因此他们在自己能够接受的范围内，也在作最大的妥协。兰开斯特县议会曾经立法规定，阿米绪的马车在公路上行驶时，车后部必须安装一个橘黄色三角形的慢行车标志。尽管这有违阿米绪不尚装饰的传统，但是他们理解交通安全的合理性，如今他们的马车上都有这个标志，衬在黑色的车篷上，格外醒目。同时县议会立法规定，马车夜间行驶不能使用老式黯淡的油灯，而必须使用干电池的车灯。阿米绪是不用电的，但是这一次他们还是接受了这个干电池车灯。又如，兰开斯特县为了公共卫生，立法禁止没有化粪池的户外厕所。阿米绪于是改变自己的习惯，把厕所移到室内，并且都接受了地下化粪罐这样的"新技术"。

然而，在现代美国社会中，还是有一些与阿米绪宗教信仰完全冲突的法律，是他们无法妥协的。这种冲突有时还相当尖锐。这就是考验这个社会的时候了。因为制度意味着按照多数人的意志行事，但是如何对待少数人，始终是一个难解的课题。美国也经历了一个逐步认识的历史过程。

首先遇到的就是一个大问题：战争与和平。当美国卷入两次世界大战以及以后的朝鲜战争、越南战争时，都需要有人当兵打仗。征兵

阿米绪人的马车

法应该对所有的公民一律平等,这是现代国家的一个常识。但是阿米绪所属的再洗礼派是绝对的和平主义者,他们的信仰使他们坚守不动刀兵。于是他们和美国的法律开始了旷日持久的冲突。

绝对的和平主义者究竟意味着什么呢?在阿米绪代代相传的一本书中,记述了他们人人熟知的一个历史故事。早年间,有一个荷兰再洗礼派教徒叫迪尔克。他由于遭受宗教迫害被警官追捕,追捕过程中警官掉进了一条冰河。迪尔克明知自己一旦被捕将会性命不保,他还是不能见死不救。他反过身来救起警官,自己却因此被捕,被烧死在火刑架上。这件事发生在1569年,在他们来到北美大陆以前。

在他们来到北美大陆以后,也有类似的事情发生。在白人和印第安人互相追杀的年代,有一次一伙印第安人在夜间包围了一个叫雅各布的阿米绪家庭。雅各布的儿子们本能地操起了打猎用的猎枪准备自卫。雅各布却夺下他们的猎枪扔了出去。结果是,他们一家除了两人被掳走以外,全部被杀。这并不是一个孤立的例子。不仅是阿米绪,其实当时还有大量教友派教徒也由于坚持和平主义而被印第安人杀死。以上这些历史都是阿米绪教育后代的典范。

在第一次世界大战期间,一些阿米绪的年轻人被迫入伍,参与军训,甚至被迫拿起了枪来。然而,不管是什么理由的战争,对于再洗礼教徒都是不可接受的。所以阿米绪抗拒军令者甚众。那是近一百年前,美国政府战争当前,显然不打算在这个时候与阿米绪探究什么宗教哲学问题。因此,在这次战争中,有很多阿米绪教徒因拒服兵役而被逮捕入狱,也有人因为在阿米绪的报纸上告诫教徒遵从教义反对杀戮而被判"煽动不服从罪"。

当时,有一个叫鲁迪的阿米绪被征入伍。军官逼着他穿上了军装,列队操练。几个星期以后,轮到实弹演练的时候,他再也受不了良心的谴责,脱下军装,要求退伍。按当时的法律,违抗军令要受军事法庭的审判。军官把他带到军营外的三座新坟边,拍着手枪警告他,明天早晨如若不穿上军装报到,他就将是第四座坟墓。鲁迪一夜无眠。第二天早晨,新兵们吃早饭的时候,鲁迪来了。他穿着一身黑色的阿米绪传统服饰,戴着黑色的帽子。为了宗教良心,鲁迪作了死的选择。从来就说一不二的军官看着这个阿米绪,却没有枪毙他,让他退伍了。

在第一次世界大战期间,这个问题每个个案遇到的情况不同,处理的方式也不同。冲突发生了,问题却没有解决。由于阿米绪人数不多,牵涉的面不广,没有引起太大的注意。

到了第二次世界大战,德国是主要敌对国。恰巧很多阿米绪祖先的故乡就是德国。他们在教育中很重视保持故乡语言,阿米绪的日常语言往往是高地日耳曼语。所以,这一次他们的反战行为在美国引起了关注。有人怀疑他们拒绝作战,是因为他们站在自己的母国一边。美国国会为此专门举行了听证会。为了阐明再洗礼派的和平主义宗旨,争取不上战场的权利,一向不愿抛头露面的阿米绪派出代表在国会听证会上宣誓作证。

他们以自己的历史向全美国人民证明,他们反战只是出于他们的宗教信仰。他们反对的是任何一种战争,不论其交战国是谁,也不论其战争原因如何。

在他们绝对和平主义的宗教立场被确认之后,多数向少数作出了让步。在第二次世界大战这样的险恶环境中,国会依然承认一个事实,人和人不一样,少数人有少数人的理由。美国军方为称作"良心反战者"的阿米绪作出了特殊安排,称为"替代性服役"。他们必须在军方安排的医院或工厂从事两年没有酬劳的、与战斗没有关系的工作,以代替服兵役打仗的公民义务。

阿米绪历来只在自家农庄上务农,很少外出就业。他们认为,这样的两年"替代性服役"仍然使他们被迫融入外部生活,并把外界躁动的气息带进了再洗礼派虔诚平静的生活。再洗礼派再次向国会申诉。经过长期的努力,现在的"替代性服役"改为"自愿性服役",阿米绪可以在自己的教会管理的农庄上从事两年没有报酬的农业工作,以代替服兵役。

美国国会作出这样的决定并不容易。二次大战对所有的参战国来说,都是一场惨烈的厮杀。在战争接近尾声之前,谁也说不上胜负的必然走向。在这种非常状态下,作为一个国家的"多数",同意用自己的血肉之躯去为一些声称是"和平主义者"的"少数"抵挡敌人的子弹,其原因仅仅是因为尊重这些"少数"的宗教信仰,假如没有理性的精神,几乎是做不到的。

美国在历史上屡有无视少数的过去,成为他们迄今为止不断反省的原因。现在你如果在美国游览的话,常可以遇到一些历史纪念牌,记载了插牌所在地发生的一段历史。有不少这样的牌子在检讨当年对待印第安人和黑人的不公正。正是这样的反省使得美国在对待少数的问题上,变得越来越谨慎,也越来越宽容。

这个国家的多数和阿米绪是有冲突的,但是双方都以理性为基础,尤其在处于多数优势的主流社会一方,逐步地在学会如何尊重少数,以达成妥协。因此,阿米绪虽然是美国公民,但是他们的公民义务和权利与一般美国人是不完全一样的。例如美国的税收很高,这样的税收虽然不在阿米绪传统的自给自足生活方式之内,阿米绪还是依法纳税。可是另一方面,他们也和政府达成协议,他们以传统方式颐养天年,从不出现老无所养的问题,他们不享受美国的老年福利金,也就不缴纳税收中用于社会养老的社会安全基金。他们也不承担美国公民的一项重要义务,就是他们不担任法庭的陪审员。因为在他们的宗教信仰里,只有上帝有权判定人们的罪孽或清白。

在历史上,美国法律与阿米绪的一次最大的冲突,是在教育领域发生的。这场冲突,很典型地反映了"少数"与"多数"在文化上的差异可以有多大。

阿米绪的传统学校是所谓"单室"学校,顾名思义,学校只有一间房间。它也只有一个老师,所有的孩子都在一起上课,为的是让他们学会互相帮助。美国人一贯认为,选择怎样教育子女,这是父母的权利,美国历史上延续至今一直有家庭学校的做法。问题是,阿米绪还认为,孩子读书到十四岁,相当于八年级,就够了,从十五岁起就应该到农田里干活了。他们认为外面的孩子从十五岁开始的高中教育对阿米绪是有害无益的。可是,教育立法和他们的教育方式直接冲突。

美国的教育管理权归属各州,对中小学最有发言权的是各地的学校理事会,由家长和教育界人士共同组成。各州的议会有教育立法权。为了维持整个社会全体民众的教育文化水平,各州议会在十九世纪末就先后立法实行强制性的义务教育。各州的普及教育立法是顺应时代潮流,立足于提高全民文化水平,深得民众的支持。至今为止,我还很少听到有其他人反对义务教育法规的。当阿米绪所定居的那些州开始立法规定强制教育至十六岁时,阿米绪教徒教育自己孩子上学只到十四岁的做法就违法了。

阿米绪当然也理解,州政府在教育上的强制立法,并没有恶意。

但是他们认为，公立学校的教育方式，会引导他们的孩子脱离他们代代相传的宗教追求，是对他们的宗教传统的威胁。这不是没有道理的，专家们曾经指出，再洗礼派的教育，在维护传授价值观念方面起了不可低估的巨大作用。对于他们来说，能否自己教育子女，等于自己能否生存延续。

少数人不可以借着不同意而不服从法律，这是美国的游戏规则。唯一的合法途径是申诉，而少数人的合理申诉能够得到公正的对待，也是游戏规则能够操作下去的前提之一。申诉有两种方式，一是向行政和立法分支和平请愿，二是向司法分支提出法律诉讼。阿米绪的神父们劝告大家不要和政府冲突，也不要上法庭去打官司，因为这违背了阿米绪教徒和平主义与世无争的传统。神父们决定向州立法与行政两大分支请愿，请求网开一面。

宾夕法尼亚的阿米绪把请愿书印了一千份，然后征集签名。阿米绪教徒人数虽少，可是他们捍卫信仰的精神以及和平谦卑的态度却深得宾夕法尼亚人的同情。签名者甚众。往往一个阿米绪就可以征得三千个来自外部世界的签名。他们把这些签名连成一百三十英尺长的条幅，然后，阿米绪的代表就带着它去见州长。州长于是下令州司法部长进行调查，新的教育法是不是侵犯了宗教自由。阿米绪因此很感激这位州长，在随之而来的感恩节，他们给州长送去一篮农家产品，包括一只火鸡、一罐糖浆，还有一些苞米。但是调查结果并没有解决问题。

阿米绪知道他们还可以走的一条路就是司法途径。但是阿米绪不喜欢提起诉讼，他们只习惯于诉诸上帝。这一次他们无路可走，假如不想放弃的话，唯一可行的是"以身试法"了。实际上这是一般美国人在自己的观点处于主流文化之外的时候,常常采取的方式。这一类以被动形式出现的司法挑战,常常引发对一个主流观念的质疑,甚至可能改变这样的观念。而"被动",正是阿米绪的特点。

阿米绪从不惹是生非,但他们不送自己的孩子读高中,警察就找上门来了。美国是一个执法很严的国家。在二十世纪初,就有阿米绪家长因为违反义务教育法而被捕,他们的孩子则由政府监管。为了家庭的团聚,他们要么屈从,要么被迫变卖家产,举家迁徙,有些阿米绪家庭甚至为了逃避义务教育法,迁移到遥远的墨西哥去。他们不愿意在压力下改变他们的宗教信仰和与此相随的生活方式。

宾夕法尼亚是一个有着宽容精神传统的州,我们去过的兰开斯特居住着全美第二大的阿米绪人群。州教育法通过后,一开始地方政府对如何向阿米绪执法也很困惑,所以出现了比较罕见的执法不严的情况。地方上对阿米绪少年辍学到地里干活,基本上取睁一眼闭一眼的态度。但是到了1937年,兰开斯特的教育官员觉得阿米绪传统的单室学校实在不够正规,并且没有高中教育。就计划关闭一些单室学校,以新建的公立学校作为替代。州政府的代表想说服阿米绪,"教育是通向知识的大门"。可是,这种对话建立在完全不同的文化价值体系里,自然是谁也说服不了谁。这样的文化冲突使州政府和阿米绪都深感不安和困扰。二次大战中,这个问题被搁置一边,战后又立即重提,为此又有一些阿米绪家长由于违反义务教育法而被课以罚款,甚至被捕坐牢。

他们再次向州政府请愿。直到1955年,州政府作出妥协:阿米绪人可以在自己的学校里教育子女到十四岁,然后为他们设立一种专门的职业学校,阿米绪的孩子在这种职业学校受教育到法定的十六岁。

这种职业学校一周只上半天课,并且是由阿米绪的教师讲授传统的农业知识。这个安排是一个突破,所以在美国历史上很有名,称作"兰开斯特职业学校妥协"。这里的阿米绪完全是靠着一种不可摧毁的宗教精神韧性,和强大的多数人的政府达成妥协,赢得了按自己的意愿教育子女的权利。美国史书上的妥协一词通常是一个正面的词。大家认为,达成妥协解决了问题,是双方共同的胜利。

由于教育立法权归属各州,所以"兰开斯特职业学校妥协"并没有解决其他州的类似冲突。问题是普遍的。在爱荷华州的布肯南县,地方政府宣布要取消单室学校,把阿米绪学童集中到新建的公立学校;而阿米绪却坚持把孩子送到他们的单室学校去。在1965年11月的一天早晨,县上的教育官员带着警察,开着校车来到一所阿米绪的单室学校,要把孩子们押上校车送往新学校。单室学校只有一个阿米绪老师,无可奈何地看着孩子们列队出去。突然,不知是谁喊了一声。没等警察和官员回过神来,孩子们像炸了窝一样,拼命地冲向附近一望无际的苞米地,刹那间就消失在青纱帐里。原来是一个阿米绪孩子喊了声"快跑!"他用的是阿米绪的高地日耳曼语,其他人谁也听不懂。

随行的新闻记者凭着职业反应,迅速拍下了穿着黑色衣衫的大小男孩女孩,像兔子一样惊慌逃向田野的背影。这张照片后来非常有名,因为这个问题后来终于在全美国人民同情的目光下,走向了联邦最高法院。

在有些地方的阿米绪学校,学童们被成功地押上校车转学,两种不同价值相遇形成十分荒诞的后果。一个为了提高孩子教育水平的法律,实行中却场景凄凉。阿米绪孩子们唱着"上帝爱我",母亲们无声地哭泣,父亲们则青着脸,默默地站立一旁。阿米绪人依然奉行和平主义的原则。但正是这种沉默、谦和然而执著的态度,以及美国民众对于"多数与少数"关系的反省,使得阿米绪的教育事件开始走向全美国。来自全国各地的私人捐款涌向布肯南县,要求替阿米绪人偿付罚款。这种同情和抗议给爱荷华州州长带来很大的压力,但是他作为行政长官无权修改法律。他只能在他的职权范围内,宣布暂停执行合并学校三周,同时请求拥有立法权的州议会,考虑立法豁免阿米绪的强制教育。1967年,爱荷华州议会将豁免权授予州行政部门的教育官员,从而,爱荷华州的阿米绪也赢得了以自己的方式教育子女的权利。

就在这个时候,一个叫林德赫姆的人挺身而出。他不是阿米绪,而是路德教会的一个牧师。他了解了阿米绪在教育问题上的遭遇以后,认为阿米绪的宗教自由受到了侵犯。1967年3月,他在芝加哥大学一个有关公共教育立法的学术会议上,呼吁关心阿米绪宗教自由权利的人伸出援手。一个叫做"阿米绪宗教自由全国理事会"的组织就这样诞生了,林德赫姆担任了这个理事会的主席。这个组织不仅有律师、学者,还有基督教和犹太教的宗教领袖。

这时全国关注的目光移到了堪萨斯州,那里有阿米绪的家长被捕,还有人在法庭上被定罪。堪萨斯州态度强硬地宣布,类似宾夕法尼亚州的"职业学校妥协"的做法,在堪萨斯州将是非法的。州一级不打算妥协。林德赫姆的组织曾经试图把案子上诉到联邦法院,但是联邦最高法院拒绝接案,其原因是美国"分权"的制度。在这个制度下,教育管理是留归各州的权力,联邦政府无权干涉。因此联邦法庭也就没有这些案子的司法权。

于是,那里的阿米绪又决定迁徙。不少人就这样迁到了威斯康辛州的格林县。但是到了1968年秋天,这儿也开始严格执行教育法规。又有两家阿米绪面临被捕,被指控的罪名就是没有送孩子上高中。1968年圣诞节前夜,林德赫姆和一个叫鲍尔的律师,在请求威斯康辛州政府豁免阿米绪遭到拒绝后,决定在格林县的法庭,代表阿米绪向州政府打官司。告州政府侵犯阿米绪的宗教自由。可是官司输了。地方法庭认为,虽然可以说州政府侵犯了阿米绪的宗教自由,但是普及教育涉及全体公民的长远利益。这一利益压倒了少数人的宗教权利。

这在美国是经常发生的事情,就是在两个法律条款发生冲突的时候,必须判断何者为先。出现这样的法律悖论的时候,一般总是要走到联邦最高法院,因为最高法院具有"司法复审权"。这正是鲍尔律师想要达到的目的。他不是打算在地方法院就打赢这场官司,他甚至知道他会输。但是他要开辟一条司法渠道。鲍尔先上诉到威斯康辛州最高法院,州最高法院推翻了地方法院的判决,法官说,能够压倒少数人宗教自由权利的所谓全体人民的利益是不存在的,阿米绪选择八年教育并没有损害社会。

于是案子的被告,威斯康辛州政府的行政分支,开始向联邦最高法院上诉。前一次,案件的性质是判定阿米绪孩子的教育管理问题,这个问题联邦法院没有司法权。可是现在,案件的性质是全国性的民间团体代表百姓控告州政府侵犯宗教自由,也就成了州教育法规是否违宪的问题,这属于联邦最高法院的审理范围。于是,这一次,联邦最高法院接受了这个叫做"威斯康辛诉约德尔等"的案子。鲍尔律师出庭辩论,一些从不抛头露面的阿米绪也默默来到首都华盛顿,听候决定他们命运的判决。他们还是一袭传统阿米绪的黑色服装。黑色的背影衬映在最高法院白色大理石建筑的背景上,使我们今天看到这张过时的新闻照片时,依然有惊心动魄的感觉。

1972年年底的一天,最高法院大法官以压倒多数做出了有利于阿米绪的判决。首席大法官沃伦在判词中指出,现代中等教育所教授的内容和价值同阿米绪宗教生活的根本方式有尖锐的冲突,强制实行的教育法规侵犯了阿米绪教徒的宗教自由权利。

在最高法院的判词中,沃伦·博格首席大法官写下了如下这段现在还常常被人引用的话:

> 我们不可忘记,在中世纪,西方世界文明的很多重要价值是由那些在巨大困苦下远离世俗影响的宗教团体保存下来的。没有任何理由假设今天的多数就是"正确"的而阿米绪和类似他们的人就是"错误"的。一种与众不同甚至于异僻的生活方式如果没有干涉别人的权利或利益,就不能仅仅因为它不同于他人就遭受谴责。

最高法院的判决,一劳永逸地解决了各州与阿米绪在教育问题上的冲突,沃伦大法官的判词,更是对长久以来的思考和反省,做出了一个总结。制度要求少数服从多数,同时要求多数不能压迫少数,不能侵犯少数的自由和权利。要做到这一点,在制度的设计上,一开始就要为持不同意愿的少数预留下申诉、辩解和反抗的渠道。在百分之九十九点九的一致之下,仍要为百分之零点一的异见留下呼吸的空间。这也是美国法律强调个人的宪法权利必须归属个人,而政府"不得立法"侵犯这种权利的根本原因。

如果法律不打算保护千分之一万分之一,也就保护不了"百分之五",那么,"多数"本身也就都潜在的岌岌可危。我们曾经习惯于法律对"百分之五"的不予保护,这是因为,当我们身处"多数"之中,我们理所当然地认为,"多数"就是对的,我们只知道庆幸自己不是少数。谁也没有想过,今天你不挺身而出保护你所不同意甚至不喜欢的百分之五,你怎么有把握下一次你不在另一个百分之五中呢?今天你看到与你无关的百分之五遭受的不公正扭过了头去,下一次轮到你的时候,你还向谁去呼喊呢?

一个社会要发动成千上万的人并不难,要达到多数人的一致也不难,难的是公正善待只有百分之几的少数。有时候,少数显得如此人微言轻,他们的生死存亡是如此地微不足道,可是,能否保证这微乎其微的少数得到公平的善待,恰恰是检验文明和人道的试金石,也是决定能否长治久安的一个关键。

也许,最平凡的阿米绪正默默地以他们的存在,在给人类讲述着一个并非无足轻重的故事。

战争、和平、和平主义

一

这个题目看上去大得吓人,其实,只是想谈谈一些相关的随感。

人是一种奇怪的动物。其他动物之间,很少发生大规模灭绝性的自相残杀。最近,英国《泰晤士报》,根据科学家的最新发现,证明现代智人的两个近亲人种,是在和现代智人接触之后才灭绝的。许多科学家早就推定,他们的灭绝,很可能是现代智人"干的好事",意指争斗、屠杀。这虽然只是一种推定,至少证明了科学家们根据自己的经验,对祖宗的禀性毫无信心。

第二次世界大战,是迄今为止最后一次世界性战争。当时,武器的升级换代发生了本质性变化,战争观念却还是传统观念:要打败一个国家,就要彻底击溃这个国家民众的战斗意愿和意志力。因此,战争双方都采取了对城市的大规模轰炸,形状惨烈。

当时险险乎就是纳粹要赢，大家有个共识，就是纳粹若赢后果不堪设想。因此，赢得战争是人们关注的中心，支付的代价都被默默认可。时过境迁，赢的已经赢了，危机也被淡忘。民众支付的代价，战争不人道的一面，被长久地追忆、反省，伤痛难忘。不仅是发动战争一方遭到谴责，就是进行反法西斯战争的一方，也同样受到责难。对美国为结束日本发动的太平洋战争，在广岛、长崎扔下原子弹而引出的争议，就是最典型的例子。

这样的反省无疑带来正面的效应，就是对新一代的和平教育。这对一些在传统上"尚武"的国家，尤其重要，使得这些国家的民众对无端侵略他人的支持度大幅降低。

战后的几代年轻人，是反战的中坚。今天，只要出现任何战争，全世界各地都会爆发规模巨大的反战示威，年轻人永远是主力。可是，逐渐地，我们也看到，不问青红皂白地反战，在知识界也成为不必承担任何责任、道德始终居于高位的简化思维。

反战为什么不是一个永远不错的选择？因为这个世界并没有干净到非暴力能够解决一切的地步。在冷战中和冷战结束之后，在一些国家发生过大规模种族清洗的事件。这些事件在发生的时候，主持屠杀的，都是一个国家的政权。从原则上来说，那是他们国家的内政。这些事件造成上百万的平民在和平时期被屠杀，也造成难以遏止的难民潮。外交手段的抗议、制裁等等，难以奏效，而眼见着血流成河的大屠杀在天天发生。

这时，对于政治家和有号召力的知识界来说，只有自己假想的净土，并没有一个事实存在的道德高位。

国际社会武力干涉，就是战争。战争不仅造成战斗人员的伤亡，还必定造成平民的伤亡。在今天的战争新观念下，尽量利用高精度武器，减少平民伤亡，已成为战争的一个重要考量。然而，要推往极端，要求一个完全没有平民误伤的战争，只是一个幻想。于是，许多人认为，站到对面，反对一切武力干涉，反对一切战争，永远高举和平大旗，这是保障自己在道德、良心上立于不败之地的良策。而事实上，在前面的例子中，不赞成武力干涉，就是坐视屠杀，事实上造成的平民流血，要比武力干涉要多得多。

这就是联合国秘书长安南，曾痛悔没有对卢旺达的屠杀早些采取武力干涉的原因。

二

和平主义是一个美好的名字。所以，今天给自己引入和平主义立场的人，很多。

可是，究竟什么是和平主义？我会得到这样的回答：和平主义就是反对一切暴力和战争。一点不错。可是，绝大多数宣称自己是和平主义者的人，并不知道，要维持一个和平主义立场，比他们想象的要困难得多。

和平主义是一种信念，就是反对一切暴力。听上去很简单。可是，落实到具体，就变得复杂起来。举个简单例子，假如有一名歹徒，拿着一把刀子，冲进你家，要杀死你的妻子儿女。你呢，手边恰有武器，可以轻易地以暴力反抗，救下亲人。可是，你是和平主义者，反对一切暴力。所以，你就不能动武，你宁可眼睁睁看着家人死于歹徒之手，也要维持自己非暴力的信念。这样的行为，才是和平主义的实践。所以说,当和平主义者并不简单。往往是起于某个宗教信念,只有坚持宗教信仰,才能维持住和平主义的立场。

维持这样的立场,容易不容易尚且不论,因为像歹徒冲进家里,当场测试立场,毕竟罕见。可是,即便是真的和平主义,就铁定是一个道德高尚的立场吗?这也不是一个简单的问题。

在美国和一些欧洲国家,经甄别确认,真正的和平主义者,都可以免服兵役。他们被看作是一种宗教信仰,被社会尊重。然而,在反侵略战争中,和平主义者并没有尽一个公民的义务。虽然你可以说,我宁可敌人打进来杀死我,也要坚持和平理念。事实上,却是你的同胞牺牲在战场,为你抵挡了子弹,换来了你的和平生活。"道德"也就随之引出困惑。

于是有人说,那么,我是一个相对的和平主义者,我反对法西斯的侵略战争,却不反对正义的反法西斯战争。这时你会发现,你和一个非和平主义者已经没有区别,你并不反对"一切"暴力和战争。事实上,只有"是"或"不是"和平主义者,而并不存在"相对的"和平主义者。你不能说,歹徒杀在别人家里,我主张和平主义;杀进自己家里,我就改主意了。你对战争的态度其实也和一般人没有区别了:你在根据个案的具体情况,判断是要"赞同"还是"反对"。而不是认为,在当今世界上,"和平"是唯一可以接受的"主义",而"暴力"、"战争"是绝不可取的手段。

在细究所谓"相对和平主义"的时候,你还会发现,其实人是有天然弱点的。就是在危险距离自己远的时候,态度就容易"超然冷静",更"和平",而危险逼近,态度就会变化。因此,一个面临巨大危险的国家,它的反应,将本能地和他国他人不同。这引出双方都要警惕的一个问题:身处险境的,要避免过度反应;安享和平的,要居安思危。

离开自己的道德幻影,世界才可能摆脱左翼的、虚假和平主义的青春期,进入成人的理性思维。当一场战争即将发生或已经发生,大家才能够理智地根据自己掌握的事实,分析和判断自己应该如何看待,采取何种立场。这个过程才是正常的思维过程,这时取的立场,才是一块坚实的土地。

那么,和平主义还是不是一个美好的名字呢?是的。它是极少数人的信仰。这样信仰的产生,给我们多数人,指点着一个可能的和平未来。

一个历史学家和他的小镇

小镇库布卢克

寻访小镇库布卢克纯属偶然。

钱钢和胡劲草合著的《大清留美幼童记》，描述了一百多年前一批中国学童在美国留学的故事。大清朝派出照料管束这些学童的总部在康涅狄格州的首府哈特福德，这些学童的故事也主要发生在这北方新英格兰的土地上。新英格兰是哈佛大学和耶鲁大学的所在地，是全世界优秀学子向往的地方。对于我们生活在美国南方腹地的人来说，新英格兰非常遥远。可是我们从历史书里知道，新英格兰是"五月花号"登陆的地方，是美国政治传统的发源地。新英格兰最出名的地方不仅有哈佛和耶鲁，还有它的小镇，特别是它独特的乡镇自治制度。它的"镇民大会"可谓独具一格。

我们过去到过新英格兰，却没有时间去看看它的小镇。到小地方去,得有个理由或者借口,就是所谓缘分。今年夏天,我们有事去康涅狄格,特地带上《大清留美幼童记》。在哈特福德,我们照着这本书寻访当年留美学童生活的地方,那也是马克·吐温和《汤姆叔叔的小屋》作者居家的所在。我们寻访了学童们聚会的避难山教堂,凭吊了容闳和他的后代们的墓地。然后,我们驱车北上,到康涅狄格州边界的山区,去找库布卢克。在那儿埋葬着一个早逝的留美学童谭耀勋。

钱钢讲述的谭耀勋,是一个令人伤感的故事。来自广东香山的学童谭耀勋,1872年到达美国的时候十一岁。学童们在哈特福德上学,周末或暑假会安排到这小镇库布卢克度假,这儿山高林深,气候凉爽,是避暑的好地方,而那个时候,铁路已经开通到库布卢克附近。库布卢克的凯林顿家,特别喜爱中国男孩谭耀勋,待他如养子。谭耀勋就在这个山镇里,与同龄孩子一起游玩,一起相帮大人干活,一起上教堂,渐渐融入了美国孩子的生活中。这种同化引起大清官方的不安,特别是学童上教堂,有离经叛道之嫌。1880年,谭耀勋成为首批受命提前返回中国的两人之一。这时候他已经十九岁,他决心自己安排自己的命运。在接到遣返命令以后,他剪去辫子,抗命不还。

他敢这样做的一个重要原因是,他在美国有一个家,这就是小镇库布卢克上的凯林顿家。他在凯林顿家和其他留美学童的帮助下,1883年毕业于耶鲁大学,并且在纽约的大清国总领事馆找到了一份工作。不幸的是,毕业才三个月,他突然患病,立即回到库布卢克的凯林顿家后不久病逝,埋葬在库布卢克公共墓园的凯林顿家墓地里。

我们驶出哈特福德,渐渐进山,从44号公路转入林间小公路;看到库布卢克的牌子,经过一座教堂,几栋房子,就又驶入了森林。原来我们已经过了小镇,得掉头返回。这是我们在美国看到过的最小的小镇。小镇旁边就是公共墓园。我们先去墓园，找到了凯林顿家的墓地，也找到了一面刻着汉字"大清国香山县官学生谭耀勋之墓"的墓碑。在谭耀勋来到此地以前，凯林顿家的长子，也是一位耶鲁学生，投入南北战争，在南北战争结束前一个月，战死在南方佛罗里达。他的墓碑在谭耀勋的墓碑前面。他们家的两位女儿，活到二十世纪三十年代，她们的墓碑和谭耀勋的墓碑排成一线。这个墓园，完全把谭耀勋视作凯林顿家的一员。凯林顿家的后代已于二十世纪六十年代离开了库布卢克，不知散落何地。站在墓园里，明晃晃的阳光下万籁俱寂，我们不禁感慨时光已经流过了一百多年，眼前一切却好像就发生在昨天。当年的谭耀勋，可曾想象过，一百多年后会有家乡的同胞特地到此地给他扫墓？

小镇唯一的商店，从1830年原封不动开到现在。小店卖日常用品，也卖吃食。我们在小店里吃了午饭，然后走进马路对面的小镇历史学会。历史学会所在的房子是小镇上原来的小客栈，和小镇一样历史久远。旁边是邮局，再旁边是一个大谷仓改造而成的镇公所，每年决定公共事务的"镇民大会"就是在此地召开的。稍远一点是小镇的教堂，耸着高高的尖顶。这就是库布卢克的中心，所有的房子都在十九世纪初期定型，以后再没有大的改变。在镇公所门边有一张简单告示，提醒说今年地方税收的最后期限就要到了。

这儿来的人不多。我们一进历史学会，里面的工作人员马上就去叫一位历史学家来接待我们。很快来了一位一头白发的老人鲍布·格列格。鲍布是退休的地理测绘学家，对小镇附近的山川树林和历史典故了如指掌。他参与过中国留美学童电视文献片的拍摄，对谭耀勋和凯林顿家留下的文物十分熟悉。老人非常热情，极其好相处，他开车带我们走遍了周围的山路，参观了凯林顿家留下的住屋、谭耀勋和同龄伙伴们游玩过的地方，讲解附近的变迁，寻找点点滴滴的遗迹。

夕阳西下的时候，我们要告辞了。临走前说起，我们很想了解新英格兰小镇的特殊体制和历史。鲍布说，一千七百人口的库布卢克被称为第二小而保存最好的新英格兰小镇，而且，太巧了，想了解这个芝麻大的小镇历史的话，这个小镇新出版了一本历史书，《库布卢克：历史素描》，这可是著名历史学家麦克内尔（William H. McNeill）的著作。

我们离开库布卢克的时候，就带着这本布面精装、由麦克内尔签名的小镇历史。

历史学家麦克内尔

为小镇库布卢克写了一部专著的历史学家麦克内尔，专治世界史。

麦克内尔生于1917年，在芝加哥大学教了四十年历史。1963年，他的世界史专著《西方的崛起》（*The Rise of the West: A History of the Human Community*）为他奠定了在史学界的地位，这部一卷本的世界史赢得了国家书籍奖。虽然书名是"西方的崛起"，他的观点却是反对西方中心论的。从远古说起，东西南北来回穿梭，几大文明面面俱到，特别注重文明潮流之间的互相影响。

在撰写此书时，他探究哥伦布发现美洲大陆以后，欧洲人对新大陆阿兹塔克和玛雅文明发生致命影响的原因，发现以往的历史学家对人类历史中一个重大因素重视不够，这个因素就是细菌和病毒造成疾病流行对文明的冲击。1976年，他的《瘟疫和人们》（*Plagues and*

Peoples）出版，这是他最有名气的一部书，至今是这一领域里的权威著作。

在他看来，人类文明是在全球范围内展开的，文明的发展走向必须放在文明之间互相交流的背景下来考察和叙述。这种交流，包括战争、劫掠和征服，商队和跨海的贸易，宗教和观念的传播，技术和工具的传递，体制和管理方法的互相影响，物种的传播，以及细菌、病毒、疾病和瘟疫的传播。

2003年，八十六岁高龄的麦克内尔和他的儿子合著了《人类网络：对世界史的鸟瞰景象》(The Human Web: A Bird's-eye View of World History)。这是一部考察世界交流史的著作。他的观点和叙述方式是所谓"大历史"（Macro-history）的，有点像黄仁宇的历史叙述。对于他这样的世界史学家来说，"全球化"不是一个新名词，那是人类历史与生俱来的一个特征，只不过这种特征是随着时间在不断变化，在深入展开而已。这个地球上的所有人类，从第一天开始，就处于人类自己制造的网络之中。这一网络在逐渐变密、变粗、变紧。他的治史和叙述，特点就是大范围的考察和探究，洋洋洒洒，整个世界都在眼底。

就是这样一位历史学家，却为新英格兰最小的小镇之一库布卢克，写了一本书。

小镇库布卢克简史

麦克内尔之所以为小镇库布卢克写历史，是因为他住在库布卢克，库布卢克是他的家。麦克内尔的夫人出生于库布卢克，夫妇退休以后就回到库布卢克养老。这儿山清水秀，气候凉爽，环境幽静，交通便利，是养老的好地方。由当地居民中热心的志愿者组织的库布卢克历史学会，是当地最有实力的"民间组织"，保留着库布卢克历史上的大量档案资料和历史文物。这为退休历史学家麦克内尔创造了条件。

麦克内尔眼睛里的库布卢克，虽从殖民时期算起，不过三百多年历史，但却如同他毕生研究的世界文明的一个缩影。库布卢克的历史，是居住在这块地方的人生产、生活、交通、交流的演变史。所以，他写出来的小镇历史，似乎有一点点像我国传统的县志镇志，却又完全不同。他是从演变的角度，以交通和通信方式的技术进步为主线索，叙述在一定的交通通信方式下，这块山林地上的人们生产、贸易和对内对外交流的变化。

追溯小镇库布卢克的历史，要从欧洲人在新英格兰和当地印第安人的早期"交流"开始。在"五月花号"到达新英格兰后不过十几年，西方人带来的天花就在没有抵抗力的印第安人中爆发。印第安人在疾病瘟疫和西方人的先进技术夹击下，结束了对欧洲人的武装抵抗。到了一百多年后的1760年，白人来到库布卢克附近山林地定居的时候，这儿幸存的印第安人寥寥无几。但是正是这些印第安人，教会欧洲人在密林里开出荒地，在多石少土的贫瘠山地上种植玉米以维持生计。玉米是美洲印第安人带给欧洲殖民者的礼物，也是给全世界的礼物。

十八世纪的后四十年，是库布卢克的开拓期。人们散居在山林里，伐倒大树，放火烧掉灌木和枯草，开辟农地和牧场，种植玉米土豆、放牛。在这儿定居的都是基督教公理会的信徒，星期天人人都得上教堂。那时候山林里只有人们走出来的小路，上教堂往往要走上半天。人们居住得很分散，终日耕作，主要交往就是星期天的教堂礼拜。就是在这开拓初期，他们像新英格兰其他小镇一样，建立了自治制度。

每年秋天，召开镇民大会，选举自己的政府，对公共事务作出决定。有选举权的必须是"自由人"，就是在此拥有土地的男性居民。"镇政府"由三个民众代表（selectman）组成，他们负责实施镇民大会达成的决定，其中的首席代表（first selectman）就相当于镇长。这一政制，延续到现在，除了选举权已经扩展到所有常住成年男女公民以外，基本上没有改变。在此期间，他们也组织了民兵，定期操练，一方面维持地方治安，也应召参加了美国独立战争。

从1802年开始，库布卢克进入了"私营收费路"（turnpikes）的时代。人们看到，改善他们的生活就必须对内对外有便利的交通，以便把剩余农产品卖出去。当时的山林里人烟稀疏，开山辟路殊为不易。在政府尚无财力精力来规划修路的情况下，人们就各家各户，或者几家联合开山修路，过往车辆一律收取过路费。这一传统的遗迹就是，在美国北方地区，收费的高速公路还经常称之为"Turnpike"。从现在保留着的照片看，那时的山路其宽仅够马车通过，遍地坑坑洼洼。可以想象，雨天必定是泥泞及膝，到处陷坑。我们看这样的照片特别有亲切感，因为我们年轻时在北大荒的时候，马车路和这一模一样。在这样的路上行车，对人对马都是一种考验。

尽管是这种最原始的马车路，毕竟打开了山村的对外交通，从此，剩余农产品就可以卖出去了。有条件的农户就利用山里的河涧水力筑坝而取得动力，办起锯木场。打铁铺和奶酪加工厂也办起来了，在没有冷藏的时代，多余的牛奶就可以制成奶酪，运出去卖给城市。库布卢克开始兴旺起来。

从十九世纪四十年代起，铁路在这儿出现了。铁路的出现，把这蛮荒的山林地带和首府哈特福德连在了一起。这样，农副产品的外销更便利了，但是加工业和商业的竞争也加剧了。这种发展是一把双刃剑。铁路把库布卢克带到了大城市的市场上，也把这贫瘠土地上的农民带到了和其他地区农民的竞争之中，而他们很快地发现，他们贫瘠山地上的农产品，竞争不过平原地区的肥沃农庄，而他们山涧小水坝旁的工业产品，竞争不过大城市工业。铁路交通的便利，只是使得他们的子弟更容易走出去，到大城市去寻找就业机会。所以，在铁路到来以后的美国工业化时代，库布卢克小镇的人口反而呈下降趋势，农地牧场重新回复成林地，几十年下来，已经树高林密遮天蔽日，而原来山涧旁的锯木场，已经湮没在树丛里，得靠鲍布的指点才能依稀辨认。

同时，铁路给库布卢克带来了周末和暑期的城市度假者。也就是在那个时代，大清国留美学童从哈特福德来到库布卢克，谭耀勋进入了凯林顿家。

铁路时代一直延续到二十世纪二十年代。一个新的变化发生了。在麦克内尔的世界史著作里，很多次提到1914年。这一年，福特汽车公司的流水线开始大量生产T型汽车。这种大众有能力购买的汽车，促进了公路网的完善，特别是高速公路的出现，从本质上改变了个人移动的速度和能力。库布卢克在随后几十年里不知不觉地发生了巨大变化。小镇上除了少数人以外，几乎所有人都在外面城市里上班工作，高速公路使得这康涅狄格边境上的偏僻山镇，到首府哈特福德的距离只有半个多小时车程，到纽约的距离只有两个半小时。大城市里的人们，纷纷来到气候宜人的山林地，买地买房，设置度假别墅或第二住宅。库布卢克的房地产价格暴涨，原来的居民们不知不觉中全部成了百万富翁。地价上涨的结果是地方税收充裕，反过来完善了道路和学校。难能可贵的是，在这样的发展浪潮里，小镇的人们早早地发现了历史文化的重要价值。历史学会拥有镇上最悠久的客栈建筑,资料文物保留完好,号称是保存最完好的新英格兰小镇。

历史是什么

让我们感到好奇的是,大历史学家麦克内尔为什么要为小镇库布卢克写一部历史呢?也许,这是他退休以后,出于对居住的地方的热爱,闲着也是闲着,是闲来无事的消遣之作。可是,只要读了这本小镇历史,就能让你信服,一辈子以大历史观专治世界史的学者,处理一个芝麻小镇,自有其独到之处。

这就要说到,什么是历史?如果说,记载历史和写历史是一种职业,是社会的需要,那么我们普通人,我们和历史学没有职业关系的人,为什么要读历史?

美国南北战争时期的罗伯特·李将军曾经说过,人的短暂一生里,所见到的大多是悲惨和苦难,是卑劣和失望,为了对人性、对人类的前途保持信心,所以必须读历史。

也就是说,我们在自己短暂的一生里,所看到的社会、所看到的人和人之间的关系,和历史长河里大时段大范围里呈现的图景是有所不同的,甚至会有很大的差别。短暂一生里,更多的机会是看到了人性之恶,是令人失望的现实。即使是在我们的上半辈子,我们也看到过不知有多少人是怀着对人类、对国家、对社会的彻底绝望离开这个世界的。这样的事情,自古以来不知发生了多少。只有在读历史的时候,你能在纸页间经历几百年几千年,你才能看到进步、改善,你才会庆幸自己生活在此时此刻。

麦克内尔在课堂上曾经问过学生：历史是什么？他自己的回答是，历史是人群的集体记忆，而集体记忆是集体的自我认知所必需的。一个人如果没有记忆，那么不管有多么聪明，也不能认知自己是什么，是处于什么样的环境，和别人是什么关系。同样，一个人类群体，如果没有集体记忆，那就不能认知这个群体是什么，自己所处的环境是什么，和其他群体的关系是什么。

对于麦克内尔来说，治世界史和治小镇史是一样的，只不过是时间和空间的尺度大小不同而已。当鲍布领着我们观看库布卢克的一草一木，如数家珍般解说这个小镇的过去的时候，他也给我们讲解小镇现在面对全球化潮流的困难和疑惑，讲解小镇居民们的因应之道。麦克内尔的小镇史，为他的世界史做了一个发人深思的脚注。

华盛顿总统就职典礼的制服和杰弗逊的手提电脑

一

乔治·华盛顿是美国的第一任总统。1789年4月30日,华盛顿在纽约宣誓就职,成为世界上第一个共和制大国的总统。这是他一生中最重要的时刻。在宣誓就职的时候,他身穿有银纽扣的棕色羊毛料上装、白色裤子。华盛顿是一个很注意小节的人,这一天,他挑选这一套制服别有一番深意:他的制服料子都是美国北方康涅狄格州纺织厂出产的粗布料子。

两百年前的时候,不要说美国不会织质地精细的布料,就是在全世界,除了英国也都不会织。尽管人类织布已经有几千年的历史,织法却少有变化,都是小梭子的窄幅手工织机。1733年,英国的约翰·凯依发明了飞梭,先结合水力,后来结合了瓦特发明的蒸汽机,纺织技术出现了突破,英国工业革命由此开始。纺织工业是当时的龙头产业，带动了各行各业的突飞猛进，英国国力大增，成为世界第一强。而这第一强的基础就是纺织工业，那是当时的高技术产业。

英国当然想保持自己在这个高技术产业的垄断地位，于是，英国纺织工业的技术成为国王陛下最珍贵的机密，下令严加保护。英国所有纺织厂的技术人员都被海关登记在册，一律严禁出国。至于技术资料，一片纸也不许出口。

英国生产的布料行销全球，北美盛产棉花羊毛，自己不会织成好布，只能卖给英国。华盛顿知道，这个局面必须改变。他身穿美国自己织出来的粗布料制服出席总统就职典礼，就是想告诉国人：美国必须自己制造！

可是，高技术的赶超谈何容易。大部分美国人都是农夫，很多是文盲，机器织布连想象都想象不出。最好的办法是从英国挖技术人才，于是美国人几年前就在英国的纺织厂里传播消息，说有技术的人在美国大有发展机会。可是英国海关却看得死死的，英国技工有此心也无此可能。终于有一个叫斯莱特（Samuel Slater）的年轻人听进去了。他在纺织厂当学徒，用心地把所有技术细节记在心里，却不动声色。就在华盛顿就职总统的这一年年底，斯莱特学徒满师，他悄悄地登上了去美国的轮船，连自己的母亲都没有告诉。海关登记的时候他说是农田粗工。

华盛顿总统当然并不知道他的到来，他却和所有美国人一样，知道华盛顿身穿粗布制服宣誓就职的含义。美国立即向他提供了机会：罗德岛州一个叫布朗的商人对斯莱特说，听说你会造织布机，那么我出钱你来造，成功了利润归你。斯莱特就凭着脑子里默记的资料，用一年的时间，造出了美国第一台会运转的织布机。从此，美国生产的棉花羊毛可以自己加工了，美国掌握了高技术。

现在美国的布朗大学就是以这位有远见、有气魄的布朗先生的名字命名的。

1833年，美国的第七任总统杰克逊专门拜访了斯莱特。这位戎马生涯的总统恭恭敬敬地称斯莱特为"美国制造业之父"。从华盛顿到杰克逊，美国总统们都明白，在世界各国纷纷走上工业革命之路的时候，竞争规则非常简单：谁制造谁强大。制造业是衡量国力的标准。

可是，那一代美国人还知道，竞争规则并非永远不变。等到有朝一日全世界都会制造的时候，谁最强大由什么来决定呢？

二

世界上第一台手提电脑属于谁？要是有人说是两百多年前美国《独立宣言》的起草者托马斯·杰弗逊，人们一定会说这是无稽之谈。两百多年前，连电灯都还没有发明出来，哪谈得上电脑。不过，这样说是有道理的。

托马斯·杰弗逊因起草《独立宣言》闻名，后来被选为美国的第三任总统，以提倡平等和民主而载入史册。他在弗吉尼亚州的家，现在成为旅游参观的热点。到这个地方参观过的人，都会对这位大政治家的小玩艺儿留下深刻印象。这位一辈子从政的人，是一个兴趣广泛，极喜欢自己想出一些新鲜玩艺儿的人。他家客厅的双开大门，两扇门会同步转动开闭，是他自己在地板下安装了连动两个门轴的装置。地下室厨房里做好的饭菜，通过升降梯送到楼上餐厅，这个装置我们在饭店里司空见惯，却是杰弗逊第一个搞出来的。他改造了自己家墙上的钟。装上了一个垂直移动的指针，用来指示星期几，可以说是世上第一个日历钟。他一辈子写下大量书信文稿，那个时候还没有发明复写纸，他是使用一个特殊的复写装置，能够一次得到两份一模一样的书写稿，所以他写的信，自己都有一份底稿。

他大半辈子的时间搞政治，曾经出使法国，后来还当了八年总统。因为经常要出门，他发明了一个手提式的写字台，提在手里是个手提箱，放下一架就是一个写字台，翻开来就是他自己喜欢的纸，小抽屉里有墨水瓶、鹅毛笔，还有削鹅毛笔的小刀。侧面的抽屉里有他日常用的小用品，还有一个政治家必用的封蜡和封印。总之，箱子虽小，当年一个绅士在书房里需要的东西却样样俱全，不管到了什么地方，他都能有自己需要的东西。这样一个小箱子的功能，两百年前就相当于今日的手提电脑。

这些小玩艺儿，现在我们看来都很简单，不值一提。它们的意义在于，它们说明了美国立国先贤们对创新之重要性的认识。

杰弗逊和华盛顿总统，是对创新发明非常重视的第一代开国者。在美国革命的动荡岁月里，两个人都没忘记抽空向英国和欧洲大陆订购花种菜籽，写信给家里关照不要错过了播种新品种的季节。两个人对于新品种都有异乎寻常的热情，退休以后回到家，都一头扎到田间草地，侍弄新鲜花草。杰弗逊还改良了一种犁铧，得到过国际组织嘉奖。

当华盛顿担任美国第一任总统的时候，他请杰弗逊担任国务卿。那个时候，世界上最强大的是英国，制造业中心在英国和欧洲大陆，美国只是偏远落后的农林产品输出地，向欧洲出口棉花、木材、烟草、大米、羊毛，几乎所有工业制品都从欧洲进口。第一代美国领袖知道，虽然美国有资源，但是如果它不制造，它就永远不是一个强国。谁制造谁强大，是工业革命时代的铁律。为此，美国必须广罗技术人才，有人才才会有自己的制造业。从此开创了美国特别优待技术人才的传统。至今为止，美国人有一个不成文的共识：美国必须是全世界给人才以最好条件的地方。什么地方给人才的条件比美国好，美国肯定会提出更好的条件，超过那个地方。

1790年，华盛顿就任总统的第二年，他就指令杰弗逊，尽快确立专利保护制度。就在华盛顿总统任内，杰弗逊一手操办，美国通过了保护创新和发明的专利法，从此美国成为世界上保护创新最严格的地方。很简单，这就是美国为人才提供的最好的条件。

两百年后，从二十世纪末开始，我们看到了经济全球化，制造业在全球范围内大规模移动。不过三十年前，我们还在说，哪个国家钢产量最高，哪个国家就最强大。不知不觉，美国的很多钢铁厂却搬到了第三世界，而我们中国已经成为世界钢铁大国，还成为世界首屈一指的制造业大国。但同时美国则制造业大为缩水，这是因为在经济全球化的时代，各国竞争的规律，不再仅仅是谁制造谁强大，更重要的是，谁创新谁强大；谁具备最新最好的技术，谁就最强大。我们中国人，似乎应该由此记取一些经验教训。

各有一番风景

我没有做过考证,不知道当年第一个把英国的"辉格党"、"托利党",美国的"共和党"、"民主党"翻译成中文的是谁,不过我可以猜想,这一个"党"字,一定费了一番斟酌。因为在那个时候,我们还没有过洋人的这种"政党"。用这个"党"字,可能是无更合适的词可以套用而采用音译的方式,也可能多数不通洋文的国人更不知其为何物。一个"党"字勉为其用,从此种下百年中国政治家误解西洋政治的根子。

中国人从来就有"党"——"乡党"、"朋党"、"会党"。一群人聚在一起,或声气相投,或利害相顾,民众之结党,相当于刘关张桃园结义,喝鸡血酒,拜把子结兄弟。有这样的"党",反映了个人在社会上的不安全、没着落,结成一伙才好做事情。这样的"党"必定是内敛的,进则有门槛,须得经过考验,蹚过火,插过刀,一旦进来就是自家兄弟,有难同当,有福同享,所以也就有了"结党营私"的说法。

社会都是这样走过来的。东西文化也曾有它的相似性。在社会演进的过程中,个人都遭遇过残酷的竞争。为了更容易地生存,欧洲也有类似的"拉帮结派"记录,从行业的帮会到黑社会组织,几乎遍布世界的共济会就是其中之一。共济会也传到美国,在美国一度实力雄厚。不仅美国第一任总统华盛顿是共济会成员,美国独立战争还曾得到共济会的有力支持。

正由于看到过帮派,也看到帮派可能产生的危险性,美国的立国先贤们在政党问题上特别警惕。认为拉帮结派之风气一开,祸害难以估量。因此,美国立国之初,是没有政党的。托马斯·杰弗逊当时说,如果必须和一个党一起才能进天堂,我宁可永远不进去。乔治·华盛顿将军在独立战争一结束,就解散了军队。退伍军官们组成个辛辛那提俱乐部,公推华盛顿为名誉主席。1787年5月华盛顿动身去费城开制宪会议,特地托病避开俱乐部活动,将军不想让人们看到他身边有个亲近的小圈子。

美国宪法之父詹姆斯·麦迪逊认为,政治之所以经常败坏人性,和人们在政治中拉帮结派有关。他认为,单独的个人都有一定的道德要求。独立的个人,须对自己的行为主张负责,更容易有道德心。但是,当一些人结成宗派,就会人为制造虚幻正义,把个人的自私,在虚幻正义下掩盖起来,互相提供行为正当性的保证。所以,小宗派的道德水准,通常低于个人道德。单个好人,会在拉帮结派中放任自己的私心,甚至做出坏事来。

费城制宪会议,开创了在一个幅员辽阔而分散的大国,建立联邦制共和国的先例。互相冲突的利益得以调和,针锋相对的观点得以妥协，为此后的美国放下了第一块制度基石，被后世称为"上帝亲自干预的会议"。究其成功之原因，其中必有一条：到会代表不拉帮结派，而是一些有独立意志和思想的政治家个人在参与制度的设计。费城制宪会议是一次秘密会议，为的是不让外界了解会议分歧，不让各地势力影响操控代表。会议规定代表们个人投票不做记录，以便使他们可以无顾虑地改变观点，不受自己先前观点的约束。在费城制宪会议上，大州与小州有矛盾，南方与北方有矛盾，港口与内陆有矛盾，但是这些代表却没有以一己之观点结成派别死党。观点变来变去，矛盾分化瓦解，才达到最终的妥协。然而，当几年后的联邦政府竞选正式开场后，现实证明了完全以个人身份参与民主政治活动是不可能的，尤其对于少数，你必须集合起来，才能争得表达机会。于是美国的政党开始形成。

正因为对帮派思路有过排斥和反思，故而在二百多年前美国出现政党的时候，已经遵循的是现代政党的概念了。那是什么样的概念呢？美国政治理论上是多党制，可实际上能上台的只有两大党。照美国人的说法，凡是投共和党票的，你就是共和党人，打算投民主党票的，你就是民主党人。也就是说，大部分的人，你只要去投票，那么你不是民主党人就是共和党人，或者是某小党的"党人"。那么，这样的"党人"是不是该党"党员"呢？

我曾向美国朋友问过这个"中国问题"，得到的是一张困惑的脸——没听懂是什么意思。他们没有东方意义的"组织"观念。民主党、共和党之间没有门槛围墙，是否为"该党成员"的问题就没有意义。在大选中，你同意它的诉求，赞成它的治国方策，投该党一票，你就是它的"党人"，无须申请批准。明天你若改变观点，不投此党一票了,你就不再是它的"党人"。改变主意和进进出出都是当然权利。

美国政党是议会的产物,是宪政的产物。这种政治体制下的政党,就是相同政治观点的人,集合在一起,以便更有力地表达自己的观点,争取自己的观点能够取得大多数人的认同,从而通过选举得以实践。在1787年费城制宪会议上,提出重要妥协方案的罗杰·谢尔曼说,"如果你是少数,争取多多发言;如果你是多数,专心一意投票"。原来并无奥妙,如此而已。

但即便如此,在竞争竞选的刺激下,人在扎堆之后的弊病还是会自然流露。政治党派中的私心膨胀,在竞选中将正面阐述观点的"多多发言",变成对竞选对手的负面攻击,这些都在美国政党活动的一开始就出现了。两百年前,以托马斯·杰弗逊为首的共和党人,和以约翰·亚当斯为首的联邦党人,不仅分歧浮出水面,而且争斗激烈。在理论上依然厌恶政党争斗的托马斯·杰弗逊,不仅集合共和党人,登上政治舞台,而且不乏私下的小动作。他在1800年大选中击败联邦党人的亚当斯,当选为总统。在就职演说中,杰弗逊发出呼吁:"我们都是共和党人,我们也都是联邦党人。"可是仍然无法改变这样的历史事实:那年的总统大选演变成个人恶意中伤,成为美国历届大选中最负面的一个例子。立国先贤尚不能免俗,州一级的竞选则更甚,以致有了我们都熟悉的马克·吐温的讽刺名篇《竞选州长》。

虽然我们看到,理论和反省并不能就坚实地阻挡实践中的踩线越界。可是,不同的理论出发点和有没有反省意识,得出的结果却是不同的。若认定"党"即为"帮派"的扩大翻版,那么,对内争斗除奸、以求一致,对外老谋深算以及虚虚实实、兵法三十六计就可视作正常。而在现代政党政治体制下,循着宪法规定的分权制衡体制,有政治道德的定位，有追求个人自由意志的价值观，有历史记录为公众提供的反省资料，民众有将政治讨论公开深入的习惯，如此等等，一个国家就有能力逐步克服自身在政党政治中表现的人性恶习。

美国的政党产生于议会制度建立起来之后，而不是之前，从一开始就是议会党，而不是暴力斗争的党。两百年过去了。美国搞了五十几次大选，五十几次中期选举，无数次的地方投票和公决，不管是否能真正做到，但他们推崇的是开放的政党政治，对拉帮结派保持高度警惕，以负面竞选为耻辱，以兵不厌诈的用计用谋为耻辱。这是美国的民主制度能够正常运作的重要条件。

美国人在2004年正值大选之际，"民主党"、"共和党"的竞选战备，成了每天报纸上的重头新闻。布什总统的局面，很像八年前的克林顿总统，虽然有明显的种种麻烦，却在本党内是无争议的候选人。而民主党在戈尔宣布不参与竞选之后，就呈现群龙无首的局面。一开始美国人甚至在流传这样的笑话："一半的民主党人都是候选人，可是没人能记住其中的任何一个名字。"也就是说，没有一个重量级的候选人。所以，在克拉克将军突然宣布参选的时候，以其在军方亮丽的履历，曾让民主党人精神一振。

可是，相比其他候选人，克拉克将军还有一个很特殊的情况，他的党派立场似乎数度改变。在美国，个人的投票倾向是隐私，自己不宣布，根本无从查起。可是克拉克自己承认，他曾至少投票选过两个共和党的总统：尼克松和里根。有人还说他选过小布什总统的父亲、也是共和党的老布什总统，克拉克对此也没有否认。他虽然宣称，后来他投了民主党的克林顿和戈尔的票。但是在此之后，他又有过赞同某些布什总统政策的讲话。此时，他堂而皇之地出来宣布要竞选民主党的总统候选人，正表现了这种政治轻松的一面。没有听到一个共和党人出来骂他是"叛徒"。因为民众认为，假如共和党有人出来开骂的话，失分的将不是克拉克，而是共和党——大家已经习惯：改变政治观点，不仅是人的基本权利，还是美国的寻常风景。

倒是有民主党人出来提出疑问的，质疑的并不是他能不能改变党派立场，而是他是不是真的改变。也就是怀疑克拉克是看到共和党总统候选人的位置已被布什稳占，因而谎称观点改变，以投机手段，试图在大局未定的民主党获取竞争总统的机会。也就是说，假如他是真心"弃此党而投彼党"的话，民主、共和两党，美国上上下下，都认定这是天经地义、不足为奇的事情。

经过一番竞选，民主党候选人方定下大局。在这个过程中可以看到，民主党候选人之间，除了陈述政见的"正面竞选"，也有不少被称为"负面竞选"的"厮杀"部分，那就是相互检查和提出对方在过去的问题。但是，这必须讲究分寸，警惕私人攻击，不搞人身攻击。一方提出问题，另一方公布材料，颇有章法。这也是因为在美国政治文化中，恶性攻击的负面竞选已经被民众所不齿。因此，在涉及"负面竞选"范畴的时候，各方反而非常谨慎，以免"搬起石头砸了自己的脚"。这在两党竞选中也是同样。例如民主党发现，布什年轻时，在加入得州航空国民兵期间，有一段缺席记录，因而指责他曾经开小差。布什总统立即下令，公开自己的全部军中记录，声明那段时间里，自己是被暂时调往阿拉巴马服役。在这样的过程中，首先要排除的是争吵开骂；民众也很平静，他们已经习惯于静待事实出来说话。

两百年来，美国政坛之所以没有成为政客的天下，美国民众对拉帮结派保持警惕，是一个重要原因。在这样的政治结构以及经历长期演进的有序竞选中，民众的情绪也相当平稳。共和党、民主党，对一个普通老百姓来说，都不过是一套观点，就像饭店里的套餐一样，从伊拉克战争、国际政治，到税收政策、经济方针；从医疗改革、社会福利，到枪支管制、禁绝毒品，以至同性恋婚姻、合法堕胎等等。每个人有自己最关注的价值观，每个人有涉及自己利益最深的关切点。有些人最关心战争和国际政治，另一些人最关心宗教道德、社会风气。美国的家庭、朋友之间的政治观点不同十分常见。可是，几乎没有什么情绪过度亢奋、泛政治化的现象。因为政治竞选虽然重要，对美国人来说，仍然只是生活改变的一个分量有限的筹码。大家知道，在大局不变的情况下，选举之余，人人还有自己需要承担的一份社会职责。这份职责的分量，并不更轻。

不难看到，以选举为核心的民主政治相当脆弱，风险极大。民主选举承认私利，承认表达和争取私利是正当的。而政党的上台下台，取决于选票。选票不承认质量高下，只承认数量多寡。道德被潜隐于后，不管什么人，都变成了"一"——一张选票。如此一来，选举制度本身，必是对机会主义政客的极大诱惑，因为这也是政客露头的舞台、滋生政客的温床。在选举制度下，任何政治家都不能回避的问题是：什么是必须坚持的原则？什么是可以放弃的枝节？什么是自己从政的理念？什么是临时策略性的权宜之计，退一步放弃一点只不过是为了实现长远的理想。

凡以一次选举结果为唯一目标的政客，必定拉帮结派、事分内外，因为只有这样，才能统一行动。行动统一了，才有战斗力，才便于操纵舆论，诱骗民意。政客和政治家不同的是，政客是以成败为导向的，而不是以大众利益、大众意愿、国家之长治久安为理念。政客竞选，不论过程的善恶，只讲手段之结果。

这样看下来，我们中国传统的民间"党"和"党人"与英国的"辉格"、"托利"，美国的"民主党"、"共和党"的不同就更清楚了，他们不是西洋政治中的所谓party。"党"和"党人"，听起来就有嗖嗖的金属声，令人想到金戈铁马、翻云覆雨、恩报相传，以至"打天下者坐天下"。而大洋那边的"party"，则红绿彩旗、气球腾空，竞选的喧嚣甚嚣尘上，来时热热闹闹，选完一哄而散。真是各有一番风景！

血无价，亡羊补牢时未晚

据报纸报道，河北一青年聂树斌十年前被错判为犯下奸杀案，不久前此案真凶被抓获，而聂树斌早已被判处死刑。此案把怎样避免错杀无辜的问题提到了我们面前。最近几年，这样的问题也困扰着美国。

马里兰州巴尔的摩市，一个叫克尔克·布拉特沃思的男子被指控在1984年奸杀了一个九岁女孩。此案经法庭审判，陪审团裁定布拉特沃思犯下一级谋杀罪，他被判死刑。他始终声称自己是冤枉的，可是警察局坚信他们抓到的是真凶。虽无直接证据，但是警察认为间接证据是有力的，两个男孩在案发现场附近目击凶嫌，指认了布拉特沃思。他上诉，上诉法院要求下级法院重审，重审结果却仍维持原判。

他在监狱里给所有可能的人写信申诉，从国会议员到美国总统，但是没有回音。他在牢房里读书，读到英国警方用DNA测定嫌犯，这是一种新技术。这给了他希望，他知道，在被杀女孩的裤子上，有一滴凶手留下的精液，而案发时，FBI检查过这一精液，但当时还没有

DNA技术。

1992年,布拉特沃思的律师要求将被杀女孩的裤子送往埃德·布雷克(Ed Blake)处,他被公认是美国DNA测定之父。为此,律师掏腰包支付了一万美元费用,因为布拉特沃思本人已经一无所有了。好在在案发九年后,所有证据,包括被害者衣裤,都被完好保存。测定结果,受害者裤子上的精液和他没有关系。

根据律师和州检察官预先谈定的条件,这一证据又被送往FBI的实验室,再次检验,再次得出同样结果。州检察官撤回了指控。1993年6月,他走出了关押他九年的监狱。州政府向他赔偿了这九年的收入损失三十万美元。

布拉特沃思是美国第一个从死牢房里用DNA技术讨还清白的人,司法界极为震惊,每人脑子里都掠过同样的念头,就像布拉特沃思的律师说的:"假如我们还没有DNA技术,那会怎么样?"他就永远不可能翻案了。在没有这种技术的年头里,有没有同样的无辜者,被错定罪,被错杀,被错误地终身监禁呢?答案是不言而喻的。

在美国的早期历史上,法庭判决死刑一直持谨慎态度,二十世纪三十年代是高峰期,每年死刑处决达到一百六十五人以上。死刑在七十年代初被废除,但最高法院在1976年的裁决中,重新肯定了死刑的合法性。现在,美国五十个州中三十八个州有死刑。死刑判决后通常要经历冗长的上诉程序,穷尽一切司法上诉程序平均要用十年时间。布拉特沃思案件以后,在死刑牢房里的待决犯就多了一个用DNA重新检测的机会。有些人在关押多年后,经DNA检验推翻了判决。

事实令人震惊:尽管经过了法庭呈证,有陪审团的中立判决;尽管人人都承认,判决死刑事关人命,错杀无辜仍然可能发生。从七十年代到2000年，美国有近一百人是判决死刑后又发现错判了。哥伦比亚法学院的一项研究，调查了几千个刑事案件，发现十个案子侦办过程中，有七个曾经出现过严重的差错。这种差错大多是因为被告没有得到合格水准的律师的专业协助。

1998年，伊利诺伊州的一位死刑犯安东尼·波特尔在死牢房里关押了十六年后，穷尽了一切司法程序，就在被处决前五十小时，由于一些学新闻学的大学生调查此案时发现了新证据，终于为他讨回了清白和自由。伊利诺伊州州长说，本州刑事司法制度显然存在重大弊病，下令停止执行死刑，以免错杀。

就是在这样的情况下，2000年春天，以民主党参议员里希（Patrick Leahy）和共和党众议员拉霍特（Ray LaHood）为首的跨党派议员，分别向参众两院提出了《无辜者保护法案》。该法案的主要内容是：一、运用DNA检测技术，让已经被判定罪的在押者，也有重新检测DNA证据的机会；二、要为刑事被告提供合格的专业律师协助；三、为错判错关者提供补偿。2004年10月，无辜者保护法案以《所有人的公义法案》为名，正式生效。这个法案有DNA检测的规范；提供改善资金，训练和提高重大刑事案的辩护质量，特别是提高死刑案的辩护水平；也为受害者家属提供协助。该法案还规定，在今后五年内提供二千五百万美元，专门用于已判罪的在押犯重新检测DNA证据。这一计划以布拉特沃思的名字命名，就叫"克尔克·布拉特沃思定罪后DNA检测计划"。布拉特沃思（Bloodsworth）在英语里可解读为"血的价值"。他用自己走出死牢房的经历证明，血无价，人命无价。只有亡羊补牢，才能对得起以往的冤魂。布拉特沃思说："这一立法非常重要，因为它有助于防止把无辜者送进死牢房，有助于抓住真正有罪的人,有助于防止新的冤案出现。"

我想,河北青年聂树斌被冤杀一案,也应该引起我们检讨司法制度,否则,社会对不起他,也对不起他的家人。

从反歧视走向争取平等

2004年3月份,深圳龙岗的一个派出所,在辖区内悬挂横幅"凡举报河南籍团伙敲诈勒索犯罪、破获案件的奖励五百元",4月15日,两位河南籍人士在郑州市对龙岗警方提起司法诉讼。

一石激起千层浪。一个普通的歧视诉讼,引出强烈社会反应,是因为在中国很少有歧视诉讼,也因为这是一个多重话题。

一、什么是歧视

中国一向少有歧视诉讼,并不意味着没有歧视,而是民众一向对歧视没有明确定义和概念。歧视者和被歧视者,在歧视发生时,甚至不觉得是歧视,反而视作理所当然。一个重要原因,是长期以来人们从不质疑政府的歧视性法令。被侵犯者认为,只要是政府制定的法律,就是金科玉律,公民只有服从的份,没有公民权利的概念。由于公民们缺少法治概念，不知道法律条文不仅可能是保障公民自由的工具，也可能是侵犯公民权利的途径。遇到歧视性法律，民众缺少"不受歧视"的意识，而是照单全收。无形中，一个法治国家就成为人治国家。既然人们对歧视性法律无动于衷，听任歧视大规模长期推行，久而久之，对歧视本身，自然也就变得麻木不仁。

那么究竟什么是歧视？公民应该享有平等的公民权利，歧视就是权利上的区别对待。

回顾历史，我们生活中遇到的歧视实在太多。国家法令对城乡间的区别对待，是最寻常的。我们国家曾有几十年不容许农民进城谋生。同样是公民，城里人下乡是"光荣之举"，农民进城就是"盲流"，警察有权逮捕他们，遣送回乡。城里人可以得到粮票买粮食，种粮食的农民无权买粮。城市居民拥有城市户口的一切特权，农民没有任何这些权利。

人们对这些歧视熟视无睹。最简单的例子就是最近教育部修改了《普通高校学生管理规定》，刚刚废除了"在校大学生结婚就退学"的规定。在此之前，没有听到一个法律系的教师告诉学生，你们的婚姻权利被侵犯。没有一个法律系的大学生因受到婚姻歧视，提起诉讼，争取自己最基本的公民权利。这些教师和学生，是今天和将来的法律专家，他们在歧视面前如此反应，可以推断出普通民众的歧视意识是如何淡薄。

即使在今天，歧视仍然普遍存在。例如，高等教育的入学录取分数线，向学习条件强势的大城市倾斜，就是对农村学生、边远地区学生的歧视。又如这个"河南籍事件"，派出所的悬赏破案就是在区别对待。根据标语的逻辑，非河南籍犯罪就不在寻求破获之列。

二、并不是所有的区别对待都是法律意义上的歧视

可是,从法律的意义上判定歧视,并不像一般想象的那么简单。

在美国,历史上最著名的歧视之一,大概就是美国南方几个州的种族歧视了。作为一个法治国家,美国为什么容许它长期存在,而且长期以来拿它没有办法呢?就是当时这几个南方州,钻了一个"平等"的空子。在美国的《独立宣言》中,曾经表达了这样一个理念,就是两个民族假如不能很好地共同相处的话,他们可以"平等并且分离"地,自己过自己的日子,以此引出了美国独立的依据。于是,后来美国南方的白人就提出,他们和黑人属于不同的种族,他们可以"平等并且分离"地生活。因此,南方种族隔离的一些法案,虽然规定南方黑人不能使用白人的公共设施,同时也规定,白人也不准使用黑人的公共设施,以示"平等"和"并非歧视"。直到二十世纪六十年代,美国最高法院从"教育隔离对孩子的心理影响"切入,才打破了这个"表面平等,事实不平等"的法律圈套。

还有一些传统的、社区的乡规民约。例如,现在的美国,还有很多公寓有一定程度的自治权。一个新的住户进来,要经过老住户组成的委员会的通过,而不是我有钱买房租房就一定可以住进来。要谁不要谁,这个小社区有一定程度的权利。还有,就是雇主雇工,从原则上来说,雇主有权制定一些要求,有雇和不雇的权利。一般来说,要了张三不要李四,这并不构成歧视。

因此,什么样的区别对待构成法律意义上的歧视,是公民权利的区别对待,还是需要制定一系列法规来界定,在必要的时候,需要最高司法机构对比宪法,作出解释。例如,美国在二十世纪六十年代的

民权法出台以后，先后规定了对种族、肤色、原籍国不得歧视，雇工对年龄、性别、残疾等不得歧视。也就是说，在卖房租房时，你对房客可以有一定的要求，但不能说不要黑人。雇主不可以刊登招工广告要求"三十五岁以下"，这涉及年龄歧视。

即便如此，界定歧视，在美国还不是一个完全解决的问题。例如几年前，一个仓库管理人员，因为体重三百多磅而被雇主解雇。雇主当然有他的理由，体量超重可能影响工作效率。这名雇员把雇主告上法庭，诉雇主是体重歧视，最后胜诉。类似的涉及歧视的新问题，料想还会不断提出来。

三、民事诉讼求偿

在有具体法规的情况下，情况比较简单。例如在美国有公平就业委员会，涉及就业的歧视可以投诉，提供证据，依照法规要求惩罚雇主。也可以提出民事诉讼求偿，可是民事诉讼是有它的特点的。

在这个"河南籍事件"中，许多专家在为原告寻找告诉的依据。也有许多人认为，是不是有相关法规，是能否胜诉的关键。其实，原告提出的是民事诉讼，而民事诉讼是伤害"求偿"。比如一个人不小心从楼上掉下来，砸伤了行人。没有法规规定一个人不准不小心坠楼，前者的行为没有违法，后者照样可以民事求偿。

求偿不一定涉及金钱，要求道歉也是一种求偿，但是必须证明原告本人受到伤害，而且责任在被告方。因此，证明被告是否歧视，反而不是第一优先重要。因为即使证明被告歧视，并不能证明他的行为对被告个人造成值得求偿的伤害。

正因为民事求偿可以不必依据法规，只需证明伤害，所以生活中时时可能发生，因此对伤害证明必须要求很高，否则求偿泛滥，社会无法收拾。如这个河南籍事件，原告事实上没有金钱求偿，但如果我们假设原告求偿一人一百元人民币，金额看上去也很有限，证明"歧视"也许不难。可是，假如我们把原告看了以后"生气、愤怒、伤心"的反应，轻易判定是一种可求偿"伤害"，孤立地看，百元求偿数额也很合理。可是，一亿河南人其实都会有这样的反应，都可以跟进求偿，那就是一百亿人民币了。

四、反歧视必须从政府层面做起

人们歧视的观念是很自然发生的事情。反歧视却是要达到一定文明水平之后的理智反省。

一个几次被黑人抢劫的人，会自然认为，黑人就有犯罪倾向。一个屡屡看到穷人口出脏话，打架斗殴的人，会认为穷人都是野蛮的。一个人总被富人欺负，会认为为富不仁是普遍规律。在美国，是通过长期的学校教育，使得人们形成这样文明、理智的态度：我不以一个人的肤色、种族、贫富、地域和宗教等来判断他，而是以他本人的表现来判断他。也不把一个和几个人的表现，扩大为对整个种族、群体的判断。

这样的教育在美国作用是非常明显的。虽然要经过长期努力，要持续不断地做下去。可是，在此之前，首先是政府法令不能使歧视合法化。民众必须看到，假如他人权利可以被剥夺，自己的权利也就保不住，农民的权利可以合法侵犯，城里人的权利也岌岌可危。因为，只要有一个歧视法令存在，就是认可了歧视是合法的。那么，下一个歧视法令，只是变换一个歧视目标而已。每个人都可能被合法歧视，失去部分公民权利。

河南籍事件，是公民意识觉醒的标志之一。

橘黄色的校车来了
——为教育平等作的艰辛努力

每天清晨和下午,在美国城乡有那么一道风景,马路上行驶着一辆辆橘黄色的校车,时不时地停下,让背着书包的中小学生上下车。当校车停下的时候,不论多么宽的马路,不论多么繁忙的街道,所有方向的车辆一律停车,等待孩子们穿过马路。只有等校车启动,马路上的车流才会重新移动。这一辆辆校车,大的如大型客车,小的只是一辆小面包车,但是全国一个式样,都是一个颜色:醒目的橘黄色。如今,全国一共有四十五万辆校车,二千四百万公立学校中小学生每天依靠校车接送。全国校车每年累计行驶约六十亿公里,接送一百亿人次。遍布全国的橘黄色校车,是美国公立教育系统的象征。

橘黄色校车在告诉孩子们,"教育等于你的未来",你能得到多少教育,你的未来人生就有多少前景。平等是一个美好的理想,许多人认为所谓平等,就是在人的一生中机会平等。若具体而言,没什么比教育平等更重要的了。只有在平等教育的前提下,才谈得上机会平等。

为此，美国人走过了格外艰辛的道路。

一、不公平的历史遗产

在历史上，大概没有什么地方比美国存在更严重的教育不平等了。美国在历史上曾经存在奴隶制。黑奴没有人身权利，他们的一切都属于奴隶主。有些地方甚至规定，不能让黑奴获得识字的能力，让黑奴读书是犯法的。

除了黑奴，其他人的教育大多由教会提供。在穷人聚居的地方，教会比较穷，教育就比较简陋。富人聚居的地方，就可能集资让孩子们得到较好的教育。孩子们能够得到什么样的教育，完全取决于出生在什么样的家庭。人生下来有贫富之别，教育天生又是不平等的。

南北战争以后，正式废除了奴隶制度。美国通过了第十四宪法修正案，规定所有公民享受同等的法律保护。可是在南方，仍然实行黑白隔离的制度。黑人有黑人的学校，白人有白人的学校。联邦最高法院在1896年裁决，只要黑白学校有相同的地位，那么"分离但是平等"的隔离制度是合法的。在此后的半个世纪里，美国很多地方的黑人孩子，只能在黑人的学校上学。

黑白分离的公立学校，如果有相同的校舍设备，就是平等的吗？这是美国人的一个历史问题。

二、历史的转折点

1952年，在坎萨斯市，一个叫布朗的黑人小姑娘，报名一所白人学校遭到拒绝。家长为争取孩子受平等教育的机会，将学校委员会告上法庭。在南卡罗来纳州、弗吉尼亚州和德拉瓦州，也同时发生类似的法律诉讼。这些案子经过漫长的判决和上诉程序，到达联邦最高法院。最高法院将数案合并听取辩论，这就是著名的布朗诉学校委员会案。美国最大的黑人民权组织——美国有色人种进步协会的著名黑人律师马歇尔代表布朗，出庭最高法院。代表被告方的是坎萨斯市、弗吉尼亚州、南卡罗来纳州和德拉瓦州政府的司法部副部长，他们的根据就是，黑白分校是"分离但是平等"的。

1952年12月9日，最高法院举行布朗案辩论听证。一年后的1953年12月8日，最高法院再一次举行辩论听证。

最高法院首席大法官是著名的沃伦大法官。沃伦知道，从南北战争以来，整整等待了一个世纪的历史转折点，终于来到了。他知道，此刻在最高法院九位大法官面前，是争取把美国的教育平等推进一大步的历史性机会。他们要改变一种旧的不合理不公平的制度，这种制度在南方已经实现了一百年，而且得到很多南方白人民众的支持。根据美国人的传统，教育是社区民众有自主权的事情，教些什么、怎么教，历来是社区自己决定，也就是孩子家长们自己决定，政府不宜插手干预。过去不公平的黑白分校制度，正是建立在这种教育自主权的基础上。所以，废除教育的种族不公平，必须回答教育自主权的问题，必须有坚实的宪法依据。

在第二次最高法院听证以后，沃伦大法官会同其他大法官，整整工作了六个多月。沃伦知道，这一历史性的转折，不会轻易而顺利地实现，为此他要让最高法院作出一个一致性裁决，而不是有分歧意见的裁决。他要用最高法院的一致性来向社会传达一个强烈的信息。他在最高法院大法官之间讨论沟通，一直到达成一致裁决为止。

1954年5月17日，最高法院公布了沃伦大法官亲自起草的布朗诉学校委员会案裁决书。

沃伦大法官在裁决书中说："今天，教育是州政府和地方政府的最重要职能。强制性的义务教育法和投入教育的巨大开支，都表明我们认识到了教育对我们社会的重要性。教育是实现我们的基本公共责任所必需的，包括参军服役，也要求受过教育。教育是做个好公民的基础。今日之教育，是唤醒儿童接受文化价值，为以后获得职业训练，帮助儿童适应社会的主要手段。现在，如果儿童没有能够得到教育的机会，就不能合理地期望他们在生活中得到成功。这样的教育机会，是每个儿童有权利要求州政府以平等的条件提供的。"

针对"分离但是平等"的旧原则，沃伦以法庭上的证据说明，教育是否平等，不能光看校舍、课程、教师工资等等"有形因素"，而是主要还得看分离的教育制度的"后果"。他指出，证据表明，种族分离的学校制度，在黑人儿童中造成自卑感，这种自卑感对他们精神和心智的伤害，是不可弥补的。因此，最高法院作出了历史性的判决："公共教育领域里，分离但是平等的说法是站不住脚的。分离的教育设施，是内在不平等的。"这种分离的教育制度，违反了所有公民得到法律平等保护的第十四修正案，是违宪的。最高法院命令，联邦政府和各州政府，有责任取消分离的教育制度。

可是分散于各地的学校，怎样做到取消黑白分离呢？一年后的1955年，最高法院对布朗案再次作出判决，命令全国的联邦法庭在其判决中要求"用审慎的速度"废除黑白分校制度。

三、黑白合校是法律的要求

布朗案以后，全国大部分地方的黑白合校进展顺利，但是在南方几个历史上的蓄奴州，还存在黑白居住区的隔离，以及其他公共设施的黑白隔离。在南方一些地方，取消黑白隔离的学校遭到地方当局和白人民众的强烈反对。

在阿肯色州，八所公立大学中有七所在布朗案裁决以后顺利实现黑白合校，黑人已经被选入州教育委员会，很多中小学废除了黑白隔离制度。但是有些学校却发生了白人学生和家长的抵制，其中最著名的是小石城高中。小石城是阿肯色州的州府。小石城高中是当地最好的一所白人学校。发生冲突的重要原因是州长佛布斯。

1957年，小石城学校委员会一致决定，制定一个渐进的计划，从秋季开始废除种族隔离，先高中，后初中，最后是小学。小石城高中批准九个黑人秋季入学。9月2日，开学前一天，阿肯色州州长佛布斯调动州国民兵包围了小石城高中。第二天，当黑人学生来上学的时候，他们发现国民兵一字排开，禁止任何黑人进入学校。州长说，这是为了保护学校的财产和人员的安全，避免可能出现的暴力。

国民兵在州长命令下对小石城高中的包围，持续了三个星期。黑人组织向联邦法庭发出请求，联邦法官命令州长下令国民兵撤离。国民兵在9月20日撤离学校。9月23日，九名黑人学生在警察保护下进入学校。白人学生开始攻击警察，校外有上千白人家长围观，都表示反对黑白合校。校方担心警察控制不了局面，只得将黑人学生偷偷从旁门送出学校。

9月24日，支持黑白合校的小石城市长伍德罗·曼给总统艾森豪威尔拍了一个电报，要求联邦政府支援。艾森豪威尔当天宣布，将阿肯色州国民兵的指挥权收归联邦政府，并且下令派出美国陆军101空降师的一千名士兵连夜开赴小石城。

1957年9月25日，小石城高中里里外外，布满全副武装的士兵。101空降师在第二次世界大战中功勋卓著，是最受尊敬的部队。九名黑人学生，就由这支部队全副武装的士兵陪同进入学校。小石城高中在联邦政府的强力干预下废除了种族隔离。

但是，小石城白人学生和民众的对立情绪并没有一下子消除。市学校委员会担心，混乱和暴力随时都可能发生，遂向联邦法庭提出，将废除黑白分校的计划暂停两年半，联邦地区法庭的法官同意。黑人组织提出上诉，此决定在上诉法院被推翻，结果于1958年到达联邦最高法院，这就是1958年"库珀诉阿伦案"。联邦最高法院于1958年9月11日举行听证辩论，而且以历史上从来没有过的速度，在第二天发布了九位大法官的一致裁决。

大法官们在裁决中指出，宪法是这个国家的最高法，联邦最高法院1954年对布朗案的判决，是一种对宪法的解释，具有最高法的效力。阿肯色州的州长和州议会必须服从这一判决。根据这一法律，州政府不能因为害怕出现混乱和暴力，就侵犯黑人学生接受平等教育的权利。最高法院用这一裁决表明，在公立教育体系内的不公平的黑白分校制度，必须废除。州政府和地方政府，不能用害怕出现混乱作为借口，延缓黑白合校的进程。所有不能用实际效果来实行这一法律要求的学校，将失去获得联邦教育经费的资格。

四、黄灯变成绿灯

实现黑白合校的最大困难,是美国很多地方历史上黑白居住区的分离。很多地方,黑人聚居在一起,组成黑人的社区。南方有些地方的地方法规,禁止黑人居住在白人区。有些白人居住区,居民们自己规定禁止把房子卖给黑人。由于教育是社区自主的事务,如果社区是黑白分开的,那么学校黑白分开就会自然形成。在这样的地区,黑白合校的进展就十分缓慢。不仅白人学生不愿意去黑人学校,黑人学生也不愿意去白人学校。

1964年新的民权法生效后,阻挠黑人居住在白人区就是非法的,在房屋买卖和出租上种族歧视也是非法的,居住方面的种族隔离开始被打破。

在弗吉尼亚的新肯特县,一半人口是黑人。这个县原来有两个学校,一白一黑。在根据布朗案裁决而废除黑白分校的过程中,县学校委员会制定了一个叫做"选择自由"的规定,就是让所有学生,不论黑白,自己选择上哪个学校,用这样的办法来实现黑白合校。学校委员会认为,有了这个规定,就符合联邦关于废除黑白分校制度的要求了。"选择自由"的规定是否达到了废除黑白分校制度的要求?在这个问题上发生了争议。这一争议于1968年到达联邦最高法院,这就是格林诉新肯特县学校委员会案。5月27日,联邦最高法院又一次作出了一致裁决。

大法官们在裁决中指出,"选择自由"并不违法,但是"选择自由"本身不能代替废除黑白分校的目标。黑白分校制度是否废除,要看实际效果。大法官们指出,该县一千三百名小学生,七百四十名是黑人，1965年只有三十五人"自由选择"去白人学校，虽然1967年增加到一百一十五人，百分之八十五的黑人学生仍然在全黑人的学校里，而白人都没有"自由选择"去黑人学校的。也就是说，这个县基本上还是黑白两个学校。结论是，"选择自由"的规定，并没有达到废除黑白分校的目标，是不够的。

大法官们随后提出，黑白分校的不公平制度是否废除，要看几个方面的措施和效果，包括设施、教师、员工、交通和课外活动。如果这几项达到黑白合并了，这个学区才算是废除了黑白分校制度。这几个方面，后来就被称为"格林要素"。

那么，怎样来达到各项格林要素呢，最高法院指出，这是学校委员会的责任，来制定一个切实可行的计划，来保证迅速地不拖延地废除黑白分校制度。任何做不到这一点的方案，都是不可容忍的。

最高法院对格林案的裁决，实际上发出了加速废除黑白分校制度的指令：学校委员会有责任，以强迫性措施来实现黑白合校，而不能再犹豫和拖延。

巧的是，1954年的布朗案宣布要采取"审慎的速度"，"布朗（Brown）"在英语里是橘黄色的意思；1968年的格林案发出了加快废除黑白分校的信息，"格林（Green）"在英语里是绿色的意思。沃伦大法官在给起草裁决书的布列南大法官的信里说："这份意见书一下达，（黑白合校的）交通灯总算要从Brown（黄灯）变成Green（绿灯）了。"

黄灯变成绿灯，加快走向教育制度的平等，美国人为此付出了巨大的代价。格林案是发生在历史性的1968年，这一年最高法院辩论格林案的第二天，马丁·路德·金被白人种族主义者暗杀，全国处于困惑和紧张之中。一个月后，最高法院公布此案判决，命令把黄灯转为绿灯。三年后的1971年，最高法院在斯万案中裁决，针对农村地区黑白居住区相隔太远的困难，肯定了动用美国从三十年代开始就标准化的校车制度，把白人学生用校车送往黑人居住区，把黑人学生送往白人居住区，用校车强行把黑白学生混合，来实现黑白合校的目的。

五、黑白合校和白人流失

我去问我们的朋友琳恩和安琪。琳恩生长在西弗吉尼亚矿山小镇上的白人穷人家，那是美国最贫穷的地区之一。电影《矿工的女儿》的故事就发生在她家乡附近，她自己就是一个不折不扣的矿工女儿。我要她给我说说小时候的学校。

那是六十年代初的情况。琳恩的小学，就是乡间的三间房子，两个年级合用一间教室，教室当中是一个大煤炉。好在煤矿地区，有的是不要钱的煤。孩子们每天一人带一个大土豆，放在炉子上烤着，就是中午的午饭。琳恩说，大煤炉成天烧着，孩子们小脸小手成天都黑乎乎的。学校离家不远，每天孩子们自己走来，不过从她家到学校有一个下坡，冬天满地是雪，非摔跤不可。她干脆到这儿就一屁股坐下，顺坡滑下去。可是坡底下就是一条小溪流，冬天也不上冻。比她大两岁的姐姐，每天先滑下去，然后做好一个老母鸡的姿势，把滑下来的妹妹挡住。有一次没挡成，她就一下子滑进溪流，坐在冰水里，到学校后在炉子边站了半天才把裤子烤干。

说起这些，五十一岁的琳恩一脸的怀念。我问，你们学校有黑人同学吗？

没有，一个也没有。这个矿山地区，有一小半工人是黑人。黑人聚集在一起居住,他们有自己的学校。黑人的孩子从不和白人孩子来往,黑人的学校和白人的学校从不混淆。

那么,后来呢?琳恩说,后来这个小学校就废弃了,同样简陋的黑人学校也废弃了。在另外的地方盖了更好更大的学校。那时候,从家到学校的路就远了。可是琳恩说,我们有校车接送了。

我问,黑白合校以后好吗?琳恩说,对我来说,很好,因为我母亲从来就教导我们,不能看不起穷人,也不能看不起黑人。你们的妈妈就是穷人,任何人看不起穷人,看不起黑人,就是看不起你们的妈妈。但是,黑人同学大多有一段艰难的日子,因为他们是少数,他们的考试成绩普遍差一些,他们的习惯和举止与白人有所不同,有些教师和同学对待他们很蛮横粗鲁,欺负他们。黑人同学普遍感到胆怯、孤独。这对于一个孩子来说,是非常困难的。

不过,过上几年就越来越好了。琳恩说,等到她的四个女儿上学的时候,黑白合校已经完成。她的女儿有黑人小朋友,谁也不会感到奇怪。但是,她说,与此同时,美国公立学校的教育普遍趋向自由化,黑白合校以后,教师在用纪律惩罚性地约束学生方面有更大的顾虑,甚至不再约束,导致过分放纵学生,教学秩序不能保证。这些是现在有孩子的美国人非常担心的事情。

我问安琪:"那么你呢?你小时候是怎么上学的?"安琪生长在南方小镇的白人大家庭,是地方上富有且受人尊敬的士绅人家。她今年四十岁,刚好是"黄灯转成绿灯"时候上的小学。安琪却不好意思地咕噜了一句。我没听明白,正要再问,琳恩在旁边开她玩笑了:"人家是有钱人的孩子。"我立即明白了,安琪说的是:"我上的私立学校。"

这就是黑白合校进程的另一方面。美国的黑白合校,是为了实现教育的平等而作出的努力。但是，教育一天也不停顿地影响着千家万户，影响每一个孩子。不仅影响教育状态得到改善的黑人，也影响原来比较稳定的白人。使用校车把黑白学生运到一起，实现公立学校黑白合校以后，普遍提高了原来黑人学校的水准，但是也降低了一些原来白人学校的水准。更为现实的是，家长不再是想让孩子上哪个学校就能上哪个学校，而是报名以后由学区来统一分配学校，以保证黑白合校。家门口的学校不能上，要到很远的地方去上学，成为一种常见现象。

教育对人的一生影响实在太大，谁也不敢对子女的教育掉以轻心。即使是支持黑白合校的人，有时候也不得不采取别的做法来保证自己的孩子获得令自己放心的教育。很多家长就像安琪的父母一样，把孩子送往私立学校。私立学校普遍要求家长更多地参与对孩子的教育和管束，家长更放心一些。我问安琪："私立学校很贵吗？"是的，很贵，安琪回答。

等到安琪的两个孩子上学的时候，她和丈夫采取的办法是搬家，搬到较好的学区，能够分配到较好学校的地方。为此，他们搬了两次家。为孩子的教育而搬家是一种普遍现象，大多是白人。弗吉尼亚首府里士满市，在十余年时间里白人学生只剩下一半。这种情况，被称为"白人流失（White flight）"。

六、科尔曼报告

说到美国的公共教育，有一个人的名字不能不提。这个人叫詹姆斯·科尔曼（James Coleman）。

话要从1964年说起。1964年是美国历史上非常重要的一年，这一年通过了酝酿已久的新的民权法案，奠定了全面废除南方种族隔离制度、实现种族平等的法律基础。这时，最高法院宣布公立学校黑白分校制度违宪的布朗案裁决已有十年，黑白合校的过程还在以"审慎的速度"进行之中，而全国范围内，黑人儿童的教育条件和水平究竟如何，有没有值得政府和社会注意的问题、是什么样的问题，人们并不是很清楚。因此国会在1964年民权法第四条中提出，要对公共教育制度各个层次作出专门的调查，调查不同种族、肤色、宗教等平等教育机会的问题，以便在调查基础上，形成有针对性的公共政策。这一调查任务落到了约翰·霍布金斯大学社会学教授科尔曼的身上。

科尔曼教授带着一班人，收集了美国各地四千个学校六十万个学童的数据，这是教育领域所做的规模最大的调研。然后，他们关在一家旅馆房间里，进行了三个月的分析。1966年，在国会规定的期限前，科尔曼向国会递交了《关于教育机会平等性的报告》。这就是社会学史上著名的科尔曼报告，它被公认为二十世纪社会问题研究的最重要的报告。

这个报告的研究结论，出乎了科尔曼自己的意料。

在此以前，人们只知道，黑人儿童的文化教育水平相对较低，而且越往后差距越大。科尔曼和大多数人一样，都以为这种差距主要是学校的物质水平和条件造成的。调查结果却发现，原来的黑人学校和白人学校，在校舍、设施、教师工资等有形条件上的差距，并不像以前想的那么大。而且在分析学童学习水平的因果相关性以后发现，造成黑人儿童学习水平低的原因，主要不是学校的有形条件，而是学校的社会构成，即学童的家庭社会经济背景。

科尔曼发现，如果一个学校里大多数学生是经济比较稳定的中产阶级家庭的儿童，那么所有学童，不管是白人还是黑人，都表现出比较好的学习成绩，而全是穷学生的学校，学生的成绩就普遍较低。在黑白合校而大部分是白人学生的学校里，黑人学生的学习比在全是黑人的学校里好。他还发现，学生的家庭背景和学习成绩有很强的相关性。

那么，学生家庭的社会经济背景，怎么会影响到他们的学习的呢？科尔曼研究发现，黑人和其他弱势少数族裔，如拉丁裔和印第安人，相比白人中产阶级，缺乏一种改变和控制自己前途的自信，科尔曼名之为"自我评估（self-esteem）"。受种族肤色等因素造成社会地位的影响，这些处于弱势的学生，自我评估比较低。也就是说，他们觉得环境过于强大，不可能通过教育改变他们的人生，他们对自己的前途缺乏自我期望，觉得没有盼头，学习的"士气"就比较低，从而造成学习成绩较差，而且差距越往后越大。

人们发现，造成了黑人和弱势人群学童"自我评估"较低的原因，是社会现实。最有标志性意义的是法学院和医学院的学生分布。法学院和医学院是公认的精英阶层，在这两种院校里，弱势人群的比例历来偏低。1965年，全国法学院学生只有百分之一点五是黑人，而黑人占的人口比例接近百分之十三。加利福尼亚州六十年代有二百万说西班牙语的墨西哥裔公民，直到1969年，他们中只有三个本州法学院的毕业生。亚利桑那州、新墨西哥州和犹他州都有很多印第安人，却从来没有印第安裔的法学院毕业生。

科尔曼报告的历史性意义是，它把教育的平等，放到社会经济平等的背景上考察。教育的平等受制于社会经济平等，反过来也影响社会经济平等，从而把教育平等问题提高到改造社会的整体目标上。它向国会证明，教育机会的平等，不仅要从教育的投入来考察，即考察学生能够获得的公共教育资源，而且更重要的是，要从教育的结果来考察，因为正是对受教育结果的期望，影响了学生的自我评估，决定了学生的学习状态，也造成了种族、肤色、宗教等因素下，弱势人群教育机会的实质不平等。

正是科尔曼报告的这一结论，为后来美国普遍实行的"肯定性行动"或称"平权法案（affirmative action）"铺平了道路。公共教育事业大幅度地向弱势人群倾斜，实行所谓"为了平等的反向歧视"。在中小学强制性黑白合校的同时，也在大学招生、政府机关雇用和提升等方面，普遍实行倾斜性政策，照顾黑人和其他弱势人群。特别是法学院，以往凭成绩不可能入学的黑人学生，现在占了可观的比例。事实证明，这些黑人法学院毕业生为社会提供了合格的黑人精英，改变了黑人在政府各分支和社会管理部门的比例。这种反向歧视是特定历史状态下的阶段性措施。因此，几十年后，这样的做法是否已完成其历史使命，是否应该逐渐终结，具体措施是否适度，成为争议的焦点，也为此出现了一系列司法诉讼，至今没有平息。但是不可否认的是，公共教育事业对弱者的倾斜，明显地改变了近几十年来美国社会教育机会的平等状态。

七、重归社区

从七十年代中期开始，联邦法庭在黑白合校方面的强制性措施开始放松，因为这时候强制性的种族隔离制度已经废除，种族和肤色的平等在法律制度上已经确立，反对种族歧视已经是社会的共识。当年代表布朗家庭出庭最高法院的黑人律师马歇尔，已经由约翰逊总统提名成为最高法院大法官。情况已经有了本质的变化。现在，对学校和教育体制的控制，开始重新回归到社区手里。

1973年，最高法院在对丹佛市一案的裁决中，提出要区分由州政府实行的种族隔离措施和民众自愿选择而形成的分离，后者并不违宪。1974年，最高法院在裁决中，否定了跨都市范围用校车运送学生。于是，在有些偏远农村地区，如果居民全是黑人或全是白人，就会出现基本上是黑人或白人的学校。这种学校不再被认定是违法的种族隔离学校。

1991年，联邦最高法院在裁决中指出，最高法院在布朗案和格林案中发出的命令，并不打算永久地起作用。这些命令，只是要废除制度性的种族隔离，废除不平等的黑白分校，让历史上受不平等待遇的种族，能够得到平等教育的机会。一旦黑白分校制度被废除，学区达到了格林要素的要求，学校的控制权就应该回归社区民众。1995年，最高法院在裁决中提出了新的目标：公立教育重归社区。最高法院强调，通过司法命令来弥补以往教育制度的不平等，"时间和范围上是有限的"。教育的最终控制权属于民众自己。

2004年是布朗案五十周年。半个世纪来美国的公立教育走了一条不平坦的道路。在平等和自由的两难处境下，美国人左右为难。随着黑人自身意识的觉醒，黑人普遍开始强调自己的文化价值，有些黑人社区也要求在公立学校中体现黑人本身的特点，要求有黑人自己的教育内容。现在不仅是白人，有些黑人也愿意黑白分校。2000年哈佛大学的一项调查发现，美国有些地方的黑白学生，又有分离的趋势。

这条寻求公平的道路，还远远没有走完。

九十老太的长征

轰动热闹的美国大选已经落幕。从竞选开始,到选举尘埃落定,那是吸引大众目光的漫漫长途。就在竞选开始之前,在美国还发生着另一个与大选有关的漫长旅程。很多美国民众的目光追随着一个没有喧嚷和欢呼的行程,追随着一个顽强行进在孤独旅途上的特殊跋涉者。她是一位女性,一位祖母级的老人。令人难以置信的是她已经九十高龄,她叫桃莉斯·汉道克。

美国的面积和中国差不多。从地理上的形状来说,美国是一个海螃蟹形状的"横大"的国家,东西两头各是太平洋和大西洋。所以,从大洋走到大洋的距离就特别远。老太太就选择了这样一条遥远的路线,从太平洋边的加利福尼亚州,向大西洋边的首都华盛顿进发,总共五千一百公里,作为她步行呼吁"改革竞选经费"的宣传路线。

桃莉斯老太太呼吁的改革是什么呢?她呼吁大家重视美国大选竞选经费水涨船高,她要求国会立法禁止竞选过程中的"软钱"。

在美国的建国初期,几乎谈不上什么竞选经费。初建的美国很穷,与欧洲相比,竞选者相当平民化,他们发表演说的条件也非常简陋。当然总有一些人来帮忙的,一阵忙乎之后,也就是竞选人自己掏钱给买一点啤酒、糖浆水之类的,回报一下大家的辛苦。我们回顾这样的岁月,当然可以颂扬政治的清廉,但是却必须看到,在那种条件下,竞选者的政治主张,也难以家喻户晓、深入人心。其间接的结果,就是影响了选举本身的质量。试想,假如连一个候选人的政治主张是什么都无法清楚了解,那么选民又怎么投出一张有意义的选票呢?

所以随着时代的发展,竞选者一定要走出去旅行巡回演说,要上电台电视台,要接触选民,这是必然会发生的。而这一切都需要钱,这就是现代操作的募集竞选经费。

也许可以问,美国的竞选者为什么不利用国家的报纸、广播、电视台等宣传媒体,宣扬自己的竞选纲领呢?这样不就可以节省开支了吗?问题是,美国没有这样的由国家政府机构控制的媒体。他们为了保证政府不操纵新闻,不支配宣传,所以禁止政府机构干预媒体。政府机构更不能支持某一个特定的竞选者,这是违法的。就连走进政府机构的办公室,向里面的私人募集竞选经费,都是违法的。美国人认为,这是竞选摆脱被强权操纵的前提。而所有的电台电视台都是私营的,竞选者必须出钱买他们的播出时间。

所以,只能募捐了。但是两百多年下来,竞选经费自然在上升。根据这样的情况,美国国会开始通过一系列与限定竞选经费有关的法律,建立"联邦选举委员会"实行监督,逐年修补漏洞。例如规定对于竞选,现在个人捐给候选人不得超过一千美元,捐给政党不得超过五千美元。

可是还有一个漏洞，就是现在的美国法律，对于公司捐给政党的普通捐款，也就是不能用于竞选的捐款，所谓的"软钱"，是没有捐款上限的限制的。而竞选用款是一个非常复杂的组合开支，所以各政党都会想尽办法把一些实际用于竞选的开支，在"软钱"里报销。这样"软钱"就成为控制竞选经费的一个"漏洞"。

九十岁的桃莉斯老太太家住在新罕布什尔州的都柏林。多年来，她和另外十八位女士一起，组成一个小小的社团。她们每周聚会一次，纵论天下大事。大选逼近，她们谈起了"软钱"在竞选中所起的负面作用，认为"软钱"的增长隐含着大财团影响选举的危险。然而，老太太们人微言轻，如何把自己的改革意见表达出来传递出去呢？桃莉斯老太太说，咱来一个"独自步行横穿美国"的行动吧，提醒美国人向国会施加压力，修补法律漏洞。桃老太的家里人为她担心，曾表示反对，十八位女士却一致叫好。就这样，桃老太出发了。

桃老太在1999年1月就开始从西海岸的加州出发，她每天走十六公里左右，方向是首都华盛顿。九十岁的她已经弯腰驼背，她穿着一件醒目的背心，扛着一面小旗，沿着公路步行。桃老太的"步行式政治表达"通过电视和互联网传开，她也成了名人。过往的汽车，都会鸣响喇叭，向她招手致意。在她经过的城镇和乡村，她发表演讲宣扬自己的改革主张，也向许多政界人士表达自己的意见。民众支持她的方式，常常就是陪着老太太走一段。她就这样，经过一年多，跨越了十二个州，还曾经因为在穿越沙漠的时候脱水而住了几天医院。她始终不肯放弃，最后终于成功地步行来到东海岸的首都华盛顿。

当她到达目的地的时候，所有欢迎她的记者和人群，都为九十高龄的老太太顽强坚持自己的政治表达而感动，她自己则笑着对大家说，我可是个老太婆了,假如我过几分钟就倒下去死掉,大概谁也不会觉得奇怪。不过她可是精精神神地走进了国会大厦,在那里她对国会议员们说:"你们怎么敢以为老百姓就不关心?"

一个法官在自己的办公室里和她谈话时说,"我们美国的许多法律,就是由像您这样坚持不懈地努力着的普通人所促成的。"

九十老太的被捕

前几天，写了一篇"九十老太的长征"。写的是美国一个叫做桃莉斯·汉道克的九十岁老太太，为了呼吁"改革竞选经费"，独自徒步五千公里，横跨美国的故事。最后写到了，在首都华盛顿，一个联邦法官在自己的法官室里会见了她。她怎么给请到法官室去的呢？这可是另外一个故事了：桃莉斯老太太在联邦国会大厦里，让警察给抓起来啦！

话说桃老太历时一年多一步一步完成了"长征"壮举，最后一站就是直奔美国联邦国会大厦而去了，她的"改革竞选经费"的呼吁对象不就是国会议员吗，那儿是最终目的地。辛苦一年多，就是为了这一天，桃老太早就拿定主意，要在著名的联邦国会大厦的圆形大厅里，在高高的穹顶之下，发表一篇她的政治演说，宣扬她的改革政见。

那么，美国国会大厦让进吗？这么说吧，假如打个比方的话，国会大厦在旅游旺季里，挤得活像个熙熙攘攘的农贸市场，满是游客。

不管是谁,只要不带枪,进是绝对没问题的。所以,桃老太顺顺当当地就和她的一群支持者,一起进到了最热闹的中央圆形大厅。问题就出在下一步了。怎么呢?

进去以后,他们摆开宣传阵势,桃老太掏出稿子,就开念了。这下子,可就犯法了。美国法律有个规矩,那就是:国会大厦是立法重地,在那里,立法的国会议员们,只要在这个屋顶之下,说什么都可以,怎么说都不犯法,都不会被逮捕被定罪,他有立法豁免权。而只要你不是国会议员,就不得在这里发表任何政治演说,不能有任何政治示威的行为。假如做了,就是犯法,警察就有权抓你。这是一条执行很严格的规矩。

为什么会有这么"不平等"的规矩呢?

那是为了保障立法者,能够在绝对没有压力的情况下,把他所代表的那个选区的民众意见,顺畅地说出来。试想想,假如一个立法者说错什么,有可能被逮捕被定罪,他当然就不可能对一项立法毫无顾虑地表达自己的意见了。所以第一条显然是必需的。可是,民众为什么就不能在这里表达自己的政见呢?

这也是为了让立法者的表达不承受压力。假如在会议厅近旁、大堂里过道里,聚集着愤怒的激昂的抗议民众——或者是过分热情的支持者,或者是非常悲哀的诉冤者,又是演讲、又是口号、又是唱歌,必然会产生"广场效应",形成一种"顺之者昌,逆之者亡"的气氛。这种气氛必然在议员们心理上造成压力,就可能迫使他们屈从民众压力而扭曲立法。立法就是立规矩,必须是公正的,长远的,顾及全社会全体民众的长远利益,而不是谁的嗓门大就偏向谁。因此,立法应该是"利益中性"的,是理性的过程。如果让议员们身处狂热民众的实际包围之下，这个理性过程就难免转变为非理性过程。这可不是危言耸听，法国大革命时期，俄国十月革命时期，都发生过议员在那里立法，民众冲进议会大吼大叫的情况。更有甚者，民众甚至军人在那里持枪威胁立法者，甚至用武力驱赶议员。走到这一步，所谓民主当然就全玩完了。

正是为了杜绝上述情况，才立下规矩，国会大厦里面是不允许民众进行任何政治表达活动的，不管你是什么人，不管你表达的是什么。想演讲、想表达、想示威，得上外面去。到了外头，随便你是什么人，随便你表达什么，怎么都行。既然有了这规矩，就得严格执行。结果，不听警察劝告的桃老太和她的支持者，就在国会大厦被警察抓起来了。警察不抓都不行，他们不敢开这个先例。

谁都知道桃老太没有恶意，再说，还是个九十岁的"长征纪录创造者"，大家都敬重她。可是，并不能因此就坏了规矩。法律的特点，就是没例外。所以，桃老太还是必须接受逮捕和上法庭。联邦法官升堂开庭，该怎么审怎么判，还是得按规矩来。不能看在是祖母级的老太太分上，就破了规矩，因为规矩一破就没有个头，别人也会找理由破上一回，否则不就是不公平了吗？规矩一破，这法律就不成法律了。

桃老太特明白，所以一开庭她就"认罪"，趁着"认罪"的机会，她又在法庭陈述中，滔滔不绝地表达了自己对政治改革的看法，对"民主"的认识，给所有在场的全是孙子辈的法官、检察官、律师、记者和看热闹的，好好地上了一堂经典民主课。

法官也挺有意思，判处她"囚禁已关押之时间"，多少时间呢，没说，反正她是正式逮捕过了，就是一分钟也算是"已关押之时间"了。

她和她的支持者们立即"刑满释放",每人判交十美元法庭手续费。

这判决,大家都觉得公正。判完以后,也就是按规矩做了之后,法官恭恭敬敬地把桃老太请到自己办公室里,表达自己对老太太的敬意。就是在那个时候,法官对她说了那段话:"我们美国的许多法律,就是由像您这样坚持不懈地努力着的普通人所促成的。"

记者报道说,法官在说这句话的时候,他和周围的人,眼里都闪着泪光。

第三辑

两千年前那个叫西塞罗的老头儿

读书的时候,偶然读到罗马人西塞罗,他讲了一句话,让我大吃一惊。他说,世界上没有什么会像人那样,彼此之间如此相像。他认为,究根究底的话,人与人之间,就跟一个人自己和自己那么相似。我本能的反应就是:这怎么可能,人和人之间差别太大了。

后来发现,西塞罗是在试着探讨人的"自然本原"的状态。也就是说,他要削去人在社会中长出来的枝枝丫丫,追踪到亚当夏娃淳朴地站在伊甸园里,还没有堕落之前的状态。可是,这种对人本性的追根溯源,又有什么意义呢?原来,这位两千年前的罗马律师和政治家,是在试图从人的自然状态,找出人类社会的自然法观。

我们现在离开伊甸园已经很久很久了。经历过无法无天的社会,建立"法治社会"就是一个无限美好的向往。可是,什么是"法治"?"法"里面,有没有陷阱?我们开始崇拜法律,法律就变成戴着桂冠的文字。一个条律出来,不管有没有道理,只要说是"法律",大家肃然起敬，或者战战兢兢。好像一段文字只要顶上"法律"这两个字，没理也有理了，不从也得从。

这好像有点问题。这个问题，两千年前的西塞罗就在考虑了。那个时候，罗马人已经有了人类的初始民主，民主决定的法律，总不错了吧？西塞罗想想觉得还是不对。他说，君王、法官一个人说了算的法律，当然可能是错的，那么，假如"人民的命令"就是"设定公正"的话，那么，假如大众投票通过一项法律说，现在可以抢劫了，难道就真的能出去抢东西了吗，抢了就是符合正义了吗？西塞罗琢磨着，人应该有一种"本性"的东西，它不会"屈从愚氓者的意见和命令"。那么什么是"本性"呢？结果，这老头儿就找到如伊甸园里那种人的最初状态中去了。

一旦进了伊甸园，我发现西塞罗还是很有道理。仔细打量的话，人和人之间，真的就有非常近似的那一部分。只要这么一想就明白了：所有的人，都有一些绝对不愿意发生在自己身上的事情。比如说，只要是个正常人，就没人愿意自己被杀被抢的，没人愿意别人骑在自己头上作威作福的，没人愿意无辜地就被关起来等等。这才是人"自然本原"的状态。人要维护自己这样的生存状态，就是维护人的"自然权利"，这权利与生俱来。就刚才那简单的几个"不愿意"，已经隐含了生命的权利、平等的权利、人身自由的权利等等。维护自然权利的法，就是自然法。

所以另一个比西塞罗还要早的罗马老头儿狄摩西尼说，"每一种法律都是一种发现"。法律不是胡编乱造、随心所欲的，正义的法律是对自然法的发现。

所以西塞罗在两千年前已经认定，法律不是什么人随便说了算的，就算宪法也不是什么立法机构通过了就算数的。它的后面，必须还要有"自然法"。鉴定是不是符合自然法，其实很简单。这就回到了"人和人之间在本质上是一样的"这句话。所以，我们只要把立法的人放进去试试，就知道这"法"正义不正义了。比如说，你打算立法，规定说，某人没犯罪，执法机构就能把他给抓起来。那么，最简单的测试办法就是，对立法的那家伙说，假如你没犯罪，人家就能把你给抓起来，你觉得可以吗？假如你觉得别人不可以这样对待你，你的立法就肯定"不正义"。

自然法是一切法律的一杆秤。用它来衡量法律，就是现代人说的"司法复审"的依据。这样，法律才不是随心所欲的东西，才让人口服心服。

我突然想，当人们发现，人与人之间是如此相似的时候，不仅是法律基础，许多其他问题似乎也迎刃而解。比如说，本质如此相同的人类，说是没有共同价值观，反倒令人百思不得其解了。每个民族的文化，固然有一些特别的东西，可是也终有一些核心部分，是人类共同的。我们哀叹，我们的传统文化曾被激进的"革命"文化打倒，现在，我们又面临西方文化蜂拥而入，作为一个特定民族的子孙，我们道德的依据在哪里？有人要重新开掘千年的中华古文化，有人要推崇外来的文化。我想，不论一种文化来自哪里，假如能够最后站住的那一个部分，一定是与人的"自然状态"和谐的那一个部分。比如美国《公民读本》中，教育孩子们养成民主性格的内容，就与中国文化中的"己所不欲，勿施与人"相同。我们与其费心争吵，把不同文化对立起来，还不如回到伊甸园、回到人类的原初状态，看看我们作为"人"，有些什么共同之处。然后在不同的文化中，先找到我们共同的基本理想,比如说,公平、平等、自由;在不同的文化中,坚持我们共同的起码品质,比如说,诚实、诚恳、宽容和爱。

我们不要忘记西塞罗老头儿的看法,在像伊甸园这样的地方,我们都是同样的亚当和夏娃。

四两如何拨千斤

一、最谦卑的仆人

1793年夏天,国务卿托马斯·杰弗逊受华盛顿总统委托,以联邦政府行政分支的名义,写信给联邦最高法院的大法官们,要求他们为行政分支在外交中面临的二十九个法律问题,提出意见。比如,美国的中立外交政策到底该由国会立法宣布,还是由总统决策宣布。

几天后,华盛顿总统收到了由六名大法官中的五人亲笔签名的回信。这封短信很有意思,值得在这儿全文照录:

费城

1793年8月8日

阁下:

我们已经考虑了国务卿根据您的指示在上月18日给我们的

信中提出的问题。

宪法为在某种程度上互相制约的政府三个部门之间划出了分界线,而我们是作为最后之倚仗的法庭之法官,这两点考虑给我们以强烈的理由认为,不由自主地参与超出法庭职权的问题之决策,是不适当的;进而言之,宪法给予总统召集各部门首脑征求意见之权力,显然是有意地且明确地仅限于行政之各部门。

我们对可能招致您的行政分支困难的所有事情表示万分的遗憾;但是值得宽慰的是,我们深信,您的判断能够辨明是非,您的一贯的慎重、果断和坚定,能够克服一切障碍,为合众国保持权利、和平和尊严。

怀着深切的尊敬,我们有幸是您的
最恭顺的和
最谦卑的仆人　约翰·杰伊
　　　　　　　詹姆斯·威尔逊
　　　　　　　约翰·布莱尔
　　　　　　　贾·伊莱德尔
　　　　　　　维·帕特森

通常认为,美国联邦最高法院的独立地位和权威,是1803年马歇尔大法官在"马伯里诉麦迪逊"一案的判决中,为最高法院争得"司法复审权"以后,才真正确立的。其实,以参与写作《联邦党人文集》的约翰·杰伊为首的大法官们,回信给华盛顿总统,拒绝为政府事务提供咨询的时候,司法分支就为自己悄悄地庆祝了成人礼。从此以后,法庭真正独立了。美国的司法从此彻底摆脱了从英国继承来的"法庭是国王的法庭、法官是国王的法官"的胎记。

为了给法庭确立这样的地位，1793年秋天约翰·杰伊大法官在给华盛顿总统起草回信的时候，作出了令人赞叹的思考和努力。大法官们把自己为国效劳的公仆身份和作为司法分支代表的身份区别开来，为了确立司法分支的独立，拒绝总统邀请对国务发表咨询意见。道理很简单，如果司法分支参与了咨询意见，那么就和政府另外两个分支建立了某种关系，若司法意见不同于立法和行政的意见，司法分支由于其无实权而将处于十分不利的地位，甚至沦为立法或行政的附庸，在需要对案件与诉讼作出相应判决的时候，它却已经失去高居于其他分支之上的独立性。

相反，拒绝接受总统邀请发表咨询意见，宣示了宪法赋予法庭的独立，就保留了在法庭上对案件和诉讼作出判决的权威。在作出判决的时候，法官们就不必顾忌立法和行政官员的观点，只要根据宪法解释法律，根据法律断案判案。有了这种独立性和权威，他们就没有了后顾之忧，只有一个标准："宪法与法律相较，以宪法为准（汉密尔顿语）。"

二、最高法院的反多数性质及其回应

美国联邦最高法院最引人注目的权力是解释宪法，即判决上诉案的时候，能够对国会通过的成文法规或者行政分支的措施进行"司法复审"。如果判定其违宪，这法规或行政命令就宣布失效，而不管它是不是得到当时多数民意的支持。联邦最高法院的这种司法复审案例，伴随着建国两百年来社会持续而巨大的变化，成为美国社会进步的最

1953年最高法院的大法官

有迹可查的脚印。美国社会制度和观念的变化，几乎都和联邦最高法院的经典判例有关。

可是，最高法院在"司法复审"中以违宪为理由推翻成文法规，从逻辑上就是屈指可数的九位大法官有权推翻国会里民选代表多数做出的立法。国会议员是民众定期民主选举产生的，他们的任务就是表达民众的意愿。国会的提案、辩论、表决等程序，包括在国会办公室里展开的游说，在国会大厦外的民众集会，都不外是一种具备公开性的政治过程，其核心是主权在民的理念。最高法院却刚好相反。大法官不是民选的，从不要求对民众负责。尽管最高法院的每案一小时的听证是公开的，但是最高法院的其他作业过程都是闭门的。大法官们深居简出，和外界保持一定的距离，有一定的隔阂和绝缘，民众很难影响大法官。

这样的安排有独特的考虑。问题是，最高法院有权作出的司法审查，有权推翻立法议会的立法，无疑是一种反多数的制度设置。民主既然是"多数的统治"，最高法院的司法复审却是能够遏制多数统治的权力。因此，有学者提出，最高法院是一种"反多数"的东西，其本质是"反民主"的，它有可能沦为"司法专制"。

这儿我们面临的是一个理论上的悖论。如果最高法院干预不足，则不足以遏制通过立法和行政分支实现的多数暴政，司法分支这个最无害的分支也就成了最无用的分支。如果最高法院干预过度，使得通过普选产生的行政和立法分支遭到挫折，无法表达和实现多数人的意志，民主就事实上遭到了破坏。

美国法学界和法庭本身，不可能不看到这一批评。一直有人在思考怎样回应这样的批评。

1893年，詹姆斯·布拉德利·赛尔（James Bradley Thayer）发表了《美国宪政理论的渊源与范围》（*The Origin and Scope of the American Doctrine of Constitutional Law*）。这是第一次有人对联邦最高法院的司法复审提出限制。这一论文具有极其重要的意义，其影响一直延续到现在的大法官。

赛尔认为，最高法院的司法复审权限，应该是严格"司法性的"，而和政府的政治性分支截然区分。司法分支必须充分地尊重其他分支在它们的宪法权力范围里作出的决策。这就是说，一项成文法律对于最高法院来说，"只有当那些有权立法的人犯了错误，而且是犯了显而易见的错误"的时候，才是可以宣布为违宪的（The Rule of Clear Mistake）。宪法不是一份像产权证那样的文件，只要读得仔细就可以了。宪法不是在技术上最终已经完成的文件，而是一份有关政府的复杂的授权文书,留待未来的复杂情况的考验。而且,对它的文字的理解,不同的人可能有所不同。宪法留有让后人选择和判断的余地。所以,在成文法律里,"合理的选择就是符合宪法的选择",而最高法院在行使司法复审权的时候,对什么是合理的、可允许的,具有最终裁决的权力。但是,仅到此为止,最高法院不涉及除此以外的政策性选择。

大法官弗兰克·弗特（Frank Furter）后来说：法院"不是代表性机构,设立它们不是为了要它们很好地反映民主社会的意愿"。所以,"显而易见的错误"这一规则,就是要限制司法分支的涉足领域,使得它插手的事务截然不同于立法领域,只有这样,司法分支的插手才是有理由的。

1958年,法官勒尼德·汉德（Learned Hand）在哈佛法学院的讲座里提出,最高法院的司法复审权是为了防止政府现有功能的失效（The Rule of Successful Operation of the Venture at Hand）。他指出,在一个功能分立的政府里,必须有一个力量来保证各州政府、国会、总统等等在它们预定的功能范围里运作。法庭是最合适的力量,而且只有法庭适合担当这样的重任。

1959年,赫伯特·韦克斯勒（Herbert Wechsler）提出了中性原则（The Rule of the Neutral Principle）。他说：司法程序的主要合宪性依据在于,它必须是严格地纯粹原则性的,得出裁决的每一步都建立在分析和推理的基础上,这些分析和推理是超越于裁决所导致的立即后果的。

关于这个问题,在最高法院历史上最有影响的,却是所谓第四号注解,这要从洛克纳时代讲起。

三、洛克纳时代和第四号注解

最高法院的一个著名案例是1905年的"洛克纳对纽约州"（Lochner v. New York）一案。洛克纳是纽约的一个小面包坊主人。当时纽约州在进步运动推动下立法限制面包坊雇员的工作时间，这是一个普遍得人心的立法，可是洛克纳认为，这个立法侵犯了他的"合同自由"。而合同自由的概念是从宪法第十四修正案中的"同等保护"条款引申出来的，所以这个立法侵犯了他的宪法第十四修正案权利。他在被判罚款后上诉，在纽约州最高法院以三比二败诉，在联邦上诉法院以四比三败诉，最后在联邦最高法院以五比四胜诉，从而推翻了纽约州的关于最低劳动时数的立法。

在洛克纳一案以后，从1905年到1937年，最高法院依据相同的原则否决了一系列州的立法，比如最低工资法、限制童工法、银行法、保险法、交通业管理法等等。这一系列立法是在当时的进步运动中由于民众的强烈要求而产生的，到了实施阶段却被最高法院一一否决。罗斯福总统为恢复国民经济活力而提出的经济制度改革方案，即"罗斯福新政"，其一系列法案被最高法院裁定违宪而被迫停顿。在美国司法史上，这一时期被称为洛克纳时代。

洛克纳时代被后世认为是最高法院没有严格局限于自己解释法律的功能范围之内，而过度参与了政策制定。大法官霍尔姆斯指出，这是最高法院偏向于政府功能的一个侧面而牺牲了其他方面。也就是说，最高法院注重了自身的"反多数"的功能，而牺牲了民主政府之"多数统治"的功能。在洛克纳时代的几十年里，最高法院在一定程度上阻挠了当时的进步主义社会改革和经济改革。因此，洛克纳一案成为司法自制不足的典型。

可是，反过来说，最高法院如果一味服从立法和行政分支，不敢在司法复审中行使否决的特权，美国国父们用最高法院来制衡立法和行政分支的初衷就落空了，因为到二十世纪三十年代，立法和行政分支都已经实现普选，民主极大地扩展了，最高法院阻挡"多数暴政"的功能就凸现了出来。最高法院在怎样的分寸上把握"司法自制"？怎样做到既服从民主的理念，服从民众多数的意志，又保障所有人的民权，特别是少数和弱势人群的权利，防止"多数的暴政"？

1938年，最高法院终于形成了支持罗斯福新政的多数派。在"合众国诉美洛林公司"（United State v. Carolene Products Co.）一案中，大法官哈兰·斯通（Harlan Stone）在最高法院的裁决意见下面，发表了一个注解，这就是著名的第四号注解（Footnote Four）。

这个案子本身类似于洛克纳一案，是一个有关经济管理法规的案件。罗斯福新政的行政分支呼吁最高法院，改变洛克纳时代过度干预经济立法的做法，服从代表民众意志的立法和行政分支的决策判断。斯通大法官同意他们对洛克纳时代最高法院的批评。他在注解中指出，在一般有关经济和社会改革的立法案件中，司法自制应该是最高法院的规则，最高法院应该靠边站，让出活动场地，让立法分支来作出政策性的判断。但是，他接着指出，司法自制的原则有三个重要的例外，在这三个例外发生的时候，最高法院不仅不能退出和靠边，而且应该进行严格的司法审查。这三个例外情况是：

第一，当立法看上去有可能违反权利法案（宪法前十条修正案）的时候。最高法院对这样的立法要保持特别的警惕性。这一思想实际上再一次重复了传统的司法复审的理论基础。这一理论基础可以追溯到立国初期联邦主义者的观点,也就是汉密尔顿和麦迪逊所阐述的,美国是一种宪政民主的共和国,而不是单纯的多数民主制度。独立的司法体制在保护少数免受"多数的暴政"方面,起着不可替代不可或缺的作用。个人的权利是一种宪法权利,当一般立法和宪法发生冲突的时候,宪法至上。

第二,当立法涉及政治过程,这种政治过程的改变有可能导致未来的不当立法的时候。也就是说,最高法院对那种会改变程序,改变程序中的游戏规则的立法,要保持特别的警惕性。这一思想实际上强调了民主是一种程序性的规范,法庭在保卫这种程序性规范中要扮演重要的角色。保护民主的程序性规范,就是保护民主制度的多数政治过程的完整性。

第三,当立法涉及特殊的宗教、民族和种族的时候。法庭在保护少数和弱势人群的权利方面,有特别的责任,因为对少数和弱势人群的偏见,有可能严重地扼杀原来指望保护少数的政治过程的展开。这一标准指出了,对于多数派的政治过程,司法分支有可能作出例外的司法干预,从而对少数者的基本权利做出特殊的司法保护。

斯通大法官的第四号注解只有短短的三小节,分别提出了三个标准,或者说三条界线,从而划分了作为理想的民主的"多数的统治"和作为危险之邪恶的"多数的暴政"。在这三种例外没有发生的一般情况下,最高法院应该恪守"司法自制",服从民选的立法和行政分支的决策判断。而当这三种例外出现的时候,最高法院就要警惕,行使其解释法律的特权,根据宪法做出判断,必要时否决民选的立法和行政分支的决策判断。

第四号注解的发表表明,联邦最高法院的司法复审功能将产生一个深刻的转变,它的宪法审查重点对象,将从政府调节经济关系一类的法律,转向有关民权的法律,尤其是涉及个人基本宪法权利和社会弱势群体的法律。在此以前,最高法院宣布违宪的判决中几乎没有民权问题的法案,而从此以后,民权问题的法律问题占了最高法院判决的一半。二十世纪下半叶美国社会的所有深刻变化几乎都和这些判决有关。

第四号注解所标志的转变,有一个经典案例,这就是耶和华见证会的国旗致敬案。

四、国旗致敬案

"耶和华见证会"是基督教的一个小教派。这个教派相信有世界末日,强调恪守道德信条,只允许崇拜唯一的真神耶和华。他们根据《圣经·出埃及记》的有关叙述,反对在任何偶像面前作出崇拜和致敬的姿态。

1898年纽约州通过了第一个国旗致敬法规,要求公立学校每日升旗时带领全体学生向国旗致敬。第二次世界大战时期,民众爱国热情高涨,各州都通过了相应的国旗致敬法规。耶和华见证会的信徒却依然反对向国旗致敬,认为这是一种邪恶的偶像崇拜。这样,就有一些耶和华见证会家庭的孩子,由于在学校里拒绝参加升旗仪式,拒绝向国旗敬礼,而受到校规处罚,处以停学,驱逐回家。耶和华见证会的信徒认为这是侵犯他们宗教信仰的权利,从而告上法庭。联邦最高法院在1940年的高比迪斯一案(Minersville School District v. Gobitis)中,曾经以八比一作出了对校方有利的判决,认为国旗致敬法是合乎宪法的。表示反对的是哈兰·斯通大法官。

这样,耶和华见证会的信徒就只有两个选择,要么放弃自己不向国旗敬礼的信条,要么自己的孩子就不能到公立学校读书。如果到此为止,没有人出来挑战,国旗致敬法规就是一项法律,司法系统不能主动出来表示修正裁决。好在美国的法律文化中,民众"以身试法"挑战法律的门是永远开着的。1942年,耶和华见证会信徒巴内特家姐妹俩在学校里拒绝向国旗敬礼,被学校停学。巴内特向联邦地区法庭提出控告。

出乎很多人意料的是,联邦地区法庭的三位法官作出了对巴内特有利的一致判决。帕克法官在判决书中承认,在一般情况下,低级法庭应该随从最高法院已经作出的裁决,但是这个案件涉及宗教信仰的权利,情况有所不同。如果耶和华见证会的孩子因为拒绝向国旗敬礼而遭学校驱逐,那么他们受到宪法保障的宗教自由的权利无疑还是遭到了侵犯。他们判决,强迫耶和华见证会孩子向国旗敬礼是违宪的。帕克法官指出:"多数对个人或无助的少数的暴政","始终被认为是民意政府的最大的危险之处。国父们为了对付这种危险,在宪法中写进了权利法案,以保障每个人都有一些基本自由,这种自由是不管什么政府权力都不能剥夺的。权利法案不仅是对行使立法权的指导,它是这块土地上的基本法律的一部分"。

学校方面同意让巴内特的孩子上学,不要求他们参加升旗仪式。但是州教育局决定向联邦最高法院上诉。这就是著名的"西弗吉尼亚州教育局诉巴内特案"(West Virginia State Board of Education v. Barnette)。1943年3月11日,联邦最高法院听取两造辩论。6月14日,最高法院以六比三作出判决,维持了地区法院的判决,推翻了最高法院三年前在高比迪斯一案中的判决。

贾克森大法官在最高法院的判词中写下了一段话，被认为是宪政民主制度中法庭功能的最有名的辩护词：

> 权利法案的真正目的，是把某一些东西从政治冲突的此长彼消下解放出来，放置在一个民众之多数和官府都够不着的地方，把它们确立为法庭所依据的法律原则。个人的生命、自由和财产的权利，自由的言论，自由的新闻，崇拜上帝的自由和集会的自由，以及其他一些基本权利，是不受投票表决影响的；它们不依赖于选举的结果。

五、对最高法院作用的实证观察

自从民意测验的方法渐渐规范和完备，半个多世纪来对几乎所有重大社会问题积累了数量不小的民意测验数据，从而可以从统计学的角度，在重大社会和政治问题上，对最高法院裁决结论和民意测验结论进行比较。人们发现了以下结果：

第一，最高法院和民选的国会参众两院相比，和民选的总统相比，其裁决意见和民意测验的一致程度，基本上是相同的，至少并不明显低于民选的立法和行政分支；

第二，最近半个世纪中，最高法院的裁决意见明显不同于立法和行政分支，也不同于民意测验的，大多集中在和民权有关的案件，特别是有关弱势人群和异端人群的权利方面；

第三，在最高法院裁决和民意不一致的重大案件上，最高法院意见和社会精英阶层，如学界、新闻界、政界、法律界、商界精英的意见的一致程度，要明显高于和底层民众意见的一致程度；

第四，在影响美国社会面貌的涉及民权的一些重大案件上，比如涉及宗教与信仰自由、言论自由、新闻出版自由、结社自由和嫌疑犯权利的历史性案件上，最高法院裁决起了带领民意的作用。有些案件在作出裁决的时候只有百分之二十的民意支持，高达百分之八十的民意是反对的，在几年以后，这个比例却倒了过来。

学者们对这一现象的作用机制作出分析，认为最高法院和民众之间有着直接和间接的多方面互动，它们之间不是绝对绝缘的，最高法院大法官们有足够的渠道来了解民众的意愿。在制度层面上，大法官的提名和任命、上诉案件的筛选、听证程序、宪法对弹劾联邦法官的规定等等，形成了民选的立法和行政分支对最高法院的内外制约，使得最高法院这一非民选的机制不会失控。不论这样的考察和分析是否有足够长的时间和足够多的数据，其结论是否有足够的说服力。值得深思的是，两百多年来，人们担心的"反多数"的"司法专制"并没有发生，托克维尔所担心的"多数的暴政"也没有暴虐为害。

参考用书：

Most Humble Servants: The Advisory Role of Early Judges by Stewart Jay, Yale University Press 1997

The Least Dangerous Branch: The Supreme Court at the Bar of Politics by Alexander M. Bickel, Yale University Press 1986

The Supreme Court and American Democracy by David G. Barnum, St. Martin's Press 1993

陪审团已经作出了判决

以前的冬季旅行，大多走的是北方。今年，2004年的圣诞节，我们驱车南下。

我们住的地方在美国也算是南方了，可还是四季分明，冬天昼短夜寒，所以，想在年底追赶南部的阳光，而少冒一次大雪封路、被堵在半道的风险，就选择去了路易斯安那州的新奥尔良。

那是一个非常特别的城市。刚来的时候，我们想当然地用英语的读法去读出这个城市的名字，后来才发现，很多美国人是在用法语的读音称呼这个美国城市的。因为这里最早是法国殖民地，虽然它曾经被路易十五当作礼物送给了西班牙亲戚，由西班牙统治了四十来年。可是在西班牙的统治下，它的臣民基本构成还是原来法国殖民者的后裔，保留着法国的文化传统。在法国大革命转向恐怖之时，又有一大批法国人把它当做第二家乡，避难来到此地。在拿破仑1803年把它卖给美国之前，论实际统治的时间，法国人和西班牙人差不多，可是它更多地保留了法国的传统。它所属的路易斯安那州的法律,很特别的有一些拿破仑法典的内容。今天它的一大片老城,还是被称为"法兰西区"。

当然,这样的城市必定埋藏着很多典故。可是我今天要讲的,是一个很特别的故事。它发生在十九世纪之末,已经整整过去了一百零四年。

新奥尔良是在1803年"变成"美国的。在这个故事发生的1891年,这个美丽的海港城市,已经是当时美国南方最大的一个城市了,人口二十四万二千人。在十九世纪末,这里的意大利西西里岛移民变得多起来。它突然间也和纽约一样,天天由轮船载来一船船的移民。他们大多没钱,不会说英语。"法兰西区"附近的穷人居住区,悄悄变成了"意大利区",挤满了来自意大利的西西里人。在1891年至1892年之间,有五千六百四十四名意大利人来到这个城市,除了六十二人之外,全部来自西西里岛。还有不少移民在很长时期里没能加入美国国籍,还是地地道道的意大利人。

绝大多数移民只是底层辛勤的劳动者,可是西西里岛著名的帮派仇杀也跟了过来。可以想象,这样的城市治安会是大问题。当时的美国还没有联邦调查局,治安依靠政府警察和大规模的甚至是跨州的私人保安机构。新奥尔良市的警长,是一个破了国际大案,因而在美国甚至在欧洲都赫赫有名的年轻人。他只有三十二岁,叫汉尼希(David C. Hennessy)。汉尼希不仅领导政府警察,也在私人警察机构任警官。我们的故事就从汉尼希的一个夜晚说起。

1890年10月15日,一个大雨后满街泥泞积水、湿雾潮气蒸腾的夜晚,汉尼希和同事奥康诺(Bill O'Connor)一起,从警察局回家。

汉尼希警长

新奥尔良是密西西比河的出海口,这里一直遗留着法国人喜欢吃生牡蛎的习惯,至今还以上乘牡蛎出名。尽管已经很晚了,他们还是先去吃了一打生牡蛎,然后一起回家。就在吉罗街(Girod)的一个街角,他们握手道别。汉尼希顺街继续前行,奥康诺穿过这条街,向着密西西比河的方向走去。

汉尼希的家住在吉罗街275号。周围都是小木屋,住着不少黑人和意大利移民。汉尼希尚未成家,还和母亲住在一起。这时他已经可以看到黑暗中妈妈点亮的灯光,正被雾气晕染开来。汉尼希从小在这个社区长大,升官出名之后仍然没有搬离。可是那个夜晚,他再也没有能够走进他熟悉的灯光中去。

就在汉尼希家门前的那个街角,突然闪出五个人。还没有走远的奥康诺,听到如爆炸般的一阵枪声。奥康诺和正在马路上的巡警,立即奔跑着冲向枪声的方向。汉尼希倒在血泊里,凶手则逃得无影无踪。

汉尼希一向是个强健的人。他身中数枪,重伤中还曾挣扎着追赶和还击,被送往医院以后,他始终神志清醒。当然,市长沙士比亚(Shakespeare)和一些试图找出凶手的警官,都曾问过他:谁是凶手?对于这场凶杀,你怎么看?汉尼希坚信自己会康复,他对大家说,我会好起来,等我好了再说。第二天早晨九点,他静静休息了几分钟之后突然离世,留下了这个城市最大的神秘谋杀案之谜。

虽然事后出来不少间接的目击者,有警察、守夜人、过路人等等。他们都声称在事后看到过凶手飞跑着逃离,报告有些还相互矛盾。关键的是,没有一个人说他在迷雾中的黑夜里看清了凶手的面容。在突然而来的袭击中,汉尼希在黑暗中看清了凶手吗?谁也不知道。

奥康诺在汉尼希受伤后提供了据说是最权威的说法,他声称,汉尼希曾经在他耳边悄声说了一个词,"dagoes"。

"dagoes"是"dago"的复数,是一个蔑称,就像对黑人的蔑称"nigger"一样。只是,这个词是特指意大利、西班牙、葡萄牙这些地区的皮肤橄榄色的南欧人。汉尼希是看到了凶手,还是猜测?汉尼希究竟是不是真的这么说过?就算凶手是意大利人,具体是什么人?在这些问题都还没有答案的时候,新奥尔良市的意大利社区,已经一片惊恐。大规模的逮捕已经开始了。

美国在历史上的发展很不平衡。南方和北方有很大差别,新奥尔良和南方的其他城市又不一样。在当时,美国南方绝不像北方港口纽约那样,把大量的各色移民看作常态。这一时期的新奥尔良,又因南欧移民而人口暴涨,成为南方唯一一个有大量意大利西西里岛移民的城市。在文化上,意大利移民和这里原来的法国移民后代、美国白人居民,都完全不同。大批新移民无法立即融入社会,就自己抱团,帮派斗殴经常发生,给城市带来治安新问题;另一方面,这个地区长期以来法治传统不稳固。在拿破仑把它卖给美国之后,有将近九年,它没有正式作为一个州被接受,其原因之一就是它的政治体制不够健全。而进入美国后,新的制度开始建设,它又经历了一场南北战争的战乱。

新奥尔良在1862年即被北军占领,历经战争中的军管时期和战后漫长的半军管时期。战前的正常法治被破坏。联邦在南北战争后强行建立的、有黑人参与的政府,没有民意基础,在经济上也负债累累。

最后被当地的民兵，几乎是以暴动的形式赶走。该市的白人新政府就在这样暴力的基础上重新建立起来。

在法治非常薄弱的情况下，又出现经济发展的高潮，大量暴富的机会使得新奥尔良官场腐败。同时经济上的成功，又使得政府的行政分支，在占大多数的白人民众中，获得空前声望，行政权力不可抑制地膨胀起来。这个城市一直没有长久的制度来平衡和稳定，行事风格也很独特。政治纷争经常以武力解决。在街上行走的市民六七成的人会带枪。一个典型的例子是，这个城市的警长位置一度空缺，包括汉尼希在内的三个候选人分别在公开场合开枪互击，另两人都在不同时间分别被不同的对手打死。尽管两个案子都经过法庭审理，却都以各种原因无法定罪。过了一段时间，这位打死过其中一名候选人的汉尼希，还是当上了警长，由于强悍和能干，居然也就颇孚众望。当地报纸常常只是城市主流的回响，也还没有发展为公正、中立的声音。

声名赫赫的警长被谋杀，汉尼希的寡母失去独子，悲惨故事令整个城市"群情激愤"。再说，谋杀执法人员，这本身是对法律、对公众的挑战。可是在此关口，整个事件究竟如何发展，是严格地按照法律程序走，还是走向失序，在严峻地考验着这个城市的水准。这时，城市行政分支领导人、新奥尔良市长沙士比亚，对事件的走向起了重要作用。

沙士比亚市长对当时意大利移民造成的社会问题很是恼火，在那个年代的南方，种族偏见很普遍。他曾经在一封信中，称意大利人是"没有勇气，没有荣誉感，没有信念和自豪感，没有宗教和任何可以指向一个好公民的品质"。问题是，这样一个市长手中有权，得到大多数民众的支持，没有制约他的力量，这个城市又没有牢靠的法治传统。

谋杀发生之后,他立即当着拥挤的人群对警察下令:"扫荡这一片!把所有的意大利人都给我抓起来。"警察没有依法向法院申请逮捕令,"大扫荡"就开始了。

直到很久以后,才有人在新奥尔良市的《新戴尔塔》报的专栏中写道,整个对意大利裔的"批发式"逮捕,建立在一个孤立的基础上,就是据说汉尼希对他的朋友悄悄说了声"dagoes"。可令人惊诧的

沙士比亚市长

是,在警长还清醒着的九个小时里,竟然没有人去向他核实过一次。更为荒谬的是,在后来该案的法庭审理中,如此关键的证人奥康诺,竟从来没有作为证人出庭。

不仅对意大利人的扫荡开始了,新奥尔良市民众对意大利移民的敌意和仇恨也被煽动起来。市长公开讲话,毫无根据地宣布自己是"意大利谋杀者"的下一个目标。并且"勇敢地"表示,他绝不退让,要战斗到底云云。民众的情绪几近沸点。

在新奥尔良市的法院里,法官们在商量着,他们要尽一切努力防止暴民行为的发生。可是,我们看到,法制制度最关键的一步,就是这个文化本身必须建立起绝对尊重司法的传统。因为论"硬件"来说,司法分支是最弱的一环,它在相当程度上是必须依靠社会共识来维持的。宪政国家的产生,就其历史发展来说,是一个社会依据其长期的经验,首先得出对司法之崇高地位的认可。缺少这种文化上的认可,

陪审团已经作出了判决

司法是软弱的、很容易被破坏。因为司法分支本身没有执法力量，它是需要行政分支来执法的。在一个三权分立的制度构架中，最令人担心的是：行政过强、司法过弱，而执法的行政分支有了违法倾向。

不幸的是，这就是1890年的新奥尔良的现状。

在市长的指使和支持下，几百名意大利人被非法逮捕。虽然，所有宣称曾经目击凶手逃跑的人，都明确表示没有看清凶手的面容，这些人还是被带到监狱里指认凶手。他们指认的依据，是身高、衣服式样等非常含糊的参照。这些完全靠不住的指认，照样成为起诉的依据。马上就有五人被起诉，并被押往新奥尔良县监狱收押。

县监狱的典狱长对这个城市的性格十分了解。他马上明白自己可能面对什么样的危险。典狱长立即命令大批警卫列队，荷枪实弹、严阵以待。他的担心绝非多余，不久一个叫做戴菲的二十九岁的街头小贩来到监狱，声称是来探望关在狱中的意大利裔的囚徒。他的一只手插在口袋中，直到他见到一个囚徒出来，才抽出手来，那是一把手枪。他重伤了那名囚徒，还大声叫嚷：假如再有几十个我这样的人，就能把所有的"dagoes"都赶出我们的城市！这声枪响，真是一个不祥的信号。

沙士比亚市长在雷鸣般的掌声中进入市政厅，发表激情演说。他宣称警察在逮捕和收集材料之中，已经得到"超越怀疑的证据"，证明这是西西里人的复仇，是因为被杀害的警长代表法律，经常试图制止意大利帮派在街头的一次次血腥仇杀。市长后来还毫无根据地宣布，本市已经有九十四人死在意大利黑手党的仇杀中。这条未经核实的说法，马上成为报纸的头条新闻。

由市政开支出钱，他当场指定成立了一个市民委员会，来彻查这些秘密帮派组织。这个八十三人的委员会后来以"五十人委员会"著称。在这个委员会中,没有一个是意大利裔。

"五十人委员会""粮草充足",不仅为"保密"之需,租用了单独的办公楼,还雇用了两名侦探。其中一名是纽约来的意大利裔,在意大利社区内侦查。另一名则故意使自己入狱,在狱中和意大利裔囚徒们"打成一片",甚至讹诈一个精神衰弱的囚徒。可是,他们都没有得到这些人卷入此案的证据。市政当局却说,已经探得作案细节,只是暂不公布而已。

1890年10月23日,也就是汉尼希谋杀案发生的八天之后,这个"五十人委员会"在新奥尔良的报纸上发表了一封公开信。在信上,一方面宣称,这个委员会将严格在法律的范围内行事,另一方面,号召该市三万名意大利裔移民相互揭发、检举坏人。与此同时,还对他们发出了暴力威胁,信中宣称,"黑帮仇杀必须被扫除,暗杀必须被终止。为了达到这个目标,假如可能,我们倾向于和平地使用法律途径去做;假如必要,我们也会即刻决断地通过暴力去做。何去何从,就看你们是否有和当局合作的意愿了"。

汉尼希已经成为这个城市的烈士和英雄,举行了新奥尔良有史以来最盛大的葬礼。其规模甚至超过了前南方邦联总统杰弗逊·戴维斯的葬礼。

市长和当地上层对谋杀案的态度,也暗藏着他们和已经融入当地社会的那部分意大利裔上层人士,在经济和政治上的竞争和纠纷。市长抱怨意大利裔垄断了水果、牡蛎和鲜鱼等市场,以及另一些政治上的纠葛。于是,被起诉的所谓谋杀阴谋集团的意大利裔,很快增至十九人,其中包括了一名意大利裔社区的商人和政治首领马切卡。

马切卡出生在一个西西里岛的移民家庭，可是他自己已经是出生在本州的第二代移民、是一个美国人了。他参与社区的活动，已经有能力和本地白人平起平坐。1874年，年轻的马切卡就参加了新奥尔良市发生的那场著名的街巷大战——自由广场之战。当时由当地白人组成的民兵组织，赶走了联邦在南北战争后建立的南方重建时期的政府。在这场巷战中有二十七人死亡，一百人受伤。马切卡与众不同的是，他在那场巷战中救下了对方身受重伤的司令官。此后他在商界很成功，在因汉尼希谋杀案被起诉的时候，他是这个城市中的三万名意大利裔市民中，最卓越和最有权力的人之一。

根据当时新奥尔良市监狱的规定，有钱的囚犯可以出钱住进较好的囚室，也可以外买食品。马切卡和另一名富裕的意大利囚犯，取得了这样的条件，而其他的十七个人，生活在可怕的监狱条件下，而且这个案件被渲染为"一群黑手党合谋杀害了受大家爱戴的警长"，以致他们在狱中还屡屡受到其他犯人的殴打。他们中间不仅有意大利裔的美国人，还有意大利公民，因此引发了意大利领事的抗议。同时律师也要求把他们转移到安全的地方。

由于领事的坚持，大陪审团视察了监狱，他们的结论也是要求改善这些囚徒的监狱条件。典狱长不顾同事的否认，也承认意大利囚犯被其他囚犯殴打的事实，并承认他无力保护他们，他也要求转移这批囚犯。可是，沙士比亚市长对公众讲话，断然宣称这些说法都是"谣言"，也拒绝转移囚犯。不仅如此，市长甚至下令，停止囚犯的亲友探访，除了律师谁也不准见。律师在法庭奔走，才局部争回了他们的家属探视权。

比行政弱得多的司法，在艰难地运作。与此同时，市长、"五十人委员会"和当地报纸的不实宣传却在升级,这些涉嫌囚犯的律师本身,已经被描绘成"黑手党派来破坏法律的人"了。

大陪审团听证会在1890年11月举行。可是大陪审团本身就有两名"五十人委员会"的成员。当局宣称,这十九名嫌犯,分属两个犯罪集团,先审其中的九个属于"马切卡犯罪集团"的。其余十名容后再另案审查。这第一批嫌犯,包括一个十四岁的男孩。在十九人中,只有一名有犯罪前科。

审判在1891年2月28日开始。检方是地区检察官。在意大利裔中,由于马切卡和另一名被告是富人,他们自己出钱,请了两名当时非常有名的律师。一个曾任路易斯安那州的前司法部长和南方邦联前参议员,另一个曾任新奥尔良市的前司法部长。他们一接手案子,就被宣扬是拿了"黑手党的钱"。

正式庭审之前选出陪审团的时候,城市的气氛已经明显可以感受到。辩方律师否定了几百个陪审员的候选人,因为他们公然宣称对意大利裔有偏见和仇视,并且不会相信任何意大利裔证人的证词。而检方则否决了所有的意大利裔的候选人。

最后审判举行了两个星期。检方总共传唤了六十七名证人,辩方传唤了八十四名证人。其中最重要的一名证人是一个黑人,说他看到四个人开火,而指认其中四个被告"看上去很像"他们。

这四个人中的一个是个鞋匠,只会说简单的英语单词。他一开始被捕的原因,只是因为他租的简陋住处,恰好在案发现场旁边。在法庭上,他的邻居,一名叫艾玛的黑人妇女作证说,在开火后不久,她跑出来,看到鞋匠站在外面。他两手空空,只穿着内衣裤,惊慌地对她叫喊:"艾玛艾玛,警长,警长,妈妈的鞋子!"因为这已经是汉尼希警长家的附近，警长的母亲请他修过鞋子。艾玛说，她觉得鞋匠只是急着想告诉邻居，他给修过鞋子的"妈妈"家的警长，出事了。

作证说那名十四岁的被告涉案的是一个黑人少年。可是至少他的部分证词在法庭上被证明不是事实。而这名少年被告和他的父亲被捕的原因，仅仅因为他们是鞋匠的朋友，有时去他简陋的棚屋里看他。

有的证人在案发后指认被告，在法庭上却否认。也有人宣称他看到开枪者穿着雨衣，因此导致有雨衣的意大利裔的被告被捕。可是在法庭上，拿出被告的雨衣，证人又说不是那件，颜色不对。还有一个目击证人说是他看到某个被告在现场，可是马上有一名记者作证，说他当时访问过该名目击者，他当时醉得一塌糊涂。还有四个并非意大利裔的市民作证说，他们在谋杀案发生的时间，看到其中一名被告正在他的水果摊上卖水果。而有大量的意大利裔或非意大利裔的市民们作证，另一名被告当时正在一个剧场里。

这个"集团案"的起诉，主要建立在动机的推测上。在新奥尔良市有两个大的意大利裔的帮派。在审理两个帮派火拼的案子中，据说汉尼希警长要提出以新的证据，对其中一个帮派首领重开审判。又判断意大利裔社区的领袖之一马切卡，是有些倾向于这个帮派的，所以按照"合理的怀疑"，推测这是他要谋害汉尼希的动机。至于"集团"中其余的被告只是马切卡的枪手和帮凶。可是一个和汉尼希从小一起长大的好友在法庭上作证说，汉尼希告诉他，自己根本没有要再介入这个案子的意思。

审判是在1891年的3月12日结束的。在陪审团开始讨论之前，法官指示，必须对其中两名被告判定"罪名不成立"。其原因是检方根本没有提出任何针对他们两人的证据。这在起诉和审判中是极为罕见的事情。可见当时新奥尔良的行政分支,已经自我膨胀和傲慢到了什么地步。

陪审团讨论了其余七人的案子。第二天下午,他们的结论交到了法官手中。打开之后,有那么几分钟,法官默默凝视着手中的结论,一声不出。然后,他大声地宣布:陪审团对九名被告中的其中三名,因无法达成一致意见,宣布对他们"审判无效"。其余六名被告"罪名不成立"。

整个法庭全部愣住了,几秒钟之后,掀起一片旋风般愤怒的叫喊声。

在整个案子中,司法程序的作用是显而易见的。意大利裔的被告依法请到了最好的律师。在选择陪审员的过程中,双方律师都有一定的否定权。这使得最极端的、持有偏见的民众依法被排斥在陪审团之外。双方律师都能接受的陪审员,必定是相对中立。另一方面,法庭提供证据公平较量的机会,最后对陪审员判断的指示是:依据证据作出"超越合理怀疑的判定"。因此,这个全部是白人的陪审团得出的结论,才可能与整个城市的大多数民众的情绪性结论不同。由于判定只是对证据的衡量,陪审团制度不能保证判断一定就是正确的,可是它是相对更有可能公正的。

法官令大家安静下来,然后宣布了一个非常特别的决定,就是所有的被告继续送往县监狱收押,而不是按照常规当庭释放。他在法庭上宣布的继续收押的理由是,这些被告还要面对另一项指控:他们在汉尼希谋杀案中曾经说谎。假如这是法官的理由,那么对刚刚被宣判"谋杀罪名不成立"的六个人来说,这无论如何是在滥用司法了。可是在事后,法官坚持宣称,他这样做的原因,其实是怕当天出事,也就是说是一个"保护性拘押"。他的真正的理由到底是什么,没有人知道了。

也许法官真是在找一个借口保护被告?此刻在法庭外,愤怒而喧嚣的人群一直在试图突破警戒线。在警察的保护下,被告们匆匆离开,被带回监狱。假如现在让他们自己离开法庭回家,他们走不到家里,可能就会被愤怒的民众撕成碎片了。那些白人陪审员们从另一个出口离开,可是仍然受到民众的叫嚣和骚扰。

第二天一大早,新奥尔良市报纸上出现一则小小的广告,却使得整个意大利裔社区都被震动了。广告的标题是:"群众大会"。

广告内容是:"3月14日,星期六,上午十点,邀请本市所有良民在克雷雕像前面聚会,以挽救在汉尼希案件上寻求公正的失败。起来准备行动。"在后面,是长长的六十一个召集人的签名。里面包括沙士比亚市长的副手帕克森,以及几个"五十人委员会"里的成员。

驻在新奥尔良市的意大利领事,在清晨读到报纸上召集群众集会的广告,大吃一惊。他立即赶出去,试图设法制止。在他看来,这则广告的意思,就是当地的白人联盟要煽起一场对意大利裔居民的战争。他立即赶到市长办公室,在那里,领事见到州司法部长也赶来了。可是,市长不在。也没人知道他在哪里。他们两人像没头苍蝇一样,焦急地寻找市长,宝贵的时间却在无情地一分分走过。

1891年3月14日,那是一个阳光灿烂的好天。

十点钟,在亨利·克雷的雕像前,已经聚集了大约六七千人。三十四岁的市长副手帕克森等人,爬上了雕像的座子。他宣称,"声名狼藉的陪审员"开脱了"黑手党的黑社会",并且问,"你们愿不愿意跟着我,去给凶手定罪?"下面,是一片"吊死dogaes!"的回

克雷雕像前的聚会

应。另一个人的讲话是这样结束的:"绅士们,让我们去行使我们的职责!"

他们出发了,一路上出现一批百人左右带着长枪短枪的民众,加入他们的队伍,并且走在队伍最前面,成为后来的"行刑队"。这个神秘出现的"行刑队",人们一直不清楚它的来由,直到1955年,一个七十八岁死在佛罗里达的老人,留下一份自诉,人们才解开这个谜。他就是当年"行刑队"的一员。这个"行刑队"是在陪审团结论宣布两小时之后,在帕克森的法律办公室里,由"五十人委员会"私下安排的。还要求他们发誓,永远对"行刑队"成立的过程保密。

他们一路向县监狱进发。监狱周围都是黑人区,看到一群杀气腾腾的暴民涌来,随行的记者听到一名黑人妇女不由自主地叫出声来,

陪审团已经作出了判决

"感谢上帝,幸亏不是一个黑人杀了警长!"

人群中还在愤愤地传说,昨天,"黑手党庆祝了他们的胜利","黑手党的旗帜在街上飘"。其实,这是意大利国王的生日,意大利裔居民把它看作是传统的节庆,也有传统的庆祝活动。那些在飘扬着的,只是有着意大利王徽的旗帜罢了。在偏见和仇恨之中,谣言是多么容易如长上翅膀一样,在愤怒的人群中穿行。

意大利领事终于在郊外找到了正在这里做客的路易斯安那州的州长。这名州长是南北战争时期南方邦联的一名将军,打仗英勇无畏。他在战争中失去了一条胳膊和一只脚,照样在1877年1月,领导三千名路易斯安那州的白人联盟民兵,赶走了战后重建时期的州政府,然后自己在政府大楼里宣誓就任州长。

州长是市长的好友,在听了意大利领事的告急之后,他说,他也看了广告,认为这没什么,只是一次"和平的集会"。再说,他不打算"干涉市府的内政"。他说他今天给过市长一个留言,让市长给他回电。所以建议意大利领事在他这里等等。既然没有别的办法,领事虽然急得像热锅上的蚂蚁,也只能抱最后的希望暂时等在那里。

此刻,将近两万个市民包围了县监狱。在监狱附近是黑人的住宅区。白人民众为了表示他们的行动是"代表了所有新奥尔良人的意愿",就邀请黑人参加,结果也确实有不少黑人加入了他们的队伍。

在监狱里,典狱长那天一早就知道情况不妙,守在大门外的十来个警察突然消失,再也没有回来。典狱长先把带着长枪的卫兵安置在各处保护监狱。然后急着给市长打电话。他找不到人,却眼看着人声鼎沸,暴民逼近了。最后,他们对峙在监狱大门的两侧。暴民们要他打开监狱,交出意大利裔的囚犯,被典狱长断然拒绝。于是,暴民们开始用各种方式，试着砸开全钢的监狱大门，都没有成功。他们又想起，在另一条街上，监狱还有一个小门，远没有这么结实，便转而向那里涌去。典狱长见势，赶紧把大多数警卫设防在这个小门后面，可是他当然知道，寡不敌众，最终是守不住的。他的最后一丝希望还是向上司求救。他急着给市长和警长打电话，可还是找不到人。

典狱长终于绝望了。他下令把所有的囚犯关在囚室内，却把那十九名意大利裔的囚犯召集在一起，告诉他们，他坚持不了多久了。他决定现在放了他们，让他们躲藏逃生。可是这个监狱虽大，却没有多少能够隐藏的地方，他建议他们躲藏到女囚部去，那里相对好些。他们要求典狱长给他们发枪。他没有同意。他说，他只能给他们很短的时间，让他们自己躲藏起来，然后他就把监狱内部所有的门都锁上，使得暴民们进来之后不那么畅通无阻。

这十九名意大利裔的"自由人"疯了似的四散奔跑开来。

等在州长住处的意大利领事，终于熬到了电话铃响。接电话的是和他同来的州司法部长。他接完电话，转告领事和州长：暴民已经进入县监狱。

科特领事冲出屋子，前往县监狱，想自己前往阻挡。他一点没有概念，究竟有多少暴民在那里，究竟是什么样的场面。

监狱的那扇小门已经被砸得稀烂。市长副手帕克森等三个领头人，带了六十个行刑队员进入监狱，其余的把在门口。典狱长的卫兵们不仅没有抵抗，还向暴民交出了手中长枪，甚至还有人指点了逃亡者的去向。第三层的女囚部，有六个逃亡者在那里，听到楼梯的脚步声，他们跑过走廊，从另一个楼梯下楼，可是通向院子的门是锁着的，而杀手们已经在女囚的指点下追来。这六个意大利裔的逃亡者站在那里，生生地看着他们逼近。相距不过二十几英尺的时候，上百发枪弹齐发，打碎了他们。

另外三个逃亡者包括马切卡，在男囚部的走廊被另外一些暴民抓住，马切卡试图反抗，立即被近距离打死，形状惨烈。另两人都被枪弹击中，还有两个单独躲藏的，也被搜索出来拖到走廊，遭到枪击。每次传出枪声，都引发外面民众的欢呼声。这时，几个领头的决定，来一个公众的庆典。

他们命令抬出还有呼吸的受难者，一名被拖到一个街区之外吊上电灯杆，在他还在挣扎的时候，又一阵乱枪射来。接着，另一名还有呼吸的受难者被如法炮制，吊到了一棵树上。

意大利领事科特赶到了。他眼前满是狂欢的人群。他看到在人群中，有大约两千多名是妇女儿童。

几小时的血腥屠杀和庆典，如一阵风暴扫过。暴民们满足了，大多散去。在监狱中，典狱长戴维斯从各个隐蔽的角落找出八名幸存者，那名十四岁的男孩马切斯也在其中，而同被宣判了"罪名不成立"的男孩的父亲，已经和其他十名遇难者一起，死于暴乱者的枪口之下，再也不能回家了。

根据《大百科全书》对"私刑（lynching）"的定义，私刑是暴动的民众暴力行刑的一种形式……杀死有真正罪行、或是假设有罪行的个人。按照这样的定义，1891年3月14日发生在新奥尔良的事件，总共有十一名意大利裔市民，被暴民用私刑处死。这是美国历史上规模最大、处死人数最多的一次私刑。

"新奥尔良私刑"事件，折射出1891年美国各个层面的问题和状况。不仅反映了1891年的新奥尔良、路易斯安那州和南方的状况，也反映了当时相当一部分的美国民众、美国媒体的状况和认识水平。在遭遇社会治安被来自意大利移民的黑手党挑战的时候，在安全普遍感受威胁的时候，民众会自然倾向于不顾一切，只求安全只求"有效打击"。尤其是民众认定的犯罪分子集中在一个陌生的群体中，和主流民众之间不仅文化隔阂，甚至语言不通。这个"族群"会自然被人贴上"标签"，他们的个人权利会非常容易遭到侵犯。

事件发生之后，在全美国，包括《纽约时报》、《华盛顿邮报》等将近一半的报纸，对"新奥尔良私刑"是持肯定态度的。理由是，"新奥尔良人的生命和财产更安全了"。新奥尔良人"被激怒"了，不得不起来打破他们生活其下的犯罪集团的"恐怖统治"。其原因就是，当时的民众，包括在北方大城市中，都遇到陌生的意大利黑手党犯罪的威胁。有组织的犯罪势力强大，警察系统难以奏效，寻求正常的司法程序往往失败。我们从电影《教父》中看到的情况，一点没有夸张的成分。直到今天，意大利西西里岛本身，还在为黑手党犯罪而头痛万分。

这是让我们陌生的一百年前的美国。因为在今天，美国的民众和媒体已经普遍有了比较根深蒂固的法治文化。不论是什么原因，私刑已经是一个绝对负面丑陋的词。也根本不能想象主流媒体会支持私刑。这种变化来自于美国人在历史上的两个艰巨的努力。一是尽最大的努力，使得司法系统独立、公正和有效；二是对民众的"公民"和"法治"教育。这些历史上的教训，就是他们的孩子们受教育的教材。无疑，制度的建设是最重要的，而当我读这样的南方故事，再看看我的南方邻居和朋友们在今天的法治观念。我就知道，后一部分内容，在美国的进步中，也是绝不可缺少的。

不仅如此，这一事件也折射出，美国在建国时作为一个保留州主权的联邦,制宪时无法在宪法中解决的死角。

事件发生之后,美国总统哈里森表示这样的罪行"骇人听闻"。可是,面对意大利政府的抗议和"对家属赔偿"和"惩治凶手"的合理要求,联邦行政分支却无能为力。根据美国宪法第十条修正案,主要的管理权利都留在州一级,其中包括司法的刑事审理和处罚权。因此联邦政府无权迫使州或者市一级起诉凶手,而联邦法庭又没有这个权力。

为了应对意大利政府,甚至连哈里森总统,都曾经指示联邦司法部长派人私下前往新奥尔良,调查私刑死难者们在汉尼希谋杀案中"确实有罪"的可能性。虽然他本人就是律师,当然知道不论他们是否"有罪",私刑都是违法的,对被害者都是不公正的。虽然市政府试图提供所谓"证据",联邦的调查报告仍然显示:这些受难者们,不仅没有任何证据能够证明他们涉案,也没有任何证据,能够证明他们是黑手党或者任何类似帮派的成员。

我们到达新奥尔良的那天,当地寒风刺骨,意外地飘着小雪。第二天一早,满街是南方灿烂的阳光,洒在游人们的身上。我们在老街小巷里转悠,捧着一本城市老照片集,寻寻觅觅,试着找到当年这一事件的遗迹。一百年过去了,原来是贫民居住的意大利区,现在新楼林立。当年暴民们集合的那个街口还在,那条街却已经变成了汽车大道,街心的绿化带和克雷雕像都不复存在了。就连庞大的县监狱,也已经拆掉,片瓦不存。可是,我们知道,那些意大利裔的受难者,他们并没有离去。

"新奥尔良私刑事件"给后世留下的教训,至今令人警醒。陪审团制度是美国司法中最重要的制度。法律要求陪审团根据涉案双方在法庭上按照严格程序呈递的证据,来作出他们的判决。有时候,证据并不完整。可以想象,陪审员也是人,陪审团也可能得出错误的结论。当陪审团作出的判决和民众期待的不同的时候,当陪审团的结论使愤怒的民众认为"正义没有得到伸张"的时候,怎么办?美国的司法制度要求民众,必须无条件地尊重陪审团的判决。这个制度把陪审团的判决提高到几乎至高无上的地位。在美国的司法制度下,"陪审团已经作出了判决"这句话的分量是非常重的。一旦陪审团宣布被告无罪,任何人,即使是总统和最高法院大法官,都没有权力改变。假如不是这样,那就将是一个打不开的死结,就会引出打着伸张正义旗号的民众私刑,就会走向暴力和血腥。假如不是这样,司法就失去权威,整个法治制度都将崩溃。新奥尔良私刑事件中的意大利裔受难者们,用他们的鲜血,用他们被民众的子弹打得残碎的躯体,为后代美国人重申了非常简单却至为重要的道理,这就是今日美国人在法庭大门口经常听到的话:"陪审团已经作出了判决,我们的制度要求我们,必须尊重陪审团。"

火中的星条旗

在"美国可以烧国旗"这样一个信息初次传过大洋时,着实让大家小小地吃过一惊。"烧国旗"是很不寻常的一个举动。

故事还是得从头讲起。美国国旗并不是和宪法一起诞生的。两百年前,建国者们苦于要设计一个既有权威,又不至于演变成独裁机器的政府,实在顾不上国旗国歌这样的庆典喜事。这又是个松散的联邦制国家,传统务实,对国旗之类的象征看得不是太重。所以,美国宪法本文从来没变,美国国旗却一直在变,很少有人说得上,何时才算是有了正式国旗。不过大家都知道,当初向英王造反时,义军的旗帜上只有一条盘着的响尾蛇,高高地抬头吐着舌头,底下是一行字:"不要踩着我!"建国很久都没有人认真去统一国旗,更谈不上有人要烧国旗了。

国旗作为象征在美国人心中分量突然变重,是从第二次世界大战开始的。散在各"邦"的美国人通过这场战争,终于意识到他们是一个息息相关的整体。从此,他们对于美国这个联邦的认同,表现在他们对国旗的态度上。爱国热情骤然高涨,到处飘扬的国旗都是百姓们自发地挂出来的。这时也很难想象有人想要烧国旗。

"烧国旗"的契机出现在六十年代。反越战和南方黑人民权运动引发一些过激行为,社会动荡使美国人陷入巨大困惑,又适逢传统价值观念崩溃,终于有人以烧国旗这样的异常举动来表达愤怒。

1966年6月,黑人詹姆斯在密西西比州遭到枪击。他是个名人,在南方种族隔离被打破时,他是第一个进入密西西比州立大学的黑人学生。这在该校所在的小镇上引发了导致两人死亡的一夜骚乱。事件震动世界的同时,詹姆斯的名字随之传遍各地。此后,他投身民权运动,深入南方腹地。在南方变革的关口,某些闭塞的乡村中,一些KKK的白人激进分子常常走向极端诉诸暴力。因此,当时詹姆斯的活动是有危险的。总之,枪击事件发生了。

6月6日,纽约市一个叫斯特利特的黑人听到詹姆斯受伤的消息,怒不可遏。尽管他知道,美国是一个分权的国家,治安权归属地方,联邦无权插手,联邦政府也无权派人像保镖一样对深入南方的民权工作者作跟随保护。但是斯特利特在盛怒之下,还是迁怒于联邦政府。作为一个美国公民,当然有权当众表达愤怒,只是他的表达方式有点出人意料。

他是得过勋章的"二战"退伍军人。这批老兵直至今天还是美国最爱国的一群人。斯特利特的抽屉里,也整整齐齐叠着一面国旗,每逢节日他都在家门前悬挂。可是他今天取出国旗走到门外,却一把抖开点上火,然后扔在地上,并激动地向围观人群讲述自己的愤怒。结果被一名巡警逮捕。

根据当时纽约的刑事法，亵渎国旗是违法的。于是斯特利特被地方法庭判定有罪，经上诉，案子一路走到联邦最高法院。在最高法院，被告律师提出，他的行动是一种纯粹的政治抗议，所以应该受到宪法第一修正案有关言论自由条款的保护。

联邦最高法院主要是考察纽约州的反亵渎国旗法是否违宪。大法官们认为，该法禁止"用言辞和动作"来损毁、诬蔑和践踏国旗，过于模糊。据此，人们可能仅仅因为"言辞"冒犯国旗而获罪，这就侵犯了言论自由。于是，1969年4月，最高法院以五比四推翻原判，该案发回重审。

这是美国第一个抵达联邦最高法院的"烧国旗"案子。显然，当时大法官们面对这个史无前例的案件也在思考。因此在判词中，对烧国旗是否属于受宪法保护的"象征性言论"，并没作出明确说明。但是谁都知道，有了这个开端，问题迟早还要回到最高法院来。

1967年，纽约中央公园一个大型反越战集会上，又焚烧了国旗。各报刊登的现场新闻照片，使之成为历史上最轰动的一次烧国旗。民众压力下，国会召集辩论，在1968年通过了第一个联邦反亵渎国旗法。其实，当时各州都有类似法律。国会此举只是一个民意表达，传达了当时大多数民众的强烈反响：他们从感情上无法接受"烧国旗"。

1970年，美国大学校园的反越战风潮如野火燎原。肯特大学的学生在示威中和维持秩序的国民兵发生冲突，混乱中有国民兵在紧张中开枪，导致四名学生丧生。消息传出，全国震惊。在西雅图一个叫斯宾士的大学生心潮难平，决定有所表示。他用黑色胶带在一面美国国旗上贴了源于印第安人一种装饰的象征和平的符号，然后把国旗倒挂着从自己窗口伸了出去。

检方引用"禁止不正当运用"的州法律,对斯宾士提出指控。该法禁止在国旗或州旗上面涂画和装置任何词语、图案、符号等等。在法庭上斯宾士声明,他的行为是抗议美国轰炸柬埔寨和肯特大学学生被害。他说:"现在有太多的杀戮,这不能代表美国。我认为国旗是代表美国的,我想让人们知道,美国应该代表和平。"可是该法律涵盖一切性质的"涂改",对动机不作判断,案情论事实定罪。因此他被认定罪名成立,判处十天监禁缓期执行,罚款七十五美元。

官司到此似乎已是尽头,有法律作依据,判得也还合情合理,判了十天却不用坐牢,七十五美元也不是个大数目。可事至如今,这个年轻人倒要为自己的权利讨个说法了。他决定上诉。这一来,付出的精力财力就远不止是七十五美元了。

上诉法庭推翻了原判,认为该州法不能在保护言论自由的宪法修正案之下成立。检方上诉到州最高法院,又推翻了上诉法院的裁决,维持原判。斯宾士再次上诉。几个回合下来,到联邦最高法院作出裁决时,已是1974年的6月了。

联邦最高法院首先指出一些事实:第一,该国旗为斯宾士拥有,是私产而不是公产;第二,他在自己住所的窗口展示,没有进入公共场所,所以不涉及一切规范公共场所行为的法律;第三,他没有"破坏和平";第四,连州最高法院也承认,他是在进行某种形式的交流。他所做的,正是"我想让人们知道,美国应该代表和平"。只是,他采用了特殊的表达形式。考察细节之后,最高法院以七比二裁定,斯宾士的行为是一种受保护的"表达"形式,从而推翻了州最高法院的裁决。

这些案情,说大都不大,远没有电视里常看到的凶杀案那么性命攸关。被告就是输了，也没有什么严重后果。但是要说小都不小，它们都经历漫长的法庭之路，登上了美国司法的最高殿堂。因为这些案子都事关原则，其裁决都将成为美国大小法庭以后的判案依据，成为社会游戏规则。大法官们就"鸡毛小案"所做的严肃到家的思考，正是法律制度不断建设和自我更新的过程。也是美国的立国理想在麻烦百出的世俗现实中，体现出可操作性的过程。

这些案子之所以引人注目，正因为美国人是普遍敬重国旗的。美国历史博物馆里有一面"第一旗"，是刚建国时，由巴尔的摩的母女两人制作，被称作"老光荣"。它已在两百年的岁月中衰老。联邦政府决定用现代科技来拯救这面美国第一旗，估计要历时三年，花费一千八百万美元。"老光荣"被今天的美国人视为与《独立宣言》，宪法及权利法案同等级的国宝。

美国民众确实普遍喜爱国旗。和许多国家不同的是，星条旗显得平民化，还带些幽默，并不永远板着脸。美国国旗是随处可见的，并不只升在学校机关的正式旗杆上，更多的是老百姓升在自家院子里，或是挑出在屋檐下。我曾觉得它稍嫌花哨了一点，而这种花哨在节日里就成了真正的助兴点缀。我好几次看到，几个女孩子走成一排，身上的衣裤拼起来恰好是国旗图案，招摇过市，引路人喝彩。节日里小丑的高帽子图案也常常是国旗。我终于发现，美国人天生幽默开朗和热情友好的性格，和他们花哨的国旗很是相配。

在美国，对政府不满的人很多，而且形形色色。但是真正要把怒火发泄到国旗上的人，却极为罕见。所以，在六十年代的动荡过去以后，"国旗案件"并不多。

1984年，共和党在得克萨斯州的达拉斯举行代表大会。这种场合在美国通常有人支持也有人抗议。这次,一群反里根政策的人就在会场外游行,游着游着就群情激昂起来,行为开始失控。有人用喷漆涂壁,有人砸路边的花盆,还有人顺手就扯下了一面国旗。其中有个叫约翰逊的年轻人,是一个叫做"革命共产主义青年旅"的组织成员。他接过别人递上来的国旗,泼上汽油,就在走过市议会门前时焚烧起来。他们还围着火堆唱着:"美国,红白蓝的旗帜,我们唾弃你。"

这一景象使很多旁观者震惊。有人还特地回现场,把烧剩的残片灰烬收集起来掩埋。约翰逊被指控违反州法律,即损毁一项受尊敬的公物。该案发生时,除了联邦有反亵渎国旗法,美国五十个州里有四十八个州有类似法律。"烧国旗"在当时是违反明确的成文刑事法的行为。

在法庭上,约翰逊宣称他的行为是一种政治行为,不是刑事行为。他说,他是反对里根出任美国总统,并对共和党提名里根连任感到愤怒,这是他"烧国旗"的出典。他认为这是一种象征性语言表达,而且他找不到比这种表达更为有力的方式。

法庭判他一年监禁和两千元罚款,上诉法庭维持原判。他再上诉,州的最高法院推翻了原判。法官在裁定中说,根据那次有组织的示威、口号、演讲和散发的资料,任何一个看到这一行动的人,都能明白他想传达的意见。所以,约翰逊的行为是在宪法所保护的"言论"范围之内。

这其实是在"国旗亵渎法"和宪法之间做判断。该法庭引用了联邦最高法院过去的判词,"政府承认,个人有权与众不同,这是宪法第一修正案自由的核心。政府不能用法令来维护公民的情感统一。所以,政府不能自己塑造一个统一的象征物,在这个象征物上附加一组它所主张的含义",再强制民众服从这一象征物的地位。作为原告的州行政分支只得向联邦最高法院上诉。

我们看到,案件一旦进入司法程序,常常引起分歧。因为,立法分支在不同历史时期的立法,前后是可能相互冲突,甚至与宪法冲突的。司法分支在判案时,就会遭遇这些冲突。例如一些"象征性言论"究竟是否在宪法第一修正案的涵盖下,不同历史阶段就有不同的理解。法官们的思考,也反映了美国在不同历史阶段的思考。在1982年"美国政府对金姆"一案中,联邦第四上诉法庭认为,烧国旗不属宪法所保护的言论范围,而在1984年,联邦第十一上诉法庭认为,烧国旗在作为一种言论表达时,是应该在宪法第一修正案的保护之下的。

约翰逊一案进入最高法院已是1989年。恰在此前,芝加哥有个学生办了一个艺术展。美国人有个共识,就是艺术创作是言论自由中最自由的部分。艺术家可以作出一切聪明和恶劣的创作,但不会有人干预。这次展览不仅有烧国旗以及国旗覆盖棺木的照片,还向参观者提出一个问题:什么是展示美国国旗的恰当方式?参观者可以留言。这时,一个"恶劣"的念头冒出来了:主办者在参观者和留言本之间的地板上,平铺了一面美国国旗。想留言吗?你必须踏着国旗走过去,站在国旗上。

本来是最没人管的艺术展,却引起朝野大哗。可见大多数美国人是多么热爱国旗。两个州议会相继通过议案谴责这一展览。芝加哥市和伊利诺伊州议会都随即立法禁止把国旗铺在地上。有五千民众集会抗议这个展览。甚至连当任总统布什,也出来谴责这个展览。1989年3月16日,美国参议院以九十七比零一致通过了对1968年联邦反亵渎国旗法的修正案,规定以后谁把国旗铺在地上就是犯法。

正在这个上下群情激愤的时候,"约翰逊烧国旗案"抵达联邦最高法院。这也是此案在美国格外有名的原因之一。就在国会通过反亵渎国旗法修正案的第五天,联邦最高法院召集约翰逊一案的双方代表,听取辩论。

代表州政府行政分支的德儒律师一开始就指出,得克萨斯州人民的利益高于个人以何种方式表达观点的自由,有两条理由:第一,烧国旗是一种违法的"破坏和平"及"战斗性言辞"。据以往最高法院的判例,"破坏和平"言论和"战斗性言辞"不受宪法保护。最经典的例子就是,在满场的电影院门口无端大叫"着火",就是"破坏和平"的言论。而"战斗性言辞"是指会引起听者动手还击的挑衅,比如指着一个人破口大骂等。第二,州政府必须"保护国旗作为民族和国家统一的象征"。德儒律师据此指出州的反亵渎国旗法是符合宪法的。因此,约翰逊烧国旗也就是违法行为。

代表被告的美国公民自由联盟的肯斯勒律师指出,州的反亵渎国旗法过于模糊,外延扩大,在执行中难免侵犯公民权,是违宪的。他以词典为据,解释"亵渎"的含义。他说,"亵渎"的对象是某种神圣的东西。由于美国国旗的平民化特点,经常出现在喜庆幽默乃至滑稽的场合。比如说,总统夫人就有一方国旗图案的围巾。姑娘们有国旗图案的比基尼泳衣。商店卖热狗也常插上一面小国旗,你咬第一口之前就把它丢进垃圾桶了。这些你都可以说是"亵渎"。

他辩护说,约翰逊的行为只是一个政治性的反政府声明,而这种象征性言论是应受宪法保护的。他举出约翰逊的证词:"因为我有言论自由的宪法权利,我可以对国旗做我想做的任何事,而政府没有权力阻止我。"肯斯勒律师强调:政府无权侵犯公民的言论自由,

"这是宪法第一修正案的核心。在我们见闻自己所痛恨的东西时，比遇上喜闻乐见的东西，更考验宪法第一修正案。它本来就不是为我们的喜好而设计的，我们喜欢的东西也根本就不需要一个宪法修正案（来加以保护）"。

1989年6月21日，最高法院经过休庭"长考"后表决，以五比四判定约翰逊的行为构成"象征性言论"，是受到宪法保护的言论自由。

最高法院解释，判定一种行为是否具备足够的"交流成分"，法庭必须检验该行为"是否有传送特定信息的动机，旁观者理解该信息的可能性是否足够大"，该行为是否有"表达的内容"。大法官指出，就是得克萨斯州政府也承认，约翰逊烧国旗的行为具有足够的表达内容。因此，可以将其归入"象征性语言"，从而可以提出要求宪法第一修正案的保护。

我们看到，最高法院只判定约翰逊的行为是不是一种"表达"，而根本不管他表达的内容是什么。这是因为，美国宪法第一修正案保护言论自由的最关键要点是"内容中性"，即法律在保护言论自由时根本就不考察言论的内容。

然后的问题是，该案援引的得克萨斯州法是否涉嫌压制"表达自由"。针对州一方提出的两条辩护理由，大法官指出，第一条"防止破坏和平"没有事实根据。因为约翰逊烧国旗的行为虽然引起震惊和愤怒，但事实上并没有破坏和平的事件发生。也没有事实证明：该行为构成"战斗性言辞"，挑起反击而破坏和平。大法官说，"在我们的政府制度下，言论自由的功能就是引起讨论。当它引起不安，造成不满，甚至使得别人愤怒时，也许正是达到其最高目的的时候"。

对于另一条理由："基于民族和国家统一的重要性，其象征物不容亵渎。"最高法院裁定，该理由涉嫌压制表达自由。大法官说，正因为国旗象征的是民族和国家的统一，而不是什么其他小东西，所以很难使人信服，约翰逊的行为就足以危及这一象征。大法官指出，国旗确实具有崇高的地位和象征，可是不能以此来压制任何人表达自己的观点。布列南大法官写下的这段话此后常被引用：

> 如果说，在第一修正案之下有一个基本原则的话，那就是，政府不能仅仅因为一个思想被社会视作冒犯，不能接受，就禁止这种思想作出表达。对此原则，我们不承认有任何例外，即使我们的国旗也被牵涉其中。

就这样，联邦最高法院不仅维持了州最高法院的判决，并裁定了当时的"反亵渎国旗法"禁止和惩罚公民用烧国旗的行动来表达政治观点是违宪的。

五比四真是个很悬乎的投票结果，非常形象化地表达了美国人在这个问题上的思考、挣扎和困惑。这个结果一宣布，布什总统立即针锋相对地表态，"烧国旗是错的，大错特错"。同时，报纸马上刊登了胜诉者的新闻照片，照片上的约翰逊竟是胜利地举着一面烧黑了的美国国旗。相信这张照片恶心了大多数的美国人，可是，他们暂时认了。既然他们并不满意这个结果，那么他们认同的是什么呢？他们认同的是制度和宪法，那是他们共同的契约。

假如民众对最高法院的判定感到绝对不可接受的话，还能以宪法修正案的形式使保护国旗的立法直接进入宪法，起死回生。但是宪法修正案的产生很不容易，必须经过参众两院各以三分之二通过，再由四分之三的州立法机构通过。或者，要有三分之二的州议会提出召集修宪大会，在会上有至少四分之三的州通过，才能成功。

这就是美国人认同的既定程序。当一个程序完成，人们必须在承认这个程序结论的同时，尝试下一个程序。对于"烧国旗"，立法分支有"不让烧"的立法，行政分支予以支持。但是，司法分支判定，在"不让烧"的法律侵犯公民的表达自由时，它是违宪的。在美国契约的既定程序中，"烧国旗"一案目前正走到这一步。这就是我说他们"暂时认了"的意思，他们承认了这个阶段结论。现在，"不让烧"的一派要走的下一步，应该是尝试建立宪法修正案。因此，最高法院裁决刚宣布几天，布什总统就建议，通过一个宪法修正案来推翻这个判决。然而在美国的制度下，宪法修正案的两个三分之二和一个四分之三是很不容易达到的。

可是，从当时的民意去看，对通过一个宪法修正案似乎不必太绝望。宣判后，很快有三十九个有关的决议案提到了参众两院，要求推翻最高法院的决定。参议院以九十七比三，众议院以四百一十一比十五的大比数，各自通过一个决议案，表达对这一判决的关切。同时有十六个州的议会，通过决议案批评最高法院的决定。此类决议案在美国是一种民意表达的方式，并没有法律上的约束力。民意测验还表明，百分之六十五的民众不同意最高法院的裁决。百分之七十一的民众赞成采纳宪法修正案来解决这个问题。

于是，美国国会又通过了一个新的立法，即1989年国旗保护法。它强调，美国国旗和其他象征不同，具有历史的无形价值，故禁止任何人有意地损毁、污损、燃烧国旗，禁止把国旗铺置在地上或践踏国旗。布什总统立即签署同意。国会实际上是借助民意，再次重申被最高法院裁定违宪的原反亵渎国旗法。国会以重新立法的方式挑战司法，这是非常少见的。

在国会通过该法后仅几小时，就有人在国会大厦前当众烧毁了一面国旗，以示挑战。原来极其罕见的"烧国旗"案，因此发案率大幅上升。这是处于少数的一派在有意挑战司法。民主制度的法律是多数人的契约，并不天然保证少数人的公正待遇。少数人寻求公正待遇和保护的最后一个庇护所是独立的法庭。为了推翻一个法律，你只有以身试法，才能给最高法院一个裁定上诉案的机会。

由于已有约翰逊案的判例在先，所以这些案子往往在地区法庭上，就不约而同地被法官们裁决违宪。于是，又有两个案子上诉到联邦最高法院。最高法院将两案并一案，再度听取辩论，审查这个备有争议的烧国旗问题。结果，最高法院再次以五比四判定，1989年旗帜保护法也同样违宪。

我们看到，一个问题产生后，可能会经历漫长的、涉及政府三个独立分支和民众的反复推敲。"烧国旗"犹如一个烙饼，不断被翻来覆去地煎烤。在这个过程中，各种意见都在法庭和电视里反复讨论，大众和精英充分地进行交流。民众在倾听各种观点之后，也从单纯的感情冲动中清醒，开始更深层次的思考。这类讨论和交流，是美国人悄悄地提升他们国民素质的一个途径。在最高法院第二次裁决以后，部分民意转向理解和支持最高法院。国会也开始逐渐转变。众议院曾经通过一项禁止烧国旗的宪法修正案提案，1995年12月12日，此提案在参院表决时，以三票之差被封杀。1997年6月12日，众议院再次努力，以三百一十票对一百一十四票又一次通过宪法修正案的提案，再次送往联邦参议院。

在国会听证会上，美国公民自由联盟的诺曼·铎森教授再次陈述了他们的观点。他说，自约翰逊案件以来，议题的性质并没有变化，问题很简单：是保护国旗还是保护宪法，我们只能从中择一。他承认国旗是国家象征，也事关人民的感情，但是他认为，建立一个宪法修正案保护国旗，却是不必要也不明智的。之所以不必要，是因为以损毁国旗做政治表达的人，事实上极为罕见。他更指出，"亵渎"的概念实际上是针对宗教对象的，其他对象无论多么值得崇敬，都不应使其"神圣化"。

他还指出，反对建立这个修正案的最重要原因是，自由的政治表达是两百年来美国自由的基石。"我们的政府制度足以自豪的一点，就是对其他国家会无情惩罚的言论表达，我们却能予以宽容。"

1998年底，联邦参议院终于决定，拒绝接受这个有关禁止亵渎国旗的宪法修正案提案。

很多人相信，立法分支禁止烧国旗的企图大概到此为止了，因为通过多年的辩论，越来越多并不喜欢看到国旗被烧的美国民众，也开始理解最高法院判决的意义。一些民众还颇为骄傲，美国政府三大分支大动干戈之后，结果还是把自由留给了人民。

1999年2月，又有民主和共和两党议员联合向众议院提出宪法修正案提案，据说有二百三十六个议员联署。民间组织也在继续他们不懈的宣传和努力，要阻止这个宪法修正案的通过。新的一波较量又在开始。

在过去几十年的立法和司法对峙中，实际上多次险乎出现"不让烧"的结果。最高法院两次判决，都是一票之差。参院第一次对宪法修正案提案表决时，也仅三票之差。假如没有这数票之差，美国就会禁止焚烧国旗。

我们看到，美国很少有人烧国旗，可是一旦有人把怒火发在国旗头上，他们挑战的实际是政府的权威和社会的主流舆论。当这样的权威和主流受到挑战，一个成熟的社会，就应该拥有一整套程序性非常明确的、非常讲究细节设定的、全体民众认可的、可操作的制度来保证一个非主流观念的提出、讨论和验证。在这样的过程中，社会以最大的可能，进入理性思考，得出他们一个又一个阶段性的，不断的思辨和结论。可能是有反复的，可能在某个阶段得不出正确结论的，可是他们每往前走一步，都是扎实的，社会就这样慢慢进步，逻辑性很强。在这儿，真正要紧的是：这样的问题应该由谁来决定，按照什么样的程序来决定。相比之下，结论反而是无足轻重的了。

毫无疑问，民主社会的定义就是一个多数人制定规则的社会，但是，假如它的目标是自由，就不会随意扼杀非主流观念。一个非主流观念很有可能最后并没有被多数人所接受，但是经过这样的"过程"，它就是输了，也输得服气。

其实，美国国旗"让烧"了以后，就更没什么人去烧国旗了。就像大家说的，一个连国旗都"让烧"的国家，你还烧它干吗呢？

非法之法不是法

写下这个题目，心里不禁暗笑自己，我怎么也玩起这样的文字游戏了。然而生活在美国，或者把这句话翻成英语，那就一点没有文字游戏的味道了。非法之法不是法，这是我最近又一次读美国宪法时，最有感触的一点体会。

一、权利法案和"不得立法"

众所周知，1787年费城制宪会议上起草的宪法，注重于联邦政府的结构和功能，是民众对联邦政府的授权书。为了尽快将建国后缺席多年的联邦政府建立起来，大多数代表认为，保障人民权利的条款不必同时列入，一定要列入的话，可以容后作为修正案补入宪法。这立即就遭到一些人的反对。弗吉尼亚州的乔治·梅逊和州长埃德蒙·伦道夫，还有马萨诸塞州的艾尔布里奇·格里，虽然参加了制宪会议，却为此而拒绝在宪法文本上签字。《独立宣言》和弗吉尼亚宗教自由法令的作者托马斯·杰弗逊，当时正在巴黎，没有出席制宪会议。事后，他大声疾呼要补上这个缺陷。制宪会议以后，乔治·华盛顿寄了一份宪法给巴黎的拉法耶特。拉法耶特在盛赞美国宪法的同时，指出了美国宪法缺少权利法案这一缺陷。拉法耶特是参加了美国革命和法国大革命的"两个世界的英雄"，法国大革命时期的《人权和公民权利宣言》，就是他写的第一稿，他自然不会放过美国宪法的这个"问题"。

发生在十八世纪末大西洋两岸的这两场革命，都是破旧立新的制度变革，也都是翻天覆地的观念巨变。我们后人眼里，也许可以说，美国革命之优越处在制度的创新和新制度的设计，而法国革命的精彩处在自由、平等、博爱理念的张扬。拉法耶特和托马斯·杰弗逊，一个是真枪实弹参加了美国革命的法国侯爵，一个是法国大革命时期出使法国而对大革命赞不绝口的美国绅士，两人不约而同地主张美国宪法里不能没有保障民众权利的法案，想来不会是偶然的。

到了各州分别批准宪法的时候，联邦主义者和反联邦主义者围绕这个问题展开激烈辩论，好不容易写出来的美国宪法差一点点胎死腹中。在纽约州和马萨诸塞州，议会通过宪法的决议都附上了要求增加权利法案的条件。

这样，第一届联邦议会就有了一系列宪法修正案。前十条宪法修正案通常称为美国的权利法案。权利法案里分别列举了民众个人的一系列权利，声称这些权利无论如何必须得到保障，是政府不能蚕食、侵犯和剥夺的。那个时候的美国领袖们，似乎对政府侵犯民众权利的可能性异常警惕，早早地就想堵死这条路。不过值得注意的是，这些领袖们想通过权利法案提防的主要对象，却是立法议会。

从纯粹理论上推理，这似乎不好理解。立法议会，在分立之三权里，是最靠近民众的一权。宪法规定了众议员由民众普选产生。虽说建国初期参议员是州议会推选，但是当时各州议会大多是民众普选的。照理说，议员们受制于选举者，是"主人"选出的"公仆"，是最不可能侵犯"主人"权利的。相比之下，联邦法院的法官不仅不是民选的，而且终身任职，根本不受民众的控制。

我们现在看来权力最大的总统，在他们当时的眼睛里或多或少有点像英国的国王。在英国，经过几百年的演变，国王已经把权力大部分移交给下院了。没有下院的通过，英王已经做不了什么。权力最大最集中的是议会。同样，在美国建国初期，领袖们眼睛里的权力，也基本上集中在国会。

可是，为什么他们觉得需要一个权利法案来保障民众的权利，抵御作为民众代表的国会呢？实际上，美国的领袖们对立法议会的警惕非常容易理解。读读权利法案那短短十条就明白，它要保障的，是民众个人的权利，是一个一个具体的、分散的个人的权利，而不是作为这些个人之集合体的"人民的权利"。个人的权利和人民的权利，听起来是一回事，只是局部和整体的关系，在实际生活中却根本就是两回事。因为所谓人民的权利，在组成政府的时候，就已经委托给了政府，变成了政府之权力。建国领袖们所担心的，是作为这些个人之集合体的人民，通过他们选出的代表，在具体事务上，侵犯一部分民众的个人权利。

也就是说，权利法案要防范的，恰恰是抽象的人民集合体。国会作为人民集合体的代表，由人民选出，得到人民的授权，却可能侵犯一部分民众的个人权利。这种侵犯，以人民的名义进行，甚至通常是得到人民多数同意的。这种同意,有可能是蒙骗来的,有可能是胁迫来的,也有可能是民众多数主动表达的。对于美国的建国领袖们来说,这些区别无关紧要。这种以人民名义实行的,得到人民同意的对一部分民众个人权利的侵犯,本质上和旧制度的专制暴政没有区别,而且最终有一天,会在形式上也归结到那种绝对专权的暴政。

四十几年后,又一个法国贵族的后代托克维尔访问美国。在经历了法国大革命的血雨腥风以后,他把美国制度予以警惕防范的东西,称之为"多数的暴政"。

多数的暴政和绝对个人专权的暴政,可以在顷刻间转换。美国的建国领袖和同时代的法国革命者不同的是,在他们看来,"多数"并不天然地蕴涵着"正确",多数民众对少数人的镇压,并没有想象中的合理性。所以,对当年的宪法起草者来说,保障民众的个人权利,即使是保障少数人甚至一个人的权利,和防止暴政,特别是多数的暴政,就是同一回事。

正因为如此,权利法案中最重要的是宪法第一修正案。而第一修正案中,最重要的是所谓"不得立法"条款,用最简单最直截了当的语言规定,国会不得起草通过可能侵犯民众个人基本权利的法律。国会万一"一不留神"通过了这样的法案,那就是违反了宪法,这样的立法行为和由此立出的法,就是非法的,就不能成立。这就是"非法之法不是法"的意思。可见这原来是一句大白话。

二、宪法文本中的"不得立法"条款

其实,宪法第一修正案中的这个"不得立法"条款,在美国宪法中并不是第一次出现。费城制宪会议上起草的美国宪法文本中，已经有了"不得立法"的条款。

费城制宪会议上，在提出要将权利法案的内容写入宪法文本时，联邦主义者反对。他们提出的最主要理由是，到1787年，大多数州都已经有了权利法案，明确保障个人权利，现在的联邦政府只拥有明确有限的权力，只能做授权它做的事，凡未授权的都不能做。如果在宪法中写入权利法案的内容，势必列举应得到保障的个人权利，那么国会的权限就可以是另外一种"读法"：凡是没有列举出来禁止国会做的，就是国会可以做的。民众个人的权利，有像宗教信仰或言论自由那样的基本自然权利，即和人的自然生存状态浑然一体的基本权利，这些权利显然是政府无论如何也不能侵犯的。但是还有一些个人基本权利，是由社会调节和规范的权利，比如集会抗议或新闻出版这样的权利。这些是从基本自然权利中派生出来的，不可能被一一列举穷尽。这样，未被列举的公民权利，不就是国会可钻的空子，有可能被侵犯了吗？

联邦主义者的这种理由，在我看来十分勉强。权利法案的条文，是怎么个"读法"，正读还是反读，不取决于条文本身。法律条文的书面语言解决不了这个问题。怎样读宪法，取决于具体的宪政制度，取决于这个制度各部分的关系。当然，照托克维尔的说法，还取决于民情。照我们的说法，叫做不能脱离"国情"。

美国宪法里，有些条文颇有点我们所谓"宜粗不宜细"的味道。其原因是，美国宪法史无前例，没有可供参考的样板，这是世界上第一部没有君主的、代议制共和政体的、联邦制国家的成文宪法；第二个原因是，它继承英国的普通法体系，它打算全盘利用即使从《大宪章》算起也已有近六百年历史的法治传统。它可以留待这个体系来逐步解释条文本身。

所以，在宪法里，我们读到，国会有权"行使本宪法赋予合众国政府或其各部门或其官员的种种权力，制定一切必要的和适当的法律"。这一条款通常称之为"必要和适当条款"。可是，什么是"必要"的，什么是"适当"的？国会想要制定某项法律的时候，难道还会是"不必要"的或者"不适当"的吗？

这样看来，用权利法案来限定这种"必要"和"适当"，实在是非常必要的了。

然而，宪法本文中也不是一点没有对"必要"和"适当"的限定。就在"必要和适当"条款下面，列举了数条国会不能立法破坏的东西。比如"人身保护令所保障之特权"（Writ of Habeas Corpus）。这是比大宪章还要历史悠久的东西，是英美法治中最核心的东西之一。

然后，宪法规定，联邦议会"不得通过任何褫夺公权的法案或者追溯既往的法案"，紧接着，在下面一款中，惜墨如金的美国宪法几乎是重复了一遍，规定各州也"不得通过任何褫夺公权的法案、追溯既往的法律和损害契约义务的法律"。这就显得很不平常，因为宪法的原意是组织联邦政府。一切原来都是针对联邦政府说的，这里却对各州也作出了同样的规定。

什么东西如此要紧，竟要美国宪法不怕啰唆地一再重复？

追溯既往的法案（Ex Post Facto laws），比较好理解。法律不应追溯立法以前的行为。政府不能欲图惩治一个已经发生的行为，就对症下药地立一个法，以这个后立的法去责罚过去的行为。否则，现在合法的行为，以后规定不合法了，还要回过头来追究罪责，法律就会失去规范人们行为的作用，法与非法、罪与非罪，就完全失去了界线。

褫夺公权的法案，即 Bills of Attainder，在李道揆先生的《美国政府和美国政治》一书中，译为"公民权利剥夺法案"。这是一个什么样的东西呢？我们中国人读美国宪法，很容易把它忽略过去，因为翻译成中文，意思太浅显直白，其实它是英美法治史上一种很专门的东西。我们中文里没有对应的词，法律上没有对应的概念。可惜，生活中并不是没有对应的东西。

三、褫夺公权的法案

在英国历史上，特别是在十六世纪和十七世纪，英国议会可以通过一项法案，宣布某人犯下了叛国、颠覆政府或其他重罪，给予处死的惩罚。由立法机关通过一项法案来定某人的罪，而不是由司法机关即法庭通过审判案件来定罪，这种做法是非常特殊的。这样的法案就叫做 Bills of Attainder。这样的法案除了对被定罪者处以死刑外，还可以没收其财产，不让罪犯的后代来继承，也就是说，不仅惩罚本人，还连带惩罚其后代。这叫做 corruption of blood，即"血统玷污"。在有些案例中，议会通过法案，不是将被定罪者处死，而是较轻一点的惩罚，比如流放、没收财产、剥夺选举权等等，这时，相应的法案就叫做 Bill of pains and penalties。

美国宪法规定，国会不能制定褫夺公权的法案，就是指不得由立法分支以立法的形式，给一个公民或者一部分公民定罪。

由议会通过一个法案来定罪，和法庭通过审理案子而定罪，区别是显而易见的。若是为它辩护，那么可以说，立法议会是人民的代表，人民的眼睛是雪亮的，能够看得出谁是妖魔鬼怪。通过立法程序，实行多数的统治，给人定罪惩治，似乎也未尝不可。只要是民众代表们的一致意见或者多数意见，好像也不失为是寻求正义的一条路径。

可是，在具体运作上，立法程序和司法程序却有很大的不同。立法是一种政治过程，是代表不同利益的人经过交流、权衡而逐渐趋向一致的过程，它的目标是妥协。能达到妥协就是成功。但是，政治过程不可能回避利益冲突，它就有迫害政敌的天然倾向。法庭上的司法程序却不是这样。司法机构讲究中立，司法程序有既定法律的严格限制，它的目标是寻求现有法律之下的公正。在宪政制度下，政治过程和司法过程必须是截然区分开的。

对具体个人之具体行为的罪与非罪判断，是司法过程的事务。"褫夺公权之法案"和"弹劾"（impeachment）是历史上的两项例外，它们在立法议会里进行，却是做着罪与非罪的判断。在英国历史上，这两项程序都曾被议会用来作为削弱国王权力的利器，用于铲除权势过分的国王宠臣。褫夺公权之法案不同于弹劾的是，它直接由议会通过法案，被定罪者没有机会面对指控为自己辩护，是一种打你没商量的绝对权力。

这种立法权力，难免被立法议会用作剪除政敌的工具。饶有意味的是，随着英国议会地位的稳固，议员们的安全感渐渐强了，褫夺公权之法案就用得越来越少了。可见这种权力的频频使用和不安全感有联系。英国议会后来较多使用弹劾，而几乎不再使用褫夺公权之法案，它通过的最后一个褫夺公权之法案是在1798年。现在英国议会连弹劾也不再使用了。

在费城制宪之前的北美历史上，由于没有英国王权和议会的明争暗斗，议会没有那么多危险的敌人，褫夺公权之法案就很少。各州用得最多的时候是在独立战争期间，一些州议会立法没收了保王的托利党人的财产。

在费城制宪会议上，建国领袖们几乎对宪法的每一条款、每一句话、每一个词都经历过激烈的争论，有很多次到了快要不欢而散的地步。可是，讨论到宪法第一条关于国会权限的时候，几乎没有什么异议就针对联邦议会和各州，两次写进了"不得立法"通过褫夺公权之法案的规定。

作出如此禁绝的规定，倒并不是在历史上类似的褫夺公权之法案曾经如何失控而为害，而是建国领袖们对政治迫害有一种超乎寻常的敏感。美国的建国领袖们知道，他们是在创造历史。对此，他们忧心忡忡。他们知道，自己亲手建立的国家，虽然没有国王，演变成残暴的专制体制的可能性还是很大。怎样防止政府演变成专制暴政，是他们必须忧虑的首要问题。他们并不认为，实现多数的意志就能防止暴政。恰恰相反，他们担心，多数的意志没有制度制约的话，是最容易最有可能演变成暴政的。他们把希望寄托在制度结构上面，他们把分权和制衡看作防止共和国演变成专制体制的不二法门。读美国宪法，你可以在每一句话里读出这一思路来。

就是根据这个思路，他们认定，立法的国会是实行一种政治过程，而认定个人行为罪与非罪的司法过程只属于法庭。他们在宪法中保存了针对总统和法官的弹劾程序，使国会可以制约总统和司法系统，但是他们明确地废除了立法机构通过褫夺公权之法案的权限，也就是除去了立法分支对普通公民进行司法判定的权力，在立法和司法之间画出清楚界线。从此，在美国褫夺公权之法案是违宪的。

在美国历史上，涉及褫夺公权之法案的案例是那样稀少，所以多数美国人都不注意他们的建国领袖们为此所作出的独具匠心的思考和安排，在美国最高法院的案例中，我读到了一个涉及褫夺公权之法案的案子：1965年，"合众国诉布朗"案（United States v. Brown）。

四、合众国诉布朗案

布朗是旧金山码头的一个老码头工人，几十年来一直是一个公开的积极的共产党员。1959年、1960年和1961年，他连续三年被选为国际码头工人和仓库工人联盟在当地组织的执行局成员。

美国联邦政府从三十年代起有一系列重要立法涉及工会和劳资关系。1959年的劳动管理报告和公开法，其中的504条款规定，共产党员如果有意识地担任工会干部，是违法的。国会在通过这一方案的时候，其出发点是要让美国经济免受当时美共公开号召的政治性罢工的打击。根据这一法案，虽然共产党组织是合法的，工会组织也是合法的，但是共产党员有意识地担任工会干部却是非法的。

布朗是一个共产党员，他自觉地有意识地担任了工会的干部，所以1961年5月26日，他被指控违反了上述法律。在法庭上，检察官没有指控布朗犯下了任何具体的非法活动，也没有证明布朗曾经号召或组织过政治罢工。也就是说，他什么也没有做。他只不过是当了共产党员，还同时当了工会干部。陪审团根据上述法律504条款判他有罪。联邦第九巡回法区上诉法庭推翻了这一判决，认为504条款违反了宪法第一和第五修正案。此案上诉到联邦最高法院。

1965年6月7日，首席大法官沃伦亲自代表最高法院宣布裁决：

首席大法官沃伦

504条款形成一个褫夺公权之法案,所以是违宪的。

也许是考虑到公众对褫夺公权之法案并不熟悉;也许是最高法院认为,此案涉及的美国宪法中禁止褫夺公权之法案的条款非同小可;也许是大法官们认为重申三权分立、限制国会的权限、维护制度的健康至关紧要;也许仅仅是沃伦大法官此时有了发思古之幽情,总之,沃伦大法官的这个判决词写得洋洋洒洒,就像一位文质彬彬的大学教授在课堂上给新生上课,谈古论今,引经据典,精彩之极。

在复述了案情以后,沃伦大法官引用了宪法条款,然后开始讲解英国历史中褫夺公权之法案的来龙去脉。他指出,为什么美国宪法要禁止褫夺公权之法案,不是出于狭窄的技术性的考虑,而是要保证分权的体制,要防止立法分支行使司法权限,或者简单地说,要防止立法议会来给具体个人之具体行为判定罪与非罪。

他像一个历史课的老师一样,谈起了美国人妇孺皆知的常识:美国政府分为立法、行政和司法三大分支。他解释,这样的分权结构显然不是为了促进政府的办事效率,而恰恰相反,它是宁可牺牲效率而为了防止专制。因为,如果政府权力被分割,被分散,如果一项政策必须经过国会立法通过,由行政实施,由司法监督,那么没有一个人,

或一群人,能够为所欲为,政府权力就难以被滥用。他引用美国宪法之父詹姆斯·麦狄逊的话:

> 所有权力,立法、行政和司法,都集中在同样的手里,不管这是一个人的手,还是一些人的手,还是很多人的手,不管是通过继承,通过自我指定,还是通过选举,这样的权力都可以说已经是名副其实的专制了。

他解释说,政府官员的某些职位,或者社会上的某些工作,是可以提出资格要求或条件限制的。这种要求和条件,是针对人的能力和行为的。可是,用共产党员或任何政治组织成员这个头衔来限制工会官员的资格,并且认定只要是他们担任工会官员,就是一项罪行,这种限制,沃伦大法官宣布,最高法院不能同意。他强调:"在我们的传统下,信仰是个人的事情。"

可是,关键还不在这里。关键在于,立法机构通过一项法令就宣布某一类人是有罪的,而不是经过法庭审判来判定个人的罪名,这样来使用立法程序中的多数原则,是非常危险的。"若不经审判就已定罪,那么没人是真正安全的。"他指出,宪法中禁止褫夺公权之法案的条款,除了强调了政府三大分支的分权以外,还反映了建国者们的一个信念:对罪与非罪,不能由民众代表组成的国会判定,而必须由法官们组成的法庭判定,这只能是法庭司法程序的事情。他针对国会作出这样的评论:

> 每个人都必须承认,立法机构由于其人数众多,由于其组织

形式，由于其成员紧密地依赖于人民，使得他们特别容易为民众呼声所左右，故而立法机构不适宜带着冷静、谨慎和不偏不倚来判断一项刑事指控，特别是那种民众情绪非常激动的案件。

由此可见，504条款被指为违宪，不是错在它针对共产党，不是错在它反映了冷战时期麦卡锡主义后的右翼保守意识形态，对于最高法院来说，它不检讨这些具体的东西，504条款错在它违反了程序正义，它是立法议会行使司法职能，它是不经司法审判就认定一些人有罪。也就是说，504条款的违宪性质，和它针对的组织是一个什么组织无关。即使这儿确实有一个坏人，即使这个坏人确实对国家和人民非常危险，由议会通过立法来宣布定罪，仍然是违宪的。为此而通过的法案是违宪的，是非法的法案，非法之法不可是法。

五、防冤狱于程序

读到这儿，不禁要感慨我们曾经的思路——当我们看到社会上的问题的时候，或者我们自以为我们看到了社会问题的时候，我们往往匆忙地制作一个概念，一顶帽子。我们判断这顶帽子是恶，是罪，我们越来越深信不疑。然后我们就用这顶帽子去衡量具体的个人，凡是能塞进这顶帽子的，就都是恶，都是罪。这种没有程序约束的帽子有自我扩大的动力，几乎总是会超额完成任务。其结果是，我们看到了层出不穷的冤狱。我们经历过一次又一次的"平反"。

这就是我们所经历过的类似"褫夺公权之法案"的东西。我们没有事先禁绝它们的产生，事后当我们纠正错误的时候，我们只停留在当初判断失误的层次上，而没有看到问题在结构和程序上。也许我们以为，程序只是一个形式，追求程序之限制只是不解渴的白费工夫，我们的最终目标还是要实质性的正义。而上面讲过的故事则刚好相反，它们表达的是，所谓实质正义倒是有可能是虚幻的，人们能够做的，不过是恪守程序的限制而已。

美国宪法中的"不得立法"条款，特别是禁止褫夺公权之法案，反映了美国的宪法领袖们对政治过程的一种批判心态。通常，人们在谈及宪政的时候，总是集中在立法的政治过程上。人们以为，议会的成功就是民主的成功。生活在美国，人们都知道，美国政治制度的成功，一多半是司法的成功。把司法过程和政治过程隔绝，立法机构不得违背程序和规则立法，违背程序的立法是非法之法，非法之法不是法。

参考用书：

Origins of the Bill of Rights by Leonard W. Levy, Yale University Press 1999

The Bill of Rights by Akhill Reed Amar, Yale University Press 1998

《美国政府和美国政治》，李道揆著，商务印书馆1999年版

The Supreme Court and American Democracy by David G. Barnum, St. Martin's Press 1993

一百年的历史和燃烧的十字架

以前写过一篇文章《火中的星条旗和民众的表达权》,讲的是美国联邦立法、司法和行政三大分支,为了烧国旗是否合法,展开的一波三折的故事。尽管现在国会里的保守派议员隔三差五地,仍要提出禁止烧国旗的法案或宪法修正案,但是由于美国最高法院的两次裁决,到目前为止,公开用烧国旗的方式来表达自己的政治观点,在美国是合法的。最高法院裁定,烧国旗是一种"象征性言论",是为了表达和传递思想。任何思想的表达,都应该受到宪法第一修正案的保护,这一原则,叫做言论自由的"内容中性"原则。

可是,在丰富多元的人类社会里,言论自由不可能是绝对的。联邦最高法院通过以往的裁决,表明了受宪法保护的言论自由,有"时间、场合和方式"的限制。最为大家一再引用的例子是,在坐满人的戏院里,不可以随便大叫"着火啦"。凡是会引起迫在眉睫的"清楚而现实"之危险的言论,也不受法律保护。比如,把军队开拔的时间、人数和地点在报上刊出,是违法的;指着别人的鼻子大骂,即可能引起暴力冲突的"战斗性语言",也是不可以的。

美国民间的KKK团体,他们的招牌形象,就是用白袍把自己没头没脑地遮住,只露出两个眼睛。这种形象独一无二,没有申请专利却从没有人仿效。他们还有一种招牌活动,就是在他们的仪式过程中,焚烧十字架。这种焚烧十字架的仪式,在历史上往往伴随着对黑人的恐吓、暴行甚至私刑处死。所以,这种焚烧十字架的活动,对于黑人来说,是一种令人恐惧的行为。它不仅预示着仇恨和暴力的危险,而且在一代代黑人心中投下了难以言说的可怕阴影。

既然烧国旗是合法的,那么烧十字架是不是合法呢?最近,有一个全美国注目的案件,对此提出了疑问。这就是"弗吉尼亚诉布莱克"一案。

一、弗吉尼亚诉布莱克案

残害黑人的暴力,出现在美国南北战争废除奴隶制度以后的美国南方。这里的南方,主要是指南、北卡罗来纳,佐治亚,田纳西,密西西比,亚拉巴马和弗吉尼亚这几个州。南北战争以前,那里的黑人大多是奴隶,是奴隶主的私人财产。一方面,奴隶制时期很少发生残害黑人的暴力,因为这等于自毁,或毁灭他人财产。另一方面,黑人处于奴隶状态,黑白之间几乎不可能发生冲突。南北战争以后,奴隶制度废除了,情况大为改观。虽然南方还实行种族隔离,有地方法律限制黑人实现自己的公民权利。但是,黑人已经是自由民,开始自由流动，有了黑白发生冲突的可能。同时，KKK等白人极端组织，和底层民众中的白人至上主义情绪结合，在民间常常以公众暴力处理冲突事件。由于公众暴力极易泛滥，也由于黑人处于弱势，所以一旦暴力兴起，就会殃及众多黑人无辜遭受暴力，乃至被暴力私刑处死。这种事件，主要发生在南北战争以后到二十世纪五十年代的大约一百年时间里。

1952年，针对弗吉尼亚KKK团体的活动，弗吉尼亚州议会通过法令，禁止燃烧十字架。半个世纪来，几经修正的弗吉尼亚法律规定，意在威胁他人的烧十字架行为，是一种刑事犯罪活动。

1998年春天，一个叫伊略特的白人，在友人聚会上对朋友说，他的黑人邻居抱怨他在自家后院练习开枪，他听了不高兴，就想到这个黑人家门口去烧一个十字架。他显然是因为知道黑人害怕这种燃烧十字架的行为，才起了这个报复的念头。当场就有个白人奥马拉答应帮他的忙。他们匆匆忙忙地用木头做了一个十字架，拖到黑人邻居门前的草坪上，点火烧着了。

后来，奥马拉被控告，随后有条件地认罪，被判监禁九十天并罚款二千五百美元。他的认罪条件是，他保留上诉权利。他认罪，是因为弗吉尼亚州确有禁烧十字架的法律，他的行为违反了这条法律。而他要上诉，是因为他认为这条法律的合宪性仍然是有疑问的。

同案的伊略特被陪审团判定违反了弗吉尼亚禁烧十字架法，被判同样的监禁和罚款。

接着，奥马拉和伊略特向弗吉尼亚上诉法院上诉，申辩弗吉尼亚禁烧十字架法违反了州宪法和美国宪法的言论自由条款。上诉法院认定，意在威胁他人的烧十字架行为，显然相当于暴力威胁和"战斗性语言",因此维持原判。

奥马拉和伊略特,都不是KKK团体的成员。

同年八月,一个叫布莱克的人,是KKK组织的一个"老大"。他从北方来到弗吉尼亚,租了一块地,在这块地上举行KKK的集会活动。他们在发表了有关种族和宗教内容的演说以后,点燃了一个足有三层楼高的十字架。

布莱克被控违反弗吉尼亚禁烧十字架法。布莱克申辩弗吉尼亚的这个法令违宪,要求法庭驳回指控,被法庭拒绝。陪审团判决他有罪,法庭判他罚款二千五百美元。

布莱克上诉,州上诉法院以奥马拉和伊略特案的同样理由,判决维持原判。

布莱克上诉至弗吉尼亚州最高法院。

弗吉尼亚州最高法院首先检查了十字架和烧十字架蕴涵的意味。一根竖木和一根横木组成的十字架,其含义对基督徒是非常强烈的,它是基督受难和复活的象征。但是,不幸的是,这一象征也被人们作出其他的解释。众所周知,KKK的主要诉求是要在美国建立一个白人种族的国家。在KKK的仪式上,十字架是白人至上的标志。燃烧十字架的仪式,是对少数族裔、天主教徒、犹太人、共产党人或其他被KKK所憎恨的人的一种示威。

根据联邦最高法院以往的判例,宪法第一修正案对言论的保护,是不论其"内容"是否"正确",是否被政府或被大多数人认同的。一种活动,或者一种"象征性表达",只要是传达"思想"的,就可以被认作是一种"言论",从而受宪法的保护。在1992年的"R.A.V.诉圣保罗市"一案中,联邦最高法院判决,明尼苏达州圣保罗市的禁止烧十字架法律是违宪的。引用这一判例,弗吉尼亚州最高法院指出,宪法第一修正案禁止政府就自己的好恶来指定什么言论,或什么表达方式是非法的,因此,根据言论的内容"量身打造"来制定的法规,都是无效的。

2001年11月,弗吉尼亚州最高法院以四比三作出了对布莱克有利的裁决,宣布弗吉尼亚州有半个世纪历史的禁烧十字架法违宪。

弗吉尼亚司法部上诉到联邦最高法院。

二、托马斯大法官的愤怒

2002年12月11日,星期三,联邦首都华盛顿市冬雨绵绵,一派萧瑟。联邦最高法院举行听证会,听取弗吉尼亚州诉布莱克一案两造律师的申辩。弗吉尼亚州司法部长基尔高尔亲自代表州政府出席听证会。代表布莱克的是里士满大学法学院的著名宪法专家罗特尼·斯摩拉教授。

弗吉尼亚州政府一方申辩说,禁烧十字架法不是针对言论的内容,不是根据内容来作出的法规,而是因为,根据弗吉尼亚南北战争后一百年的历史,烧十字架旨在对他人的威胁恐吓,引起恐怖和骚乱。弗吉尼亚州法律禁止的,不是任何和种族、肤色、宗教等内容有关的言论或表达,而是禁止意在威胁恐吓的烧十字架活动,不管是什么人,不管出于什么信仰或思想,不管为了什么目的,只要是意在威胁恐吓,那么这种烧十字架就是法律禁止的。所以,这一法律没有违反"内容中性"的原则,没有违反言论自由。

自从六十年代民权运动大举获胜以来,联邦最高法院出于宪法对言论自由的保护,曾经在一些路标性案件中作出了对日益不得人心的KKK有利的裁决。KKK举行集会游行是合法的,KKK在集会的时候穿戴他们的尖顶白袍是合法的,KKK节日期间在公园里展示他们的十字架,也是合法的。同样的道理,新纳粹组织在美国是合法的,新纳粹组织申请到犹太人居住区去集会游行,也是合法的。这些裁决都基于"内容中性"的原则,着眼点是宪法保护一切思想的表达。

所以,听证会一开始,弗吉尼亚州的申辩,就被行走在这条思路上的大法官们,时时插话质疑。大法官欧康诺问:"只要烧十字架就一定是威胁恐吓吗?假如你在戏剧或电影里烧十字架,那也是威胁恐吓吗?"

大法官肯尼迪也似乎不相信地问:"在弗吉尼亚,任何时候烧十字架都是一项罪行吗?"

大法官斯卡利亚半开玩笑地说:"你显然不可能做到禁止人家在自己卧室里烧十字架吧。"

最高法院的听证会通常十分简短,两造律师各有半个小时陈述,还包括大法官们的插话提问和评论。可是,就在听证会进行到将近一半的时候,十多年来一向沉默寡言的黑人大法官托马斯,突然用他沉重的男中音发话了。

他说,烧十字架从来就没有什么别的目的,烧十字架就是为了威胁恐吓,为了制造恐怖,为了用恐惧来镇压民众。这位出生在种族隔离时代的南方佐治亚州,从贫苦的底层一步步走到联邦司法最高殿堂的黑人,是一位以保守价值观著称的大法官。他低沉的嗓音在发出义愤的怒吼:"这是恐怖之统治,烧十字架就是这种统治的象征,它和我们社会的其他象征不一样。"他提醒大家注意,"我们有差不多一百年的南方暴民私刑"。

在大法官托马斯插话以后,法庭的气氛似乎产生了微妙的变化。接下来是代表布莱克的斯摩拉教授讲话的机会。斯摩拉教授坚持,法律不能认定凡是烧十字架就是威胁恐吓。烧十字架是一种行为表达,是在表达思想,而所有思想都受到宪法的保护。他承认,到别人的院子里去烧十字架,是越界侵犯别人土地财产;没有得到消防部门许可在公共场所烧十字架,可能违反了地方的消防法规;如果引起火灾,可能就犯下了纵火罪,如此等等。这样的活动是违法的,但是应该由和表达内容无关的"中性法律"来处理。在自己的土地上,或者在租借来得到许可的土地上,在消防法规允许或批准的条件下,在集会或仪式上,为特定的表达所烧十字架,就应该是合法的,政府不可能证明这种烧十字架就是在威胁恐吓。

大法官苏特这时插话说,也许,烧十字架已经形成巴甫洛夫式的条件反射,人们一看到就会引起恐惧,而别的象征却没有这种效果,所以,烧十字架可能是"一种特殊的类别"。

斯摩拉教授回顾了最高法院对烧国旗案的裁决,然后说,大家不能不承认,十字架是人类历史上含义最丰富的一种象征物。烧国旗既然合法,烧十字架就应该一样。女法官金斯堡插话说,这两者之间有一个很大的区别。她说,"国旗是政府的象征",宪政制度的题中应有之义是,"任何人都可以抨击政府",而烧十字架是在攻击民众,是在威胁他人生命和他人的肢体安全。

斯摩拉教授申辩,政府不可能有效地证明,烧十字架就是旨在威胁恐吓。他问道:"点一个火炬,和烧一个十字架,有什么区别?"

大法官肯尼迪俯身向前,一字一句地说:"区别是,一百年的历史。"

全场一片肃静,气氛就像冻结了一样肃穆。只听得斯摩拉教授低声回答:"谢谢您,肯尼迪大法官,这一百年的历史,是站在言论自由一边的。"

听证会结束,外面的雨下得更大了。在最高法院大厦前,记者们打着雨伞等着。两造律师回答了记者们的提问。寒风中,弗吉尼亚州司法部的律师说,"我们不是要压制言论自由,我们是要保护免于恐惧的自由"。

三、言论表达的自由和免于恐惧的自由

这一案件在媒体上引起了讨论。禁烧十字架法是不是违宪,判断依据主要是落在三点:第一,该行为是不是一种表达。第二,该行为是否威胁了他人。第三,"言论自由"和"免于恐惧的自由"将如何平衡。

我们先看第一点。由于提出"禁烧十字架法"违宪的一方,指的是该法违反言论自由的宪法第一修正案。所以,假如无法证明烧十字架的行为是含有信息的表达,那么,烧十字架就和烧两根柴火棍一样。应该归于禁止燃烧垃圾的环境保护法之类,它和宪法第一修正案就没什么关系。

那么,烧十字架是不是一种含有信息的表达?有几个大学教授撰文指出,烧十字架可能来源于一种苏格兰风俗。他们考证说,古代苏

格兰人用燃烧的十字架来征集军队,或者警告敌人入侵。在仪式中燃烧十字架,用于表示自己不可征服,据说还有驱邪的意义。教授们指出,南北战争后1866年起源于南方的KKK,很可能保留一些苏格兰风俗,受此影响而演变成KKK的招牌行为。照KKK自己的叫法,烧十字架不叫"烧",而叫"点亮十字架",不是为了毁坏十字架,而是为了表示,"基督仍然活着"。

假如第一点得到肯定,该行为被判定是一种表达,那么,就必然转向认定第二点,即,该行为是否"威胁他人"。在这里,必须说明的是,假如一个表达行为直接威胁个人,是不受法律保护的。禁止这种表达的法律也就并不违宪。因为个人自由受到保障的最基本前提,就是你的自由不能成为对他人自由的践踏。假如你用言辞辱骂一个人,例如指名道姓或者用手指着某人,骂对方"黑鬼",你当然在行使表达自由,但是,你却侵犯了他人的不受侮辱、免于恐惧的自由。这种直接侵犯个人自由的表达就不受宪法保护。

而现在弗吉尼亚州的这条法律,禁止的是一个表面上无直接特指的、泛泛的焚烧十字架行为。

那么,即使无特指对象,烧十字架是不是对他人的一种泛威胁呢?它是不是侵犯了他人"免于恐惧的自由"?

最高法院听证后第二天,电视台邀请弗吉尼亚州议员西尔斯女士,和在法庭审判中为KKK布莱克辩护的美国公民自由联盟的律师大卫·鲍当面辩论。

西尔斯女士在弗吉尼亚州最高法院宣布禁烧十字架法违宪以后,提出了一个新法案,禁止"意在威胁恐吓而燃烧任何物件"。这是这位曾经服役于海军陆战队的年轻州议员当选以后提出的第一个法案。此法案以九十八比零获弗吉尼亚州州议会一致通过。

大卫·鲍是一个刑事辩护律师,也是美国公民自由联盟的积极分子。当初布莱克被控以后,没有律师愿意为他辩护,他不得不向美国公民自由联盟求助。联盟找到大卫·鲍。大卫·鲍代表布莱克出庭,一直打到州最高法院。

有些特别的是,西尔斯女议员和大卫·鲍律师,都是黑人。

在电视上,西尔斯女士回顾美国南方黑人一百年的恐怖,谴责KKK用烧十字架来威胁恐吓黑人。她说,一百年的历史证明,烧十字架伴随着对黑人的迫害,至今让黑人想起来就不寒而栗。这种对他人的威胁恐吓,不是言论自由,是非法的。很多听众打电话进来表示支持,不仅有黑人,也有白人。有些白人听众讲述烧十字架的景象甚至在他们心里制造的恐惧。很多人感情激动地表示,厌恶烧十字架这种丑恶的行径。烧十字架是一种象征,但是是导致他人恐惧的象征,是侵犯的象征。禁止这种象征,是在保护民众免于恐惧的自由。

大卫·鲍律师也说,烧十字架在他心里引起的也是恐惧和厌恶,一种难以言说的压抑和害怕。他也讨厌KKK的言论,反感KKK的行为。说到激动处,眼里闪着泪光。

也就是说,争辩的双方,对该行为是某种程度的泛威胁并没有异议。他们的异议聚焦在这种泛威胁的程度,是否已经严重到了必须禁止它表达的地步,也就是说"言论自由"和"免于恐惧的自由"将如何在这个案例中平衡。

在承认焚烧十字架确实引起一些人恐惧之后,大卫·鲍律师说:"非常不幸,烧十字架应该是合法的。"民众言论自由的权利,必须时时保护,免受政府蚕食。政府对言论自由的侵犯和蚕食,总是从社会上的少数开刀,特别是那些不得人心的少数。所以,不能因为你自己讨厌他们就听凭他们的权利被剥夺。

他说,美国宪法第一修正案对言论自由的保护,有两层意思:一是保护民众言论自由,免受政府的迫害;二是保护少数人的言论自由,免受多数的迫害。本案中的KKK就是后面这种情况。

有一位黑人女听众打电话进来说,当年KKK这样的白人观点是多数的时候,我们黑人作为少数,用一百年的时间来争取我们的权利和自由。现在,KKK是少数了,我们不应该把他们的言论自由拿走。事情不应该这样发展,这不是我们当年要求的结果。

大卫·鲍说,如果我们不同意KKK的思想,那就应该让他们"大声说出来",说出来你才知道他们是什么意思,说出来你才能和他们对话,才可能让他们理解他们错了,而不应该禁止他们表达。

四、生活在民主制度下的艰难

大卫·鲍不无沉重地说,"生活在民主制度下是困难的"。因为,正是生活在民主制度下,才必须面对"言论自由"和"免于恐惧的自由"之间的两难困境。对言论自由的尊重,是维护民主制度和自由社会的最重要一环,因此,是一件必须非常谨慎对待的事情。假如轻易禁止一种看来异端的思想表达,那么,思想自由就岌岌可危。要禁止一种言论和表达,必须有极为充分的理由。例如,必须确认它引起恐惧,而且其严重程度远远压倒了容许它表达的合理性。所以,同一种表达,在不同的时间、地点和群体,在作

"言论自由"和"免于恐惧的自由"的平衡的时候,得出的结论是不同的。

它显然和不同的社会群体的体验有关。面对烧十字架这样的一个具体对象,它在人们心里引出的是什么,恐怕只有联系人们的亲身经历,联系人们在社会冲突中的具体处境,才能够理解。就如同对纳粹标志的反应,其他民族,很难产生如犹太人一样深切的痛苦感受。今天大多数黑人和白人对焚烧十字架的厌恶和恐惧,正是一百年黑人苦难的结果。你不可能去亲身体验,但是,只有理解了这一百年的黑人苦难,你才能理解他们的悲愤。只有理解了黑人的悲愤,法理逻辑的下面,才有了坚实的人性关怀和道德担当。有了这种理解和悲悯,才会把建立起保护弱势群体的法律,看作是全体社会成员的职责。这才可能建立一个健康的社会。今日之法,离不开历史,离不开人在历史中的亲身经历和体验。

然而,历史在往前走,社会群体在更新换代。当苦难远去,对社会的灾难性伤害在现实中基本消失,恐惧已经减弱,个人和社会的自信心也在增强。那么,同一种表达行为在"言论自由"和"免于恐惧的自由"之间的平衡,在今天,在五十年前以及五十年后,显然会有所不同。今天的美国,在权衡中并不呈现一边倒的状态,正是因为南方黑人离开这个历史已经半个世纪了。那些克服历史恐惧,赞同给予KKK言论自由的黑人,就是对今天的社会进步持有信心的证据。然而,这种自信心有多大的覆盖面,有多少黑人已经能够克服历史给自己带来的恐惧心理,还有待判断。

除了特定群体的体验和时间,这样的平衡还牵涉整个社会对灾难的恐惧和对自己承受能力的估计。例如,在美国,新纳粹组织是合法的，纳粹的标志也是合法的；而在德国，新纳粹组织却是法律明文禁止的。其原因很简单，美国没有纳粹法西斯为祸惨烈的经历，美国人民可以做到心平气和地把纳粹意识形态当作一种思想，把纳粹组织当作一种结社，他们可以合法活动，受到宪法的保护；而德国却是险遭纳粹灭顶之灾的地方。纳粹意识形态和纳粹组织不仅勾起人们惨痛的记忆，而且是社会动乱之源。半个世纪的时间，对德国的创伤复原来说，还嫌不足。在那里作衡量，要保护"免于恐惧的自由"，还是天平上最重的一块砝码。

一百年的历史和火中的十字架，把美国人逼到了"言论自由"和"免于恐惧的自由"之间的两难困境。大卫·鲍说，非常不幸，生活在民主社会里，也不可能免除一切恐惧的。

美国的制度把两难困境前的判断责任，交给了联邦最高法院的九位大法官。他们将在下一年春天作出裁决。在此之前，人们无法猜测结果。这是因为，这个案子走到今天，正是一个很微妙的时间段。五十年前，KKK气焰尚高，在南方产生保护黑人的法律，是一个社会进步的标志，司法衡量的天平也会倾向保护"免于恐惧的自由"；设想从今开始五十年后，按照现在的趋势继续发展，那时的KKK可能处于更为衰落的状态，黑人也更强健和自信，不再容易产生恐惧，那么，衡量的天平就会倾向于保护KKK的言论自由。而今天，差不多是处在这两种情况之间。

我们关心这个判决，更关心的是这种思考的过程，更注意美国人如何承认两难困境，以及他们在困境中认可、服从司法判定的文化习惯。他们不是简单地黑白两分，却几乎是悲剧性地承认和正视：眼前的生活和世界并非完美、无可两全；而人类智慧有限，两难困境前，没有一种判断是完美的。这种思维方式，往往是我们所缺少的。

附记：

美国联邦最高法院就本案的裁决是：州议会有权制定限制焚烧十字架的法令。

星期日早晨的谋杀案

那是星期天的早晨,我放任着周日清晨的慵懒,在电视机前消磨时间。电视里正在播出一个新的片子,那是一个纪录片,片名在这个时候很"切题"——《谋杀,发生在星期日早晨》。

草草看了个开头,还是关了电视,干活去了。我并没有期待这个片子就一定会十分精彩。

就在那几天,收到朋友转来的一位大学法律系一年级学生的来信。她刚刚看完辛普森案件,就提问来了。她问道:美国的法律制度都这么强调保护被告的权利,那么谁来保护受害者的权利呢?辛普森一案的民事审理,原告胜诉了,可是刑事审理却失败了。而受害者所寻求的正义是通过刑事审判来实现的。被告没有被定罪,他们的正义就没有被伸张。她的问题又绕回来了:谁来保护受害者的权利?

这时,电视里又在重播那个发生在星期日早上的谋杀。这次是打开电视太晚,我只看了个尾巴。一头一尾凑在一起,让我想起了女孩的问题。于是，决定认真看看这个案子，因为我觉得，它至少在一定程度上成为辛普森案的一个脚注。

这不是非常复杂的案件。事情发生在2000年5月7日，一个安静星期日的清晨。美国佛罗里达州的杰克逊维尔市，在雷玛达旅馆前，突然传来一声枪响。警察赶来，见一位外地老年旅客杰姆斯·斯坦芬先生，正万分悲痛地守着妻子。他的老伴，六十四岁的玛丽·安·斯坦芬，仰面朝天倒在血泊里。一颗近距离发出的子弹，从眼窝附近射入头颅，她已经气绝身亡。

谋杀大约发生在早上七点，斯坦芬先生和妻子在旅馆餐厅吃完早饭，正端着咖啡走向自己的房间。据斯坦芬先生回忆，他看到一个年轻黑人，劈手夺了他妻子挂在肩上的小包，朝她开了致命的一枪。斯坦芬先生站在妻子身边，不仅和凶手也打了照面，还目睹了全过程，应有充分时间记住凶手的面容。所以，他成为整个案子最重要的人证。

根据斯坦芬先生描述，凶手年龄估计在二十到二十五岁之间，六英尺高，着深色T恤衫、短裤，还戴着一个钓鱼人常戴的帽子。

这是动机明确的抢劫杀人，又有人证，案子本身不复杂。

佛罗里达州气候温暖，有漫长的海岸线，几乎是中国广东省的翻版。它的海岸旅游开发很充分，经常是国内旅游者度假的首选。北方的退休老人，只要可能，几乎都如候鸟一般，冬天就飞往那里，一住就是几个月。旅游业是佛州最重要的收入之一。保障旅游者的安全自然就成为头等大事。出了这样谋杀旅客的大案，治安警察必须快速破案的压力可想而知。负责刑事侦查的警察，就从旅馆附近开始，根据目击者描述，寻找可能的嫌疑者。

就这样，案发不久，大约不到九点钟，两个治安警察遇到了正在附近街上行走的黑人少年，布兰登·巴特勒。他就住在这一带。布兰登还是个高中生，但是个头挺高，还挺壮实。他戴着眼镜，显得沉稳，说是看上去像二十岁，也能叫人信了。

布兰登被警察拦下来。拦住他并没有任何别的理由，唯一的理由是凶手是个黑人青年，而他也是。一开始警察很客气，毕竟他们没有任何证据，不过是想在这个青年身上碰碰破案的运气。十五岁的布兰登没有经验，同意跟他们走一趟。他先被带往旅馆，让谋杀目击者试认。七十五岁的斯坦芬先生一看到布兰登就立即确认：这就是他所看到的凶手。老先生说了一句话，后来被检方在法庭上再三引用。他说："我确信就是这个人杀害了我的妻子。我不会让一个无辜者坐牢。"于是，布兰登被带到警察局，几个小时之后，根据他签字的完整坦白书，他被以抢劫谋杀罪名正式逮捕。由于罪行的性质危险度高，此类案子，法官照例都不会容许嫌疑犯交保候审。所以，十五岁的布兰登，从那天开始，就蹲上监狱了。

布兰登生长在一个普通黑人家庭，并不富裕，可是家庭和睦、宗教气氛浓厚。这个案子和辛普森案有一个很大的不同，就是被告没有钱去请大牌律师。根据佛罗里达州的法律，他可以得到一个免费的"公共律师"。公共律师收入不高，是纳税人交的税金支付他们的工资。根据"便宜没好货"的通则，也有很多人怀疑公共律师的素质是否可靠。

反正，这个案子就这么落到了当地公共律师派屈克·麦克吉尼斯和安·芬奈尔手里。

谁也没有注意到，在杰克逊维尔街头，还晃荡着两个法国人。他们不是轻松的旅游者，而是两个电影人，导演让·格拉维埃·德莱斯特拉德（Jean-de Lestrade），和制片人丹尼斯·庞塞特（Denis Poncet）。他们来到美国，是想以电影作为手段，进行一项跨国研究。通过拍摄案例，找出美、法两个国家在司法制度上的差异。天晓得他们怎么会恰好在这个时候来到这个并不起眼的城市，活像是上帝派来的一样。

拍片子总要找个有意思的故事，做研究也要找个有代表性的案子。可是一开始，他们一无所获。他们稳住神儿，不久在法庭约见律师的时候，遇到了还未正式开审的布兰登。这个案子吸引了他们的注意力。事后导演回忆说："布兰登·巴特勒的表情对我来说是奇特的。他似乎完全失落了。他的目光一直在寻找着那天并不在场的父母。那时，我一点不知道他是否有罪。可是，我很想拍摄他走向审判结果的过程。"

经过一番努力，法庭批准他们拍摄律师工作和庭审。这就是我们看到的这个片子的来历。

麦克吉尼斯律师是一个年近五十岁的"老枪"，几乎是烟头接烟尾地抽着。他说，他的工作一直就是为谋杀案的嫌犯做辩护。这个案子和辛普森案在开端处有其相似的地方，就是看上去被告已经没戏了。尽管后来律师表示，这样的案子根本不应该开审。可在我看来，根据现有的证据，大陪审团让它进入审理程序，几乎是必然的。

公共律师并不像私人律师那样，挣着天文数字的诉讼费。但麦克吉尼斯律师在接手这个案子之后并不马虎。他仔细看了案卷，感觉"越来越愤怒"，显得斗志昂扬。他做了大量审前调查。正式开审，已经是案发半年之后的秋季了。

在审判之前，布兰登的一家手拉着手，一起在低头祈祷：主啊！感谢你让麦克吉尼斯律师来帮助我们，他是一个了不起的律师。主啊，我们以你的圣名信任他,阿门!这真是很经典的美国民众的生活场景。摄影师在拍摄的时候,一定很兴奋。因为,这样的场景在他们的家乡法国,已经相当罕见了。

第一个证人是刑侦警察威廉。他主持了目击者指认过程,也是第一个在警察局讯问布兰登的警官。检察官通过询问,向陪审团展示了威廉老资格的职业经历,潜台词就是:这样的专业侦探,办案过程不会违反程序,得出侦讯结果应该是正确的。

辩护律师却通过询问,试图让陪审员了解:事实并非如此。被告初审中,陈述自己案发时间在家,九点遇上警察时是刚出门。而作为专业刑侦人员的威廉警官,没有做进一步核实。他没有去向布兰登的父母调查,儿子当时是否在家;没有去向周围的邻居调查,他们是否在什么时间看到布兰登出门。他虽然依据法律,答应为布兰登安排一个公共律师,却没有马上去做。第一场交锋之后,感觉这个不用花钱的公共律师还不错。

第二个证人是应辩方要求出庭的。那是个捡易拉罐的老人,名叫史迪文。在案发第二天早上,他顺大街开着车,在垃圾箱找易拉罐。那一天他有了意外收获——一个女士的小挎包。打开一看,里面身份证等等一应俱全。杰克逊维尔不算是大城市,谋杀案早已通过电视传得家喻户晓。他马上悟到,这就是谋杀案的罪证。他给警察打了个电话,认为自己做了件好事。可他做梦也没想到,警察又来找他。开口就说:"小子,枪呢?"态度极恶劣。

老人气糊涂了,说"我没见到枪,你想搜查就搜查,可我没拿什么枪"。按法律规定,没有法院开的搜查证,警察不能搜查,把警察拒之门外是你的权利。可是,假如你自己同意被搜查,那是你主动放弃权利。结果警察并没有搜查，好像诈一下没诈出来，也就算了。

麦克吉尼斯律师通过提问，让老人讲述了自己的遭遇。他想通过老人的证词，让陪审员看到办案警察有诬陷倾向。不仅如此，他还注意到，老人捡出物证的垃圾箱，距作案现场有二十分钟车程。对于没有汽车的布兰登，那是很远的距离。而布兰登是在案发后九十分钟内，在案发地附近被截留的。九十分钟要跑这么个来回不是做不到，却也不轻松。律师还指出，从案发现场过来，有上千个垃圾桶，作案人偏偏扔在这里，可能有特别原因。他指出，那个垃圾桶附近是毒贩出没的贫民区，暗示警察没有在当地做应有的侦查。他还指出，这样的有盖垃圾桶，必须用手打开盖子才能扔东西，而刑侦人员甚至没有来采集指纹，很可能因此丧失了真正的破案机会。

律师做得不错，可是这只是外围的迂回。看到这里，我不由得想，这个案子之所以会立案开审，关键是有了人证和嫌犯的认罪书。假如律师在这两点上没有突破，还是不能直穿核心，赢得突破。所以，进入核心证据的辩论才是要紧的。

破案的第一个关键是人证。斯坦芬先生一口咬定，他看到的凶手就是被告，没有犹豫，也再没有改过口。这一点几乎无法再展开讨论。被告律师只能指出，斯坦芬先生第一眼看到被告说"就是他"的时候，他们之间的距离还相当远，不足确认。可是，老先生当时也马上表示，他还要走近些再次确认，然后他和被告几乎是面对面，仍然认定了被告正是凶手。

破案的第二个关键是被告的认罪书。在这里出现了严重的争执。在法庭上，有关被告的认罪过程，检辩双方的证人，出现了两套断然相反、却又都能自圆其说的证词。

检方的主要证人之一,是地方治安警察刑侦部的迈可·格鲁夫。在法庭上,他是这样描述布兰登的认罪过程的:迈可·格鲁夫走进审讯室的时候,布兰登对他说:"天哪,我真是很高兴能看到你。"格鲁夫于是问道:"那是一个意外吧?"布兰登点点头说:"是。我并不是有意要向受害者开枪。"说着,他拥抱着格鲁夫侦探,哭了起来。格鲁夫回抱了他。布兰登还说,受害者曾经对他恶眼相向。

格鲁夫接着作证说:"都说到这个份上了,我就凑在他耳边问:'你为什么要枪杀这位女士?'他回答说:'我并不想伤害任何人,我只是要她的手提包。'他还说我把枪给扔了,却忘记扔在了哪里。我再追问凶器,他说放在一辆十八轮大卡车后面了。我对他说,我很感谢他的合作,可我不相信他是把枪放在什么卡车后面了。他这才说,我把枪扔在林子里了。"他们于是带嫌犯去林子里找枪。但没有找到。

检察官通过询问,让格鲁夫侦探有机会坚决地否认自己违法逼供。被告律师则竭力想诱使他在法庭上承认自己撒谎,却没有成功。律师只能向陪审团暗示,这是个体重二百四十磅的前运动员,假如他攻击嫌犯,将是很严重的伤害。这样的暗示受到检察官的当庭反对。

律师曾经指出,布兰登是戴着手铐被带往林子里的,假如他受到攻击,他无法反抗。格鲁夫侦探马上坚决地说,我不会容许任何人攻击他。言下之意,他本人就更不会攻击被告了。看得出,这是一个老资格的警官,作证时言辞恳切,应付得滴水不漏。

其后,做认罪笔录的戴尼尔警官在法庭作证。他讲述的也是被告知罪认罪、自己陈述罪行的故事,和格鲁夫侦探讲述的情况完全契合。律师能够向陪审团指出的是,以第一人称书写的认罪书,只是戴尼尔警官的笔录,只有一个签名是被告的手笔。认罪书上"认下"的"罪行"，很可能是作笔录的警官自己的任意发挥。

然而，这并不就能逆转形势。正如戴尼尔警官所说，大量的嫌疑犯文化水平很低，不能写或是懒得自己写。他经常作代录，这并不违反法律程序。他坦率承认，笔录是按着他自己的习惯用词作的，但他强调自己依据了被告陈述的事实。最后他按照程序，向被告宣读全文。被告同意，才签了字的。

以上是警方的证词。

辩方的主要证人，是被告布兰登自己。他在法庭上作证说：在见到迈可·格鲁夫的时候，他从来没有说过，他很高兴见到这位警察。他说格鲁夫侦探一开始对他谈体育运动，态度还好。可在他否认杀人之后，格鲁夫侦探开始用手指戳点他的胸部，说："你这样的黑鬼总是叫我上火。"然后，在黄昏时分，他被几名警察带到林子里。其他人停在中途，而迈可·格鲁夫，独自把他带往林子深处。

据布兰登回忆，格鲁夫侦探两次拳击了他的腹部，他被打得跪在地上。然后迈可·格鲁夫揪住他的衬衫拖起来，又在他的左眼打了一拳。他倒退了两三步，哭了。他被带回警察局，戴尼尔警官拿出一张纸，开始替他写认罪书。写完要他签字，还按着自己的手枪威胁说，不签要打死他。戴尼尔警官又打了他，使他一度短暂失去知觉。于是，他在警方写好的认罪书上签了字。

这一段证词询问，辩方安排由安·芬奈尔律师主持。这样的安排大概不是随意的。芬奈尔是一名性情温和的中年女律师，她做这个城市的公共律师已经二十三年了。当她在询问布兰登遭遇的时候，她的态度和口气，时时在向陪审员们传达对被告的深切同情。最后，她要求布兰登当庭直接回答，他究竟是否杀了人。布兰登清楚地回答：没有。我从来没有去过那个旅馆。

这段作证，辩方律师和证人的配合十分出色。

这就是有关"被告认罪"的两套完全不同的说法，当然可以把陪审员引向完全相反的判断。辩方的进一步证据，是辩方为布兰登拍的照片。在照片上，他左眼下的脸部肿起了一块。这当然可以看作是对警方逼供提供的物证。

可布兰登是黑人，淤血造成的肤色改变，在照片上并不明显。布兰登是圆圆的脸，在照片上能够看出肿胀，却并不非常严重。假如从相反的角度去想，一方面照片上的伤害程度，与被告描述的攻击强度似乎并不完全相符。更进一步推理的话，自伤就也是一种可能。是否任何嫌犯，只要找机会给自己一个自伤，比如在监房里悄悄往自己脸上擂上一拳，就可以反控警方刑讯逼供、逃避惩罚？

必须指出的是，有很多人相信格鲁夫警官的证词。当然，信任来自于他看上去聪明、和善。他和父亲都是这个城市的地方治安警察。所谓地方治安警察，是通过选举产生的。是社区民众推举信得过的人，出来为大家维持治安的。因此可见，这个家庭在当地是受到大家尊重的。针对这个案子，他的可信度还来自另一个理由：这位被指控为以"黑鬼"辱骂被告、殴打被告的格鲁夫警官，和被告一样也是一名黑人。

辩方的另一个证人是被告的母亲。她的证词关键是所谓的"不在现场证明"。她作证说，自己在七点左右起床，然后她在家里两次看到布兰登。以期证明案发时被告在家，而不在作案现场。可是一方面，她对时间的判断，只是自己的起床习惯，并没有看钟表确定。另一方面，她提到两次看到被告，但在这两次期间，还是有一段缺乏证人证明布兰登"不在现场"的时间。

被告母亲还作证说,自己第一次去探监是案发当晚,孩子一见到她就哭着对她说:"妈妈,我没干过,我没干过!可因为他们让我签了那张纸,我要在这个地方待一辈子了!"她说着,忍不住开始擦眼泪,布兰登也在下面流泪。场面很打动人,可是陪审员在法庭上永远是带着疑问的:作为母亲,她自然有强烈的救孩子的愿望,她的"不在现场"证明,是不是可靠呢?

在证人全部作证结束的时候,是最后的结辩。在结辩中,州检察官海利·肖斯坦女士对陪审团逐条驳斥了辩方的证据。她指出,辩方说是几名警察合伙殴打陷害一个十五岁的孩子,这种耸人听闻的警察阴谋论是根本不足为信的。假如你们相信这种说法,那么我建议你们在审判一结束就应该去打电话,通知联邦调查局,通知媒体等等,因为这是可怕的严重罪行。她还向陪审团出示了一张黑白照片,这是在被告认罪之后,由警方拍的例行照片。照片放得不算大,在这张照片上,似乎并不能看出被告有伤。检察官最后提醒陪审员们:你们应该再想想,这个案子是有人证的,目睹谋杀的斯坦芬先生指证了被告。仅人证这一项,我们就已经有了超越"合理怀疑"的确凿证据。

辩护律师麦克吉尼斯的结辩,风格完全不同,一开始就上升到"理论高度"。他的第一句话是:"温斯顿·丘吉尔经常说,在执行刑事法时,警察所采取的方式,决定了一个国家的文明水平。"然后,他警告陪审团,这个城市的执法警察出了问题:"我们的麻烦大了!"他指出,在案发之后,警察有许多取证的事情可做,可是他们什么也不做,"就知道满大街去找黑人"。他问陪审团,你们难道会对这样的"证据"感到满意吗?他重复了被告在证词中讲述的警察逼供的情节,再次出示了布兰登带伤的脸部局部的彩色大照片。在结束的时候,他警告陪审员们:真正的罪犯仍然逍遥法外,因为警察失职。

在结辩结束之后,法官宣布,今天就到此为止,大家回去清理一下自己的思路。第二天一早,十二名陪审员回到法庭。在他们开始长考判断之前,法官给出了指示。他向陪审员解释,所谓法律意义上的"合理怀疑",是指这种"怀疑"来自思维推理,或者设想;或者证据互相冲突、或者证据不足。因此,假如你们发现自己面对的是"合理怀疑",你们必须作出"罪名不符"的判定;假如你们发现面对的不是"合理怀疑",你们必须作出"罪名符合"的判定。

这是一段相当拗口的话,却是美国司法审判的关键。哪怕再合理的推论,也不足以定罪。定罪必须有超越"合理怀疑"的确凿无疑的证据。所以,被告的辩护律师们常常说的一句话是:"合理怀疑"是我们的救星。在一般人看来,假如被告被发现有强烈的作案动机,应该对被告是不利的,但是在律师看来,远非如此。因为作案动机的存在,通常会引出人们逻辑合理的推论。就可能在这种强烈的逻辑力量下忽略证据,甚至自然而然地就以推理取代证据。这个时候,距离辩护取胜、被告被开释,也就不远了。这也是检察官要再三强调她掌握人证的原因,因为人证是超越"合理怀疑"的证据。

原告、被告和大家一起,看着陪审员们鱼贯进入只有他们能够进入的房间。法警锁上门,任何人不得再进入,不得干扰他们的判断过程。布兰登的父母和亲属能够做的事情,仍然是祈祷。

仅仅四十五分钟,陪审团就宣布,他们已经得出了一致的判定。得到这个消息,大家都匆匆再次赶回法庭。

在这个纪录片里,摄影者几乎一直没有插话,这个时候也忍不住了,我们听到他在镜头外向辩护律师发问:陪审团仅四十五分钟就得出判定,您觉得这是什么样的预兆?麦克吉尼斯律师回答说,真不知道,也许判定对我们有利,也许对检方有利。迟疑一会儿,他补了一句:我希望是对我们有利。

法庭前,法警在招呼着关心该案的民众,进去旁听最后的判决。法庭里所有的人都显得紧张。

陪审团宣布他们得出了结论:布兰登的两项控罪,一级谋杀和抢劫,都被判定与罪名不符。

一直显得性格内向的布兰登,笑了。消息传出法庭,他的亲属们在欢呼雀跃。在辩护律师的办公走廊里,同事们在黑板上写上了祝贺胜诉的词句。那是11月21日,正是在感恩节前,对于布兰登一家来说,他们得到了上帝给予的最好的感恩节礼物。

在法庭的旁听席上,整个审理过程中,始终坐着受害者的家属杰姆斯·斯坦芬先生和他的女儿。在这里他们是外乡人,他们的家是在佐治亚州的托卡瓦,离我们家只有五十英里。这地方虽然荒僻,却还小有名气。那是著名的美军王牌海军陆战队101师的诞生地。看着他们,确实有看着乡亲的感觉,他们的表情太叫人熟悉了。这样的人家都是辛勤劳动者。他们总是停不下来地在忙活,一般都很晚退休。只是在生命的最后几年,才开始享受晚年的安闲。他们最喜欢去的地方,就是佛罗里达的海滨。出事的雷玛达也是他们经常歇脚的中档旅馆。现在,那里成了老先生的伤心之地。

他们不是知识人,不会像辛普森案中的老高德曼那样发出警言:"正义没有得到伸张!我们输掉的不仅是一个官司,我们输掉的是一个美国!"然而我相信,在斯坦芬先生和女儿克制的面容后面,他们的失望和愤懑，一点也不比老高德曼少。更何况，对于斯坦芬先生来说，他是亲眼看到了凶手，指认了凶手，却眼睁睁看着被陪审员们放跑了。

这个案子虽然不那么复杂，却和著名的辛普森案有着许多相似的地方。

两个案子都是跨种族的谋杀案。被谋杀者都是白人，被告都是黑人。两个案子的检方分别都有相当强的证据。在辛普森一案中，是在被告家中取得了大量物证；在此案中，检方掌握目击人证和被告的认罪书。两个案子的辩护律师，都以控告警方诬陷为辩护依据。在两个案子中，对黑人的种族歧视都成为辩方律师的辩护策略之一。而且，在这两个案子中，警察的所谓"诬陷被告"都没有确凿证据。最后，两个案子的被告都被判定罪名不成立，当场开释。对于受害者，"正义"似乎都没有通过这场刑事审判得到"伸张"。

辛普森案件的刑事审理部分，发展得如司法百科全书一般包罗万象，使得其他案子的审理，相比之下都黯然失色。再介绍这个相似的案子，好像没什么太大意思了。可是，那名大学生的问题在触动着我。她是一位读辛普森案的读者，在提出问题的时候，她刚刚放下书本。作为一个法律系的学生，她也应该比其他读者更容易抓住要领。在她读的书中已经提到，在刑事案件中，原告方是政府，力量强大。也提到：对辛普森是否有罪，从民众到法律专家，其实一直都存有分歧。她的问题在书中应该能够找到答案。那么，我在想是什么原因使她下意识地忽略她刚刚读到的内容，固执地认为受害者的权利被忽略、无人为他们伸张正义呢？

人们有普遍的、同情受害者的天然倾向。在有一定证据的嫌疑者出现的时候，会不由自主地倾向于看到"证据被坐实、被告被定罪"。

不然的话，就是"正义没有被伸张"，因为被告一放，就连"伸张"的"希望"都消失了。但是，把大学生的问题简单归结于这样的倾向，并不公平。

在辛普森一案中，检方失败的关键，是作为主要证人的警官，在法庭上作了伪证。但深究他的伪证，那只是有关他个人私下对黑人的非议。整个审理过程中，并没有出现可以被证明是直接与案件证据相关的伪证，更没有警察诬陷的直接证据。仅仅据此，被告就被陪审团开释。这确实叫读案子的读者，无法轻易接受，咽下这口气。

那么，我们回到这个"星期日谋杀案"。在这个案子中，检方的关键证据之一，只是处于"争执"状态。检方的警察证人，甚至没有任何证词，被证明是伪证，就连间接的都没有。警方与被告，即检辩双方的证人，只是互指对方为伪证，却都无法落实。而检方拥有的人证依在，在这样的情况下，被告仍然被放走了。

假如这个故事像辛普森刑事案一样到此结束，它就不是辛普森案的脚注，而只是一个翻版了。

被告布兰登被当庭释放，在当地自然也引起一阵波澜。对于律师来说，目标就是胜诉。胜诉之后只需开香槟庆祝即可。后面的事情和他已经没有关系。可是在这个案子之后，我们没有看到辩护律师麦克吉尼斯过分地喜形于色，电影画面甚至出现了他沉重的背影，所配的画外音是他在法庭结辩的一段话："现在，仍然有一个携带武器的罪犯，二十岁到二十五岁之间，他逍遥法外，还可能伤害更多的人，其原因是寻找真正罪犯的工作，在应该做的时候没有人做。"他并不满足于自己职业上的胜利，额外地开始了判决之后的进一步调查。

几个月后，他终于了解到，有一名黑人少年曾透露了他自己是凶手,那也是一名高中生。最后收集的证据终于足以导致此案重开。这名被告不仅被起诉,并且在审判后,因有确凿证据,被陪审团判定罪名成立。受害人的正义终于延后地得到伸张。

最后影片有短短的几秒钟,似乎是放慢了的镜头,却是我觉得最动人的瞬间:看上去仍然性格内敛的布兰登,牵着他心爱的短尾巴的大黄狗,自由地在街上散步。

在这个时候,此案成为辛普森案的一个脚注。

当一个人作为被告走上法庭,总是存在一些不利于他的人证物证。当被告呼冤,否认自己犯罪时,法庭程序唯一能够做的就是提取和分析证据。证人提供伪证不仅等于是有意陷害他人,在某些情况下甚至可能陷人于死地。容许伪证也就毁坏了整个司法程序的基础。因此,在美国伪证罪是可以重判的罪行。它追究的是伪证,即在法庭的誓言之下说谎的行为本身,而不分析其谎言内容是否有关紧要。这就是克林顿总统为一句看上去无关大局的谎言差点被弹劾的原因。

可是,从星期日谋杀案中我们看到,伪证者往往心存无法查证的侥幸,加上保护自己的本能,不论司法制度对伪证的惩罚多么严厉,伪证依然频频出现。在此案中,虽然被告被还以清白,几名警察直至今天仍然否认他们打过布兰登。但是,假如要对他们提出"违法刑讯逼供"的刑事诉讼,仍然难以定罪。因为在这个时候,他们就成了被告,定罪同样需要扎实的证据。

在此案中还可以看到,不仅可能存在有意的伪证,还可能存在"受害人指认错误"这样无心造成的错误证据。不要说可能有两个人同名同姓,长相相像——在这个案子中,我们看到被定罪的凶手和布兰登长得一点不像。可是一个高龄老人,处在惊愕之中,错认是可能的。

这个案子的陪审员们，都是平常百姓，做的是和许多其他陪审团一样的事情。他们是在众多矛盾中平衡证据，猜测事实。必须承认，许多案子就是这样，没有如愿出现铁定的、不可动摇的证据。只要开庭时被告否认有罪，法庭最大的矛盾就已经成立，那就是检察官的指控和被告的无罪宣言。假如缺乏无可置疑的证据，美国的陪审团，根据我们前面提到的"超越合理怀疑的证据"原则，一般就是放人。这样的"放"，当然有"错放"的风险，可是，假如不是这样，无数布兰登就必须含冤在狱中了却终生了。

我看到过很多陪审员在工作结束之后，描述自己作出的判定选择时，心里如何充满矛盾，久久无法安宁。这就是司法判定必须面对的最基本事实：不是每一个案子都是铁证如山的，也没有一个十全十美的司法制度，能保证百分之百地明辨是非。因此，不能过度地追求审判台上的"正义伸张"。必须承认有"不能伸张"的时候，在那样的时候，不能追求"破案率"。因为误判更是双重的非正义——冤者入狱，而真正的罪犯却逍遥法外。

也正是这种事实上经常出现的权衡证据的困难，不仅造成陪审员沉重的心理负担，也造成一些无辜被告和家属的无助感觉。社会中总有一些人会被牵入官司，这是社会生活的一个部分。就像在日常生活中，灾难可能随时发生、人会产生无助无力的感受，这都是民众中宗教感情的自然源泉。在这部纪录片中，我们多次看到布兰登一家在各种场合祈祷。这让大家更真切地体会到，司法公正不是绝对的，不是你想要伸张正义就一定能够做到的。那是一个需要人类不断探讨的领域，欲速则不达。

这也是本案法官在审判结束时，对布兰登一家说的：我希望你们回去以后为这个司法制度多做义工。因为是这个制度帮助了你们。法官很清楚,没有完美的司法制度,而只有相对好一些的、蒙冤者更少一些的制度。幻想没有意义,有意义的是大家努力,多做一些具体工作,帮助那些陷于困境的人。

在这个"星期日谋杀案"出现新的转机之后,出现了一件不寻常的事情。那就是女检察官和格鲁夫警官公开表示,为布兰登的遭遇向他道歉。

检察官的道歉是极为罕见的事情。因为她是代表国家和社会在寻求公正。这就是那名大学生问题的答案。谁在为受害者伸张正义?整个国家和社会其实有天然的、要为被告伸张正义的动力。所以,在一般文明社会,刑事审理的原告都不是受害者,而是国家的检察官(公诉人)与被告对簿公堂。其原因,是刑事案件直接影响社会生活的安全,社会有强烈的动机委托政府找出案犯。假如一个凶手在逃,一个社区甚至一个城市都会鸡犬不宁。因此,社会总是会通过纳税聚集财富,养活大量的刑侦、执法警察和检察系统的法律人员为受害者寻求正义,也就是为社会寻求正常生活的保证。

因此,为原告出面的检方,有一个重大的"优惠条件",就是"主权豁免"。也就是说,刑侦执法人员、检察人员是在按照社会的委托行使国家主权。只要按照预定的司法程序做,就没有超出社会授权的范围,就是合法的。假如他们按照程序做,即使最后发现是错判了,也不能向他们追究法律责任。所以说刑事审判的被告,是面对着整个社会伸张正义的诉求和行动。

在这个案子中,女检察官海利·肖斯坦没有任何违反程序的做法,她只是在得知真凶被找到之后,回想自己的起诉,曾经给了布兰登这个十五岁黑人少年以超常的精神压力,她便无法从个人的自责中解脱出来。虽然她不论从动机到行为,都没有错,那是她的工作,都是合法的。从她的道歉,也可以从另一个侧面,理解司法公正之路的艰难。

格鲁夫警官的道歉十分含糊,其诚意还是一个谜。他仍然否认自己违法逼供。不论他心里怎么想,大家一般也估计他不会承认具体的违规行为。因为那将会导致针对他的刑事诉讼。由于没有过得硬的证据,三位涉嫌逼供的警官都没有受到刑事定罪。但是格鲁夫警官从此离开了治安警察的岗位,另外两个留下的也被调离了刑侦部门。

布兰登和政府达成和解,获得了五十万美元的补偿。其原因,是警察有明显的违规作业。他们一家试图建立一个基金会,以帮助同样可能遭受冤狱的人们。大家并不因为布兰登获得了经济补偿而减少对他的同情,正如布兰登的父亲所说,这孩子受到的精神创伤是长久难以愈合的。现在,布兰登不论去哪里,他都会带一只手机,里面储存着他们家庭律师的电话号码。他眼中的这个世界,将永远是不安全的、是不能信任的。

最后,我还想说的是,这个故事和辛普森案相似的地方,是涉及了种族问题。记录这个案子的法国导演,在他的成功之后的讲话中,曾经背诵了他心目中"美国最伟大的人物马丁·路德·金"的一段话,就是那段世界闻名的、对种族和睦相处的"梦想"。然后说:他们是在马丁·路德·金的梦想三十八年之后,拍摄了这样一个故事,"一位少年,仅仅因为他是黑人、在犯罪现场附近大街上行走,就被扣留、逮捕和送往监狱。如果说我们是在作着记录,那是因为我们相信,作为讲述故事的人,我们能够帮助这样的梦想成真"。

那是一段很动人的讲话。这段"仅仅因为是黑人",在街上走都会因种族歧视而获罪的说法,最初来自被告律师的法庭辩护。他和辛普森的辩护律师们一样,强调了警察的种族歧视导致了本案的诬陷与冤狱。由于"星期日谋杀案"的真凶被定罪,布兰登被洗刷,这段话在相关文章中被广泛地正面引用,使得该案的种族色彩日益强烈。

然而,假如我们冷静地去看。这段颇为动情的话却并不完全与事实相符。而是抽去前提,换掉了概念。

不错,警察是因为布兰登的肤色而在大街上截留了他。可是事件的前提,是在杰克逊维尔市,有人目击一名黑人杀了人。我们可以想象,假如目击凶杀的老先生看到的是一名白人凶手,急于破案的警察截留的目标就会完全不同。也就是说,刻意做种族文章,看上去似乎在提升意义,事实上却大大削弱了该案的警讯内涵,无意中减轻了这个城市中公民权利丧失的危险度。并不是如人们所说,黑人在街上走没有保障,而是在警察滥权之下,任何人都没有安全的保障。这不是种族问题,而是如何遏制警察滥权的问题,是如何维护法律和司法程序,竭力为每一个个人追求司法公正的问题。

事实上,诬陷布兰登、刑讯逼供的主嫌格鲁夫警官,本人就是一名黑人。而为黑人少年布兰登辩护成功的两名律师都是白人。在判定布兰登罪名不成立的十二名陪审员中,有一多半是白人。从种族问题的角度切入,这兴许还是一个相当正面的例子。

在这里经常出现的、对种族问题的此类不确切描述,起因于人们尤其是知识阶层,有很强烈的、要表达自己对弱者深切同情,以及要挺身为底层代言的倾向。这是知识阶层由来已久、经久不息的一个情结。这也恰恰旁证了知识阶层和底层事实上的本质差异。这种差异给知识阶层带来越多的不安,他们产生这种表达的意向就越趋强烈。无疑,贫穷与恶劣的生活状态导致罪恶。可是,对这种联系的探究,应该引出的是社会学意义上的如何消除贫困、消灭罪恶根源的研究和行动,而不是对已经结出的罪恶之果表达泛滥的同情,不论这个恶果是个别的罪犯或是群体的暴民。道理很简单:任何罪行都是有受害者的。而知识阶层假如放弃面对犯罪行为的道德立场,甚至提供过分的借口和"理解",不仅无助于弱势群体自身的演进,甚至可能将他们带入更为危险的困惑和歧途。这是另一个很有意思的话题,以后再找机会展开吧。

因此,我更愿意忽略这位法国导演在讲话中续貂的种族渲染,而记住他在同一段讲话中,对这个质朴而精彩的纪录影片所下的简短定义。他说:"我们的影片在描述公正,讲述的是每一个人在被证明有罪之前,他所拥有的、被假定为无罪的权利。"

那是他在2002年奥斯卡金像奖颁发仪式上的讲话。他们拍摄的这部《谋杀,发生在星期日早晨》获得这年颁发的最佳纪录片奖。回想初看影片时的生疏,不由笑话自己,真是孤陋寡闻了。

泰利拦截：警察的权力

1995年10月13日，迈阿密警察局接到一个匿名的电话举报，某汽车站上有三个黑人青年，其中那个穿花格汗衫的，身上藏有一把手枪。两个警察在六分钟后风驰电掣到达这个汽车站，果然看到三个黑人男子站在那儿，一副无所事事的样子。警察上前，命令他们举手放在车顶上，果然从那个花格汗衫，叫JL的人身上搜出了一把手枪。

JL还有十天才十六岁。按照州法律，没有执照携带武器、不足十八岁携带武器，都是非法的。但是在法庭上，他的辩护律师却说，警察平白无故地在马路上搜查一个人，本身也是非法的。宪法第四修正案禁止执法人员对公民进行不合理的搜查，匿名举报不算理由。既然警察的搜查是违法的，那么搜出来的东西就不能作为证据。法庭同意了辩护律师提出的排斥证据的动议。警察局讨了没趣，只得上诉。上诉法院认为警察局接到举报，有理由搜查，这样的搜查是合法的。可是佛罗里达州最高法院又推翻了上诉法院裁定，认为根据宪法，这样的搜查是违法的。2000年3月28日,联邦最高法院对"佛罗里达州诉JL"一案作出一致的最终裁决:单纯依靠匿名举报而没有其他线索和证据,警察没有权力在马路上拦截或搜查公民。

可是,就在此前不久的1月12日,联邦最高法院刚对另一个涉及警察权力的案子作出裁决,那是"伊利诺伊州诉沃德罗"一案。

故事发生在1995年9月9日,芝加哥警察局的便衣警察诺兰和哈维驱车在一个毒品高犯罪率地区巡逻。他们看到墙边一个男子,也就是本案被告沃德罗拿着一个黑包。这男子看到自己被人注意,突然撒腿就跑。警察立即掉头,驱车转弯包抄,最后把逃跑的人逼进一个死角。警察诺兰立即下车,从沃德罗的包里搜出了手枪和子弹。在法庭上,被告辩护律师提出动议,警察无缘无故地拦截和搜查平民是违法的,所以搜到的手枪不能作为证据上法庭,搜到了也不算。但是法庭不同意,认为警察在这种情况下的搜查是合法的。沃德罗是有前科的人,法庭判他非法持有武器罪。上诉法庭这次却认为,突然撒腿逃跑不足以成为合理的怀疑,使得警察可以合法地拦截和搜查。判决就给推翻了。再次上诉后,伊利诺伊州最高法院支持了上诉法院的裁定,这次,联邦最高法院却推翻了州最高法院的裁决,认定警察如果发现可疑行为的蛛丝马迹,可以作为合理的怀疑,有权根据这种怀疑拦截和搜查,这样做没有违反宪法第四修正案,是合法的。

警察是一种合法暴力机构。美国警察身上,枪、警棍、辣椒水、手铐,一应俱全,随时随地可以使用,有时候一点小事就会把人铐起来。妇孺皆知的常识是,警察必须得到法庭的搜查许可才可以搜查公民的家。对于公民来说,"家就是一个城堡,风可进,雨可进,国王不能进"。警察如果没有法庭的搜查证,不要说搜查,就是进入家的大门都要经过主人同意,主人不高兴起来叫警察滚蛋,警察就不敢耽搁。可是在街上就不一样。按照现行的法律,警察在街上有权拦住有嫌疑的人,必要时可以搜身。这也好理解,因为大街上是公共场所,警察有责任防止一些犯罪行为的发生,保障公众安全。

可是真的做起来,事情常常不是那么简单清楚。纽约市有个无家可归者,中国人的说法就是乞丐,常年住在公园的一个废弃不用的垃圾箱里。警察在调查一件刑案的时候,搜查了这个垃圾箱,当然没有想到要去法庭申请搜查证。结果是搜出了一些违法的东西。法庭上,这个无家可归者的辩护律师说,犯了法的是警察。无家可归者长期住在这儿,他的全部家当就在垃圾箱里,那里头全部是他的私人物品,所以这个废弃的垃圾箱是他的"家",警察是在没有搜查证的情况下非法地搜查了一个公民的家。这个废弃的垃圾箱到底应该算是公共场所还是一个私人的家,要你说你一下子还真可能说不上来。

警察拦截搜查的合法性判定,最经典的判决是联邦最高法院1968年的"泰利诉俄亥俄州"一案。在那个案子中,警察看到一个人在街上边走边往一家商店里看,走过去以后又回头走,还是往这家商店看。走过以后跟另一个人窃窃私语,那另一个人也来回往这商店看。如此往复,这两个人反复来回看这家商店十来次。然后他们跟第三个人一起打算离开这儿。这时候,警察觉得这些人非常可疑,决定上前拦截,结果在他们身上搜出了非法携带的武器。

辩护律师认为,一个公民来回看一家商店,并不是不正当的行为,警察没有权力怀疑这样的行为从而拦截和搜查一个并无非法行为的公民。但是最高法院裁定,警察在对可疑行为有足够怀疑理由的前提下,有权在大街上拦截和搜查,这样的拦截和搜查没有违反宪法第四修正案。从此,这种拦截和搜查在美国法律中就被叫做"泰利拦截"。警察实行泰利拦截是合法的。问题是要判断怎样的理由才能构成泰利拦截的法律依据。

最高法院在一系列判定中一再强调,泰利拦截不能滥用,比如说不能过度使用暴力,不能有种族歧视的倾向,等等。这后面一点,特别受到民权组织的重视。有统计数字表明,黑人受到警察拦截的比例远高于正常的人口比,但是,到底警察的行为是否违法,只能个案处理,不能笼统地一概而论。于是,最后上诉到最高法院的个案就带有法律解释的意义,受到普遍的关注。

前述两个案子,"伊利诺伊州诉沃德罗"的裁定容易理解,"佛罗里达州诉JL"一案却使全国警察十分震惊。以后,他们在接到匿名举报的时候,采取行动前就不得不三思而行。为什么这样?代表最高法院宣布裁定的女大法官金斯堡一言道破:如果允许警察以匿名举报为由拦截搜查,我们每个人的安全就都受到了威胁。

这是典型的美国观念:任何权力都必须受到限制,否则权力就难免被滥用。

有意思的是,最高法院在裁定有关警察行为的上诉案的时候,从来不考虑案中警察事实上的搜查结果如何。前面所提到的案子中,警察拦截搜查是否合法,和搜查的结果没有关系,和被搜查者事实上是好人还是歹徒没有关系。对警察权力的限制,开始于行为的发生之前,而不考虑行为的结果。这里面的逻辑非常清楚,尽管在上面所述的三个案子中,警察事实上都搜出了武器,避免了潜在的犯罪事件,客观上对社会安全是有利的,但是如果以成败来考量警察权力的范围,就会在事实上鼓励警察滥用权力。

美国的警察经常是新闻里的主角，也经常被卷到官司里面。其原因是，在美国这样一个国家里，警察必定是一种十分活跃十分积极的力量，否则社会治安更不能保障了。一般地说，在美国不提倡普通人见到暴力罪行时挺身而出和歹徒搏斗，相反人们还经常得到官方告诫，在一些危险的场合，不要试图采取行动，只呼吁人们尽快报告警察。人们理所当然地认为，治安是警察的活儿。治安不好，人们就抱怨警察。可是，歹徒脸上并不刻字，警察太卖力了，就难免和好人磕磕碰碰。美国人对政府权力的自我膨胀特别敏感，一有磕碰就立即抱怨警察滥用权力。

普通人和警察打交道的机会并不多，经常发生的是寻求帮助，比如问个路之类的。但是几乎所有人都和警察打过至少若干交道，那就是吃交通罚单，因为开车超速是非常容易发生的。一般情况下，让警察抓住超速的人都乖乖认罚，接下罚单，寄出支票。不过，法理上讲，这并不是说：只要是官兵捉强盗，捉到的就是强盗。罚单上都写明，这是政府行政分支的警察对你超速犯法作出指控，你可以抗辩，某月某日某时到法庭，由法庭来作出裁决。法庭是属于政府的司法分支，和警察所属的行政分支是分开的。

如果你有闲工夫打这样的小官司，千方百计找点理由出来，通常可以减轻一些惩罚。法律规定，你有权要求警察出示证据，比如测速仪的记录，你还有权找专家检查警察的测速仪是否准确，如此等等。要是警察让你给找到了茬，那么你多半是可以逃脱了。在法庭上你和警察是平等的，所以罚你的警察也必须准时出庭。你还有权以工作或家庭的理由要求法庭改变开庭日期。如果到开庭的时候，警察偏偏很忙而到不了法庭，法庭就必须以放弃指控处理，你就躲过这张罚单，省下一百多块钱了。

行使国家征用权的条件

6月24日广播里有一条两分钟的新闻,美国联邦最高法院前一天对众所瞩目的"柯罗诉新伦敦市案"(Susette Kelo v. City of New London)作出了裁决,维护康涅狄格州最高法院对新伦敦市一项征地计划的判决。公共电台著名法律评论员尼娜·图根博格指出,此案的意义是,最高法院对"国家征用权"(eminent domain)这一概念作出了又一次解释。

一、泰晤士河边的新伦敦市

新伦敦市在康涅狄格州,坐落在河边,这条河也叫泰晤士河。历史上,它是个依靠军事基地生存的城市。美国海军原来在这里有一个潜艇基地,军事基地给地方经济带来了活力。1996年,联邦政府裁军,关闭了这个基地,解雇了一千五百名雇员。小城失去经济支柱,迅速走向萧条。两年后的1998年，小城失业率为州平均失业率的两倍，人口流失，居民人数下降到近八十年来的最低点，只有两万四千人。

这个小城面临严重危机，濒临衰亡。这种状况刺激了州政府和地方官员去考虑如何复苏经济、挽救小城的方案。方案中一个重要内容，就是规划原海军基地所在区域的发展。小城原来有一个民间非营利组织，叫NLDC，宗旨就是协助本镇经济发展。此时他们开始恢复活动，参与规划。

1998年1月，州政府批准发行五百三十五万美元债券，资助NLDC的经济规划活动；发行一千万美元的债券，集资在原海军基地撤走的地区，建一个州立公园。州政府计划宣布之后，同年二月份，一家大医药公司宣布他们愿意在紧挨着州立公园的地方，投资三亿美元资金建立一个研究机构。当地经济规划者们希望这个研究机构，就像当年军事基地一样，能够带来工作机会，从而激活小城经济。

经过一系列审查，州政府批准了NLDC作出的九十英亩土地的规划，规划包括水边旅馆、商业区、州立公园和联邦海防警卫队博物馆、新住宅区以及小城住宅区与州立公园连接的步行道、码头、水边游览路线等等，还规划了留给办公和商业发展的用地。市政府随之也批准了规划。这一计划需要征地，这就是本案涉及的新伦敦市征地计划。这一征地，涉及一些私有土地拥有者，其中有本案原告柯罗女士。1997年柯罗买了中意的水边小屋，心满意足安顿下来。征地对她来说，如同晴天霹雳。

据报道，大多数人对赔偿费感到满意。邻居们都拿着赔偿费搬走了。对于被征用土地的人来说，就是价格公平，他们也还是有牺牲的：住房和环境是家庭生活的载体，除了硬件价值，还有很多感情和其他因素，不是论钱就能算得清的。柯罗的一个邻居，就在这里住了几代人，整整一百年。这里有稳定的邻里关系和社区生活。这一来，老街坊们都散了。

柯罗不愿搬家，虽然政府给出的征地补偿金并不低，她还是在自己家门口挂上大大的牌子"此屋不售"，宣称不论给多少钱，她就是不搬，还一纸告进了法院。

二、此案涉及的概念

这个案子一路走了好几个法院，最后才来到联邦最高法院。

现代城市发展过程中，必然涉及征地。美国从北美殖民时期就强调保护土地和房屋的私有财产权，所谓"家就是一个城堡"，"风可进，雨可进，国王不可进"。大量土地为私人拥有，在交通和城市发展中，征用私地的情况就非常普遍。土地征收为两种，一种是私人开发商收购，一种是公家征用。

美国的城市开发公私界限比较清楚，一般是政府规划，私人开发。房地产开发都是私人经营，他们必须先服从政府的城市规划。符合规划条件，由开发商解决开发区的原私人财产。如何解决呢？

法律不容许强制私人之间的利益转移。不论该房地产商是谁，商业开发性质就是私人谋利。房地产商可以商购私产，不可强拔钉子。法律认为，每个人的利益由自己判定，别人无权插嘴。虽然房子市场价值有限，可是个人对房子的感情可以是无价之宝。业主愿意接受出价放弃某种利益，是他自己的事情，可法律无权强制他放弃。美国的开发商和原地产主之所以不冲突，是因为这种收购是买卖关系，按照市场规律,讲的是自愿买卖,公平交易。价钱谈不拢则买卖就做不成。开发商只要算下来合算,可能付出高于当时市场价格的代价收购。万一有人不论什么价格都死活不卖,开发商也无权强制收购。开发商解决钉子户,只能依靠优价购买。大多数开发的私产问题,就这样"私了"消化了。

但是自从有人类社会,就有公与私的问题。明确保护私有财产的国家,也有"公"要求"私"让步的时候。最容易碰到的,就是公用事业发展要征用私人的房屋土地。合法的公地征用,法律支持"私"向"公"的利益转移,可以强制执行。最典型的例子是修路,不能因为一个钉子户,大家就此路不通。国家可以征用私人土地,如果公私发生矛盾,则由法院裁决。那么,法院在什么情况下支持国家的征地,下达拆迁命令呢?

此案是政府作出的城市开发规划,它涉及一个重要概念,"国家征用权"。国家征用权是英美法系中一个历史悠久的概念,它是指政府实体为公共目的征用私有财产尤其是土地,将其转为公用,同时支付合理补偿的权力。据说,这个概念源于十七世纪法学家格劳修斯(Grotius)提出的"eminens dominium"一语。他认为,为了社会公众的利益,国家拥有征用或破坏某些私有财产的权力;但他同时认为,国家如此行事时,有义务补偿物主因此而遭受的损失。在美国,国家征用权必须受宪法第五修正案的制约,即必须对原主作出适当补偿。宪法第五修正案承认国家保护私人财产权,征用私人财产而不对原主作出适当赔偿是违宪的。在这一前提下,任何财产如果有必要定为公用,就不能免于被征用。美国国会不仅有权征用任何私有土地,而且可以征用州的土地,不管征用是否会对该州的项目产生影响。

正因为国家保护私人财产权，所以"国家征用权"概念是一项受到严格限制的权力。这一概念在法理上有两个核心要件："公用（public use）"和"合理赔偿（just compensation）"。

从"合理赔偿"来说，卖房本身有"价格"和"意愿"两方面。在征地中得到的赔偿，即使作为"卖房价格"是"宽"的，但是论"意愿"房主仍然是在作出牺牲。"合理补偿"强调"合理"，在美国就是"公平市场价格"。国家征用私地也不能随意多给补偿费，因为征用开支用的是纳税人的钱。被征用者如果认为征用补偿金（condemnation award）不合理的时候，可以告上法庭，寻求司法裁决，并且有权要求让由普通民众组成的陪审团来作出判决。

对征地的"公用"目的有怀疑，也可以走向法庭寻求仲裁。柯罗把官司打上法庭，就是对征地用途有疑问，这次征地是包括一部分商业区的经济开发。她质疑这不符合"国家征用权"中对"公用"的法律界定。

法庭判定符合"公用"和"合理赔偿"这两个条件的时候，可以下达拆迁命令。

三、此案的关键

此案中的原告宣称自己的财产为"非卖品"，因此不涉及征用补偿金是否合理，而是涉及"国家征用权"中的"公用"概念。

这个案子的特别，是新伦敦市政府征用土地的"公用"目的，不像修公路铁路那样清楚无疑，它的征用目的是"发展城市经济"，包括商业区在内的新区开发，形式上就像一般的商业开发。由于政府本身不拥有开发企业,没有国营州营公司,市政开发项目必须委托私人开发公司完成。人们质疑的是,它是不是由政府的开发计划来把土地的使用权从原主手里转到其他私人的手里。

最高法院注意到,在康州几个法院的审理过程中,法官们虽然对裁决有分歧,但是都确定,在这个规划案子里,没有任何违法行为。在这个案子里,最高法院主要是审核:一、政府征用特定的土地,是否确属城市合理、必需的发展,并且符合"公用"这一要求;二、征用的土地是否确属合理的预期发展计划,也就是有没有过度征用。最高法院并不重新审视规划细节,那是下级法院的事情。最高法院是裁定前面法院的判决是否违宪。

结果,联邦最高法院以五比四裁决,维护康涅狄格州最高法院的裁决,认为新伦敦市的征用土地计划,符合"公用"的法律要求,只要满足宪法第五修正案的要求,对原主作出合理的补偿,这一计划就符合"国家征用权"的标准,康涅狄格州政府和新伦敦市政府动用"国家征用权"就是合法的。

最高法院的裁决只有一票之差,说明这是一个有重大争议的裁决,其原因在于此案的"公用"概念在具体实施中,必须有私人开发商的参与。这就产生了是否会损害民众私人利益而输利于大企业的疑问。最高法院著名女大法官欧康诺表示反对,在最高法院意见书后附加了篇幅更长的反对意见,首席大法官兰奎斯特等另外三位大法官附议支持了欧康诺大法官的反对意见。

《纽约时报》刊登了来自民间的不同意见。支持者认为,这一裁决保障"公用"土地,维护了公众的利益;反对者担心,以后地方政府是否可以利用这个案子的判决,以政府行为滥用"国家征用权"。其实,最高法院并没有说以后凡是商业开发,政府都可以征地。它是针对新伦敦市的案情,确认政府以协助商业开发的形式,来推动社区的公共利益,可以算是符合"公用"的法律要求,从而是可以动用"国家征用权"这一概念的。至于作出合理补偿,并且在征地、招标、承包等开发过程中实行公开透明的程序,符合现有法律的约束,这几乎是不言而喻的要求。

此案的裁决,只是最高法院再次重申了动用"国家征用权",必须以"公用"和"合理赔偿"为原则,只有这样才不致破坏国家对私有财产权的保护。五比四裁决,传达了最高法院对这类案件的谨慎,因为对"国家征用权"的适用范围作出一次新的解释,可能是一件非常危险的事情。一票之差表明,大法官们都意识到,"国家征用权"的滥用,会侵犯私人财产,破坏国家作为基础的财产制度。

这是司法系统在对公私作出又一次细致的界定,什么是"公",不是光靠政府官员说了算。

四、社会制度健全才能保障正当的法律执行

征地很少引出社会风波,一是在法律上清楚划出公私界限,二是透明、正当的程序,三是有独立公正的仲裁机构。在这样的前提下,只要征地合法,法律支持政府强行执法,做征地钉子户就没有意义。关键是争得"合理赔偿"。

从"柯罗诉新伦敦市"一案我们看到,不论是宪法第五修正案,还是"国家征用权",都只是简要大原则,却必须面对千变万化的复杂情况。纸上法律容易完美,执行过程中的环环节节却可能百弊丛生。

因此，对每一个宣称是"公用"的项目，都必须有一系列的审核程序，向公众公布计划细节：立项前的接受民众质疑，独立审核部门的审查，项目涉及私人承包必须严格招标等等。同时，还必须接受民间和媒体的调查，全方位地确认是否假公济私、是否有私下的利益输送。在发生类似柯罗一案的争议时，还必须有独立司法来对具体项目，对"公用"作出审查、解释和界定。每一个项目，只要有疑问，都有权利要求司法仲裁。

保护私人财产，不等于社会绝对不要求私人为社会作出合理牺牲。关键是以"公用"的名义征收私产，在执行中要做到合理行使"国家征用权"，最终必须依靠社会整体制度的健全和复杂运作，其中包括一些看上去和征地毫不相干的部分，例如新闻监督的健全、民间社会的发达等等。只有公私划分的每一步都是透明的、有社会公信力的，社会才有权要求个人作出有补偿的合理牺牲。这时，仍然可能会有个人是不满意的，但社会却不会积累大规模的怨恨。

泰丽之死提出的问题

小时候看莎士比亚戏剧,看不懂哈姆雷特的痛苦:"活着还是死去,这是一个问题"——想这算什么问题,还用得着问。不是说好死不如赖活着吗?长大经历得多了才知道,当人们面对活着还是死去这样的两难困境而找不到答案的时候,那就是真正的悲剧。

在2005年3月中下旬的两个星期里,美国朝野为一个女人的生死两难而分裂成两个阵营。这个女人叫泰丽·夏沃(Terri Schiavo)。

一、十五年生死之间

1990年春天,二十六岁的泰丽因体内钾失衡导致心脏停跳、缺氧而造成对大脑永久性伤害。泰丽失去吞咽的能力,失去意识,她的生命必须用营养管维持。法庭根据佛罗里达州的法律,指定她的丈夫麦克·夏沃为她的法定监护人。1992年,州法庭陪审团认定这是一起医疗事故，判决一百万美元赔偿，其中七十万专门用于泰丽的护理。

泰丽的父母辛德勒夫妇，以前和女儿女婿相处得非常好。老两口从北方宾夕法尼亚搬到南方佛罗里达来生活，小两口随后也搬了过来。泰丽残废以后，一开始辛德勒夫妇把女儿接到家里，女婿麦克也一起搬来，以便照顾泰丽。后来他们将泰丽送进专门的护理医院，辛德勒夫妇申请改变泰丽的监护人没有成功。

1998年，麦克向法庭提出，由于泰丽处于"持续植物状态"，申请法庭下令撤掉泰丽的营养管。他说，泰丽自己不愿意这样没有知觉、没有意识的生活。他说，他以前和泰丽一起出席一个葬礼的时候，泰丽曾经说过这样的话。所以，他坚持说撤掉营养管而死去是泰丽自己的意愿。而泰丽的父母辛德勒夫妇却坚决反对，他们寄希望于医学的奇迹。泰丽的丈夫和父母，从此为泰丽的生和死开始了长达七年的司法诉讼。

2000年，佛罗里达州法官格列尔判决，根据佛罗里达州的法律，可以将泰丽的营养管除去。这一判决的依据是，佛罗里达州法律允许对没有康复可能的"持续植物状态"的病人停止医药和营养，只要病人本人没有留下反对的遗嘱，或者代表病人的监护人提出申请。2001年4月24日，泰丽的营养管第一次撤除，辛德勒夫妇立即提出上诉，两天后州上诉法庭下令，此案应重审，在重审期间仍然使用营养管来维持泰丽的生命。

2002年，州上诉法院对此案听证。有三个医生，其中两个是丈夫麦克指定的，一个是法庭指定的，在法庭上作证说，泰丽处于"持续植物状态"，没有康复希望。但是父母指定的两个医生作证说，泰丽仍然有可能恢复。法官特列尔再一次判决，可以撤除泰丽的营养管，但是这一次不是立即执行，而让泰丽父母有上诉的时间。

结果，泰丽的父母在州上诉法院的上诉失败，州上诉法院维持特列尔法官的原判。2003年10月15日，特列尔法官第二次下令撤除泰丽的营养管。这时，此事已经惊动了佛罗里达州的立法议会。州议会通过了一个紧急法案，授权州长杰布·布什可以阻止执行法庭的这一判决。佛罗里达州州长是布什总统的弟弟。此法案被称为"泰丽法"。法案通过两个小时后，杰布州长命令重接泰丽的营养管。这一次，泰丽的营养管中止了六天，但是泰丽仍然活着。

2004年9月23日，佛罗里达州最高法院裁决，泰丽法是不适当地干预了本来属于司法决定的职权，作为行政首脑的州长，无权阻止法庭的命令，因此此法是违宪的，宣布无效。州长随之向联邦最高法院上诉。

2005年1月24日，联邦最高法院拒绝了佛罗里达州州长的上诉。州法官格列尔随之确定，3月18日可以撤除泰丽的营养管。2月28日，泰丽的父母向法官格列尔提出，让他们的女儿泰丽和丈夫麦克离婚，重新指定监护人。格列尔驳回了这一申请。泰丽父母提出上诉。3月16日，佛罗里达上诉法院驳回了泰丽父母的上诉。

3月18日到了。泰丽的父母和他们的支持者，将他们的请愿转移到联邦首都华盛顿，向国会议员们发出呼吁。整个案件发生在佛罗里达，是在州法律的框架下走的州司法程序，根据美国的联邦制度和分权原则，国会议员们鞭长莫及。可是营养管一旦撤除，泰丽只能维持一到两星期的生命。国会众议院的一个委员会在他们的职权范围内，向泰丽和她丈夫下达出席听证会作证的传票，想用这种方式来临时阻挡拔管。州法官格列尔下令禁止执行这一传票，理由是联邦国会没有权力来干预州法庭的命令实施。众议院向联邦最高法院提出紧急上诉，要求联邦最高法院大法官干预，遭到最高法院拒绝。

泰丽的营养管第三次被拔掉。如果没有外力干预，她将不可避免地在今后一两周里死去。泰丽的丈夫说，这正是泰丽自己愿意的，"这是泰丽的愿望，这是泰丽的选择"，麦克是为泰丽的愿望得到实现而努力，是在争取泰丽"死的权利"。不愿这样活着，就有权"尊严地死去"。而泰丽的父母说，他们的女儿还活着，是想继续活下去的，活下去才是泰丽的愿望，现在他们是在争取泰丽"生的权利"。

泰丽一案，惊动了社会。双方都有社会上的支持。泰丽的父母，却已经穷尽了州里的一切司法的和政治的途径。3月18日后，他们只能再一次向联邦政府的立法和行政分支呼吁。在此后的两周里，当他们的女儿在死亡面前徘徊的时候，生和死的两难困境，再一次惊动了联邦政府和佛罗里达州立法、行政和司法三大分支，惊动了全国所有媒体，惊动了全美国几乎所有老百姓。支持丈夫麦克的和同情父母辛德勒夫妇的，形成了两大诉求阵营。这一次理念的对抗，暴露了美国社会的矛盾，也为我们观察美国社会面临矛盾和困境时的因应方式，提供了一个机会。

二、制度舞台上各有角色

美国制度之所以能够运行两百年，和美国政治精英阶层在基本原则上的一致性分不开。

从建国开始出现政党政治，就有了反对派。两百多年前伟大的托马斯·杰弗逊就是以一个反对派的身份被选为第三任总统的。反对和抗议的声音,是美国政治制度不可或缺的角色。从两百年前的议会当堂打架,出门决斗,到今天议会的限时限刻发言,变化的是政治家们的风俗习惯,没有变的是反对派始终存在,已成为一种正常生态。而这种政治对抗之所以能够良性运行,从不出轨,并不是制度本身提供了保证,而是取决于政治家们在原则和政治道德上的一致。这种一致认识就是,在一个"法治"而不是"人治"的国家,政治家必须尊重游戏规则,尊重公平原则。民主政治游戏有策略、有风险,也有"擦边球",可是违反规则,一意孤行却是道德上不可取的,弄不好会一败涂地而不可收拾。

这一次在泰丽一案上,以布什总统和国会共和党议员们为主的保守派,打了一次擦边球。

当泰丽父母一方在穷尽佛罗里达州司法程序以后呼吁到联邦首都的时候,布什总统和国会共和党议员,即使想干预此事,也面临两大障碍。

第一是联邦制度的障碍。根据美国宪法和传统,泰丽一案涉及的有关婚姻、家庭、监护权、医疗救护等法律,是属于州一级的管辖范围,联邦政府没有权力干预这一类涉及民众个人家庭生活的事务。佛罗里达州法庭为泰丽一案展开的司法程序得出了结论,布什总统等人即使有意见,要干涉也师出无名。第二是分权制衡的障碍。泰丽一案性质上是一件民事诉讼案,要走的是司法途径,它已经用了整整七年展开州一级的正常司法程序。作为行政首脑的总统和作为立法议员的民意代表干预司法是违法的。他们即使看到了这一事件对宣扬他们的政治理念是个机会,即使认为站出来可以吸引和团结保守派民众,有利于自己的选票,可是按照三权分立的规则,他们必须先找到美国法制可以容纳的一个途径才行。

国会共和党领袖找到的途径就是，在联邦国会通过一项法案，使得联邦法庭可以对此案进行复审。

巧的是3月18日后国会正是两个星期的复活节休会期间。复活节是一个不大不小的节日，国会有传统的休假，让国会议员回到家乡选区，有机会和自己的选民沟通，也可以利用这个时间展开自己的计划活动。所以，此时大部分议员不在首都华盛顿，而是在各自的家乡，有些是在国外。

按照宪法规定，法案必须在参众两院分别以多数票通过，交总统签署生效。国会休会对通过这样一个法案有利有弊。有利的是，参众两院仍然可以宣布开会，对所递交的法案进行表决。如果没有反对的话，可以采用当场口头表决的方式通过，有几个人到场都算数，而不必要求达到法定人数。这一表决方式必须预先表决通过，其条件是不能有反对的人。如果有人反对，则依法必须召集到法定人数的议员，即半数以上的人到场，表决才有效。

3月19日星期六，参众两院领袖为起草一个两院都能够接受的法案而加班。这种法案，由联邦立法机构发起，涉及联邦政府司法管辖权的扩大，相当于权力的重新划分，即使是很小的变化，也属于制度性的改变游戏规则，必然会引起质疑和反对，是难度最大的法案。通常这种法案从提起到通过要经过漫长的辩论，旷日持久。可是泰丽却不能等。所以参议院一方能够接受的法案，只能是十分有限的，讲明专门针对泰丽·夏沃这一个案，让联邦法庭破例复审。偏偏众议院的传统是不对个案立法。而且，如果法案针对泰丽个案，而泰丽丈夫一方认为，拔掉泰丽的营养管是泰丽争取到了"死的权利"，是一种个人权利,那么国会立法干预此个案,就有侵犯个人权利的嫌疑。侵犯个人或群体的权利是一种惩罚。国会对特定个人或群体立这种惩罚性的法案,相当于"褫夺公权之法案",是美国宪法明文禁止的。

经过星期六一天的努力,终于搞出了一个参众两院的妥协法案的草案。这一法案第一句就是,这是一个对泰丽·夏沃父母的司法救济法案。法案共九款,十分简单,用谨慎的措辞,允许联邦法庭对此案进行复审。法案规定了司法救济的程序、时间,并且明确规定,此法案对美国联邦和各州宪法及法律规定的基本权利没有改变,对联邦和各州有关"协助自杀"的法律没有改变,此法案对未来立法不形成先例,对1990年的病人自主决定法案没有改变。从这一法案的措辞可以看出,起草的人完全明白他们踩着了游戏规则,一不小心就是犯规。

第二天是星期天,媒体报道从下午开始的参众两院分别对此法案的表决。法案一旦通过,将用飞机送给正在外地度假的布什总统签字。突然又有消息传来,总统临时中断休假飞返白宫,以便坐等法案通过就可以立即签字生效。在一项法案国会表决之前作出如此举动,是布什总统在此事件中第一个不大不小的表现。效果如何却还有待观察。

有意思的是,星期天下午参议院的表决,一百个参议员只有几个共和党议员到场,民主党议员都没有到,也就没有一个人反对。法案在参议院以仅有的几票"一致通过"。

众议院就没有那么顺利了。民主党议员要求一个一个唱票,这样就必须有到达法定人数的议员同意才能通过。众议院决定午夜过后,十二点零一分表决。下午到晚上的这段时间,共和党众议员从全国各地飞赶首都,以便凑够法定人数,忙个不亦乐乎。晚上九点,众议院开始辩论,全国电视实况转播。午夜过后开始表决,以二百零三票对五十八票通过了这一法案。同意的人中，一百五十六票共和党，四十七票民主党；反对的人中，五十三票民主党，五票共和党。法案立即被送往白宫。午夜一点多，布什总统从卧室里被叫出来，就在走廊上签字，立即生效。

这个法案的生效，给泰丽父母开辟了联邦层面上的司法途径，随后展开了十来天悲壮、紧张、扣人心弦的司法较量。可是民众对布什总统和国会这次立法行动，反应却相当地负面。媒体报道和民意调查显示，大约三分之二的民众认为联邦立法和行政分支不应该插手本来属于州法律的这一案件，有超过一半的民众认为这是政治家们另有自己的政治企图。对布什总统工作的赞同率，跌破了百分之五十大关。

一直到泰丽在拔管十三天后于3月31日上午死去，泰丽的父母在短短一个星期多一点的时间里，经历了联邦司法分支三大法院四个层次的司法程序，但是这些法庭统统做出了对泰丽父母不利的决定。整个联邦司法分支，没有给国会和总统一点面子。直到泰丽临死前一天，泰丽父母在位于亚特兰大的联邦第十一上诉法庭的第二次上诉遭到驳回，一位上诉法官毫不留情地批评布什总统和国会在这一案件上的行为"表现出和国父们为管理自由的人民所定下的蓝图相违背的态度"。这位上诉法庭法官是布什总统的父亲——老布什总统1990年提名的。他在自己的意见书中表示，联邦法庭在泰丽一案中没有司法权，国会和总统通过的法案让联邦法庭来复审此案的做法是违宪的。

显而易见，在泰丽一案中国会和总统的思路完全不同于法官。作为民选官员，必须始终了解民间反应，和民众互动，而司法分支的法官，却只专注于法律的要求，表现得近乎不食人间烟火。这正是三权分立和司法独立的制度设计原意。这种制度的功能，在泰丽一案中表现得淋漓尽致。

可是，要说布什总统和国会共和党议员这次立法一定是犯规，也不一定。美国联邦和州的分权和争权，是联邦主义的一个永恒话题。在美国历史上，时不时地就有人指责联邦政府侵犯州权。南北战争前，南方蓄奴州对联邦政府的指责就是侵犯州权，他们说蓄奴制度是属于各州的事务，由各州自行决定。现在，人们记忆犹新的是二十世纪六十年代，当1964年联邦通过民权法的时候，也遭到侵犯州权的强烈指责。如今联邦民权法的很多内容，包括在教育和公共事务中禁止种族歧视的具体规定，在历史上都是各州法律的管辖范围。随着历史变化，总的趋势是联邦法律的管辖范围在一点点地扩大，可以看出这其实反映了时代的进步。

然而泰丽一案确实又有所不同。民众的态度表现出美国人一贯的对政府的不信任。和个人生活越近的事情，越不愿让政府来管。以布什总统和共和党为代表的政治保守派，以往恰恰是强调州权，主张小政府大社会，主张约束联邦政府的权限。这一次为了强调保守派在生命问题上的价值观，反过来使用手里的联邦权力，作出了一次挑战州权的尝试。这一做法相当冒险，所以联邦法案的动议一出现就遭到指责。布什总统一定也有所预料。他在签署联邦法案以后发表的简短讲话里说，这是一个非常复杂的情况，出现了严重的疑问，在这样的时候，"我们偏向生命一边总是明智的"（It is wise to always err on the side of life）。布什的这句话说得很有意思，他用了一个口语里不常用的词 err。err 在词典里的意思有两重，一是指犯了一个错误，二是指打破常规，不按照被人们普遍接受的标准来办事。大家知道布什不是一个临场口才发挥很好的人，这一句子一定是预先写好的。这句话用了这样一个词,言下之意是,如果我们是出格了,那么也最好是出在保护生命的这一边。也就是说布什内心知道,这是一次政治上的冒险。

在以后十几天里,布什的这句话一再被白宫发言人引用。他的弟弟佛罗里达州州长也学着用这句话来表明自己的立场。当司法分支的一系列法庭全部判决对泰丽父母不利的时候,外界压力曾经一度又集中到联邦和州的行政分支,要在联邦和州两个层面上手握大权的兄弟俩采取行动抢救泰丽。佛罗里达的保守派示威民众要求杰布州长下令,到医院把泰丽抢出来,由州政府监护。著名激进保守派头面人物帕特·布肯南在电视里说,布什总统应该派出联邦武装力量,到佛罗里达州去,把泰丽置于联邦政府保护之下,因为佛罗里达州的司法官员正在迫使一个美国公民饿死渴死。

布什兄弟俩都明白,他们已经踩在线上,再有举动就越位了。布什总统说,我相信在这样一个案子里,立法分支和行政分支都应该偏向生命一边(err on the side of life),我们是这样做了,现在我们得看法庭怎样做出他们的决定。他的意思很清楚,他只能做到这个程度,决定权是法庭的,他不能无视司法。在联邦最高法院拒绝泰丽父母的上诉后,白宫发言人就明言,总统已经做了他能够做的一切。在佛罗里达州,总统的弟弟杰布州长出现在电视上,回应保守民众要求他采取行动。他一脸歉意地说,我不能违反法庭的命令,在这个问题上,美国宪法和佛罗里达州宪法,都没有给我采取行动的权力。

现在回顾,可以说布什兄弟俩在泰丽一案上的所为,全在意料之中。他们在此案中成为争议的中心,遭到很多人的反对,表面上看是从头输到底,可是政治上得失如何却很难说。他们冒了一次险,表现出为自己的道德理念有担当的勇气,却又及时刹车,绝不破坏制度和游戏规则。"应该偏向生命一边"的说法,可圈可点。相反,在媒体和民众的反对声中,民主党政治家显得退缩回避,想表现的不敢表现,想反对的不敢反对,成为一个鲜明对照。这也许可以回过头来解释,为什么美国政治舞台上,这几年是保守派共和党占了上风。

三、活着还是死去

美国是一个移民社会,文化和价值观的多元是其特点。在泰丽一案中,民众形成鲜明的观点对峙,其本质是生命观的不同。支持泰丽丈夫的自由派,持的是理性的生命观,他们相信科学,相信现代医学,相信专家。医学专家说,"持续植物状态"的人,没有意识,临床上已经死亡,是不可逆的,不可能康复。在这种情况下,用营养管维持生命是没有意义的,拔掉营养管是正当的、"应该"的做法。而同情泰丽父母的保守派民众,持的是传统的基督教的生命观,把生命本身看成一种上帝的恩赐,一种奇迹。他们相信,生命的奇迹是可能的。这两派在泰丽一案上的对抗,从3月18日到31日的十几天里,把全美国都卷了进来。那些日子里,打开电视,几乎所有大台都在议论此案,所有报纸的头版头条也是此案,所有电台的议论节目也在议论此案。两派观点各讲各的,互相指责,看上去似乎没有沟通的可能。其实,这只是事情的一面。事情的另一面是,美国社会多元价值观里,有一个一致性很高的核心价值。看不到他们的一致性,就看不懂他们到底在争什么。

这个核心价值就是他们的理想:生命、自由和追求幸福的权利。不管什么观点什么派,这是美国人一致认同的最重要的东西。而生命,是最重要的价值中第一重要的。生命的重要性，引出了生命的自主决定。涉及个人生命的事情，其决定的权利属于个人。比如医疗过程中，所有医疗措施的最终决定权在病人自己手里。"耶和华见证会"的信徒不肯输血，医生就不能给这些病人输血，即使这会牺牲他们的生命。大学生入学时，学校要求学生接受防疫注射。但是有些宗教信仰禁止防疫注射，学校就只能豁免这样的学生，即使这会让他们冒感染传染病的风险。

同样的道理，当一个人身患重病不可能康复，或者得了预后必然死亡的绝症，这种时候是否继续用药治疗，其决定权是在病人自己手里。当病人失去决定能力或者表达能力的时候，其决定权就在法定监护人手里。什么时候停止用药治疗，停止用生命支持系统维持生命，谁来做这个决定，按照什么程序、什么标准来作出这个决定，美国各州有州法律来规定。出于同样的道理，法律规定不能用医疗手段来促使或加速结束生命。像泰丽这样的情况，并不是"安乐死"这个术语能够概括的。在美国，协助自杀是非法的，所以所谓打一针"安乐死"的做法，仍然是违法的。但是如果活着成为痛苦，那么每个人都有权决定，不再用药治疗，被动地等待死亡来临；反之，每个人也都有权要求，继续利用现代医学技术来维护自己的生命。"死的权利"和"生的权利"合二而一，都是生命的权利。也就是说，如果泰丽本人想活，想用营养管维持生命，那么就应该让她活下去；如果泰丽本人想死，那么就应该拔掉营养管，让泰丽有尊严地一死之机会。

泰丽一案中的两派，对以上所述的原则并无分歧。他们的分歧是，泰丽到底是想要死还是想要活。

取理性生命观的人，认为处于泰丽这种情况，活着毫无意义，毫无尊严,不如死去。他们说,如果他们处于同样情况,肯定会要求拔管,求安然一死。所以他们相信泰丽丈夫的说法,泰丽本人是求死的。无论是政府、社会还是家人,都没有权力剥夺她安然一死的权利。而取传统基督教生命观的人,相信生命是上帝的恩赐,相信奇迹,相信泰丽作为一个天主教徒和他们持同样的生命价值观。他们自己如果处于同样情况,会继续寄希望于医学进步,寄希望于奇迹,所以他们认为泰丽是想活的,她只不过是自己没有能力表达出来而已。法庭和社会拔掉她的营养管,是违背她活着的愿望,迫使她走向死亡,无异于谋杀。

两派分歧的地方是在这里。

十五年前泰丽失去知觉和表达能力的时候,只有二十六岁,她没有留下现在是想活还是想死的书面文件。根据佛罗里达州的法律,在病人进入"持续植物状态"以后,如果病人本人没有留下明确意愿,那么是否拔掉营养管的决定权,就在法定的监护人手里。佛罗里达州法律把婚姻看得很重,泰丽的法定监护人是她的丈夫麦克。所以州法庭采信了麦克的说法,泰丽此时只求一死。麦克向法庭说,泰丽以前同他说过这样的意愿。泰丽到底是在什么情况下,怎么说的,到底能不能说明泰丽现在的意愿,这些并没有证据。但是对法庭来说,这并不重要。重要的是,代表泰丽来决定泰丽意愿的权利,现在在谁手里。法律规定丈夫是监护人,那么法庭只能采信丈夫的说法。法庭必须依法裁决,没有别的选择。所以佛罗里达州法庭,在经过长达七年的诉讼和上诉后,最终认定的是,可以拔掉泰丽的营养管。

可是对于泰丽父母来说,这里头有很多疑问。泰丽病后,麦克一度搬入岳父母家,以便更好地照顾泰丽。那个时候他并没有提起,泰丽以前有过在此情况下求一死的愿望。后来,是麦克向法庭提出拔掉泰丽营养管的申请时，"想起"泰丽以前说过这样的愿望。而麦克这时候已经有了另一个未婚妻，并且和未婚妻生育了两个孩子，事实上已经有了另一个家庭。但是，佛罗里达州法律仍然承认泰丽和麦克的婚姻，仍然承认麦克是泰丽的监护人，仍然承认麦克的说法，泰丽是求死的。而对于泰丽父母来说，麦克已经放弃了他们的女儿，他所说的泰丽求死的说法是不可信的。他们出于父母之爱，认定了泰丽是想活着的。

当3月18日泰丽的营养管第三次拔掉的时候，泰丽是想活着还是想死去？有谁能知道？医学专家们说，"持续植物状态"根本就没有意识，也就是说，谈不上想死还是想活。可是，泰丽父母请来的医生却说，泰丽可能并不处于持续植物状态，而可能是"最小意识状态"。州法庭的格列尔法官依法判断，采信泰丽丈夫的说法。可是，对于泰丽父母来说，对于同情他们的保守民众来说，却放不下这样的念头：万一泰丽是想活着的，拔掉营养管就等于是将泰丽活活饿死。

泰丽到底是想活着还是想死去，这确实是一个问题。就是这个哈姆雷特式的问题，使这一案件摆脱不了悲剧色彩，也使泰丽父母为挽救女儿所做的必输的司法努力悲壮万分。

四、可怜父母心

3月21日凌晨，国会参众两院通过的紧急救济法案经布什总统签字生效，泰丽父母立即向位于佛罗里达州中部城市坦帕的联邦地区法庭提出申请，要求联邦法庭下令，重新为泰丽安装营养管。该法庭像大多数美国法庭一样，用电脑随机性地为案件指派主审法官。此案指派给法官惠特摩（James Whittemore）。惠特摩是克林顿总统1999年提名的联邦法官,这通常意味着这位法官可能比较有自由派的倾向。惠特摩法官下令举行听证。这时候,泰丽拔掉营养管进入第四天。

泰丽父母的律师和泰丽丈夫的律师,在听证会上各自陈述了要求和理由。这是两个小时非常艰难的听证会。惠特摩法官要求泰丽父母一方尽量提供可以作为依据的法律或判例,提供新的证据来证明泰丽的权利受到了侵犯。在听证过程中,法官多次发出叹息,捂住脸低头不语。泰丽父母的律师要求法官下令先把营养管接上,因为泰丽已经失去水和营养三天多,不能等待。但是最后法官拒绝立即作出判决。当夜幕降临的时候,没有人知道,惠特摩法官将做出什么决定。媒体记者们通宵等候在法院外面,此案的进展是以小时和分钟来计算的。

22日凌晨两点多,坦帕的联邦法庭向媒体记者散发了法官惠特摩长达十三页的法庭命令书。这是联邦司法系统对此案发出的第一份也是最重要的命令书。惠特摩先对法庭的司法权和法律依据作出一番谨慎的考察,指出联邦法案的合宪性仍然是一个问题,但是为了临时性的救济目的,法庭"假设"(presume)联邦法案是合宪的。然后法官指出,法庭将在联邦法案所规定的有限范围内重新审查此案,以回答是否要发出强制令为辛德勒夫妇做出救济的问题。要联邦法庭发出为泰丽接上营养管的命令,必须符合四个条件,其中第一条也是最重要的一条是,必须让联邦法庭相信,有证据显示泰丽父母在重新开始的诉讼中有可能成功。惠特摩法官的意思是说,此案争议的判决依据和权威,仍然是佛罗里达州的法律和法庭,联邦法案允许联邦法庭做的,只不过是看州法庭有没有漏掉什么,搞错什么,有没有出现不可挽回的错误。如果有,那么就发出临时强制令,作为对可能的受害方的一种救济;如果没有,那么联邦法庭也不能重新判决。

惠特摩法官的命令书中说，此案已经在佛罗里达州法庭穷尽了司法程序，现在没有什么可以证明泰丽父母一方有可能通过一场新的庭审推翻原判，泰丽父母不可能成功，所以惠特摩法官拒绝泰丽父母的请求。

显然，联邦法庭认为，联邦法案并没有给他们推翻佛罗里达州法庭判决的权力。而决定佛罗里达州法庭判决的最重要因素是，根据法律泰丽的监护人是丈夫麦克。所以，佛罗里达州州长杰布·布什说，佛罗里达州的监护权法律应该改变，他会要求州议会修法。遗憾的是，修改州法非一日之功，只要州法仍然承认麦克为监护人，此案判决就很难改变。惠特摩法官的判决，为泰丽父母投下了不祥的阴影。

泰丽父母一刻也不敢耽搁，立即向位于亚特兰大的联邦第十一上诉法院提起上诉。

按照联邦司法的上诉程序，此案将由三位上诉法官组成的委员会，投票做出判决。一天不到，3月23日星期三，又是一个凌晨，上诉法庭以二比一做出了对泰丽父母不利的裁决。上诉法庭的意见书说，联邦第十一上诉法院认识到，泰丽所遭遇的，是"绝对的悲剧"，可是联邦通过的法案也不能推翻佛罗里达州法庭几年的审判。作为上诉法庭，他们只在程序上审查惠特摩法官，只有在发现惠特摩法官滥用错用了法官权力的情况下，上诉庭才会直接命令接上泰丽的营养管。而现在上诉庭认为，惠特摩法官的命令是深思熟虑作出的（carefully thought-out），他们维持惠特摩法官的命令。

上诉法庭还指出，为了做出这一裁定，他们假设联邦通过的法案是合宪的。但是这一法案到底是不是合宪，这仍然是一个有待回答的问题。

接下来，全美国的人都知道，泰丽父母将上诉到首都华盛顿的联邦最高法院。23日上午，他们决定，申请联邦第十一上诉法院的全体十二位法官，对此案进行复审。此举显然是为了在上诉到美国法律的最高殿堂以前，能够多一个扭转的机会。根据联邦司法规则，他们有权提出全体上诉法官的复审，但是上诉法官也可以拒绝复审。

几个小时后，联邦第十一上诉法院回复，上诉法官以十比二作出了拒绝复审的决定。泰丽父母只有最后一条路可走，上诉最高法院。

根据联邦最高法院的权力，任何一个大法官可以在接到上诉以后，先下令接上泰丽的营养管，然后再展开听证和裁决的程序。媒体报道，泰丽父母将把上诉请求递交给大法官肯尼迪，因为肯尼迪大法官是以保守价值观出名的。

最高法院的回答来得非常快。24日星期四早晨，媒体报道，最高法院作出了答复，拒绝受理泰丽父母的上诉。至此，在联邦国会通过法案仅仅三天后，泰丽父母已经走过了联邦司法分支三大法院四个层次的司法程序，一一惨遭失败。电视镜头上的泰丽父母，憔悴沮丧，忧心如焚。泰丽拔掉营养管进入第六天，但是仍然活着。而泰丽父母，已经用尽联邦司法程序，山穷水尽了。

白宫发言人说，布什总统对联邦最高法院的答复"表示失望"。而泰丽丈夫麦克的律师说，他们感激最高法院的答复。在佛罗里达泰丽住的医院外，示威民众昼夜不散。有些是支持泰丽丈夫的，更多的是支持泰丽父母的保守派民众。泰丽丈夫的律师说，现在泰丽很安静，很舒服（comfortable），她在实现自己的愿望，在安然地死去。而泰丽父母对着电视机说，他们探望泰丽必须经过监护人麦克同意。在探望泰丽以后，他们说泰丽现在口干唇焦，但是还活着，泰丽还是想活，泰丽在为自己的生命搏斗。他们也不放弃，他们还要为泰丽的生命努力。

泰丽父母回到了佛罗里达州泰丽的医院。晚上九点半,泰丽的父亲说,我们的唯一希望是州长。当天下午,佛罗里达州州长布什采取了一个动作,向州法庭提出一项申请,要求由州政府的儿童和家庭部接手监护泰丽,其理由是,本州的一位医生,曾经探视过泰丽,在重新观看泰丽的录像带以后说,"持续植物状态"很可能是对泰丽的误诊,泰丽有可能是处于"最小意识状态",而不是持续植物状态。拔掉营养管可能是剥夺了泰丽的生命权,州政府应该干预。这位州长说:新的信息提出了严重的疑问,要求州政府立即采取行动。"在不确定的情况下,我们应该偏向保护她"(err on the side of protection)。

州长出面的这一申请,又到达了州法庭法官格列尔手里。格列尔没有即刻作出裁决,反过来批准了泰丽丈夫的要求,如果州政府儿童和家庭部的官员来医院,就有权加以阻挡。几乎同时,据以同样的新证据,泰丽的父母向坦帕的联邦法庭法官惠特摩发出新的诉讼,说拔掉泰丽的营养管是违反了泰丽"生的权利"。之所以能够这样做,是因为泰丽父母一方提出,新证据证明泰丽的生命权受到了侵犯,现在的诉求是要争取保护泰丽的合法权利。佛罗里达州的两个不同城市里,新的努力又在州和联邦的两个司法系统展开。

3月25日星期五,是基督教的耶稣受难日,也是泰丽拔掉营养管后的第七天。联邦法官惠特摩主持的法庭听证会历时三个小时。泰丽父母的律师搬出了宪法第十四修正案,指出每个人都应该受到法律的保护,"生命不应被否定"。他说,新的证人能为重审提供有价值的证据。他要求至少再让泰丽延续三十天生命。但是泰丽丈夫的律师说,州法庭早就已经发现,泰丽并不愿用人工方式维持生命。法官惠特摩休庭后，经过思考，又一次做出拒绝泰丽父母的裁决。泰丽父母再一次向亚特兰大的联邦第十一上诉法院上诉，再一次被否决。泰丽父母决定不再申请上诉法院全体法官复审。他们的律师说，他们在联邦层面上的司法途径已经用尽。

3月26日，星期六，泰丽拔掉营养管后第八天。佛罗里达州法官格列尔再一次否决了泰丽父母为泰丽提供营养管的要求。晚上，佛罗里达州最高法院又一次驳回了泰丽父母的上诉。

至此，在联邦和州的两个层面上，可以走的司法途径都已走完，泰丽父母作出的司法努力，全部失败。似乎只剩下最后一件事可做，那就是等待死神来把泰丽接走。可是电视屏幕上，泰丽父母对医院外昼夜守候的民众说，他们仍然没有放弃希望。在这几天里，每天有民众企图闯入有警察层层封锁的医院而被捕，有些还是儿童，他们声称是要给泰丽送水。泰丽父母呼吁民众不要违法，呼吁他们回家。

3月27日星期天，泰丽拔管后第九天，复活节，是耶稣受难后复活的日子。泰丽父母请来神父，为泰丽举行领圣餐的仪式。在一番周折后，经过泰丽丈夫的同意，神父在泰丽的舌头上，滴下一滴葡萄酒。在天主教的仪式里，这象征着耶稣基督的血。

在此后的日子里，泰丽父母又向亚特兰大的联邦第十一上诉法院提起上诉。再一次遭拒绝后，向首都华盛顿的联邦最高法院上诉，再一次被最高法院拒绝。他们憔悴悲伤的面容天天出现在电视屏幕上。谁都知道，时间不在他们一边。他们的努力注定是失败的，但是他们明知不可为而为之，屡败屡战，绝不言放弃，其悲壮和残酷，把为人父母对女儿的骨肉之爱，发挥到了极致。

3月31日，在拔掉营养管后第十三天，泰丽终于死了。

五、泰丽留下的遗产

泰丽死后,佛罗里达州议会闻讯静默致哀。布什总统讲话说,文明的本质,是强者应该保护弱者。4月1日,泰丽死后第二天,《纽约时报》文章的标题是,"夏沃一案将重新塑造美国法律"。电视上法律专家们说,今后几十年里,法学院的学生将会一遍一遍地分析泰丽一案。泰丽之死,无疑会对联邦和各州的相关法律,对人们的生死习俗发生长远的影响。

围绕泰丽的生和死而发生的冲突,表面上看只是美国天天发生的保守派和自由派之争,是共和党和民主党之斗。可是必须看到,两派在这种争斗下面的一致性,才是事件的本质。战后出生的婴儿潮,正在走向老年。上世纪生活水平的提高和科技的进步,提高了人们的寿命。这些因素使得人生终结阶段的生命问题,显得越来越重要。活着还是死去,怎样活,怎样死,哈姆雷特的问题是一个天天存在的现实问题。这个问题,不仅让持传统基督教生命观的保守派感到困惑,持理性和科学生命观的自由派也同样困惑。在这种情况下,将会出现一系列的矛盾,需要法律来规约。

3月29日,泰丽死前两天,著名黑人民权运动领袖杰西·杰克森来到佛罗里达州的医院,表达支持泰丽父母。他的出现具有象征性意义,因为同情泰丽父母的都是保守派,而杰克森是著名的自由派领袖。他的出现表明,泰丽一案在政治、法律和社会层面上留下的遗产,不是属于一党一派,而是属于全美国甚至全人类。

第四辑

弗兰西斯和他的修道院

世界上有这样一种朋友,你过上一段时间就想见一次。没什么事,就是想见面,聊聊。弗兰西斯就是这样的一个朋友。约好了,周末,开一个半小时的车,午间礼拜结束的时候,在门口等着他。等他换下修士的袍子,向院长请了假,跟我们到一家餐馆,借着吃饭,聊聊天儿。

这个时候,我产生一种虚幻感。为什么,就在2000年就要到来的时候,我们会和弗兰西斯一起坐在这个地方?冥冥之中,太多的过去了的偶然,自然而然地汇结起来,成为此刻的一个必然。

一

弗兰西斯说,二十七年了。二十七年前的今天,他从欧洲的短期旅行中回到美国,面临生命的转变。

三十年前，弗兰西斯还是个大学生。六十年代，越战和反越战、女权和性解放、黑人民权运动、嬉皮士和摇滚乐。最年轻有为的总统被暗杀了，像交响乐突然中断。主张非暴力的马丁·路德·金被暗杀了，杀死他的人是三K党的暴力分子。主张"必要的暴力"的马康姆·X被暗杀了，杀死他的是听过他教诲的黑人伊斯兰兄弟。大学里，教授和学生一起吸着大麻。当我们在读《毛主席语录》，相信脑子里所有的隐秘念头都可以统一到一个伟大思想下面的时候，加州的黑豹党，开着汽车从旧金山的中国书店里一捆捆地买这本小红书，每本二十美分。再开过金门大桥，在伯克利的加州大学校园里，流水一样卖给激进的学生，每本一美元。收了钱，再回去买，买了，再回来卖，来回倒腾，用典型的资本主义的方式，迅速赚取利润。然后，用这个利润，他们买枪。三十年后，想出这个主意的黑豹党在电视上说，他到今天也没读过这本小红书。

弗兰西斯没有这么凶猛。他们家是费城的工人。费城、宾夕法尼亚州、早期来自北欧的教友派移民，一句话，一些好心人。动荡的时代年轻人都在寻求什么？弗兰西斯和朋友们觉得，他们看到社会上还有许多弱者，没有得到平等机会；政府要他们去越南送死，理由却令人可疑；年轻人被传统限定，传统却没有解决社会存在的问题；有这么多的问题没有解决，周围的人们又凭什么视而不见，照样活得有滋有味？弗兰西斯认定这个世界虚伪，宗教也虚伪。在世代都是虔诚教徒的大家庭里，他独自背离了宗教传统。他成了一个嬉皮士。

年轻人一解禁，就是彻底放松。弗兰西斯成天喝着啤酒，吸着大麻烟，穿破衣服，留着长头发。他交着女朋友，女朋友也在不断地换。他上街，游行，原来好端端念着的书，成绩变得一塌糊涂。如果过去是好的，现在就是不好的。假设过去是不好的，现在就是好的。为什么，谁也说不出，谁也不想问。问这个问题就是传统的，就是框框禁忌。为什么要问为什么？不需要问为什么。彻底的解放，从理性到感性，不需要道理。解放是好的，约束是不好的。解放什么，约束什么，这个问题无关紧要。彻底放松之后，他也和大家一样，一头撞上了虚无。

我们比较喜欢把嬉皮士和红卫兵拉在一起。这么一来，我们就比较顺应时代潮流，也比较理想主义。大动荡中跌跌宕宕，什么极端分子都有。可就其总体，嬉皮士崇尚的是个性解放，红卫兵强调的是忠于领袖。浪荡的嬉皮士有一种善的萌发，嬉皮的逻辑中并不出虐待狂。所以，运动过后，尊重民权，关怀弱势群体和弱势的个人，和平主义自然成为社会普遍诉求。而军服中的红卫兵是要替阶级消灭"敌人"，运动中，大义灭亲、对"敌人"残酷无情、消灭帝修反甚至盼望着爆发世界大战，成为社会基调。

终于，七十年代来了。尼克松开始从越南撤兵。从杜鲁门开始的历届总统，都不同程度地在支持的《民权法案》，终于从约翰逊总统任内开始落实。民权运动的要求一个个地落到了法案的实处。黑人开始有了《民权法案》的保护，一点点懂得，其实什么都没有手里这张选票重要。摇滚乐仍然到处响彻，但教室里的学生却又回来了。黑豹党的枪口也成了无的放矢。对嬉皮士来说，高潮过后，低潮来了。不仅是低潮，还显得虚脱。

嬉皮士们怎么办？醒一醒之后，天资好一点的，功课落下不多的，赶紧回到课堂上，拿学位还来得及。几年一过，他们鸟枪换炮，成了雅皮。

雅皮们以后都很怀念那嬉皮士的年头，他们及时拐回了正常生活轨道，没有太多可后悔的。他们是走了一个否定之否定。他们破坏了一些传统的禁锢，却又捡回了父辈的精神财富。他们开始明白沙里淘金的道理，见好就收，适可而止。卖出去的无数毛泽东小红书，读的人和我们一样虔诚，甚至比我们更虔诚，但是，却没有发生井冈山的革命。从嬉皮士到雅皮，时间、空间和人，都回归到一个平衡，回归到中庸。

还有大量就此被荒废了的嬉皮士，被彻底抛出原来的生活轨道，居然再也回不去。他们是否后悔就不知道了。可嬉皮的经历至少使他们更容易面对流浪，他们中的大多数就此开始生活的长途漂流。

最难的是那些太真诚的人。因为真诚，他们顶真，认死理。好心走出第一步，不难。回头走第二步，却难了，想不通。我们的弗兰西斯就是这样的人。

弗兰西斯家有深厚的宗教传统，从来就是人人信教，恪守教规。有着教友派的传统，家里还很宽容，兄弟姐妹到了高中就各自和伙伴们选择不同的教堂。星期天有的去路德教会的教堂，有的去卫理公会的教堂。十几岁的时候，一个伙伴麦克生病死了，弗兰西斯十分悲伤，他把名字改成弗兰西斯·麦克，朋友从此还和他活在一起。

当我们在农村的原野上耕作而改造灵魂的时候，弗兰西斯在为他的灵魂找出路。嬉皮士的反文化反禁忌的运动结束了，他怎么办？难道再回到过去？回去不就意味着过去的思考和反叛都是错的？可是，不回去又怎么办呢？别人纷纷在回归过去，蜕变为雅皮。这对弗兰西斯却没那么容易。

他是因为认真而回不去。他从小生长的宗教氛围使他习惯于认为：花花世界的世俗物质并不是最重要的，最重要的是生活的价值，是生活的目的。

可是,七十年代初,二十出头的弗兰西斯面前一片茫然,几年来刚刚抓住的生活价值突然消失无踪,像大海被蒸发了一样。他愣住了,他几乎垮了。他曾认定原来的生活是虚假的,才走到今天。可今天的生活又变得虚幻。难道他就能够因此回到过去?

他消沉了,消沉得不能自拔,只有啤酒和大麻让他一天天活着。什么都没意义,如果连嬉皮的反叛都没意义,还有什么是有意义的?嬉皮朋友们都云散了,还有谁来支持他引导他?可他偏要寻找意义。在找到意义以前,他没有出路,他没法获得拯救。

1973年春,在经历了一个阴冷绝望的冬天之后,弗兰西斯的姐姐邀弟弟去自己家住一段时间。姐姐的家在一个湖边。在去那儿以前,他给一个过去的嬉皮士朋友打了个电话。这朋友说,人类那么多印刷垃圾中,《圣经》倒还是可以读读的。《圣经》,他其实从小就读,从小读到大。可是,这句话在这个时候却留下了印象。那些天,弗兰西斯就坐在姐姐家门外的平台上,面对着平静的湖光水色,一天又一天,在酒精和大麻的双重作用下,读着《圣经》。

二

弗兰西斯喝着啤酒,吸着大麻,读着《圣经》,眼前一片茫然的情景,在人类历史上一定重复过无数遍。当生活的意义被颠覆以后,人所赖以活下去的,却还是意义。嬉皮士所诉诸的感性是真诚的,是真实的,是活跃的,是有生命冲动的,可是,当意义被颠覆以后,感性失去了存在的依托。反传统原来是要靠传统的存在而存在的,反禁忌是要靠禁忌的存在而存在的。当意义消失，一切同归于尽。我们的朋友弗兰西斯遇到了生活意义的危机。

上帝一定在审视着人类的心灵。

时光倒退回去一千五百年，公元480年，圣本笃（St. Benedict of Nursia）出生在意大利一个叫努尔西亚（Nursia）的地方的一个富有而高贵的家庭里。他在罗马获得经典教育，却对罗马的腐败和不道德风气深感失望。他离开都市繁华，进入荒山老林，住到一个山洞里面壁反思，寻找不朽的意义。大约在公元520年，在卡西诺的山里，他和他的追随者建起一个修道院，并且写下了修道共同体的制度化准则，这就是著名的《圣本笃规则》(*The Rule of Benedict*)。教皇格里高利一世（Gregory Ⅰ）把这一规则下建立的修道院制度纳入了整个西方大公教的制度体系，从而使之成为整个西方基督教的修道院制度。

圣本笃深知人性之弱，他的规则开创了这样的修院制度，让弱者、人性的弱者，也有机会在封闭枯燥日复一日的修院生活中寻求上帝所指出的生活意义。他所建立的修院制度是渐进的、实践的。他建立的是一种集体的、互相扶持的、有共同规则的制度性的修士生活。祈祷、研习、体力劳动、进食和睡眠都有严格的纪律。

传说中的圣本笃是一个能创造神迹的人。他预言了自己的死期和时辰。公元547年3月21日，他让人把他抬到卡西诺的教堂里，在那儿领受圣餐，安然死去。从此，每年的这一天，全世界的天主教徒都纪念圣本笃日。

以后的一千多年里，西方基督教的修院制度一直没有中断。在欧洲各地的深山里不为人知的偏僻地方，修道院悄悄地对抗着漫长的岁月。修士死了，就埋在后院的集体墓地里。活着是兄弟，死了还是兄弟。死的悄悄地死了，只有众修士安魂弥撒的歌声和钟楼的钟声相伴。新的悄悄地来了，第一课就是研习《圣本笃规则》。

异族的入侵、战乱、饥荒、瘟疫，人世间的风风雨雨——修道院虽大多建于深山荒漠，刻意远离世俗，但是并非世外桃源。有些修道院垮了，成为一堆废墟，在风吹雨打中消失。有些修道院被毁了，修院成了杀戮的屠杀场。但是，制度化的修道院在西方基督教的千年史中没有中断。就在这些远离人烟的修道院中，就靠这些微微弯腰低头的默默无声的修士，西方文明保存了源自罗马文化的制度性基因。当西方社会开始现代化的时候，他们有着现成的深深扎根于历史中的制度性文化，他们只要在这个基础上变革、扩展、创新就可以了。千年来的一代一代沉默的修士们功不可没。

公元1098年，法国一个叫西多（Citeaux）的地方，圣·罗伯特·德·莫勒斯姆（St. Robert de Molesme）有感于本笃会修道院里出现的松懈、享乐风气，决心改革。他在西多建立了一个新的修道院，从而开创了一个追求苦修的修道共同体。经过第三任院长、英格兰出生的圣·斯蒂芬·哈丁（St. Stephen Harding）的努力，这个新共同体成为一个新的修道派别——圣西多会。1119年，西多会的章程问世，从而使这种修道院制度化了。

圣西多会修道院是苦修式的，修士们每天除了祈祷就是体力劳动，修院靠修士们自己的劳动来支持。他们有规定的长时间的斋戒，每天睡得很少。他们取消了一切金碧辉煌的装饰，教堂和神坛都追求简洁。他们发展出了一种独特的建筑风格，深刻地影响了西方建筑史。

二百多年时间消磨，西多会也出现了衰落迹象。早期在追求上帝的热望下产生的严谨刻苦风格被一点一点地磨损。十四世纪的战乱、瘟疫和教会内部的宗派分裂,更加速了这种衰落。到中世纪末期,整个修道院制度呈现松弛的面貌。十六和十七世纪的新教改革进一步冲击了这种古老的修院制度,同时也促使了它本身的改革。

1664年,法国,一个叫拉·特拉贝(La Trappe)的地方,朗塞(Armand Jean le Bouthellier de Rance)发起了一个西多会修道院制度的改革运动,他把三百多个修士结合成一个人类有史以来最严谨最刻苦的修道院,所有的修士都必须服从极为刻苦而且极为严厉的修道纪律。每天,修士们除了祈祷、静思,就是干活——繁重的体力劳动。他们通过祈祷集体和上帝对话,他们通过静思个别和上帝对话。他们自己互相之间是不说话的,只用简单的手语。万不得已的时候,他们单独和院长作简单对话。这样沉默苦修的修道方式,就被人们叫做特拉普派(Trappist)。

十八世纪的法国大革命,法国所有的修道院都被毁,几乎所有的修士都被消灭了。只有这一派的一群修士,在多姆·奥古斯丁·德·莱斯特兰奇(Dom Augustine de Lestrange)的带领下,逃到瑞士,重建修道院。时乃1790年。

直到十九世纪,这派最为严谨的修道院制度,就从法国大革命下幸存的这唯一种子开始渐渐扩展。它渐渐地向世界上其他地方伸展。当这一派修道院在世界上只有五十三所的时候,其中有一所就在中国,在离北京不很远的偏僻穷山沟里。渐渐通过休养生息,这一派修道院制度在二十世纪,得到了可观的恢复和扩展,特别是在新大陆的美国。

当我们的朋友弗兰西斯眼前一片茫然的时候,从小得到的宗教熏陶却告诉他,生活是有意义的,只要你寻找,你总会找到。上帝已经给你准备了一条道路,准备了一千多年的道路。但是,你必须寻找。

三

我们的朋友弗兰西斯喝着啤酒、吸着大麻、读着《圣经》。虚无,仍像一潭深水,他难以自拔。渐渐地,他开始对《圣经》有一种领悟。一种久违的,对超然的神圣与圣洁的敬畏之心,慢慢降临。他第一次有了规约自己的愿望,开始从湿淋淋的水潭里一脚踏上一块实地。他第一次想去教堂,找一个神父谈谈。

那天下午,走出教堂的时候,他手里有了一本神父给他的,有关特蕾莎修女的书。今天,已故的特蕾莎修女,已经是著名的诺贝尔和平奖的获得者。七十年代,没人知道她是谁,弗兰西斯当然也不知道。他拿着这本书很是失望地想,一个修女对他会有什么意义呢?可他还是读了这本小册子。他第一次知道,有这样一个修女,放弃奢华,在加尔各答的贫民窟里终生从事慈善活动,亲自为社会最底层的贫病者服务,一点一滴地救助弱者。这是真实的上帝面前人人平等。弗兰西斯像在隧道里看到一丝亮光。

他开始打听特蕾莎修女此刻在什么地方。通过教堂的关系,得知她正在伦敦参加一个会议。弗兰西斯立即动身前往伦敦。

在伦敦,他终于见到了一袭黑色修女装束的特蕾莎。弗兰西斯还是留着长发,一副典型的嬉皮士模样。特蕾莎修女静静地听他讲,听他讲自己的失落,最近的感动,讲他突然萌生的决心。他说,将不怕苦不动摇也绝不后悔,要跟着特蕾莎修女去加尔各答,投入一个帮助弱者的事业。听完,特蕾莎修女说,帮助弱者,是一个神圣的事业,你走进这样一个事业是勇敢的。可是,你并不因此就一定要去印度。你说了你的想法和你的决心,可是,什么是上帝的旨意?什么是上帝给你指出的道路呢?你必须等待的,是上帝的指引。

弗兰西斯想了想,得出结论:特蕾莎修女只是婉转地拒绝了他的请求。

告别伦敦,弗兰西斯来到慕尼黑,那儿的夏季啤酒节刚刚开始。弗兰西斯又在啤酒节上喝得烂醉。

从慕尼黑出来,他去罗马。偶然得知特蕾莎修女也到了罗马,他再次要求见特蕾莎修女。他们有了第二次谈话。修女依然坚信:你要寻找上帝的指引。弗兰西斯问,那么,我怎样才能得到上帝的指引呢?特蕾莎修女说,你必须寻找。你寻找,你总会找到。你找到了,你就会知道。

就这样,二十七年前,1973年的秋天,我们的朋友弗兰西斯从欧洲回到美国。

四

1944年的3月21日,是圣本笃日。有二十个默默无语的美国苦修派修士,从北方来到了佐治亚州亚特兰大东面一个叫康耶斯(Conyers)的地方。那里有着茂密的山林和起伏的牧地。他们看中这儿的偏僻,要建立一个恪守西多会教规的特拉普派修道院,起名叫做圣灵修道院(Monastery of Holly Ghosts)。

在这片一千四百英亩的土地上,原来有一个不知什么年头的大谷仓。这就成了他们最早的安身之处。第一件事,是收拾出一个崇拜上帝的地方。他们把谷仓的一半收拾出来,建成了一个教堂。另外的一半,下面养着牛和鸡,阁楼上就是修士们的眠床。

他们立即开始了修道生活。每天天亮以前起来，祈祷，然后就是劳作。一点一点地，他们开辟出荒地，自己生产粮食、牛奶和奶酪。他们种植牧草，秋天收割以后出售给附近的牧民。他们制作的面包远近闻名。他们从来不说话。周围的农民大多是新教浸信会的教徒，当遇到别人的不友好对待时，修士们只低头祷告。

一日复一日，一年复一年，修士们老了，又有新的年轻人加入。完全自给自足，他们还建起了简朴却壮观的大教堂，完全仿照千年前在法国的传统式样。祭坛上方用彩色玻璃镶嵌的圣母圣子像，却具抽象变形画风。两边回廊的玻璃色片，重新分解和组合了光影。高高的穹顶被投上一层神秘色彩，然后在教堂里形成巨大的空间。修士们用古老的拉丁语赞颂上帝的歌声和祈祷声，日日在穹顶之下回荡。

他们盖起了修院的建筑群，生活、祈祷、研修的房子围成一个有柱廊的内庭院。从外面看，修院的建筑是封闭的，外人只可以涉足向公众开放的教堂祈祷和招待远方来客的客房，内庭院是外人不可涉足的。在内庭院里，有一草一木都精心修整的花园，有卵石铺设的甬道，有圣徒的塑像。这儿有满院的阳光，小鸟呢喃，但是没有人声喧哗。

修道院是一个寂静的世界，是一个苦修的世界，它与世隔绝，它只和上帝对话。

五

坐在那个中餐馆里，弗兰西斯给我们继续讲着他的故事。

二十七年前，他从罗马回到费城。他还是喝啤酒，吸大麻，读《圣经》。他也去教堂，和熟识的神父谈话，听着别人的劝告。终于，

修道院的大教堂

修道院的庭院

有一天,一个神父告诉他,在南方佐治亚州一个叫康耶斯的地方,有一个特拉普派修道院,今年还有招收一名试修生的打算。

他是北方人,还从没到过佐治亚,但他知道那地方。这是南方最落后的州。当年他是嬉皮士的时候,搭车去佛罗里达州,经过佐治亚他都没敢下车停留。他那种留着长发长须,穿着破破烂烂,亵渎一切正经事物的嬉皮士样子,准得挨佐治亚人的揍。

特拉普派修道院,他也知道。他知道这些修士以前是不说话的,是寂静无声的,他不敢想象这怎么受得了。他也知道,在六十年代第二次梵蒂冈大公会议决定改革仪规以后,现在特拉普派修士是可以说话的了。

但是,他还是想去康耶斯看一看。他拿着神父的一封介绍信,就从费城南下了。沿20号州际公路出亚特兰大往东,转138号州际公路,见212号公路左转,在森林里穿行十几分钟,他看到了一块小小的牌

修道院

子,圣灵修道院快到了。入口,长长的车道,两边都是高高的广玉兰树。突然,出现了一片大草坪,草坪上有孤高的老橡树、核桃树和栗子树。尽头,是洁白的大教堂的钟楼,在南方的阳光下闪耀。

迎接他的是年迈的玻尔神父。玻尔神父说,在人类历史上,在任何文明中,总有这样的人,他们愿意疏离世俗社会,放弃世俗社会的财富和奢华,在一个与世隔绝的地方,用毕生的时间,用所有的才智,专注于和上帝对话,寻找上帝的指引,寻找生命的意义。修士就是这样的人。

我们的朋友弗兰西斯说,他清楚地听到,发自不可知的深邃的地方,一个声音说着,这儿就是,你找到了。

他泪流满面。

他给特蕾莎修女写了一封信,告诉她,他找到上帝的指引了。

就这样,已经二十七年过去了,他就生活在修道院里。

这就是我们的朋友,那个和善、爱沉思、幽默开朗的弗兰西斯修士。

寻访杨家坪

特拉普派,苦修派修道院

自从八年前,我们和弗兰西斯修士成为朋友以后,就渐渐了解了一个我们从未有机会涉足过的神秘领域——修道院。我们接触的修道院碰巧是其中最严谨克己的一支——特拉普派,人称苦修派。

在美国,即使对修院生活知之不多的人,甚至是对天主教有成见的人,提到特拉普派,多少都会肃然起敬。大家别的不知道,至少知道他们从十七世纪建立这个修行制度开始,修士除了与上帝对话,是终生不说话的。面对这样的苦修决心,确实不服不行。这种状况一直延续到三十多年前,二十世纪六十年代第二次梵蒂冈大公会议解除了这个禁令之后,他们在自己的修院内部生活中,还是基本静默的。在弗兰西斯生活的圣灵修道院,现在还设有一个静默区,在这个区域内,还是完全禁止开口的。

这还不算，他们还有各种严格的约束。他们身无分文，没有私人财产。他们在凌晨三点左右就起床，去他们院内的教堂早祷，天天如此。他们依据规则，必须辛勤劳作，自给自足。所以，除了祷告，他们都在干活，周末没有休息，永远没有退休。年迈的修士只要还能起床，他们就会慢慢地起来，祷告和工作。他们做面包，做果酱，在苗圃耕耘，直至生命的最后一息。然后简单地安葬在修院的墓地里，没有棺木，只有一袭白布裹身，默默归于尘土。

我们每隔一段时间，就去看一次弗兰西斯修士，有时也向他了解一些宗教知识。我们曾经以为，弗兰西斯终会在某一天，开始对我们作宗教劝说。后来才知道，这一幕永远不会发生。他们的规则之一就是，不主动传教。他们也不参与民众的宗教礼仪，比如主持婚礼和葬礼等等。我们最终明白，特拉普派修院，在本质上与我们这样的凡夫俗子，永远只是相遇而不相交的。这是一群以宗教思考为生命的圣徒的生存方式。为此，我们很珍惜这样一份难得的相遇。但是，我们从来没有想过，自己会更深一步地走进特拉普派修院的历史。

直到三年前，在一个圣灵修道院的巨大银杏树洒满了秋日金黄的星期天。我们和弗兰西斯在修士们自己围筑的人工湖边聊天。湖上飘荡着一群群被修士们"惯坏了"的野雁野鸭。在聊到中国近代历史和西方宗教的影响时，我漫不经心地说，"中国那时大概就差没有过特拉普派修道院了"。弗兰西斯平静地回答，"中国有过特拉普派修院的。这样吧，我到修院图书馆去拿一本书给你们看"。我们顿时对这本书充满好奇。

我跟着弗兰西斯去图书馆，那是在一个阁楼上。估计有一千多平方英尺的空间,满满当当的都是书架。阳光从屋顶的天窗穿过,暖暖地投射在一个年轻的修士身上。他静静地坐在一个计算机旁,正利用互联网给图书编目。看到我们进来,他抬起头,微笑着打个招呼,就又低头工作了。趁着弗兰西斯在找书的时候,我匆匆浏览了一下藏书。他们的藏书涉及范围很广,除了宗教方面的书籍,整套的大百科全书,还涉及天文、地理、历史、艺术、计算机技术。此外,还有大量小说。

弗兰西斯拍拍我的肩头,手里拿着一本落着尘土的旧书,那是一本修道院的纪念册。红色的封面上有一张黑白照片,那是一个中西合璧的建筑群。封闭的院落、教堂的尖顶,真是太熟悉了。没错,那是一个修道院。

中国的苦修院

真的,在中国,有过一个特拉普派修院。可故事却要回溯到法国大革命。

在法国修道院厚重的石墙后面,远离世俗地祈祷和劳作修行一个半世纪以后,特拉普派的修士们,受到法国大革命的巨大冲击。革命容不得僧侣,也不打算对修道院问个青红皂白。沉默无语远绝尘世的特拉普派因此无法幸免。修院被毁,修士被追杀。往日只飘荡着黑白二色僧服的素净修院,只剩断壁残垣,血迹斑斑。特拉普派几乎被灭绝。侥幸有一支在1790年出逃瑞士,不久又开始新一程的苦修。他们无法改变,这是他们的生存方式。经过近一百年的休养生息,特拉普派又逐步扩展,一个个教友加入他们的沉默行列。

基于法国大革命的教训，他们在世界各地寻找能够容下他们生存的地方建院，他们开始星散。宽容的北美也因此成为他们的一个主要基地。然而，修院的生存方式注定他们的发展是缓慢的，在十九世纪末，全世界还是只有五十三个特拉普派修道院，其中有一个新建的，在中国的太行山深处。

机会最初出现在1870年，罗马天主教一位名叫德莱普来斯的主教，在那一年即将调任中国的教职。这是一位充满宗教热忱的主教。他一直梦想在中国也建立一个修道院，却苦于没有经费。正巧，在他离开罗马之前，十分偶然地遇到索菲亚，一位相当有名的女公爵。她十分富有，却正准备舍弃一切，进入在布鲁塞尔附近的一所修院当修女。这所修院属于加尔默罗会，也是天主教修院的一个分支。共同的宗教热忱使他们一拍即合。索菲亚当场承诺捐出六万法郎，作为一个中国修道院的筹建基金。

德莱普来斯主教的这个想法是有他的考虑的。修道院的修士不同于传教士。传教士要深入世俗社区，修士们则远离人烟。尤其在经历法国大革命以后，修道院选址的第一标准是和平安宁之地。当时的中国已经经历了三百年稳定的清王朝统治，有的是人迹稀少的深山老林。似乎完全有可能为一小群默默修行的人，找到一片永远避开战乱的安静所在。

最初他们商议的修院，是和索菲亚入修的那个修院同教派的姐妹院，也是加尔默罗会的。他们甚至已经打算派出几个先行者。可是，带队的修女突然重病不愈，计划只能取消。经过考虑，这些捐款转交给了欧洲的特拉普派，让他们有机会在中国建立一个修道院。恰在此时，中国太行山区有一个杨姓家族，向教会捐出了一大块土地。于是，未来修院的所在地就这么偶然确定,落在一个叫做杨家坪的地方。捐出的这块土地确实很大,大致有一百平方公里,可是,那远不是什么沃土良田,而是深山沟里的乱石滩。

经过一番准备,担负着创院重任的索诺修士,从欧洲来到现在的北京。他稍事休息,就在一个炎热的夏日出发,去杨家坪。随行相伴建院的只有另一名欧洲修士,其余的同行者是向导等人。没有公路,他们扎进莽莽太行,足足在羊肠小道上艰难攀缘了三天,才到达这块未经人们触动的处女地。这里是一片荒野,满地大石块,虎豹狼熊狐,一应俱全。那是1883年的6月16日。整整半年以后,才有另外三个来自法国的修士到达。这五名修士形成的小小社群,开始了在中国建立第一个特拉普派修道院的工作,他们称它为"神慰"。

"神慰"的开创

每个特拉普派修道院的发展都是在另一个"母修院"的基础上"分产"出来的。一般的修院社群都不太大,修士达到一定数量,他们就会派出几个修士,在原来修院的财力和精神支持下,选择一个遥远的荒原,从零开始,"分产"出另一个修院社群来。我们的朋友弗兰西斯所在的圣灵修院,就是在半个多世纪以前,从肯塔基州的修院"孵化"出来的。所以,他们都习惯于开创期的艰辛。记得弗兰西斯告诉我们,他们的开创者来佐治亚州的时候,面对一片荒原,无从下手。遵照教规,他们最终必须达到自给自足的生存。于是,他们就给当时的佐治亚州农业部写信咨询。修士们寄去了圣灵修院的土壤样品,希望农业部给他们一些建议:这土壤适宜于什么样的农作物。得到的回答居然是:烧砖。

然而,杨家坪对于习惯艰苦创业的特拉普派修士来说,还是格外艰巨。他们在法国也有一个母修院,可是,他们不仅远离法国的母修院,还远离着自己的文化根源。尽管逐步有中国的天主教徒加入这个苦修教派的社群,参与开创,可是,对这样一个乱石滩来说,人手总是不够。第一任索诺院长,也是第一个踏上杨家坪的修士,他度过的正是最艰苦的一段。1887年他不再担任院长,可以回法国了。可是,他坚持留下,直到在建院十周年时默默去世,第一个躺在杨家坪修道院的修士墓地里。他走的时候很安详。他看到,当年的乱石滩经过这十年,已经收拾出一小块齐整的土地。一圈卷棚顶中国北方民居式样的大四合院已经干干净净地围了起来。院旁还开垦出一片丰产的菜园。当年那个由五名欧洲修士初创的修行社群,已经是一个拥有七十二名成员的大家庭,大多数为中国修士。这里严格实行特拉普派的修行教规。他们依然是静默,虔诚,劳作,远离尘世。在索诺修士离世时,他辛勤参与开创的第一个中国特拉普派修道院已经初具规模。

世俗世界往往不能理解修道院生活。在一千五百年前建立的"圣本笃规则",其实在试图制度化地寻求满足人在精神、心智和体力之间平衡的方式。进入修院的都是在宗教上有虔诚追求的人,精神需求一般不存在问题。而宗教本身又是一门艰深学问,涉及哲学、伦理等等人类的本源和终极课题,充满了穷其一生而不能解决的疑问。修院都有庞大的图书馆,涉猎的范围很广。这些研究课题和研究条件,都足以满足人的心智需求。同时,为自给自足而设置的劳动,也在平衡人的体力活动需求。而特拉普派,更强调苦修,即在艰苦克己的条件下,净化自己的心灵。所以,在世俗社会看来毫无趣味的修院生活,在世界各地，甚至在中国，都能够吸引一些对精神有特殊需求的人，这并没有什么可感到特别奇怪的。

我倒觉得，我们应该比别人还更容易理解修院制度，因为我们熟悉共产主义这样一种理想。修院生活在实践中，其实很接近共产主义理想中的社群生活。例如，他们共同拥有财产，劳动各尽所能，收获按需分配。另外，他们的内部管理实行民主制度，具体生活中遭遇的大事小事，经常通过民主投票决定。长达十世纪以上的成熟的修院制度，给西方社会的制度文明，提供了一个连续性，保留了一份可贵的遗产。

然而，修院制度和作为社会理想的某些制度的区别是，它具有充分的自知之明。它理解，修院生活，永远只是极为有限的一部分人的生存方式。它不打算外延扩大，不向社会强制推广，甚至根本不作宣传。相反，它强调尊重个人选择和个人愿望。在特拉普派修院，新修士入院必须经过非常严格的培训程序，目的是让产生修行愿望的人，在这个过程中，充分地了解修院生活的全部内容和价值。每一个阶段结束，假如这个愿望没有中止，见习修士将有一个誓言，定出一个有限的进入修院的时间。这个发誓居留的时间，在每一次见习期结束时，逐步加长。直到最后见习期完全结束，如果决心已定，签下一个终身誓言。即便如此，当一名修士最终改变个人意愿的时候，他依然可以违背自己的终身誓言，离开修院。修院根据他逗留时间的长短，给他一笔钱作为这段时间的劳动报酬，让他有条件安排新的生活。

杨家坪修道院在十分稳定地发展。进入二十世纪以后，他们不仅在原来的大四合院北面又接上了一个内院，还按照特拉普派修院的传统，在院内建起了一个法国式的教堂。他们很珍惜自己千辛万苦建立

杨家坪修道院遗址

起来的社区。和全世界的特拉普派修院一样,教堂是他们精神的聚合点。因此,他们即使只有原始的滚木铺垫的运输方式,还是亲手运来沉重的花岗岩,雕成一根根一米直径的柱子,成为教堂券拱的砥柱。

　　修士们终于有了自己的乐土。他们不仅在内院有自己的小花园,在一条条山沟里,他们逐年清理乱石,栽下一片又一片的杏树。春天粉黛的杏花缭绕着山谷,秋天修士们亲手制作出当地最好的杏干。他们有了自己的砖窑支持扩建的需要,又有了自己的牛栏羊圈,供应肉食和每天的鲜奶。菜园也在扩大,除了封冻季节,蔬果不断……。即使没有那些旧日的照片为证,想象他们艰辛的开创之路,对于我们来说,都并不困难。因为,我们熟悉弗兰西斯和他的圣灵修道院,还有他那些幽默、随和、勤劳的修士兄弟。这是我们可靠的活的阅读注解。

杨家坪修院隐居深山，与世隔绝，只和教会还保持一点遥远的联系。依据修院的自治原则，他们营造着自己俭朴自然并且基本封闭的生活。

苦修院的毁灭

可是，躲避革命与战乱的特拉普派修士，寻觅到遥远的东方，也并没有寻到世外桃源的安宁。索诺修士去世仅仅七年，1900年，义和团风潮席卷中国，洋人洋教成为主要的攻击和掠杀目标。虽然修道院是内向封闭的静修之地，不同于任何教堂和传教场所。可是，义和团民并不打算加以区别。修道院一度被大批义和团民包围，形成对峙的局面。就在这个时候，索诺的继任者，同样是来自法国的范维院长，忧心如焚，急病去世。大批邻近村子的中国天主教难民，在包围之前逃进修道院。所以，内外对峙的，其实都是中国人。即使是修士，也几乎都是中国修士。因为，在范维院长去世以后，这里总共只剩下三名"洋人"。

之所以义和团民没有贸然进攻，是因为传说院内有很强的防御实力。几天之后的一个清晨，修士惊讶地发现，包围的义和团民突然在一夜之间尽数散去。后来，闭塞在深山的修士们，才逐渐听说外面有关这场风波的整个故事，才知道外部局势的转变，才是他们获救的根本原因。

此后，他们经历了将近四十五年的和平与安宁。那四十五年的中国，并不是一个安静的乐土。这里经历了满清王朝的终结，以及连年内战。但是，这些都没有波及隐居在太行深山里的修道院。看来，他们出于宗教原因的远离尘世的选址原则,得到了安全生存的结果。他们似乎又可以开始尝试一个世外桃源的梦想。

在这段时间,他们接待了一些难得的客人。他们一直有兄弟修院互访的传统。这个传统延续至今。因此,在1912年,美国肯塔基州的一个特拉普派修道院长,也曾远涉重洋,来到这里访问。而这位访问者,正是来自我们的朋友弗兰西斯所在的圣灵修院的"母修院"。也就是说,弗兰西斯这个修院家族的先辈,曾经亲眼看到过我们的这个中国修道院。

同样,杨家坪神慰院,也派出修士,到欧洲和北美的兄弟修院访问。这时,他们才发现,他们已经成为当时世界上最大的一个特拉普派修道院。当时他们有一百二十名修士,基本上都是中国人。按照他们的传统,在1926年,他们也"分产"出了在几百公里之外的另一个"子修院"——神乐修道院。这是他们的黄金时代。

然而,远离尘世的静修之梦再一次被粉碎。这是一个深山隐地,可是战乱中的中国,震波深入传向每一条山沟。侵华日军使战火逼近太行山,并且终于占领了邻近的一个城市。第一个震动修道院的消息,是日军在占领这个城市后杀害了十几名外国传教士,其中有一名在那里避难的特拉普派修士。那是1937年。日军在附近的出现,使得杨家坪修院所在的地区,成为中日交战的拉锯地区。静修的生活完全被打破。他们被迫与粗鲁闯入这个封闭世界的各种力量周旋,被迫改变他们的存在方式,开始前所未有的求生挣扎。

日军进入过修院,带走了仅有的几名欧洲修士,关入在山东的集中营。他们几经努力,辗转通过欧洲教会联系上德国的教会,才营救成功,使他们返回修院。日军在修院所在地基本上只是过境,整个修院的建筑物得以保存,修士社群也没有被驱散。可是,由于日军在这个地区的出现,这个地区的性质改变了,这里不再是远离世俗的隐居处,而是成为军队常驻的抗战区。他们在这里第一次遭遇世俗世界的直接过问。问题在于,他们是一群特殊的僧侣。他们追随着自己心中的上帝。可是,他们的生存方式并不被战争的任何一方所理解和容忍。

他们进入了将近十年的特殊军管期。私有空间,甚至生命和财产都没有保障。在这段时间里,他们几次绝望,分批遣散修士,也有欧洲修士被强制离开。可是,他们又在一次次希望的驱动下,重新聚合。对于这些修士,这里不仅是他们的家,半个多世纪以来,他们一土一石地清理,一砖一瓦地修盖,这里还是他们安放心灵的场所。他们在绝境中还有一丝希望,希望一切能够熬过去。这样的希望应该是合理的:战乱总是暂时的,和平终将来临。当硝烟散去,山谷里留下的,总应该是宁静。宁静是恢复修行的前提,是修士们对生活的唯一奢求。

他们熬到了世界大战的终结,但是,内战的硝烟又起。修士们没有想到,他们熬过十分残酷的十年,却等来了一个更为残酷的终结。1947年,杨家坪神慰修道院依然聚集着近八十名修士。其中有六名外国修士,四名来自法国,一名来自荷兰,一名来自加拿大。他们成为这个中国特拉普派修道院的最后一批修士。这个修道院的故事成为法国革命消灭修道院的一个东方翻版。1947年,杨家坪神慰院被洗劫一空之后,付之一炬。数里之外有一个农民,在目睹他认识的两个修士被杀几天之后的一个傍晚,看到天空血红一片—— 一个兴奋的士兵对他说:"杨家坪,我们把它点着了!"

最后的消息

这个修院的大部分修士死于那一年,其余失踪。少数几个历经一段死亡之旅以后,侥幸生存下来。他们出生在中国,在杨家坪修道院成为修士,历经劫难,却无法再改变自己的生存方式。寻到安全以后,他们依然继续静默的修行。信仰,这是我们这样的凡俗之辈永远无法真正理解的神圣。世俗的人们,可以任意选择自己的生存方式,可是为什么,世俗世界就永远不能明白,有这样一种人,他们只能以这样的特殊方式——生存。

1970年,有一个中法混血儿,在美国的《读者文摘》上,刊登了一篇回忆录。他曾经由于一起错案,在一个劳改农场生活了七年。他回忆了一个老年人,如何在极其艰难的条件下,坚持自己的信仰和祈祷。作者从这位老人那里,第一次听说有一个中国修道院。老人就来自那里——杨家坪。

在这个修道院建立一个多世纪、被毁半个世纪以后,我们读到这个故事,真有些虚幻的感觉。为此,我们查阅了我们能够找到的、有关西方传教士在中国的书籍,不论是在中国人、韩国人、美国人写的有关著作里,都没有发现这个修道院的一丝踪迹。我们想到,也许是修道院不传教的规则,使他们有别于任何其他传教团体,所以他们本来就不是这些著作的研究对象?资料的稀有,使得原本由历时弥久而产生的虚幻感逐渐增强。一个疑问会常常升起:这个中国的特拉普派修道院,真的存在过吗?

突然产生了一个强烈的愿望:我们得去看看。哪怕在那儿只找到一块剩下的石头,也一定要看一眼。在朋友们的帮助下,就怀着这样

杨家坪修道院废墟

的心情,我们沿着秀丽的永定河西行,翻山越岭。

进入河北,公路上就布满碗大锅大的乱石,那路是只为高高的运煤车准备的。我们手执一张半个世纪以前的手绘地图,顺着修士们在冥冥之中的指引,翻越着那层层叠叠的太行山,寻找一个古老的地名——杨家坪。直到站在一片劫后废墟上,我们震惊得无法言语。那就是它了,一个被湮没的真实故事,一个被埋葬的神圣理想——神慰修道院。

新修的公路从原来修道院中穿过,封闭的格局被生生剖开,似乎隐喻着世俗世界和这个修院的关系。修道院的基本格局仍然非常清楚。教堂的屋顶被焚毁,可是,教堂内花岗岩的柱子犹存,柱子下面是一排排后人砌的空猪圈。五十年了,阳光依旧,远山依旧,苦修院的废墟依旧,只是修士们早已渺无踪迹。北楼失去屋顶的墙还挺拔地竖在那里，透着一个个尖券的空洞，映衬着中国北方的蓝天。也许有时，云，会载着修士们的灵魂，穿越窗洞，造访旧地?

那里还有修士们为菜园砌筑的低矮围墙，依然围着一个菜园，覆盖着没有完全融化的残雪。对面坡上，修士们的苦修房还在。他们挖掘的储存食物的地窖，也还完好无损。一条小路弯弯曲曲地上山去，那就是当年通往北京的通道，最初来到这里的索诺院长，就是攀越三天后，从这条小路下来，到达杨家坪。绕到修院遗址的后面，就是修士们的墓地了。只是，大批死于劫难的修士，没有能够在这里安眠。墓地上，修士们栽下的树木已经长大。有两棵银杏树，撒下一地金黄的树叶。当地是没有银杏树的，是当年的修士栽下的银杏树。没有墓碑，没有十字架，没有遗迹，修士们安眠的地方，现在有一溜水泥平台，那是后人修筑的露天舞场……。修士们居住的一排青砖小平房依在，墙上残留着大字语录：凡是反动的东西，你不打，他就不倒。

一条山沟向远处伸展，逐渐隐没在山的背后，修士们留下的杏树，依然年年结果。这是寒冷的冬季，我们没有看到一片片的杏花，带着清香，如云般飘出山谷。可是，我们终于来过了，弗兰西斯的修士兄弟们，我们来看过你们了。以后，还有谁会记得你们吗?

汉娜的手提箱

六十多年前,日本和德国、意大利形成所谓轴心国,从事扩张和侵略,酿成了一场世界性的灾难。在亚洲,日本的军国主义和侵略历史,成为许多国家刻骨铭心的惨痛记忆。日本军国主义是否会复活,几十年来成为亚洲国家一个经久不息的话题。

我有个好朋友长期居住在日本。她在中国出生和长大,自然地会站在祖国的立场上,特别关心日本政治中的相关动态。

例如,日本在战后由美国人帮助制定的宪法中,规定了日本不得拥有军队,更不得派兵出国。可是,战争过去已经将近六十年。和德国一样,日本跃跃欲试,试图向世界证明,他们已经可以回到国际社会,实行"国家正常化",也就是和其他国家一样拥有军队,一样派兵参与国际维和之类的军事行动。作为一个国家,出门不再矮一头。

一个国家曾经走上造成世界灾难的错误道路,并不意味着它就千秋万代不得翻身,它当然可能改变,改变之后也应该被接受,这是常识。德国就已经基本走出"二战"阴影，在政治上被国际社会所接受。不仅德国军队参加了国际维和行动，而且，已经有德国士兵牺牲在维护和平的战场上。

可是在日本，它的右翼势力在民间和政界都很活跃，总使得它的周边国家对它无法放心。同样一个"国家正常化"，在德国已经过关，在日本，却每当小有举措，都要引发日本国内外的重大质疑。我的这位朋友，就是质疑者中的一个。在她看来，受日本战争教育的那批人，其中有一些已经沦为政治动物，虽日薄西山，却有强烈的参政意识。他们在政坛仍然是不可忽视的力量。她对这些右翼充满警惕。

我们在聊着这些话题。我于是问：你生活在那里，根据你的经验你是否觉得，假如今天日本修宪成功，明天日本军队很容易就会冲出去侵略呢？她却毫不迟疑就回答：那当然不会。为什么呢？我追问。今天的日本年轻人对政治没兴趣，不会积极去政坛表达自己。可是他们也不再是六十年前军国主义教育下的战争机器人。他们怎么可能被你一叫就去当"皇军"。

朋友的回答很有意思。一个国家，就跟一个人一样。外部的影响虽然在起着作用，可是根本的改变和立住自己，还必须依靠内在的变化。在日本这样一个有着侵略历史的国家，普通的孩子们在某种意义上，竟然可能超越政治家，创造一个国家新的未来。因此，日本的教育有时会成为政治话题，例如大家熟悉的修改历史教科书事件，和日本教育厅决定在学校增设"爱国教育"课程。

就在和朋友聊天的那天下午，我开车去商店采购。到了商店门口，我转进泊车位，却没有照例在给车熄火的同时关掉收音机。车里的空调早已失灵，我摇下车窗，就在美国南方八月的阳光下，我留在座位上，直到听完一个专题节目。这个节目恰好和我们聊的话题有点关系。在节目主持人有限的穿插下，两名事件主角讲述着一个跨越半个地球和半个世纪的真实故事。他们一个是住在东方的日本年轻女子、一个是住在西方的加拿大老人，在共同呼唤一个永远年轻的姓名，那是六十多年前生活在东欧的一个小女孩——汉娜·布兰迪。

汉娜的故事是从一只手提箱开始的，开始在日本东京。

日本东京，一排简朴的街面房子，有那么几间门面，上额的开首是一个六角星的图案，接着是一行并不大的字：东京浩劫教育（Holocaust Education）资料中心。六角星是犹太人的标志，英语的"浩劫"（holocaust）在历史上成为一个专用名词，专指二次大战期间，纳粹德国对犹太人的迫害和屠杀。这几间房子其实是一个小小的博物馆。这个博物馆是民间非盈利组织，其宗旨是让日本孩子了解欧洲历史上的一场浩劫，虽然它发生在半个世纪之前，也远在半个地球之外，可是这个组织认为，这样的教育对日本孩子是重要的，这能使他们学会种族宽容，在心里栽下和平的种子。就在1998年，一个清秀的年轻女子石岗史子（Fumiko Ishioka）开始负责这个博物馆。

博物馆的工作对象是孩子。史子想展出一些和孩子有关的实物，可是日本本土没有浩劫文物。欧美的浩劫博物馆虽然藏品丰富，可是几乎不用问就能猜到，他们不会冒这样的风险，将珍贵历史文物外借给一个默默无闻的小博物馆。史子还是决心试一试。结果，她收到的只是一些礼貌的谢绝信。

1999年的秋天，她去波兰旅行。当年纳粹设置的犹太人集中营很多是在那里，包括著名的、以毒气室大量屠杀犹太人的死亡营——奥

汉娜的手提箱

斯威辛集中营。

史子去了奥斯威辛,找到了博物馆馆长助理,恳切地陈述自己期待教育日本儿童的心愿,提出了借展品的请求。那名女士似乎被她打动,答应考虑。几个月后的2000年年初,还是隆冬季节,史子真的收到一只来自奥斯威辛的包裹。在包裹里,除了一个纳粹在奥斯威辛用于屠杀的毒气罐,其他都是儿童囚徒遗留在那里的东西:有小小的袜子和鞋,一件小毛衣以及一只手提箱。

这就是汉娜的手提箱。在深色的箱面上,有粗粗的白漆写着"625"的编号、汉娜·布兰迪的名字和她的出生年月:1931年5月16日。底下是一行触目的大字:Waisenkind(德语:孤儿)。这是史子收到的唯一一件标有姓名的物品。

博物馆是等参观者上门的。史子却还组织了一个孩子们自己的小团体——"小翅膀"。他们定期活动,出版他们的通讯,扩展浩劫历史的教育。这些孩子是史子的"中坚力量"。

现在,"小翅膀"们正围着手提箱,提出一堆问题:这只手提箱的主人汉娜是谁？根据汉娜的生日和战争结束的日子推测，她提着这个手提箱走进集中营的时候，应该还是个十来岁的孩子。那么，后来呢？汉娜活下来了没有？

史子也无从回答。她只是向"小翅膀"的孩子们发誓，她一定尽最大努力，去了解汉娜的情况。史子给奥斯威辛的浩劫博物馆去信。他们回信说，他们不清楚汉娜的情况。史子再写信给以色列的浩劫博物馆，他们回答说，从来没有听到过汉娜的名字，但是建议史子去美国华盛顿的浩劫博物馆询问。可是，美国的回信也说不知道。就在她几近绝望的时候，奥斯威辛博物馆又来了一封短信，信中说，他们找到一份名单，显示汉娜是从特莱西恩施塔特（Theresienstadt）转送过来的。其他的情况，他们也不清楚了。

那是2000年的3月。虽然这只是一条简短的线索，史子还是感到很兴奋。这毕竟是她手里唯一的坚实信息。她开始寻找资料，阅读她能找到的、有关特莱西恩施塔特的所有文字。这个她原本不熟悉的地名，渐渐从迷雾中清晰起来。原来，那是纳粹给一个捷克小镇起的名字。它原来叫特莱津（Terexin），是一个可爱的小镇，镇上有两个古堡，始建于十九世纪，用来囚禁军事和政治罪犯。它被居住在那里的捷克人建设得十分漂亮可爱。纳粹入侵捷克斯洛伐克之后，把整个小镇用围墙圈住，士兵看守，把它变成了犹太人的集中居住区（ghetto）。原先住了五千居民的小镇，拥挤地塞满了被迫离家的犹太人。"二战"期间，曾经有十四万犹太人在这里住过，其中包括一万五千名犹太儿童。汉娜就是其中一个。

随着阅读的深入，史子对这个集中居住区有了更深入的了解。她读到许多发生在那里的可怕的事情，读到住在那里的犹太人几乎都和汉娜一样，后来向东转送到更为可怕的地方，如奥斯威辛这样的死亡营。但是她也读到，所谓的集中居住区是比集中营宽松一些的犹太人集中生活的方式。他们在这个被圈住、被士兵把守的小镇里面，有一定的活动自由。同时，在特莱西恩施塔特被圈住的犹太人中间，有许多著名的学者和艺术家。他们利用一切机会，给居住在那里的犹太孩子教授各种课程，不仅让孩子学到知识，还借艺术给孩子们作心理疏导。他们教音乐，还教孩子们画画。最后史子读到，在特莱津，居然有四千五百张犹太孩子在囚居时期的画作，被奇迹般地保存下来。看到这里，史子的心怦怦直跳：也许，那里也有汉娜的画？她抑制住自己的激动，给特莱津集中居住区博物馆，写了一封信。

几个星期之后，2000年的4月，一个大信封从今天的捷克共和国抵达东京。特莱津博物馆回答说，他们不知道汉娜的经历。可是在当年的营地里，确实偷藏了大量犹太儿童在囚禁中的画作。其中许多作品正在捷克首都布拉格的犹太博物馆展出。从信封里，她抽出了五张照片。史子简直无法相信自己的眼睛。一眼就可以看出，那是孩子的画。一张是彩色的花园，还有四张是铅笔或炭笔画。每张画的右上角，都写着：汉娜·布兰迪。

这个夏天，史子精心组织的展览《孩子眼睛里的浩劫》终于展出。作为一个民间小博物馆的小型展出，吸引的观众数量，已经比她想象的要多得多。而且，来的还有成年人，展览应该说是成功的。其中最吸引观众的，就是汉娜的手提箱和她的画。大家看了当然都会问，汉娜是个什么样的孩子？她长得什么样？后来究竟发生了什么呢？史子无法回答这些问题。她又给特莱津博物馆去信询问，他们回信说，他们只有这些画，却并不知道画画的孩子的故事。

特莱津、特莱津，这个名字，一直在史子的脑子里徘徊。她知道，这是唯一可能揭开汉娜手提箱之谜的地方。她决定亲自去一趟。可是捷克在千里之外，她没有这笔旅费。到了七月份，机会终于来了。她受邀参加在英国的会议。从英国去捷克，就不那么远了。2000年7月11日早上，史子终于抵达特莱津镇。可是，她当晚必须赶回布拉格，回日本的飞机是在第二天清晨，她的时间有限。不幸的是，她疏忽了，没有事先打电话和博物馆预约。直到到了博物馆门口，她才发现那里没有人。原来那天恰巧是当地的一个节日，博物馆不开门。

史子万分沮丧地坐在博物馆的大厅里。正不知如何是好，她忽然听到远处的某个办公室发出一个声音，她循声而去，果然发现有个办公室有人。这个意外地待在办公室而没有回家过节的女士叫露德米拉。远道而来的日本女子的决心感动了她，她想尽可能为史子找出汉娜的线索。她按照索引从九万个曾被关押在这里、又转去东方的犹太人名单中，找出了汉娜·布兰迪的姓名和生日。史子仔细查看这张名单。她发现在汉娜的名字上面，就是另一个同姓的名字乔治·布兰迪。他会不会是汉娜的家人？露德米拉判断那是可能的，他比汉娜只大三岁，很可能是她的哥哥。而纳粹做的名单经常把一家人列在一起。

史子还发现，名单上的姓名旁大多有一个折钩的记号。她追问这个记号是什么意思？露德米拉迟疑了一下回答说，有折钩的，都没能幸存下来。史子看了一下汉娜的名字，有一个折钩，也就是说，她和囚禁在特莱津的一万五千名儿童中的大多数一样，熬过了这里的日子，却没能在奥斯威辛活下来。对史子，这不是太大的意外。但是确认汉娜的死亡，她还是很难过。她定定神，继续查看名单。这时她发现，在乔治·布兰迪的名字旁，没有这个死亡折钩。

汉娜可能有个哥哥，她的哥哥可能还活着！史子央求露德米拉找出乔治的更多消息。可是露德米拉在这样一个地方工作，她经历过更多的失望，就不那么乐观。她是有道理的，战争结束已经五十五年了。乔治可能已经改了名字，可能远离家乡无人知晓，也可能在这些年里去世了。可是，她还是尽最大努力帮助寻找。她抽出另一份纳粹留下的名单，那是乔治在特莱津囚禁期间住的那栋房子的排铺位名单。由于拥挤，一个垫子两个人睡。露德米拉对史子说，她知道，那个和乔治合睡的人科特·库图克，他还活着，就住在布拉格。

时间已经很紧张了。史子必须再赶回布拉格犹太人博物馆，打听科特·库图克的消息。史子赶到那里，已经临近闭馆了。她找到一个叫米盖拉·哈耶克的女士。在寻找汉娜那些绘画的时候，米盖拉就帮了很多忙。这次，真是幸运。史子一说出科特·库图克的名字，米盖拉马上说，我知道他，我会帮你找到他。她打了一连串的电话，最后找到了库图克先生的秘书。今天的科特·库图克，是一个艺术史学者。他要坐当晚的飞机出国，秘书挡驾说，他连接电话的时间都没有。在米盖拉的坚持下，提着行李的库图克先生，天黑后匆匆赶到只亮着一盏灯的博物馆。"我当然没有忘记那个时候的难友，"他说，"而且，我们到现在还是朋友，乔治·布兰迪，他今天住在加拿大的多伦多。"

2000年8月，七十二岁的布兰迪先生收到了一封来自日本的信。他打开信，"亲爱的布兰迪先生，……请原谅我的信可能给您带来伤害，提起您对过去艰难经历的回忆……"他一阵眩晕。从信封里他抽出几张照片，那是小汉娜的画，还有一张照片，那是汉娜的手提箱。

一个月后，史子望眼欲穿的回信终于从多伦多来到东京。她在办公室打开信封，止不住激动地叫起来。大家涌进办公室，想知道发生了什么事情。史子喃喃地说,那是个多美丽的女孩。她手里是汉娜的照片。她开始哭起来。她终于唤出了汉娜,一个活生生的捷克女孩。

二十世纪三十年代,汉娜一家生活在捷克斯洛伐克中部,一个叫诺弗·麦斯托(Nove Mesto)的美丽小镇。汉娜和哥哥是镇上仅有的犹太孩子。可是,他们和其他孩子一起上学,有许多朋友,过得很快乐。他们的父母热爱艺术,为谋生开着一家小商店。他们很忙,却尽量抽出时间和孩子在一起,那是一个非常温暖的家。

1938年,汉娜七岁那年,开始感觉周围的气氛变得不安。父母背着他们,在夜晚从收音机里收听来自德国的坏消息。在那里新上台的纳粹在迫害犹太人。接着,随着德国局部入侵捷克斯洛伐克,迫害犹太人的坏消息也在逼近。1939年3月15日,德军占领了捷克斯洛伐克的整个国土。汉娜一家的生活永远地被改变了。

汉娜一家和所有的犹太人一样,先是必须申报所有的财产。后来,他们不得进入电影院,不得进入任何运动或娱乐场所。接着汉娜兄妹失去了所有的朋友。1941年,汉娜要开始读三年级的时候,犹太孩子被禁止上学。汉娜伤心的是:我永远也当不成教师了。那曾经是她最大的梦想。

汉娜的父母尽量宽慰孩子。可是他们知道,事情要严重得多。那年三月,盖世太保命令汉娜的母亲去报到,她离开孩子,再也没有回来。汉娜生日的时候,妈妈从被关押的地方,寄来了特别的生日礼物,那是用省下的面包做成的心形项链。父亲独自照料他们。有一天,他带回几个黄色六角星的标记。他不得不告诉自己的孩子,只要他们出门,就必须戴上这个羞辱的标记。汉娜兄妹更不愿意出门了。可是家里也并不安全。秋天,外面传来一阵粗暴的砸门声,他们的父亲也被

汉娜

在田野里采花的汉娜

纳粹抓走了。留下汉娜十岁,乔治十三岁。他们被好心的姑父领到自己家里。姑父不是犹太人,可收养犹太孩子是件危险的事情。他给了这两个孩子最后一段家庭温暖。1942年5月,汉娜十一岁,乔治十四岁,纳粹一纸通知,限令他们报到。随后,他们被送入了特莱西恩施塔特犹太人集中居住区。

临走前,汉娜从床底下拖出一只褐色的手提箱,就是引出这个故事的手提箱。汉娜和哥哥提着各自的箱子,先坐火车,又吃力地步行几公里,从火车站走到特莱西恩施塔特集中居住区。就在门口登记的时候,纳粹士兵在这个箱盖上写下了汉娜的姓名和出生年月,因为没有父母随行,就冷冷地加上一行注释:"孤儿"。

在特莱西恩施塔特,汉娜被迫和哥哥分开居住。但他们还能够找机会见面。在居住区的三年里,汉娜和哥哥看到他们年老的外祖母也从布拉格被抓来,又很快在恶劣的生活条件下死去。1944年秋天,纳粹德国已经接近崩溃。他们开始加速将居住区的犹太人向死亡营转送。先是乔治被送走。十三岁的汉娜突然失去相依为命的哥哥,这只手提箱,成了她和家庭最后的一点联系。终于,汉娜也接到了被转送的通知。她行装简单,只有那只箱子。里面是她的几件衣服,她自己画的最喜欢的一张画,还有居住区小朋友送给她的一本故事书。她什么也没有了,只剩下一线希望:也许,能在前方追上她的哥哥乔治;也许,还能在那里和爸爸妈妈团聚。她这么想着,提起了她的手提箱。

1944年10月23日深夜,汉娜和许多犹太人,在一阵阵恐怖的吆喝声中,从火车上跌跌撞撞地下到一个站台。在探照灯的强光下,他们几乎睁不开自己的眼睛。汉娜和一些女孩立即被带走,荷枪的士兵大声命令:把箱子留在站台上!

惊恐万状的汉娜松手了。她的手提箱,落在坚硬冰冷的站台上。

就在那个漆黑的夜晚,她们从火车站台,直接被送进毒气室。汉娜甚至还来不及知道:她已经追上了心爱的哥哥,乔治正关押在这里;她也找到了爸爸和妈妈,1942年汉娜的父母卡瑞尔和玛柯塔,也在这里被杀害。

这是波兰。这里,就是奥斯威辛集中营。

制作这个录音节目的加拿大电台的凯伦·蕾文女士,后来在这个节目的基础上,写成了一本书《汉娜的手提箱》。当我发现这本书的阅读对象是九至十二岁的孩子时,我相当惊讶。她显然和史子有着一样的想法:从孩子开始,就应该接触人类历史的一些负面教训,甚至包括悲惨和苦难的具体实例,并以此为开端,学会对差异的宽容与和平。当孩子们同情汉娜的遭遇时,会问为什么;会记住,仅仅因为她是犹太人,仅仅因为她出生在一个和别人不一样的家庭,就遭到迫害,那是不应该的、不公平的。

我之所以对这本书的对象是儿童感到惊讶,那是因为我虽然不懂儿童心理学,但凭着本能,我觉得让孩子以如此方式直面悲惨人生,似乎太早了。虽然在阅读中,我感觉凯伦·蕾文在进行写作时非常小心,她也尽可能地在避免过度的刺激。我还是有些困惑,觉得这样的教育必须非常谨慎。我希望有更多的儿童心理学家研究这样的课题。保持儿童的心理健康,应该胜过其他一切考量。

这使我想到,在一些有过负面经历的国家,对儿童甚至对青少年的历史教育,其实是一个很困难的课题。我想,在日本,出现一些民间机构关注儿童的浩劫教育,用心良苦。他们到遥远的国家去借用历史资料,而不直接使用同时期日军侵略的资料,是有他们的考虑的。

作为幼小的孩子,要直接面对自己的民族、国家、前辈制造丑恶和悲剧的现实,这样的冲击会带来太大的心理困扰。故事遥远一些,道理还在,却避免了复杂的困扰过早引入儿童期。等到孩子们长大了,他们在童年故事的基础上,可以再进一步理解自己国家发生过的事情。

人类历史有大量的负面经验,即使是在和平时期,每个国家也都有大量负面的现实。人们需要历史的传承,汲取历史的教训,需要面对现实。而与此同时,作为儿童和青少年教育,又要警惕大规模的心理伤害。悲和愤等等感情,是正义感的基础,可是一旦过度,很容易走向极端,产生对理性的摈斥。历史教育的目的,是带来一个健康的社会,让新的一代有幸福的生活、健康的心态。他们应该是幽默、睿智、快乐、自尊、富有想象力的一代,而不是一代悲壮的愤怒青年。否则,这个社会出问题的可能不是更少,而是更多。

在2001年3月的东京,史子和她的孩子们终于盼来了汉娜的哥哥乔治·布兰迪,他还带来了自己的女儿,十七岁的拉拉·汉娜。在半个多世纪后的日本,他重新见到了妹妹汉娜的特殊遗物:那只手提箱。他伏下头,伤心地哭了。可是,几分钟后,他恢复了平静。他觉得,妹妹汉娜的愿望终于实现了。她终于成为一个教师,教育了那么多的孩子。乔治,汉娜的哥哥,作为一个浩劫幸存者,他战后的经历,也在对今天的日本孩子表达着什么。他告诉他们,这么多年,他去过很多地方,他始终带着他最为珍贵的家庭相册,那是姑姑、姑父为他保存下来的。1951年,他移民加拿大,有了幸福的家庭。他成功地重建了自己的生活。他告诉大家,他最值得自豪的,是他虽然经历一切,却能够让自己的生活往前走。

乔治告诉日本的孩子,对他来说,他从苦难经历中得到的最重要的价值是：宽容、尊重和同情。他相信，这也是汉娜要告诉大家的。

也许，能够将极端负面的教训，转化为正面的生活价值。这也是值得我们借鉴的。

附言：至2003年5月，史子组织的巡回展览在日本的六个地方展出，参观者超过六万人。

哪怕在奥斯威辛,绘画依然是美丽的
——犹太女画家弗利德的故事

由于偶然机缘,听到一个犹太女孩汉娜的故事,她被纳粹谋杀在奥斯维辛集中营。最近发掘出这段历史细节的是个日本女子。所以,接到东京朋友的电话,不由得在电话里讲了这个故事。讲到汉娜和其他犹太儿童,曾被囚禁在捷克著名的集中居住区特莱西恩施塔特。那里,一个同是囚徒的女艺术家,曾冒着风险教孩子们画画,因而汉娜还留下了四张画作。没料想,朋友在电话那端激动起来,说,我知道那个画家,我在东京看过以她为主题的展览,她还是从包豪斯出来的呢。

查了各自的资料,确信我们在讲着同一个人。我也查到,朋友在东京看过的是一个流动国际展,现在还在世界各地巡回展出。女画家一流的艺术才华,默默坚守的工作和人生,在她死去六十年之后,在世界各地重新引起了人们的认识和反省,她的名字是:弗利德·迪克—布朗德斯(Friedl Dicker-Brandeis)。

一

她生命的开端是在奥地利的维也纳,一个十分普通的犹太人家庭。她出生在1898年7月30日。她后来用的名字弗利德,原先只是母亲给她的昵称,而母亲在她四岁的时候就去世了。她由父亲带大,父亲一生辛勤工作,是文具店的助理。他最经常看到、也是喜欢看到的图景,就是小小的女儿弗利德,完全迷失在自己用色彩和纸张构筑起来的世界里。她从小就迷画画。

作为一个普通人家的孩子,她没有含着银勺子来到这个世界。可在她成长的十九、二十世纪之交,她的家乡却处在黄金时期。当时的维也纳是欧洲的文化中心。在那里,一个普通孩子如弗利德,可以尽情享受视觉愉悦、心智健康和丰富多彩的生活。公园、咖啡馆里常常在举行音乐会和诗歌朗诵。她不用买门票,就可以整日流连在艺术历史博物馆,和名作对视。她也可以久久地坐在书店,从那些昂贵的艺术书籍上,把自己喜爱的大师作品,临摹在小本子上,不会受到干涉。第一次世界大战之前,维也纳祥和优雅、富于创造性的文化氛围,给弗利德的一生,留下了深深的印记。她亲眼目睹了在正常的环境气候下,一个花园可以如何地姹紫嫣红、千姿百态、欣欣向荣。自己就是一个印证——弗利德就是这片花园里孕育出来的一个蓓蕾。

第一次世界大战开始的时候,弗利德十六岁。幸运的是,她能够避开战火,按照正常轨迹入学,经历了第一次正规的艺术训练。她选

弗利德

择了摄影专业。在那个年代,女孩子选择这个专业的还非常罕见。两年中,她师从摄影大师约翰内斯·比克曼(Johannes Beckmann),训练着自己的技能和专业的艺术眼光。弗利德看到,艺术在表现着人的感情,似乎也在在描述着人的状态,可是她已经明白,人和人生,是远为复杂的存在。尽管摄影是艺术中最为"写实"的一个门类,可是经过提炼、提纯以及定格的场景,再普通的一瞬,还是带着强化和浓缩的意味。她写道,"摄影是在捕捉一个瞬间……可是,作为一个人来说,他和周围环境的关系,他和自己的关系,却是无法用一个短暂的时刻来表达的。"

倾向于哲学思考的习惯,使弗利德有些早熟,也使她的艺术气质没有在一开始就发酵成泛泛的激情。她的思考习惯,还来自于性格中和事实上的早年独立。十六岁那年,弗利德和继母相处不好,开始离家独自生活,在学校边读书边打工。

将近一百年前的艺术教育,已经开始了前卫改革和深入探究。而弗利德生逢其时,从做学生到自己成为教师,全程体验和参与了这个过程。现今的一些历史学家和学者,会把文学和艺术,看作是表层的浮华。其实,只要是大家,他呈现的表面绚丽之下,必有深不见底的思想根基。历史学家在摸索的,多是粗大的社会走向之脉络;文学艺术在细细解剖的,却是人们在不由自主中刻意藏匿的内心。在一定程度上,后者是理解前者必不可少的依托;前者又是后者无可离弃的基本背景。

1915年,十七岁的弗利德成为弗朗茨·齐泽克(Franz Čižek)的学生。齐泽克所注重的艺术教育改革,是要发展未经雕琢伪饰的艺术。他相信,任何一级水平的学生,哪怕是个孩子,他的绘画的依据,都应该不仅是他的学习,还必须是循自己内心之脉动。和弗洛伊德学说合拍,他开掘学生自己没有意识到的内心世界。在齐泽克看来,绘画只是一种表现内心的形式。来到课堂上,他常常对弗利

弗利德的作品

德和她的同学们这样宣称,"今天,让我看一看你们的灵魂!"

齐泽克的艺术教学改革,给了弗利德巨大的影响。当然,弗利德自己独立反叛、自由散漫的个性,富于创造力和究根究底的思维习惯,也非常适合于接受当时艺术哲学领域的新兴探索,她的朋友回忆说,弗利德剪着短短的头发,天天都是那件不变的灰色外套,晚上常常逃课,去剧院或是去音乐厅看演出。

战争在进行,时局也在变化,昔日的天堂维也纳,开始挤满了潮水般涌来的战争难民。基本的食品开始短缺。很难想象,就在这艰难时期,瑞士画家约翰内斯·伊顿(Johannes Itten),在维也纳开设了他自己的艺术学校。并且,他本人也在艺术界形成一股新的旋风。随着弗利德转入伊顿的学校学习,她也就深入一步,从齐泽克"未经雕琢的自我认识",进入了一个有着神秘法则的世界。在那里,生命和艺术不可分割地纠合在一起。而她熟悉的"内心脉动"之说,只是走向理解这个世界的第一步。

在伊顿那里,弗利德了解到,艺术只是字句、声音、形式、色彩和运动之间的联系,艺术是以它独特的方式,使得这个地球和谐。她发现,我们对现实的认知,很难被简单描述。基本的骨架构成了形体,而精神在形体之中被囚禁。艺术家必须打开、拆散和研究这些形体,

除去不必要的部分,重新组合。而精神在艺术重建中释放。弗利德还发现,她自己是那么适合这样的一种氛围,在她的艺术朋友圈子里,在她的艺术作品之中,她自然的冲动能够如此完美地表达出来。

那是一条与战争并行的线索。欧洲的政治家们,正在为巨大的利益,以"祖国需要你"的爱国名义,拖着一个个国家的青壮年,打得你死我活。这场战争几乎牺牲了欧洲整整一代年轻人。而在面包和面粉都紧缺的维也纳,在可能的任何缝隙中,音乐艺术的传承在继续,看似了无意义的精神摸索和探求,在坚持发生。这样的情况,不仅对于年轻的弗利德,对于这个世界,都只是一个现象和事实,而不是一个值得思索的问题。

二

师从伊顿的一个意外收获,是二十一岁的弗利德被带进了赫赫有名的包豪斯。

大概没有一个建筑或工艺美术学院的学生,是不知道包豪斯的。包豪斯只是一个工艺美术学校,它是开创现代建筑的四位大师之一格鲁皮乌斯(Walter Gropius),在德国魏玛创办的。那是1919年,战争刚刚结束。

包豪斯的目标,按照格鲁皮乌斯的说法,是"给青年建筑师的一个信息"。学校开办不久,伊顿就收到格鲁皮乌斯的邀请,带着几个自己最得意的学生,一起加入。他还是当教师,带去的学生就成了包豪斯的学生,在他们中间,就有弗利德。

具体地说,包豪斯是要打破美术和手工艺之间的藩篱,也要把建筑和手工艺结合在一起。它既要学生有抽象思维和丰富的艺术想象力，又强调学生有实现的能力，甚至有动手制作各类产品的能力。它培养了一大批具有现代艺术眼光的设计师，成为随之而来的现代建筑、手工艺设计和工业设计的中坚力量。

几年以后，在格鲁皮乌斯对弗利德的评价中写道："从1919年6月到1923年9月，迪克小姐在包豪斯学习，她以其罕见的、非凡的艺术天赋，表现杰出。她的作品始终是引人瞩目的。她的天赋中多方面的特质，结合难以置信的能量，使她成为最好的学生之一。还在第一年，她就已经开始担任教师，指导新生。作为包豪斯的创办人和前院长，我以极大的兴趣在注视迪克小姐成功的过程。"

弗利德在包豪斯如鱼得水。在魏玛，包豪斯的老师和学生组成像艺术村的小社群，住在一起。这是艺术家们非常经典的生活方式。弗利德酷爱音乐和戏剧。包豪斯有着整套整套的艺术节活动。弗利德积极参与设计海报和演出。但她还是把主要的精力扎进学习和创作。她喜欢这里的新型课程，它们支撑着她内心的演进，也支撑着实践和艺术之间的连接。她充分利用学校的条件，甚至学习使用印刷机、金属加工机械，以及能够控制的快速编织机等等。她和同学安妮一起制作的书籍装订机，作为学校的成就，还被记载在今天的《包豪斯历史》中。

包豪斯是如此令人耳目一新。对许多学生来说，包豪斯风格又会成为一种负担。就是伊顿的教学，也会成为一种难以超越的影响。后来的人评价说，弗利德大概是很罕见的，能够消化了包豪斯，又真正从包豪斯"走出去"，重新认识自己、确立自己艺术个性的"包豪斯人"。

就在这一段时间里，年轻的弗利德，也以痛苦的方式，完成了从女孩向女人的转变。

故事的起端，还是在去包豪斯之前。刚满二十岁、才华横溢的漂亮女孩弗利德，有着几个追求者。今天人们还找到一些歌曲，是爱上了弗利德的青年音乐家特地为她而创作的，其中一首题为"我一半的生命"。可是，他们都没能得到回应。弗利德的初恋非常单纯。她只是和一个学建筑的大学生，双双堕入爱河。那就是一年之后和她一起去包豪斯的弗朗兹·辛格（Flanz Singer）。

他们一起在包豪斯度过了两年愉快的学习生活，一起在课余参与戏剧活动。当时在魏玛，有一些当地艺术家也参与包豪斯的种种活动，他们组成团体，称为"包豪斯之友"。1921年，弗利德和辛格又一起参与组织了一场歌剧，弗利德还为演出设计了海报。一个名叫艾咪的女歌手在歌剧中担任演唱，她改变了弗利德的一生。

一夜激情演出，弗利德的恋人弗朗兹，爱上女歌手。不久之后他们就结婚了。弗利德给老朋友安妮的信中说："关键是要让自己平静下来——然后一切都会好起来。我被无尽头的、绝对的孤独所压倒。愿上帝帮助我度过这段人生。"

此后在人们的印象中，弗利德没有太大变化，还是那个风趣、富于热情、不停地冒出新想法的女孩。可是，在这样的外表之下，躲藏着另一个弗利德：她变得过度敏感、忧郁、孤独。她在包豪斯的后期作品，风格明显出现变化。她当时的一组作品《黑暗》，表现着自己的噩梦。只有最亲密的朋友看到她的内心，她写道："我经常感觉自己是一个被可怕的洪水推动的游泳者……在瞬间，我把头抬出水面……我想要对另一个在游泳的人哭喊出来。幸运的是，我对自己没有任何打算，就连一分钟之后的计划都没有。"然而，她的生活突变，却还不是混乱的终结。

婚后的弗朗兹和妻子有了一个孩子"比比"之后,他却又回到弗利德身边,成为她的情人。对弗利德来说,她只有过这样一次起于二十岁的单纯初恋,这是从来没有中断的感情。如今回来的,还是她深爱着的同一个人,却已经是别人的丈夫。她无力推开弗朗兹,无力理清自己,更无力摆脱这样的困境。

弗利德

1923年,他们已经离开包豪斯,开始自己的事业。几经周折,他们从德国回到奥地利,在维也纳建立了"辛格—迪克工作室"。弗朗兹·辛格是个素质极佳的青年建筑师,两个人在艺术才能上不相上下。在学生时代,他们就习惯了配合默契,如今作为成熟的设计师,合作得更加顺手,大量优秀设计,不断地从这个工作室出来。他们在包豪斯风格中糅入维也纳风情,从建筑到家具、手工业产品的设计都有,工作室的事业十分兴旺。

这就是格鲁皮乌斯说的,他以"极大的兴趣在注视"她成功的那段过程。他们在事业上的合作看上去珠联璧合,可是,两人之间复杂的私人关系,却令弗利德越来越困惑。因此,他们的关系常常是紧张的。弗利德的朋友都记得,她是多么地喜欢孩子。当包豪斯的学生在艺术节设立摊位、卖手工艺作品时,弗利德卖的是自己做的玩偶,她的摊位永远挤满了孩子。她一直渴望有一个自己的孩子,她几次怀孕,最后却都顺着弗朗兹的意思去堕胎了。

这样的状况维持了差不多有七八年。而弗利德终于在多年挣扎之后,孕育了自己破茧而出的能力。一段起于二十岁的单纯相爱,终

哪怕在奥斯威辛,绘画依然是美丽的

于在扭曲下断裂,她主动离开,在维也纳的十九区租了自己的创作室,远离弗朗兹和过去的痛苦记忆。

也就是在这段时间里——1931年,三十三岁的弗利德受维也纳市政府的邀请,得到一份向幼儿教师们教授艺术课程的工作。对弗利德来说,创作的成功,并非是她寻求的艺术生涯的全部,这是她内心真正企盼多年的机会。弗利德是一个画家,她更是一个思索中的画家。对她来说,探索艺术发生和生长的哲学,是她艺术实践中无法分离的一部分。也许,这就是她接受的早年教育中,大师们留下的痕迹。

她全身心地投入新的工作,进一步推进了她从伊顿那里学到的艺术教育。

伊顿是一个天才的艺术教育者,可他自己并非一流画家,弗利德恰恰可以弥补这个缺憾。她的教授过程,全都用最出色的、鲜活的示范和作品来表达。这工作简直就是为她的理想而量身打造的——她的教学对象是幼儿教师,她不是在教学生画画,而是在教授艺术老师,让他们理解如何给孩子们作艺术启蒙。那是一个她等候已久的挑战。教学在逼着她进一步地思索心理、哲学和艺术的相互关系。她在自己的精神家园里乐不思蜀。她的学生们回忆说,没有人能够如此启迪他们对艺术的理解力。她教给学生的,是体会艺术如何萌芽,如何像一根竹子一般,先是冒出笋尖,然后它生长、生长,终于,缓缓地展开它的第一片纯净的绿叶。

三

可是,这样平静愉悦的教学生涯并不长久。

二十世纪三十年代初的奥地利，右翼势力已经很强。1933年，希特勒在德国掌握政权。他领导的纳粹，也就是所谓的国家社会主义党，丝毫不能容忍思想和表达的自由，哪怕那是艺术领域的自由。因此，希特勒一上台，包豪斯立即被封闭了。

1934年1月，奥地利的右翼应声而起，在维也纳起来暴乱。虽然"辛格—迪克工作室"已经不复存在，可是他们当年设计的作品被大量捣毁，设计的建筑被拆除，其中包括在1928年建成的维也纳网球俱乐部，以及刚刚建成的希莱艾特（Heriot）女伯爵的客舍。

天性自由的弗利德无法容忍对艺术自由的扼杀，也无法容忍纳粹对犹太人的敌意。三十六岁的她孤身一人，在奥地利纳粹起来的时候，试图加入反法西斯的行列，因而走向左翼，参加了奥地利共产党。在这一时期，她设计了一些反法西斯的海报。这些海报还有着明显的包豪斯风格，并且用词激烈。在一张混杂着希特勒、纳粹军人和混乱的画面中，中间有个哭泣的婴儿，在上面有这样的诗句：

> 这就是你看到的世界，孩子
> 这世界是你投生的地方
> ……
> 假如你不喜欢这个世界
> 那你就必须改变它

在弗利德的朋友圈子里，每天都在这样的选择中挣扎：是留在那里与法西斯斗争，还是逃离奥地利？对当时的弗利德来说，她认为逃离是羞耻的。弗利德帮助朋友们在画室藏匿了一些私人文件。可是有

弗利德所画的被捕和受审
（背坐者为弗利德）

一天，她的工作室遭到搜查，搜出了一些假护照。她马上被逮捕了。在令人目盲的强光下，她在审讯中保持了沉默。最后，法庭没有给她定罪，她被立即释放。一出监狱，她随即离开维也纳，前往布拉格。

这段经历和她的感受，在她后来的绘画《审讯》中，被记录下来。

弗利德的出走，是一次典型的政治逃亡。可是来到布拉格后，在内心深处，她却似乎在前一时期短暂的激昂之上，画了一个休止符。

在奥地利法西斯猖獗的刺激下，热爱自由的她本能地起来抗争，其代价是她偏离了自己原本的心理轨道。这场刺激的最高点，就是她在监狱的经历。

如今，她来到1934年的捷克斯洛伐克，一个犹太人在国会拥有议席的自由国家，对各国的政治难民张开它的双臂。弗利德在布拉格突然重逢自由，重逢她熟悉的宁静、单纯的艺术创造的冲动、深层的艺术哲学的探索和艺术教育与心灵塑造和释放关系的研究，这所有的一切，构筑了她的世界，这也是人类探索本能的一个部分。她似乎感到，假如离开这个世界，她的存在本身都会存疑。虽然她知道危机没有消失，她依然参加一些讨论，依然力所能及地做一些甚至有很大危险的工作。但是，她的激昂已经不复存在。三十六岁的弗利德，在疑惑中试图认清自己。

走进布拉格，弗利德的艺术风格突然变化，她离开新潮，离开包豪斯的结构主义，离开所有高调的形式，回到淳朴的画风。她全神贯注地开始大量的绘画创作：风景、人物、静物，常常带有装饰风格。她似乎要通过这些绘画中清纯的美，来救赎和寻找本原的自我。纳粹在毁坏的，是弗利德心中所感觉的生活最本质的东西。坚持属于自己生命本原的特质和追求，是她的个人抗争最核心的部分。对她来说，假如放弃了这一切，纳粹就已经成功。

在绘画的同时，她热忱地投入了对难民儿童的艺术教育。她已经不能放弃在维也纳开始的艺术教学实验。那是她的专业。她以前一个学生、也是幼儿教师，不久加入了她的工作。后来，弗利德为孩子们的作品举办了展览。她的教育显然是成功的，她让人们看到，那不仅仅是一些美丽的图画，同时还呈现了孩子们的内心。

她的朋友希尔德回忆说，弗利德和孩子们是如此融洽。希尔德最喜欢听弗利德讲孩子们的事情。有一次，一个孩子问弗利德，教堂是什么呀？弗利德回答说，教堂是上帝的家。孩子想了想说，您说错啦，上帝的家是在天堂，教堂是他的工作室。还有一次，一个孩子对弗利德说，我能和您谈谈吗？弗利德说，可以啊。就请她在自己对面坐下。过了一会儿她问，你要谈什么啊？孩子说，我就这么坐坐行吗？孩子其实就是想靠近她，和她待在一起。她的精神家园挤进了一群孩子，他们共同在创造和建设这个家园。

同时，她让自己也回到原来的建筑和工艺设计的轨道。她和维也纳设计领域的朋友们联系上，又开始新的合作，不仅设计纺织品，还参与公寓翻新的建筑设计。她和住在维也纳的父亲也联系上了，因此得知，自己

弗利德的作品

哪怕在奥斯威辛，绘画依然是美丽的

的姨妈和她最小的儿子巴维尔·布朗德斯(Pavel Brandeis)一起住在布拉格。这时的弗利德,也许比以往任何时候,都更需要亲情的抚慰。她喜出望外,通过布拉格的犹太人中心找到了他们的地址。这个偶然的相会,为她的生命带来了一个新阶段。她和巴维尔相爱了。

1936年4月29日,三十八岁的弗利德有了一个属于自己的家。多年孤独的长途跋涉之后,如今,在每天路途的尽头,终于有了一盏专为自己点亮的暖暖灯光,朦朦的窗帘后面,有了一份单纯的感情和期待。弗利德在青春时期为爱情燃烧的炽烈热情,突然又回来了。但是,她已经无法得到自己长久梦想的孩子。她婚后有过一次怀孕,但是流产了。她失去了最后一次做母亲的机会。

无疑,她是幸福的,却偏偏是在一个残酷的年代。每一个如弗利德这样热爱自由的人,都仍然会有不断的、类似的内心挣扎。是不是应该扔下一切去投入直接的战斗,是不是还继续有权力寻求自己的个人幸福?是不是还可以坚守自我?是不是还能因循自己的本能,继续构筑一个属于自己的世界?这些问题从她刚刚踏上布拉格的土地,就已经出现。她甚至和做心理专家的朋友探讨过。朋友告诉她,她时时在追寻着属于自己的那份幸福,那并不是一个罪恶。

最终,她只能顺着自己的本性和直觉去做。当西班牙内战爆发的时候,她周围的朋友都在准备去参加战斗,她也想过要去,可最后还是决定留下来,陪伴她的丈夫,尽一个妻子的责任。

并非只有弗利德凭着自己的本能,理解自由的艺术思维对人类进步的意义。在1937年7月,有两个艺术展在慕尼黑开幕。一个在最知名的慕尼黑艺术博物馆的主要画廊,展览名为"德国艺术的伟大展出"。另一个画展的展出场地在仓库,主题是"堕落艺术展"。通过这样"黑画"的具体展出,希特勒试图让民众知晓,什么样的艺术思维,将不再被他所建立的社会所容忍。在"黑画展"开幕的那天,希特勒发表演说,"艺术领域混进了外行,今天他们是现代的,明天他们都将被遗

弗利德自画像

忘……"可是,多年以后,第一个展厅的画家已经被人们忘记,而那个"黑画展"的作者,包括欧托·皮克斯(Otto Pix),恩斯特·鲁德维格(Ernst Ludwig),奥斯卡·舒尔曼(Oskar Schlemmer),乔治·格劳斯(George Grosz),恩斯特·巴莱克(Ernst Barlach)等德国印象派画家和一些德国的犹太人画家等等,他们每一个人,都在今天被人们记住和重新认识。

1938年3月,德国占领奥地利。意大利、匈牙利和罗马尼亚都站在了纳粹一边。1938年9月,德国和英国、法国、意大利一起签订的"慕尼黑协议",致使希特勒掌握了捷克斯洛伐克的局部领土。六个月内,大部分的捷克斯洛伐克领土,已经在纳粹的控制之下。捷克斯洛伐克已经不再是一个安全的国家。纳粹在欧洲开始公开迫害犹太人。1938年11月9日,德国纳粹在一个夜晚,广泛地袭击犹太人,无数犹太人拥有的商店被捣毁,玻璃橱窗被砸碎,这是历史上有名的水晶之夜。维也纳也传来消息,弗利德当年设计的作品,不论大小,几乎被尽数砸光。弗利德所有的朋友都在做进一步逃亡的准备,周围是一片惊慌的气氛。不论是已经逃离,还是在准备逃离,朋友们都关心着既是犹太人又是知名艺术家的弗利德,告诉她必须尽早离开。

可是,人们发现,所有这一切噩讯对弗利德几乎没有影响。她仍

然在忙着她的绘画和儿童艺术教育。辛格已经逃到伦敦,来信希望她也去伦敦;她的老朋友安妮和她丈夫,给她寄来了移民巴勒斯坦的证书;而她手里持有随时可以离开的护照。她不走的原因只有一个:逃亡对她的丈夫巴维尔已经太晚,他不可能再取得护照了。就像当初没有去西班牙战斗,现在她没有离开步步逼近的危险,只是循着自然也是必然的选择,她要和深爱着的丈夫留在一起。她坚守的是自己的一个世界。她没有清晰高扬的目标,只是顺从自己已经成为本能的逻辑。而这个逻辑的形成,是她这些年一步步曲折来路的结果。

艺术本身是一个没有尽头的探索。弗利德作为艺术家,常常在寻求一张作品,或是一个设计最响亮的定格,但是,她一开始就知道,生活是远为复杂的,她难以高调。如何看待这个世界中自己的位置,如何面对他人、面对自己,是弗利德内心永远无法挣脱的困境,她一生都在对自己发出疑问。

这一年,1938年3月,她这样写道:"我的艺术生涯曾将我一千次地从死亡中挽救出来。通过勤勉实践的绘画,我才补偿了自己不知来源的罪恶。"这种感觉是弗利德一生的主要基调。

四

1939年9月1日,德国入侵波兰,第二次世界大战爆发。一个个国家在德军入侵下陷落——丹麦、挪威、法国、比利时、荷兰。对犹太人的迫害,开始随着纳粹侵略的脚步,遍及整个欧洲。

从1938年到1942年,弗利德和丈夫巴维尔离开布拉格,开始往乡间躲避。他们来到罗诺弗(Hronov),那是巴维尔出生的小镇。那是一个美丽的地方。弗利德写道,"这里是如此祥和,哪怕在我生命的最后一刻,我都坚信,有一些东西,是邪恶永远无法战胜的。"

弗利德的作品

她尽一切努力继续她原有的生活轨迹。他们一开始都在那里的纺织公司工作,弗利德重新开始纺织品的设计。在给朋友的信中,她开始有关艺术史和艺术哲学的讨论。她还不停地画画。在信中,她描述着自己在绘画上的变化:"我不想再作寓言式的表达,我只想描述世界原本的模样。既不是时髦的,也不是过时的。"访问过她的朋友都记得,她能把任何细小的事情都变得很快乐。

美术界依然在关注弗利德。1940年,住在伦敦的美术中介人文格拉夫(Paul Wengraf),提出要展出弗利德的作品,并且把她带到伦敦去。那年8月,《弗利德画展》在伦敦的圆拱画廊开幕,展出了她的风景、静物和花卉,弗利德本人却没有出席。

随着德军对捷克斯洛伐克的逐步占领,情况在恶化,针对犹太人的法规越来越苛严。1939年,弗利德和巴维尔失去了在纺织设计所的工作。1940年,他们进一步转移到罗诺弗附近的一个村庄。在那里,在包豪斯习惯于动手制作的弗利德,开始鼓励巴维尔学一门木匠手艺,来应付不可知的未来。1941年和1942年,他们又被迫几次搬家。犹太人已经不准养狗,上街必须佩戴黄色六角星的标记,不准坐有轨电车,买东西必须在特定的时间,必须用购物券。他们的生存除了依靠勇气和希望，还依仗着当地一些非犹太居民的帮助。

1942年，希特勒决计大规模扫除犹太人。1942年春天，巴维尔的母亲和大哥大嫂，被驱离遣送。他们后来很快死在不同的集中营，巴维尔的母亲在毒气室被谋杀。

在那里最后的几个月，弗利德停止了绘画。巴维尔家的三口人分别死在集中营的消息陆续传来，越来越多的人被遣送。1942年的深秋，他们自己被遣送的通知，终于到达了。弗利德异常平静，当地的小店主回忆说，弗利德走进她的商店说："希特勒邀请我去赴会呢，您有什么保暖的衣服吗？"小店主给了她一件灰色的外套，又暖和又结实，怎么都不肯收钱。弗利德最后送了她一张画。

她的朋友希尔德闻讯特地从汉堡赶来，为着给老朋友一点支持。她们一起装箱，又一次次拿出来，重新装过。一个人只能带五十公斤的物品，她们无助地犹豫着，是带一个勺子，还是两个？为了耐脏，弗利德把床单染成深色。希尔德发现，弗利德是那么自然地又在想着可以继续她的儿童艺术教育。她染着被单说，这些也可以在孩子们演戏的时候作道具，假如染成绿色，孩子披着，就可以象征森林。弗利德还在盘算，是不是给孩子们带了足够的纸和笔。"有那么多需要考虑的细节，"希尔德说，"她连害怕的时间都没有。"

巴维尔和弗利德经过中转站，在那里，他们所有值钱的东西都被搜走了。1942年12月17日，他们抵达纳粹建立的犹太人集中居住区：特莱西恩施塔特，成为囚徒。弗利德的编号是548，巴维尔是549。同时抵达的共有六百五十名犹太人，在1945年"二战"结束的时候，他们中间只有五十二人幸存。

特莱西恩施塔特原名特莱津,是十八世纪的一个城堡,后来成为六千人口的一个捷克小镇。1942年,纳粹把全部居民强行迁出,命令迁入六万五千名犹太人,建立了旨在"彻底解决犹太人问题"的集中居住区。这里其实是个中转站,有十四万犹太人通过这里被转送其他集中营,有八万八千名被送往死亡营,其中多数被送往著名的奥斯威辛集中营。

在集中居住区,男人、女人和孩子是分别集体居住的。在这里住过的犹太人中有一万五千名儿童。类似学校的教育课程是被禁止的。可是,弗利德和其他一些艺术家和学者,以文化闲暇活动的名义,开始对孩子们进行正规的教育。弗利德住进了L410楼,那是一栋女孩子的宿舍。本文一开始提到的那个女孩汉娜,在2000年才被发掘出她的人生故事,她就是住在这栋楼里,也是弗利德的学生。弗利德立即全身心地投入了对孩子的艺术教育。她拼命收集有可能用于绘画的任何纸张,其中多数是被废弃的用过的旧纸。

弗利德爱孩子,也从艺术教育的角度切入心理学,因此,面对这些被囚禁的、失去父母的孩子,她是最恰当的一个教师。她知道怎样把他们从悲伤的死胡同里引出来。有一次,从德国来的一些男孩来到她的课堂上,他们的父亲,被纳粹当着这些孩子的面枪毙了。他们完全是吓呆了的样子,相互紧紧靠在一起,双手放在膝盖中间。一开始,看到他们,弗利德就转过头去,想忍住泪水,可她回转来的时候,孩子们还是看到她眼中满含着泪水,并且止不住地流下来。他们一起大哭了一场。然后,他们跟着弗利德去洗手,弗利德像一个教师那样严肃地说,你们一定要把手洗干净,否则不能画画。接着,她拿来纸和颜料,很快把孩子的注意力吸引到她的课程中。

所有来到这里的孩子,都有过自己非常的经历。其必然的结果就是巨大的心理损伤。纳粹所代表的邪恶,毁灭着文明的物质存在,更在毁灭人的心灵。在弗利德看来,保护人类内心真纯、善良和美好的世界,保存人的创造欲望和想象力,浇灌这样的种子,让它开花结果,是最自然和重要的事情。因此,她的儿童艺术教育,是在引导孩子们的心灵走出集中营,让他们闭上眼睛,想象过去和平宁静的生活,想象看到过的美丽风景,让自己的幻想飞翔。她带着他们来到房子顶楼的窗口,让他们体验蓝天和远处的山脉,画下大自然的呼吸。

在写出弗利德之前,我在各种不同的书里,读到弗利德在集中居住区教孩子画画的故事。直到我读到弗利德完整的人生篇章,我才第一次,对她进入集中营这一时段,不再感到吃惊。对于弗利德来说,这是最顺理成章最自然的事情。她热爱孩子,也热爱艺术,探究艺术怎样被引发和生长,怎样表现和丰富人的内心,怎样从心理上疏导释放和打破对自由思维的囚禁,那是她一生在迷恋地做着的事情。是的,这里的孩子需要她,而她也需要这些孩子。是他们使得她在如此可怕的地方,心灵不走向枯竭。

弗利德画于集中营的作品

她依然在创造着,在思索着,她也在坚持画画,与其他所有集中营画家的显著区别,是他们都在用画笔记录集中营地狱般的生活,唯有她,依然在画着花卉、人物和风

弗利德画于集中营的作品

景。她在记录和研究儿童艺术活动的意义和目的,在探讨成人世界应该怎样对待儿童的世界。她问道:"为什么成人要让孩子尽快地变得和自己一样?我们对自己的世界真的感到那么幸福和满意吗?儿童并不仅仅是一个初级的、不成熟的、准备前往成人世界的平台……我们在把孩子从他们对自然的理解能力中引开。因此我们也就阻挡了自己理解自然的能力。"她还在考虑根据自己的教育实践,写一本《作为对儿童心理医治的艺术》。在地下室里,她为孩子们悄悄地开了画展。还组织他们排演了儿童剧。在最恶劣的现实条件下,她让自己的精神生活在一个正常的世界里。同时,也让这些孩子通过她指导的艺术活动尽量做到:身体被囚禁的时候,精神还是健康和自由的。

那远非是我以前想象的,仅仅是一个人的爱心;这是从二十世纪初开始的,那一个又一个伟大的艺术教育和艺术哲学大师们,一代代交接着的、精神和思想传递的一环。在这里,第一次世界大战无法扼杀的维也纳的艺术学校在继续,被希特勒关闭的包豪斯在继续。弗利德和孩子们在一起,没有建造武器去与邪恶拼杀;他们在构筑一个有着宁静幻想的、健康心灵的,也是愉悦视觉的美的境界。面对强势力

集中营里儿童的作品

集中营里儿童的作品

集中营里儿童的作品

集中营里儿童用废表格纸制作的剪贴画

量,他们能够说:有一些能力,是邪恶永远无法战胜的。

五

在特莱西恩施塔特的囚徒头上,一直笼罩着死亡的阴影。就在这个小镇,三年里有三万三千多名囚徒死于恶劣的生活条件,其中包括弗利德的父亲和继母。在他们死去之后,弗利德才知道他们也曾在这里住过。更恐怖的,是关于遣送到死亡营的传闻。所有的人都知道,遣送通知是最可怕的东西。

1944年9月，巴维尔和其他共五千名男囚徒，一起接到了将在28日被遣送的通知。弗利德立即扔下一切，来到决定名单的委员会，要求与丈夫同行。四年前，她拿着护照却拒绝离开危险的捷克，今天她明知前面是死亡的威胁，却义无反顾地要求前去。

集中营儿童幸存者回忆自己画这张画时说：是因为弗利德告诉他们"用光明来记忆黑暗，用黑暗来记忆光明"。

弗利德被拒绝之后，再次坚决地要求把自己补进下一批的遣送名单。朋友们都劝她留下，她也有充足的高尚的理由留下——孩子们和工作需要她。可是，对弗利德来说，思维的逻辑是那么自然。这样的逻辑，和她全部的思维存在，是合为一体的：她爱自己的丈夫，她要和巴维尔在一起。

她的要求被批准了。在离开前，她做的最后一件事情，是和L410宿舍的管理员韦利·格罗格（Willy Groag）一起，小心地包好所有孩子们的画作，抬上阁楼，藏在一个安全的地方。

巴维尔离开的九天之后，一千五百五十名囚徒，都是妇女和儿童，被装上运牲畜的闷罐车送走。日夜兼程，两天以后的中午，她们到达奥斯威辛。第二天一早，1944年10月9日，她们中的绝大多数人，被送入毒气室谋杀。其中，就有四十六岁的女艺术家弗利德·迪克—布朗德斯。

在"二战"刚刚结束的1945年，八月底的一天，幸存下来的韦利·格罗格，提着一个巨大的手提箱，来到了布拉格的犹太人社区中心。箱子里是将近四千五百张弗利德的孩子们的绘画。那些画作的主

哪怕在奥斯威辛，绘画依然是美丽的

人，绝大多数已经被谋杀在纳粹的毒气室里。一万五千名曾经生活在特莱西恩施塔特的犹太孩子，只有一百多名存活下来。在集中居住区时期，弗利德停止了在自己的画作上签名。可是，在她的要求下，这四千五百张画作，每一张都有孩子自己的签名。

人们一直熟诵着那句名言：在奥斯威辛以后，写诗是残酷的。在很长时间里，人们无法理解和接受：在集中营之中，绘画依然美丽。这些被冒着生命危险保存下来的犹太儿童的图画，曾被久久冷落，没有人懂得弗利德，也没有人懂得这些儿童画的价值。

韦利·格罗格说："随着时间的流淌，他们懂了。"

附记：

将近四千五百张由弗利德的学生在特莱西恩施塔特集中居住区创作的绘画作品，现在在布拉格犹太人博物馆收藏和展出，被称为"人类文化皇冠上的钻石"。

弗利德的丈夫巴维尔，因弗利德鼓励他学会的木工手艺而躲过一劫，从集中营幸存下来。巴维尔后来再婚。弗利德在进入特莱西恩施塔特之前的画作，在巴维尔1971年去世后，由他的孩子们保存。

弗利德在特莱西恩施塔特集中居住区的部分作品，成为美国洛杉矶Simon Wiesenthal Center的收藏。

本文主要资料来源：*Friedl Dicker-Brandeis, Vienna 1898–Auschwitz 1944*。

克拉拉的故事

《克拉拉的战争》是一本写给儿童的历史小说。虽然是面对儿童读者，作者却是丝毫不马虎地作了大量学术研究。不仅有关第二次世界大战的历史背景是真实的，书中这个犹太人集中居住区的状况和发生的事情是真实的，艺术家弗利德·迪克—布朗德斯的艺术课程和儿童歌剧《布伦迪巴》的演出也是真实的。故事里的生活细节都是作者采访了幸存者，尽量根据他们的回忆复原的。她只是把这些真实的故事，通过几个虚构的人物讲出来。

这个故事的一个重要内容，是讲述儿童歌剧《布伦迪巴》如何在纳粹建立的犹太人集中居住区里演出。

歌剧的作者汉斯·克拉萨（Hans Krasa），是著名的音乐家，他于1899年11月30日出生在布拉格一个德国籍的犹太律师家庭。汉斯·克拉萨从小就表现出很高的音乐天赋，在幼年就能够模仿莫扎特的风格作曲，在十一岁那年，他创作的管弦乐曲在当地演出；1927年，他创作的交响乐已经由捷克交响乐团在首都布拉格演奏。后来,他在布拉格参加了一个德国籍知识分子的团体,他们的共同点是,持人道主义的立场,反对盲目的(对德国的)爱国主义,以正面的努力,对善待他们、也被他们看作是自己家乡的捷克斯洛伐克作出自己的一份贡献。他热忱地投入音乐创作,各种形式的作品不断上演。1933年,他的一个歌剧获得了捷克斯洛伐克国家奖。

在纳粹德国占领了部分捷克的时候,在布拉格的九十万人口中,有五万像汉斯·克拉萨这样的德国人。作为被纳粹迫害的犹太人的一员,他很自然地参加了一个组织,那是由反法西斯艺术家和布拉格犹太人孤儿院联合组成的。《布伦迪巴》就是他为这个孤儿院写的一个儿童歌剧。这也是他在被纳粹逮捕之前写的最后一个作品。1942年8月10日,他被送进特莱津的集中居住区成为一个囚徒,在这里他失去自己的名字,编号21855。

在难以想象的恶劣环境中,在死亡的阴影下,汉斯·克拉萨继续着自己的音乐创作。1942年,他用一个钢琴谱,重新为他的儿童歌剧《布伦迪巴》配器。然后,如这本《克拉拉的战争》描写的那样,《布伦迪巴》在集中居住区上演,演员都是作为囚徒的儿童,共演了五十五场。今天,人们发现这位身为囚徒的作曲家,依然长着幻想的翅膀,他新谱写的歌剧,甚至有着二十世纪现代音乐的审美感觉。

真实的历史正如《克拉拉的战争》所讲述的:特莱津集中居住区曾经被纳粹装点伪装、抹去真相。希特勒用这个假象来粉饰纳粹的犹太人政策,向国际红十字会掩盖他屠杀犹太人的罪恶行径。《布伦迪巴》的演出就曾经出现在纳粹的宣传影片中。"二战"结束之后,在《布伦迪巴》所象征的那种文化氛围中,人们没有指责汉斯·克拉萨是

"晚节不保"，与纳粹"合谋"，而是对音乐家深怀敬意。

在这样的文化中，这些特殊的表演不仅是一个音乐歌剧的演出，这也是一种人生哲学的表达。在特莱津，艺术家在坚持正常的创作和教学，学者在坚持他们的学术讲座，他们不仅为集中居住区的孩子们，也为生活在今天和后世的人们，展示了生活本身的不朽，想象力和创造力的不朽，展示了维护宁静心灵和智慧思索的必要、表达了对美的永恒追求。这一切，正是过去的纳粹、今天和将来的邪恶势力试图摧毁、却永远无法摧毁的。相反，思维的简化和概念化，不论表现着怎样正义的主张，却恰是邪恶滋生的温床。

1944年10月16日晚上，汉斯·克拉萨从特莱津被送往奥斯威辛集中营，被谋杀在毒气室中。然而，汉斯·克拉萨的工作带来的快乐和希望，却依然留在人间。

在翻译中，我感到印象深刻的是，作者能够认真地对待细节，同时对当时集中居住区的儿童心理反应，作出细微的描述。现在，《克拉拉的战争》一书的作者，给今天的孩子们写着这样真实的历史故事；今天，许多国家的孩子在一遍遍、一年年地上演《布伦迪巴》，就是要大家感受汉斯·克拉萨正面的、乐观的生活态度，也记得和思考这样的历史为什么发生；就是寄希望于新的一代能够身心都健康地生活，通过他们的努力，就不会在另一个地方，再发生这样的孩子们的悲剧。

外婆的故事及其他

这是一个得奖的故事。在译到最后的时候,我也不由自主地被故事吸引和打动了。打动我的,是传递着家族血脉的历史感。小说的作者用虚构丰富着细节,故事的主干却是一个真实的外婆的故事。

做了外婆的盖比,在向她的外孙辈讲述自己的经历,讲着讲着,盖比仿佛又回到了自己的童年时光,满怀着对父母的感激和思念。艰难岁月是历史,而一个女孩如何度过这样的岁月,却充满了家庭亲情温暖的细微末节。历史书描绘的常常是大历史,可是唯有充满丰富细节和感情的真实故事,才是真正有生命的历史。

我自己有一个习惯,有时候和老人聊天,会给他们录音。录音带放在那里,我也不知道有什么用。直到有两个老人去世,我把录音带给了他们的孩子,才觉得这些录音分量很重。

这个习惯的养成,也是起于一个个人的伤痛。我很爱自己的父亲,就像盖比一样。我从小就不断听父亲给我讲他经历的故事,而他的一生贯穿了中国最动荡的八十年。在父亲去世前,我已经有了一个录音机。可是当时,愚钝的我只知道用它来学外语,从来没有想到,我应该用它来记录下父亲的故事和父亲的声音。待父亲远去,我已经来不及补偿我的过错。我只能不去细想。

我也有过外婆,虽然她和我们不住在一起。我还记得她裹着小脚,梳着发髻,夏天喜欢穿厚实的黑色"香云纱"褂。在我小时候,只觉得外婆似乎生来就是疼爱自己的长辈,却从来也没有想到过,她也曾经是个小女孩,也有她和自己爸爸妈妈的故事。和父亲相反,外婆从来不向我讲起自己,她在世的时候,我甚至没有想过要问她的姓名。在她去世的时候,我已经二十岁出头了,却没有一次想到,我应该坐下来,请求她给我讲讲自己的故事。

我有一些老年朋友,在有一阵风行鼓励老年人"发挥余热"的时候,他们都急着寻找可以发挥的地方,还常常力不从心。我总会劝他们,最好的做法,是先把自己的一生真实地回忆和记录下来,哪怕是给自己的孩子留一份记忆。若说是想对社会做出贡献的话,也是最可贵的一份贡献,因为那是在增进和修补我们这个社会的集体记忆。

我还有一个年轻的朋友,在我读过书的中学里教历史。他教的是初中的孩子。在给孩子们布置作业的时候,他想到针对中国的某一段历史,让孩子们采访经历过这段历史的父母,写出采访记录。我遇到他的时候,他已经连续做了八年,积攒了几千份生动的民间历史记录。他也对我说,他事先没有什么功利的考虑,只是觉得很有意思。我想,他的历史感也一定影响了他的学生。

真希望我小时候就能读到这样的故事,那么在读到历史知识、读懂许多道理的同时,我也能更理解自己的父辈和祖辈,也就能从小培养自己对历史的感觉。今天,技术发展了。不仅能够记录声音,还可以很容易地记录影像了。个人、家庭历史传承的技术手段已经不成问题。

我们缺的,就是盈满着这个故事的历史感。

面对今日的奥斯威辛

昨天——2005年1月27日,我们在电视中观看奥斯威辛集中营的露天纪念仪式:大雪纷飞,冰封雪盖的集中营,黑色的铁丝网触目惊心。

六十年前,六百万犹太人,包括一百五十万儿童,仅仅几年内就被纳粹有计划地成批虐杀了。今天的人们虽然对人性之恶感到震惊并进行了积极的反省,但这一事件引出的国际社会如何建立有效机制以制止同类恶性屠杀,却并不是一个已经解决了的问题。

一

首先,"人性恶"并非轻易即能克服。

恶常有"善"的包装。希特勒纳粹党的全称是"国家社会主义工人党"。希特勒能够上台,依靠的口号之一是"人人有饭吃,人人有工作"。因此,看上去这个政党是"为国家、为穷人、为社会"的。但

"拉拢多数人,迫害少数人",几乎是所有大屠杀悲剧的成功之道。

纳粹的另一个包装是"科学"。希特勒假借"科学"之名,把在二十世纪初蓬勃兴起的优生研究,引入了社会改造的领域。而且在扫除人性之后的"绝对理性"之下,以逻辑推导方式给出"为了大多数人的利益",可以"消灭劣等人"的结论。于是纳粹的科学家心安理得地成批杀害了德国精神病院的病人和保育院的弱智儿童。

"希特勒之恶"之所以能够成功,是因为人类是有弱点的。在内心深处,许多人或愿意相信自己比别人优越,或为了自己的安全不惜让别人成为"替罪羊",如此等等。当反对的声音、人道的声音被封杀,个别人的恶与疯狂又迎合了多数人的弱点,就可能迅速变成群体的恶和疯狂。而唯有群体性恶的支持,才可能实现大屠杀。

"希特勒之恶"是一个典型,犹太人遭遇的"大屠杀浩劫"也并非历史孤例。因为只要符合"纳粹条件",大屠杀就可能随时发生。于是"二战"之后的六十年来,国际社会始终面临一个难题:出现"新的希特勒和大屠杀",我们怎么办?

二

难题之所以成为难题,与"二战"之后国际社会的侧重点有关,其根源也与当时的世界局势有关。

犹太人的浩劫和第二次世界大战大致重合。希特勒杀犹太人和侵略他国重叠发生。在六十年前,由于反侵略战争的进程,集中营被解放,对犹太人的大屠杀才被揭示,并震惊了世界。可是如果没有这个背景,它作为一个孤立事件,大概仍然不会得到足够有力的对待。

之所以这样说的主要原因之一,是当时各国看到了亡国的危险,反侵略自然成为最紧迫的事情。因此战后联合国的成立,其最重要的机构是安全理事会,主要任务是维护世界和平,也就是如何避免新的侵略、新的世界大战,而并不包括如何防止大屠杀。在揭示大屠杀事件的时候,各国强调了希特勒的残忍和疯狂,震惊于人性恶的极致,却没有深刻检讨国际社会的责任和失职,因此也就不可能进一步从国际组织的制度上对防止大屠杀有所建树。

没有对大屠杀作深刻检讨的原因很多,也间接地反映出国际社会本身的众多问题。比如一些国家对大屠杀可以说是间接地负有责任的。在昨天奥斯威辛的纪念仪式上,俄国总统普京出席并讲了话。众所周知,苏联的军队是在波兰境内打败德军的过程中,成为奥斯威辛集中营的解放者的。普京也提到,前苏联是"二战"受害最大的国家,因为苏联在"二战"中死亡的士兵最多,奥斯威辛的死难者中,有相当一部分是苏联战俘。这都是事实。假如这场纪念式是一个战胜纳粹德国的战争纪念仪式,事情就简单一些。可是事关大屠杀,就不那么简单。因为这并不是全部事实。

另一些事实是,当希特勒咄咄逼人地崛起的时候,斯大林与德国签订德苏和平条约,不仅出卖了奥斯威辛的所在地——波兰,还商讨了如何瓜分波兰。因此也可以说,奥斯威辛的存在本身,斯大林负有不可推卸的责任。同时,在奥斯威辛的受难者中,有大量被纳粹从捷克斯洛伐克转来的犹太人,他们落入德国人手中、死在奥斯威辛,是著名的英、法、德、意签字的"慕尼黑协定",把捷克斯洛伐克出卖给希特勒的结果之一。这些国家在出卖捷克斯洛伐克和波兰的时候,德国迫害犹太人的情况已经发生。人的弱点之一是不愿意面对自己的罪恶。所以，这些事实也在阻挡当时的盟国深刻检讨"大屠杀"事件。

由于希特勒不可满足的胃口，战火燃遍欧洲，把苏联和英、法卷入战争，他们才成为"二战"反法西斯战争的力量，才成为犹太人的解救者。也就是说，犹太人当时获得解救，不是人道觉醒的人类有意而为之，而是"二战"打下来的一个意外结果。典型的例子就是当时的苏联。甚至在纳粹兴起之前，斯大林就开始了对自己国民的政治迫害，包括酷刑和大屠杀。在德军占领波兰之前，苏联侵占波兰，秘密屠杀了被俘关押的一万四千七百名波兰军官和一万一千名波兰公民。因此，在所谓的"二战"盟国中，苏联首先不会愿意在战后的国际机构中出现一个遏制"大屠杀"的机制。而各国出于对侵略战争的恐惧，自然的结果就是对主权国家的强调，"干涉内政"变成类似"准侵略"那样的负面的词。

于是"二战"后对"大屠杀"的反省其实是有限的，甚至是含糊而误导的。它使得人们误以为，反种族迫害、反大屠杀、解救犹太人，是反法西斯战争的目标之一。它掩盖了一个事实，那就是，如果希特勒当时不侵略他国，只是关起门来在国内建立集中营，迫害、酷刑和屠杀犹太人，那么，他们就无法借战争的机会得到解救，只要希特勒愿意的话，他们会被杀得一个不剩。

三

国际社会在"二战"之后对大屠杀不能深入反省，因而也就不能建立阻挡它的有效机制，其结果就是大屠杀一演再演。

今天，人们在纪念之中用的都是"过去时态"，总是抽象上升到理论;总觉得,我们要好好反省,人类怎么就曾经做出这样的事情,再也不能让它重演。而事实上,就在人们念念不忘"要记住历史教训",上升拔高得几近空泛的同时,大屠杀的悲剧却一直在发生。例如,在奥斯威辛被解放的五十年以后的1994年,卢旺达发生种族大屠杀,在联合国秘书长安南对联合国是否"需要"干涉委决不下的仅仅一百天之间,就有将近一百万人被屠杀。

安南的犹豫是非常自然的,因为那是"内政"。在"二战"之后建立的联合国,没有授权给他可以"干涉内政"。所以对大屠杀仍然只能"人道呼吁",不能武力制止。仅仅六年之前的1999年,原南斯拉夫的科索沃对阿族屠杀和驱逐,造成"二战"以来最大的难民潮。联合国仍然"不能管",尽管两次世界大战的导火索都是在巴尔干半岛燃起的。人们宁可在文学般的语境中讨论大屠杀的教训,而奥斯威辛以后,国际社会如何建立有效机制,监督和制止大屠杀,却始终无法解决,成了六十年之难题。人们对奥斯威辛以后能不能有诗非常敏感,而对奥斯威辛以后能否制止大屠杀,却显得十分迟钝。

2005年1月27日,就在奥斯威辛六十周年纪念的同一天,我们在电视中看到,美国的一个国会议员,带领了一个民间各界的代表团,最近考察了苏丹和乍得边境的难民营,并作出报告。正是苏丹达尔富尔地区的种族屠杀,导致大批难民的外逃。代表团详述发生在苏丹的种种惨状,呼吁国际干预。就是这同一天,一方面在奥斯威辛纪念会上,各国代表纷纷呼吁:"决不能让悲剧重演";一方面面对正在发生的大屠杀,大家仍然无所作为。所以,一位在浩劫中幸存的犹太人在纪念会上说的话,听起来特别惊心动魄:当年西方社会对纳粹种族清洗的冷漠,令犹太人始终无法释怀。

唯有安南，深知手中没有制度的利器，口号遂将沦为空话。安南非常现实地说，"不能重演"说来容易，付诸行动难。因此，安南只能遗憾地提醒与会者，在奥斯威辛惨剧结束的六十年之后，大规模屠杀在这个世界上仍然没有绝迹。而且"令人遗憾的是，这个世界在制止大屠杀和种族清洗方面不止一次地失败"。

这是我们在大屠杀六十周年纪念日，应该正视的现实。

第五辑

《公民读本》第一课

公民教育是一个一直在谈的话题,许多中国学者都意识到,建立公民社会,要从公民教育做起,要写出高质量的《公民读本》来。由此就想起来,要看看美国孩子在学校里读的《公民读本》是什么样的。美国很多学校有公民教育课程,《公民读本》的教材很多,一般是学者写了,各地学校的老师从中选挑。因为大原则基本相同,所以课本也就大同小异。我随意挑了一本看看,那是密歇根大学的教育学教授写的。

从大的划分来说,这本教材分六个部分:1. 你;2. 地方和州政府;3. 国家政府;4. 促使政府有效;5. 政府的服务;6. 自由企业体系。

前言里引了一个伟大哲学家的话:"了解你自己"。课本认为,你要做个好公民,先要了解你自己。这一部分,一共谈了四章。从第一章,"你——一个人"开始,谈"一个健康的人"、"你和你的个性"、"和他人相处",直到"做个好公民"。第二章是"你——一个学生",谈"学习能力的不同"、"改善你的学习"、"清醒地思考"。第三章是

"你——一个家庭成员",谈的是"家庭是不同的"、"家庭的问题"、"做一个好的家庭成员"。第四章才是"你——一个公民",谈"你生活中的政府"、"政府存在的理由"。

《公民读本》如此开端的原因,在开篇第一段话中就告诉了孩子们:国家"建立在这样的一个理念之上,就是每一个人都是重要的。它的政府制度、经济体系、人与人之间的关系,都建立在这样一个理念之上"。你作为一个人,是最重要的,所以,在这个制度下,你必须能"自由买卖和拥有,你自己决定做什么"。而政府只是为你服务的机构:"当政府是你的仆人,你是自由的;当政府成为你的主人,你就像一个奴隶那样,不再重要了。"课本还告诉孩子,由于"个人是最重要的",政府就不能把自己的意志强加给生意人,生意人就不能欺骗顾客,工会才必须要代表它每个成员的利益。因为"个人的尊严是至高无上的"。下面,课本举出各个不同总统的有关言论,这些总统认同百姓"个人"比他的政府更重要。

课本同时让孩子们认识自己,尊重他人,不是唯我独尊。作为个人,人都是有不同弱点的,而自己的弱点是需要认识和改善的。一个好的公民是有民主性格的。课本对民主性格的总结,我觉得简直就是中国人的老话,翻译成中文很准确的就是:"己所不欲,勿施与人"。你不愿意被伤害吧?那么你不要伤害他人。因此,课本教育孩子,必须学会控制自己,"一个好公民是一个善于调节自己的人","是一个善于学习的人"、"善于思考的人",在以上前提下,才应该是"一个能够行动的人"。

一个好的公民是忠于自己国家的,这意味着你对国家是持建设的、而不是毁坏的态度。假如政府做错事,你严厉批评政府,那是希望它改善，这就是建设性态度。假如你明明发现国家在走向错误的道路，你却还是说，走得好走得好。那是一种毁坏的态度。

作为一个准公民的学生，《公民读本》告诉你，学科"分数对于精神活动的衡量，是非常有限的"，好分数只在测定"学校的成就"，而不是在测定你"人生的成就"。"智商是在改变的"，而"智力是不同能力的组合"。作为准公民，要学会"清醒的思考"。课本认为，能够清醒思考，是做个好公民最基本的品质之一。假如不能清醒思考，给你民主权利，你照样可能被政客操纵和利用。

那么如何才能清醒地思考呢？

首先是，"你的思考必须在事实的基础上"。所以，非常简单的前提是，你有权利知晓全部事实。作为一个为公民社会服务的政府，就必须让信息自由流动，让公民们能够得到全部事实。没有这个前提的社会，就很难有合格的公民。课本还建议学生，不仅知晓事实，还要"不断认识最新发现的事实"，知晓事实之后，一个清醒的思考者"要能够解决问题"。

课本向孩子们指出了最容易陷入的"思路不清"的误区。首先是不能有理想化倾向的"愿望思考"，例如，不能在心里希望一个理想社会实现，就认定它一定能实现。还有，要避免"情绪化的思维"，课本告诉孩子们，"我们每个人都是有偏见的。我们都有自己喜欢的和不喜欢的事情，可是我们不要让它影响我们的清醒思考"。否则，难免走极端。而那些走极端的思路，"对个人和国家都会造成最大伤害"。课本还告诉孩子们，不要轻易下结论，思考要从事实出发，就是说"不要从观念出发"，不要从理想出发。

课本还对这些孩子，未来的丈夫和妻子、父亲和母亲们说：做个好的家庭成员，是做个好公民的基础。课本告诉孩子们，有各种不同的家庭，家庭是有种种问题的，解决家庭中的问题是多么地不容易，而幸福取决于你的生活方式、取决于你对家庭成员的关心和爱。虽然课本不能解决孩子们未来将面临的复杂生活，可是它给了你思想准备，让你懂得，重视"家庭价值"是一个好公民的基本条件。在关心国家、社会、他人之前，先要关心和爱护自己的家人。

然后，课本才对孩子们推出"自治"的概念。自治建立在公民具有民主性格的基础上，霸道的管理不是民主的自治。在家里，有家庭管理的问题，在学校，有学校管理的问题。课本鼓励孩子，你们可以从小尝试，学会组成各种社团，长大可以组织工会，在"人民定规则"之前，每一个个人，要认识和改善自己，敢于承担责任、学会平等地和他人相处。

《公民读本》在告诉"你"，要改造社会吗？先从把自己改造成一个好公民做起。而最后，你会发现，这样的公民准备，又是在使"你"和他人的生活都变得更容易。它和最初的出发点是一致的，那就是，以人为本，人的幸福，是最重要的。

所以《公民读本》第一课，谈的就是"你"。

马克·吐温的真面目

从小就熟悉马克·吐温,喜欢读他的作品,可是我有点不记得是什么时候开始读的了。其实读他的书,对我只是瞎猫碰上死耗子的偶然事件。

美国孩子都能讲出自己是在哪年读了哪个作家的作品。他们课堂上有文学史的学习,从希腊神话、荷马史诗,到现代文学。一个年级、一个年级读下来,孩子们的知识结构很完整。

文学课本和参考书目,都是文学史的学者在做,也在不断更新。运作却是市场化的,他们之间有激烈竞争。上市教材有好多套,老资格的文学教师,挑书时一个个目光犀利。老是落选的教材,就被淘汰了。

到二十世纪中叶,美国新思潮逐步兴起,在六十年代开始猛烈地冲击传统。虽然对制度和观念的挑战始终存在,这套老的教育观却纹丝不动。可见美国是个很保守的国家。

如何教孩子，美国学校靠自己拿主意，和政府无关。有个别学校就宣布说，不能让孩子读马克·吐温了。理由是，马克·吐温是种族主义者，最典型的例子，是我也读过的《哈克贝利·芬历险记》。

不服气吗？证据确凿。

书中的一个场景是：雪莉姨妈听到一艘蒸汽船爆炸的消息。

"乖乖！伤着人了吗？"

"没有，太太，"有人回应，"就死了个黑人。"

"哦，还算运气，因为有时候这种事故真会伤着人呢。"

一场争论开始了。

一方说，你看看，在马克·吐温的眼睛里，黑人根本不算人。另一方说，你看到哪里去了？恰恰相反，这本书描写的是南方奴隶制的时代。马克·吐温通过文学手法，生动描写了一些过着好日子的上层白人，对黑人的生命境遇是如何冷漠。作品表达了对黑人的同情，也在唤起人们的良知。

一方马上又说，马克·吐温在书中使用对黑人贬称"nigger"。在这本书里，这个贬称随处可以看到。这不是种族主义是什么！

"nigger"这个词在中文里常被译作"黑鬼"。"nigger"无疑是一个贬称，随着美国社会对种族主义的清除，这个词从两百多年前的常用词，到今天，变得只有一些黑人自己还在公开使用。可是，能不能处处译作"黑鬼"，我有点怀疑。词语是很微妙的东西，不同时代，不同人，在不同的场合，传达的意味并不相同。一百五十年前的南方，白人提到黑人，黑人称呼自己，都普遍使用这个词。现在，这个词在公开场合完全消失,人们对种族议题变得敏感。所以,人们今天对这个词的感受,肯定和一两百年前是不一样的。

另一方于是辩解说,那写的是一百五十年前的南方啊。这样一本书,如果看不到"nigger"这个词,书的真实性才是有问题。他们进一步认为,书的主题是在呼唤自由。马克·吐温写了一个黑人奴隶,他冒着生命危险,只是为了赢得自由、与家人团聚。他笔下的白人男孩成了黑人逃奴的朋友,还帮助他逃亡。这个黑人的尊严和教养,使得这个白人孩子从此相信,奴隶制度并非理所当然。故事展现了孩子内心的挣扎。在紧要关头,小孩决定,哪怕自己将来要下地狱被火焰烧烤,也不能出卖黑人朋友。写惯了讽刺幽默的马克·吐温,在描写这个逃奴时,笔调变得严肃沉稳,黑人逃奴充满勇气而且高贵,成为整本书的道德中心。为了自己的白人小朋友,他的生命和自由都承受了极大风险。

持以上看法的也有不少是黑人,其中包括美国著名黑人作家艾里森(Ralph Ellison)。艾里森认为,马克·吐温将这位黑奴的"自尊和能力"融入了整本小说之中。

可是辩论之后,谁也没有说服谁,双方仍然固执己见。

于是撇开书本,人们开始研究,马克·吐温在生活中究竟是怎样一个人,是种族主义者,还是有人道关怀的人?除了公开发表的三十多本小说和散文集、通信集等等,人们查看了马克·吐温的所有信件、日记等私人记录。在马克·吐温的时代,小说、戏剧和歌曲中,充斥了对黑人粗俗的嘲讽和贬损。可是人们发现,生活在那个时代的马克·吐温,在私人文字中,却几乎没有对黑人的不恭。相反的证据却比比皆是。

例如马克·吐温写道:"在这个世界上,有不同的肤色,可我的看法是,人的心灵是相同的。"他还写道:"几乎所有的黑色和棕色的肌肤都是美丽的,而白色皮肤很少如此美丽。"

很久以后,人们又发掘出新材料。那是在《哈克贝利·芬历险记》出版的1884年,马克·吐温给耶鲁大学法学院的系主任,写了一封私信。当时,法学院招收了第一批黑人学生。在信中马克·吐温提出,他要私人资助一名黑人学生。他写道:"假如我资助了一个寻求陌生人帮助的白人学生,我不见得就感觉兴奋,可是资助一个黑人学生会令我有如此感受。他们曾被置于非人状态,那不是他们的羞耻,而是我们的羞耻。我们应该为此支付代价。"

马克·吐温为黑人学生麦克昆(Warner T. McGuinn)支付了他在耶鲁求学期间的全部食宿。毕业后,麦克昆成为巴尔的摩市的名律师。他还是全美有色人种协会在当地的领袖,1917年他挑战这个城市居住区的种族隔离,获得成功。在马克·吐温的余生中,他们始终保持了深厚友谊。

麦克昆并不是马克·吐温资助的唯一黑人。他至少还帮助了另一名黑人艺术家,使他完成去欧洲求学的心愿。对马克·吐温来说,这是很自然的事情,没有想到要张扬。因此,直到一个世纪之后,这些故事才浮出水面。1985年,《纽约时报》公布了马克·吐温资助黑人学生的全部细节材料。

说实话,如此"政治审查",对一个作家来说,已经过于苛严。可是,这样的研究和发现,仍然没有能给这场漫长的争论画上句号。迄今为止,争论仍在进行中。

这使我想起人们常常提到的一句话:人是很难被说服的。因此,不要以为通过"摆事实,讲道理",通过说服,就能够解决人与人之间的分歧。可是一个正常的社会,应该容许不同意见的双方,充分地表达,也容许他们保留自己的意见。在公开争论的过程中,像我这样的旁观者,也就有机会全面了解一个有争议的公众人物、一个事件、一个地方、一段历史的全面真相了。

设想一下,如果只准单方面表述,如果断章取义就下定论,如果下了定论就要"一棍子打死",那么,就算是如马克·吐温般的大作家们,也只能一个个像老舍一样去投河了。

一个春天的困惑

一

相比人们的自信，我许是有些悲观。而且，很不合时宜地，在美国南方一个欣欣向荣的春天。

春天又来了，鸟儿在明亮地叫着。让我想起蕾切尔·卡逊的书，那本《寂静的春天》。卡逊的故事早已家喻户晓，一个柔弱女子，战胜庞大的"化学帝国"，证明了DDT（滴滴涕）危及鸟类生存，也在毁坏人类的健康与生存，最终使得DDT在美国禁止生产。DDT的发明人，曾经获得诺贝尔奖。今天，人们提及此事，口气之中，多半暗示那是发奖委员会的一个污点。好在，看上去愚昧和恶势力纷纷落马，环境保护的概念从此发端。结局就像是一个灰姑娘的童话。

可是，王子和灰姑娘并没有从此过上幸福的生活。

我们的面前不是一个童话世界。DDT是杀虫剂。当初发明、启用它，是为了救森林庄稼于虫害，也是为了挽救生命。它扑杀的重要对象之一是蚊子，蚊子传播着可能致命的疟疾和各种疾病。从DDT开始推广，到二十世纪七十年代被禁止，它拯救了至少五百万个生命。我回想多年前，自己被卡逊的故事深深打动，却忘了问一声：DDT停止使用，疟疾怎么办？

疟疾病例在回升。今天每年有二百五十万人死于疟疾，其中百分之九十在非洲。在那里，每年有一百五十万儿童死于由蚊子传播的各种疾病，DDT因此在许多国家恢复使用。在这些国家儿童的眼睛里，DDT竟不是穿了一袭黑色斗篷的恶魔、倒是长着白色翅膀的天使。

善意的环保组织们不曾想到，他们推动全球禁用DDT施加的压力，甚至被贫穷国家看作是富国的傲慢。因为，改用任何新型的、被认为是更安全的杀虫剂，价格都在五倍甚至十倍以上。他们根本用不起。

问题假如仅仅归结到钱上，也许还好办了。真正的问题是，新药物就安全吗？

在发达国家，停止使用DDT之后，科学家发明了替代药物。人们相信科学能解决问题，是因为相信人类认识和征服自然的能力。可是，不论大家是否承认，人的能力实际上是有限的。事实上，每一种新药物的产生，对它安全性的全面了解，永远慢一拍。例如，广泛用来替代DDT的仿雌性激素，二十年一过，待发现它对人类、野生动物的生殖有危害，男性的精子总数已经荒唐地下降了一大截。

那么，恢复使用DDT吗？这又绕回四十年前卡逊已经提过的老问题：危及人类生存的环境毒害又怎么办？

我们面临的,要说是"两难困境",都嫌说简单了。

二

群体的困境,源于我们个人的困境。人性的弱点与生俱来。人有求生避祸的本能。

最近有一条新闻,在香港发现火蚁。虽几经下毒,仍然止不住火蚁在香港蔓延。我不知道香港居民是不是重视这条新闻。他们也许不知道火蚁是什么。我看着新闻却直摇头,火蚁是美国南方的生存常态。

我们住在乡下,每年春天,家家户户至少要买两种杀虫剂,一种对付毒性很大的黄蜂,另一种对付漫山遍野的火蚁。它们对过敏体质的人都会带来很大危险。

三年前,我们七十多岁的邻居杰米老头被黄蜂叮了一口。他估计自己至少能够坚持赶到五分钟车程以外的诊所,马上开车前往。结果,刚刚上路不久,蜂毒发作,他突然昏迷。杰米的车子失控,冲出公路,连人带车翻进沟里。幸亏只是车毁,人还是被抢救过来了。

我们刚搬到这里时,全然不晓厉害,直到也有了蜂叮蚁咬、休克后招救护车急救的惊险,才真正变成一个美国乡下人。第一课的教训,就是开春买杀虫剂,救眼前燃眉之急。

美国当局警告大家,有六千九百万个家庭在使用各种杀虫剂。每到春天,我会很有负罪感地想,一个并非没有环境保护意识的我,怎么也站进了这个行列里?

这样的困境难以挣脱。杀虫剂只是环境问题的九牛一毛。而人性的弱点远不止于求生,除了避祸,人还是趋利的。

今天人们对美洲印第安人弱势的反省,都是停留在政治层面。而当年美洲印第安人锐减的一个重要原因,是交流本身。欧洲移民带来美洲从未有过的病菌,致使对此没有免疫力的印第安人大批死亡。今天,交流仍然是环境灾难的一个重要原因。就像北美的火蚁,今年在香港的山坡上,拱出高高的蚁穴。

我们会在政治层面检讨检疫制度,虽然我们知道,其效果只是杯水车薪。我们不可能检讨"交流",因为那是潜在于我们内心不可克服的渴望。我们乐于从政治层面检讨。不仅是这一层面尚有改进的余地,还因为我们能够获取道德感的满足。而涉及人性本身的弱点,我们鲜有改良的余地,还可能把自己逼上道德感失衡的险途。

我只需要问一下自己,空气污染是最直观的污染。那么,我是不是因此会放弃车船乃至飞机的便捷?为了阻止水电站对生态的危害,我会不会放弃电灯、洗衣机、冰箱,拔掉家里所有的电器插头?或者,在三里岛和切尔诺贝利核电站事故之后,仍然让自己坚信,核电站就一定是安全的电源?

我们面对的问题,大部分来自难以克服的人性本身。

三

环境恶化的加速度似乎并不意味着我们的无能。相反,它恰和我们能力的扩展同步。最突出的是技术,假如套一句俗话,技术是在"突飞猛进",更新的速度,还分分秒秒在加快。

与生俱来,人有创造的欲望,人有攀登高峰的欲望,有"更快、更高、更强"的欲望,也有更便利、更舒适的欲望。那么究竟在跨出哪一步之后,就会失去了分寸?尽管不断有人呼吁,要人们有所克制,但人性的优点和弱点,有时只是一个硬币的两面;人所创造的善果恶果,也往往齐头并进,无力弃恶而仅仅扬善。

原来分散的,现在有能力集中;原来小规模的,现在纷纷合并。在我们为电子信箱的便捷欢欣鼓舞的时候,不知何时起,城市、国家、世界,已经兼并成一些大电脑的主机。

结果,像是在应着巫师的咒语,强大技术的催生婆,一面培育起超强的个人,一面催生出脆弱的社会。几个人,花一千美元买机票,就可以发动一场造成人员、经济损失都超越珍珠港事件的战争;一个不那么难得到的低污染核弹,就可能将一个大都市逼成一座空城;电脑病毒的入侵,就可能瘫痪一个国家的核心部门。技术提升,终于令一个质变在魔术般地完成:战争能力从国家军队,无声无息地开始转让给个人。而大国的经济命脉,日益命若丝弦,只维系在几个大都市的金融中心,牵一发,便全国方寸大乱。

过去,避免毁灭性的灾祸,要阻挡的是一个国家的或像纳粹那样一个政治团体的疯狂。现在须防备的,竟可能只是某个个人的疯狂。我们说,只要大家都善待他人,即可免遭此祸。对这样的天真论断,我想,最先在一旁暗笑的,准是一个写小说的——社会是否能够杜绝疯狂,专事研究"人"的文学家,也许最有发言权。人的复杂性带来了社会的丰富性,也是文学创作者乐见的良田,生长善恶恩仇、也生长关爱和嫉恨,由此丰收喜怒、哀乐、祥和与暴乱。人或许希望能够建立一个全体一致微笑的机器人社会,可惜人的世界上帝已经如此安排:终有人是疯狂的。我们为技术的高速发展兴奋得满脸通红,只能闭上眼睛不去看;而从事创造和毁灭的双方,都因此获得了同样大展身手的机会。

恐怕,前面纵为悬崖峭壁,我们也已经回不去了。

我们连回顾的时间都没有,观念在前所未有地加速变换、急奔乱走。以往,我们的观念曾经在时间河流的缓缓冲刷下,逐步沉淀、逐步淘洗、逐步修正和演进。今天,我们从一个急速的旋涡,被抛向另一个急速的旋涡,已经难辨南北与东西。

我问自己,在飞旋直下的潮流中,我脚下的支撑点在哪里?我又有多少道德自信的空间?我能使自己改善多少?我知道,每个人只是一个微不足道的个体。可是,同时又可以是一个有意义的、随机的考察目标。我像是在回答一份社会学的调查问卷,面对问题,却满腹狐疑。

春天的鸟儿还在叫着,而我,或许永远也找不出一个满意的答案了。

为一本回忆录写的序言

这是第二次读这本回忆录《儿时"民国"》了,读了还是很喜欢。

第一次读的时候,还是作者伯威写给自己、流传在很少朋友之间的一份私人回忆。写的时候,他并不曾想要付诸出版。我猜想,使他心中隐隐冲动、忍不住拿起笔来的原因,是到了怀旧的年龄。

人人都会怀旧,伯威有些特别。我很惊讶他的天赋,那是一种说不清道不明的东西——从懵懵懂懂的幼童开始就有的敏感、观察力、超强的记忆和那种好琢磨的劲头。

我一开始看伯威写的回忆,是出于好奇——曾经看过一个朋友写的家族回忆,里面提到,她的一个美丽姑姑深居云南深宅大院的深闺之中,却被一个上海来的"小白脸""拐跑了"。而伯威,就是这段浪漫史的硕果。读伯威的文字,能读出他的得天独厚,读出这段浪漫姻缘的绵绵延延。他的文字平和得体,正是越过了粗粝的年代之后,家庭和父母给予的教养又从很深的地方,自然而然走出来的表现。伯威遗传了父母的幽默，照他的说法，他对好笑的事情总是记得特别牢。因此，曲折的人生经历，没有消磨掉他的天赋，却丰富了他的体验，使之在成熟的年龄，能够散淡超然，从自己的独特视角，来回顾历史和人生。这使得伯威的回忆录很好看。

真的看下去，牵动我的就不再是传奇故事的线索，而是伯威以他记录描绘的功力，为我们展开的洋洋洒洒的历史场景。

伯威1935年出生在日军攻陷前的南京。伯威经历的抗日战争、国内战争等等，仅仅是我们出生前十几年的事情。可是我们无缘亲历亲见，只能从书本上去了解。而我们读的，常常是现代戏剧的"大舞台"，那些重要的人物在上上下下，强烈的聚光灯，虚化逼退了周围的一切，被省略掉的，恰是最丰富的社会生活。伯威对早年的鲜活回忆给我们补上了这一课。这是一个求知欲旺盛的少年人叙述他的所见所闻，不论是三教九流、还是社会百态，都描绘得活灵活现。看上去是零散的，可又被社会大势的走向聚合牵动，融合在一起。

伯威和我哥哥年龄相近，他的父母也和我的父母同代。抗战期间，都在历尽曲折之后，来到陪都重庆。抗战胜利后，又都急迫迫地回到上海。尽管他们的行业、处境不同，可是都背井离乡，都要跑警报避炸弹，都经历一样漫长的被迫颠簸和不安定的避难煎熬。我曾经零零星星地听过他们的故事，可是往事就像一捧珍珠，被他们在匆忙前行的路途中撒落。我们长大之后，父母兄长的生活，都像是跋涉在干涸的溪流河床，人的精气神都被渐渐耗光。他们疲于应付眼前，再也没有心情去寻找失落的过去，再串起那条珠链，即使偶尔从箱笼深处拾出往事，也只是像业已黯淡的珍珠，幽幽地一闪而已。

可是，伯威的回忆是完全新鲜的感觉，就像在讲述昨天刚刚发生的事情。惊人的记忆力固然是一个原因,更多的原因,还是来自于他经久不衰的兴致勃勃,活像今天的他,还是那个对万事好奇的美少年。也许是对往事的回忆,在牵出他的热情,我相信在他说到爸爸、妈妈、弟弟、妹妹的时候,那个早年的家和那时年轻的亲友们又在头脑中活跃起来,早年的街景与街坊邻居们也活生生出现在他的眼前。

伯威在回忆中年轻起来。令他年轻的还有他对已逝去的以往年代的感情。人们曾经正正常常、踏踏实实地生活过,家庭、邻里、街坊、社区,不论亲聚疏散、悲欢离合,都发生在人与人之间,是人间之悲喜剧。可是忽然间一切都开始转变,人际的关系忽而变成人与政治力量的关系。在这样的关系面前,个人被挤压甚至踩扁了。人被戴上符号,符号决定着你的价值。就像那个年代的货币,使用时必须伴着票证,没有票证,钱就不再是钱了。人们在水中沉浮,必须在没顶之前,伸手出来打捞、抢夺那个标志着"革命"的符号。没有它,你的儿子女儿、孙子孙女都可能背你而去,更不要说乡里乡亲。

伯威仔细地描绘了这个转变。他自己、他的家庭、他的生活,就是社会的一个样本。丰富的社会背景,从伯威的视野里消失了,那温情的七姑八姨,那风流倜傥的叔伯子侄,都进入一个改造的模子,出来之后一个个灰头土脸、屏声敛气。原先敏感的他,目光也凝聚起来,舞台上的背景在开始远离、模糊,政治性的冲突成为聚焦的中心。伯威回看自己,一个生青个子,有了那标签,就变得有点不认得自己,气变得粗起来,和他那个暖暖的家,开始发生冲突。这一切,在外公去世的时候达到高潮。我似乎看到今天的伯威,茫然看着当年愤然冲出母亲房间的自己,心里伤伤戚戚默问:我是怎么啦?他真实地写出那个少年郎,是因为到了这个年纪,他不想欺骗自己。后来,伯威也失落了那张"革命"标签，随即失去价值，自此便被众人随手抛弃。

这种转换是具体的。伯威的回忆从童谣而起，他记下唱过听过的歌谣，从孩童时期到青春时代。从这些民间的歌谣，可以清楚看到社会变化。儿时的歌谣，歌词是稚嫩的，却因触动了人所共有的那点温情，诗意和文学意味便自在其中。此后的歌谣是成人的，却因为出于功利性的宣传需要，变得与"文"无缘。这种变化也体现在伯威记录的生活细微末节里：一个本应多姿多彩的社会，在转向外观日益粗暴艳红时，内心却是日见贫乏苍白。

我们经历过这样的时代，以为那内在的苍白便是天经地义的"朴素阶级感情"。直到社会再次转换，我们才跟着吃力地迷茫地"转型"。而伯威不一样，他们比我们年长，比我们更多地保留了对"正常的生活"的记忆。回想我们在那个年代，岂不是靠着伯威这样的兄长，还有父辈，潜移默化地向我们输送了一些什么，才没有彻底退化成猿。伯威从噩梦中醒来，重新经历了一次"从猿到人"的复苏。只是，复苏的已经不是那个胸怀壮志的少年，他已经两鬓斑白，他温情世界里的亲人们，已经踽踽远去。

想到伯威肯写下这部回忆，我觉得真是一件幸事。人们因此得到一部真实生动的历史记录；而亲人们的音容笑貌得以留下来，自己能把心又稳稳地放回原处——对伯威、对亲人的在天之灵，都是一个永恒的安慰。

读《我们仨》

晚上睡不着,就看完了杨绛的《我们仨》。

看一个温馨的家,从两个清纯的少男少女谈恋爱,到生下一个小乖孩,到几十年后在死亡面前离散。失散之前,杨绛已是八十多岁的老人,丈夫女儿都住在相隔很远的医院里,走着人生的最后一程。她照顾着丈夫,每晚和女儿通电话,一周去西山的医院看她一次。就在最后的日子里,他们维持着家里几十年来的幽默,在写得歪歪扭扭的信上自嘲。说起自己,总是好的,轻描淡写夹着玩笑,却认真地在为亲人着想,衣食住行关照得仔细。这种幽默感,这种对家人的感恩,这种温暖的如手拂细绒织物般柔和的心情,贯穿了他们的一生。就连他们给亲家母的信,也是吴侬软语,戏言戏称,把另一个走近的家庭,也圈进了他们快乐的小圈子。

我从同样的年代走来,当然知道,他们回顾一生时可以有多少怨愤。现在的人们甚至抱怨中国的老一代知识分子几十年来不抗争。而我却从中体验到生活中的另一种坚持：坚持亲情的可贵和珍重，坚持在自己能够维护的那一小方土地上的正常和快乐，维护和保留文明的种子，坚持常识和常情，又通过敬业的工作态度和对亲友的关爱，传布这样一种文明。谁能说这就不是一种建设性的抗争。就像我读到过的一个犹太女画家，在纳粹集中营里不仅画着美丽的花朵，还教孩子们画明朗的风景。她没有离开危险逃生，是因丈夫不能取得离境护照，而她认为亲情重于生命。

这本书让我回到久远前故乡的家，仿佛能触摸到父亲的手背。回想父亲，他也总是在笑，说着那些让我也笑起来的话。在我们成长的年代里，学校关门了。我们都下放农村，说是要"扎根"，似乎已没有前途和希望。我那个时候交友甚广，小学、中学同学和川流不息进出我家的"插队"小朋友们，都喜欢坐在那里和我父亲聊天。父亲告诉他们，希望会有的，人在恶劣的环境中要读书。"人可以拥有自己独立的精神生活，"父亲说，"那是谁也拿不走的。"在贫困而匮乏的年代，父亲用省下的吃食，给各种来路的孩子们做饭、烧点心。我们长大起来后，大学终于开门了，小朋友们都出息成国家栋梁，很神气地在各地跑来跑去。父亲离去了。几年前在波士顿巧遇一个小学同学，几十年不见，不认识了。我们一起坐了半个钟头才敢站起来相认。打完招呼的第一句话，她就说，你爸爸那时对我们真好，教我懂了很多道理。

随着岁月的逝去，环境变得更加宽松，长大起来的孩子们开始超越了我们父辈的局限，也开始看不起父辈，觉得上一代的知识分子没有脊梁骨。想起当年在父母面前，我们曾是时代潮流下多么可笑又可怕的小生青。因为爱，父辈吞下了他们看不顺眼的事情、甚至咽下了我们对他们的伤害，原谅了我们的年轻。今天，我们回过头来看前辈，却是多么挑剔。

我们也许有了我们重视的脊梁骨和犀利，可是和钱锺书、杨绛、圆圆一家相比，却失落了温良、敦厚、谦和、幽默、宽容、平稳。这不仅是两代人不同的个人素质，更是在知识阶层中所表现出来的不同时代的文明厚度。《我们仨》是一个家庭故事，却让我想到：破——固然不易，立——则千难万难。

《野火集》的启示

龙应台在海外旅居十年后，回到台湾，一边当教授，一边一篇篇地写她的《野火集》。她从小生活在台湾，去国一程将近十年，而初次回去定居，她却变得"容易生气"，一切以前感觉理所当然的事情，出乎意外地变得难以接受。确实，两个不同源头的文明，若选择在一个个人身上冲撞，发生的事情就可能叫做悲剧。但是，龙应台把它化为了一种积极的力量。

这个世界很大，而信息的开放，使得和国际接轨变得容易，对外部世界逐渐知己知彼后，就会自然作出调整，面对外部世界，不再感到紧张。这是很关键的一步。曾经有过的过度自卑和自尊，是源于对世界的陌生。因此可以相信，当年《野火集》中让人感觉惊讶的一些话题，已经在今天成为常识常情。可是，我也相信，龙应台话题背后的东西，人们仍然需要了解。这就是龙应台今天仍不过时的原因之一。

今天台湾的政治制度和社会规范,是移植于异质文化。一些概念,虽然是大家耳熟能详、张口就来的名词,在讨论中频频地运用,可是这并不是说,大家在讲的就一定是同一回事。在这些名词之间,可能存在很大的认知差异。所以,在争论的时候,有时就是鸡讲鸡的,鸭讲鸭的,似乎在使用同样的语言和名词,实际上讲的却不是一回事。

先是概念就来自外来文化。当它用"汉字"来表达时,这些"字"携带着它本来已有的灵魂,又输入一些外来的血液,以一个新的面貌,开始自我表述。然后,在我们脑子里形成固定印象,形成新一轮的概念。它们和原来的本意,可能并不完全相同。就如同现代政治的政党概念,进入东方文化时,常常携带着我们原有的同生共死、忠诚不贰的团体组织感,但在概念的原生地,却是随意切换的个人观点选择,而它的基础,是崇尚个人取向的文化价值系统。那种散漫和疏离,和中华文化中传统的家族、小团体的紧密联系完全不同。异质文化中那些离散的个人,又由于西方文化中宗教的影响、结合从市民走向公民的传统,形成了具有公民责任、公民权利、公德心、自我反省、自我约束的社会细胞结构。如此走向一个法治的社会,乍看上去,一盘散沙各行其是,实际上却是有章有法。

二十世纪八十年代,台湾的集权制度已经穷途末路。一个学者理解和指出制度的不合理,已经不需要很高的智慧。可是,要预警制度变更之后社会适应的难点,却并不容易。政治家们,包括学者们,也立即面临一个学习过程:如何塑造自己作为普通公民的平常心,平衡自己的公民权利和责任;如何拒斥权力诱惑,作为一个公民平等地进入社会生活。《野火集》的出版在台湾社会质变的前夜引起震动,龙应台的批判性成为令人印象深刻的现象，人们也因此可能忽略隐隐在下支撑它的基础。

龙应台的特别之处在于，她不仅直接抨击制度，而且更多的是把批评直指社会的非公民化、即公民社会特质的缺失，直指包括每一个个人在内的公民意识之淡薄。她批评台湾教育的核心，是指出教育没有在为公民社会做出准备。龙应台根据自己对世界和台湾的了解，一定知道，在台湾的集权制度瓦解之后，一个移植的制度会立即面对公民社会的单薄基础，面临根系深入的障碍。龙应台从一开始就选择站在一个孤立的位置。不仅批评政府，更多的是尖锐刺向每一个人的内心：你有没有为一个公民社会做好准备，你自己是不是一个合格的公民？假如不是，先改变你自己。面对中华文化圈，龙应台不避讳她的思想资源的异质文化源头；面对民众，她紧追不舍地指出每一个人的弱点和未尽的公民责任。

而龙应台的尖锐又并不走向居高临下。她也是和你一样的一个公民。这种分寸感对一个传播火种的知识分子，常常很难拿捏。从中华文化圈里出来，很多人能够做到文字优美、内容正确、逻辑严密，可是，也许是我们习惯了这一文化中"士"的特殊位置，即使理解平等的意义，对自己的定位定调往往还是会"开低走高"。做社会批判时，会忘记自己也是社会的一员。批判的烈度越大，自我的位置就不断上升，不能持之以恒地维护和读者对话的平等。因为在我们的文化中，历来缺少平等的概念，我们自己的"低调"往往只是理智的产物，而不是本能的反应。

相比二十年前，同属中华文化圈里的知识分子，都有了更大的舞台来表现自己。可是，要留下不但能够震撼当时，更能让人长久回味、影响深远的文字,就不仅需要扎实的文字功底、思想的力度,还需要许多其他的东西。阅读龙应台,我常常想到:刺破平静水面的锐利冰峰也许只露出一角,可是你总是可以在水面之下,找到沉沉稳稳的一个山座。

听一次演讲后的随想

一个偶然的机会,听到台湾著名女作家龙应台的一次演讲。她演讲的题目是:文人参政的感想。

首先想到的竟是,时间过得真快。龙应台是我喜欢的作家,陆陆续续地买过一堆她的书。后来就见报纸上轰轰烈烈地报道她出任文化局长的消息。之后,报上的风浪渐渐归于平静。作为读者,她好像就从视线中远去了。现在,重新见到一个作为作家的龙应台,当面听到她讲述自己的当官经历,才注意到她的这次身份转换,其实有整整三年半时间。的确,比我感觉的要长久得多。我原来以己度人,料想她不过是"玩票","玩"个一年半载也就走人了。没有想到,她是个远为认真的人,走的时候心里还有很多遗憾。她说得实在:其实许多事情还刚开了头,却没有做完。

龙应台讲到自己当初走进了一个悖论。她给知识分子的定义,是在体制外持独立批判立场的人。而她作为著名知识分子,却走进体制

"当官"了。她对自己的理解是,在她走进去的一刻,她就必须暂时放弃了自己"知识分子"的立场,在这个时间段里成为一个完全的"官员"。虽然她也讲到,自己其实对于官僚体系是如何陌生,对工作可能遇到的困难是多么估计不足。但是,她就是这样彻底地走进去了——一去三年半。

龙应台文人参政的经验之所以有意思,是因为她虽然在进入官场的同时,就暂时放弃了文人的身份和批判立场,但是她却依然是带着文人的理想和观照、带着她文人的观察力和思考习惯,进入这个操作构架的。而这个操作构架,又是一个没有尝试过的实践。一方面,她在尽自己的力量,一砖一瓦地搭建着她热爱的家乡文化事业,另一方面,她也在考量着这个制度的运作。

在一种制度还没有实行的时候,我们很自然地会把它抽象化和理想化。我们会无暇去探讨这个制度具体运作的艰难和困惑,尤其是这样从外来文化移植而来的制度;我们会觉得这一切困难都还是遥远的事情,甚至觉得如此细究是败自己兴头。但是这种抽象化和理想化,也很容易走向简单化,使得人们期望过高,在真的面对制度运作的复杂性时手足无措,甚至因过度失望而走向它的反面。

因此能够有一个目光敏锐的作家,先深入一个制度的运作中心,又出来谈谈自己的感想,实在是个难得的机会。那么,龙应台看到了什么?她最大的体会是:台湾从原来的专制制度中获得解脱后,原有的历史文化惯性会依然禁锢人们的心灵,使达到目的成为一个艰难的漫漫长途。

我自己是深受触动的。不仅因为我们有共同的文化根基,还因为我们都经历过几乎从纯文化讨论向着制度建设讨论的转化。我们和一些朋友们曾经有感于国人的讨论一度都在"形而上"上兜圈子,却很少有人顾及制度层面的"形而中",因此,才试着介绍制度的发源地在制度层面的建设和思考。在最后触及到了制度渐进的根源时,才又反过来看到,这种制度思维的产生,与来自不同文化的人和不同的思维习惯是分不开的。在这个异质的文化中,表面上时时能够感受到的是本能一般的对自身的自讽自嘲,而不是对他人的苛求;这种文化性格来源自一种深层的有敬畏、能自省的精神。而这种精神和与之如影随形的对他人的尊重,以及成为民族性格的幽默能力,才产生和较为顺利地维护了这样一种宽容的、让和自己不一样的少数人也有生存空间的制度。而今天,龙应台正是在一个和我们类同的文化中,以具体操作的切身体会,在对其进行印证。

龙应台告诉我们一些有趣的故事。例如,在她上任后不久,就遇到一个台北市"议员"的长辈去世。她惊诧地发现,在台湾遇到这样的情况,市长必须带着手下的三十来个行政长官,也包括她龙应台这样的文化局长,去"议员"家集体吊唁鞠躬。对于长期生活在海外的龙应台,这当然是一件匪夷所思的事情。事情的缘由,竟也是出于"民主制度"。因为三权分立,市行政分支要提出什么提案,去完成一件实事,就必须得到议会的通过,才能够立法成为法案,行政分支才有合法的执行权。因此,行政分支最怕的就是议会的否决和作梗。所以,"顺理成章"地就推出了行政分支竭力讨好议员的事情。在台湾,传统文化的礼仪保存得尚属完好。婚丧为人生家庭之大事,社会贤达前来致礼实乃人之常情。这既表现了非常正面的、维持社会常识常情的一面,又由于其畸变的含义,成为制度运作中一个病态奇观。

正由于龙应台曾经是一个作家,她虽因进入体制而暂时放弃了批评的笔,却没有丢弃一个作家的灵魂,野火此刻依然燃烧,却是在自己心里。所以,在别的官员觉得无可选择的时候,她却停下来,觉得这不是一件理所当然的事情。我想,假如龙应台今天还是一个居于遥远海外的作家,她只需挥笔批判即可。可是她那时不仅是站在体制内、还同时站在父老乡亲们的土地上。她要面对的不仅是含糊其辞表达的陋习,还有重重绵绵、无以言表的世故人情。所以,并不是如在道理上做是非曲直判断那么容易的事情。

结果呢,龙应台还是缘于作家的理念,选择了不去。她说,她选择不去,就坚持到底,以后不论是哪个"议员"的类似场合,她都不去。那么再下面的结果呢?龙应台说,她觉得自己因此要承受更大的压力。例如,"议员"曾经特地调阅了龙应台全部电话的通话号码记录,以查询她是否"以权谋私"。却不仅没有查出问题,还发现龙应台在到任一开始,就交出几个电话号码,关照秘书,这是她的亲友,凡是打往这几个号码的电话,都由她私人付费。也就是说,龙应台觉得,她坚持了自己的理念,就必须更廉洁、更经得起代表民众的立法分支的监督。

听到这里,我也想到,市议员调查龙应台的电话记录,可以说那是龙应台拒绝顺应市行政官员们讨好议员的旧习,因而招来苛求;但也可以说,那是议员在正常行使监督权。只要事情是在他们的正常职责范围,你往往无法责难他们的动机。因此,我也想到,其他的行政官员们仅仅是不愿意承受对个人廉洁要求的额外压力,还是更怕工作中遇到"说不出道不明"的刁难?正如龙应台那天讲到,为了举办"台湾国际诗歌节",她必须走访一个又一个市"议员"的办公室,一遍遍地向他们说明她的构想的理由,甚至可能还要向一些"议员"说明"什么是诗歌","什么是诗歌节","为什么要花那么多钱举办诗歌节",因为,没有议会的批准,天大的好事,她也办不成。

所以,那天听着演讲,我其实很想问一个问题:由于议员对行政分支的工作支持,是有一个上下限的幅度的。只要在这个幅度之内,纵有新闻监督在,都往往奈何不了一些出于私心却冠冕堂皇的阻挠。那么,假如你知道,在当时当地的议员水平下,你特立独行的后果,不仅是个人要承担压力,而且是你建设城市文化构架的理想要因而受挫。也就是说,你支付的将是损害公众利益的代价。在这样的情况下,你还会坚持你的"不随俗"吗?你还有这个信心,相信自己不随俗是道德上正确的吗?

我知道,这是一个几乎两难的问题。在民主社会,这样的难题却也是经常出现的。这其实是"民主制度"经常在支付的代价。民主制度甚至通常是低效的,因为监督程序本身,就是在消损效率。那么,假如一个社会的国民和精英是素质低下的,假如一个社会是缺乏敬业精神和严谨的职业道德传统的,假如一个社会是习惯于明争暗斗而缺少宽容共存、携手共进的风尚的,假如一个社会的民众是不习惯谦卑自省、也从无敬畏之心的,它所走的道路,就还要艰难得多。因为制度的演进,是和人的演进同步的,制度只是这块土壤自然长成的树木。而在一块正试着要移栽他方树木的土地上,还有改良土壤的工作要做。这种改良,要从孩子们读的童话书做起,从每一个人自己做起。否则,野火易起,活民主之树难矣。

那么,曾经在操作困境中挣扎过来的龙应台,是否就对信念发生动摇了呢?她的一席话让我深为感动。龙应台说,人们经常批评和嘲笑台湾的"议会"里出现的打架、拉头发、丢瓶子。可是,她自己出生在1952年，在她出生的那一年，台湾的报纸上隔三差五地就会出现这样的消息，"今天有三名（或者五名）匪谍伏法"。她曾亲历台湾的专制岁月，看到自己的朋友无端失踪，再过二十年出来，却已经精神失常。因此她认为，无论怎样打架，都比暴政要强。

龙应台还谈到，她从一个作家，突然变成一个文化长官。手里的"权"常常是以"钱"的形式出现的。捏着手里的钱，看到一个卖菜的老太太，她都会想，我手里的钱还有这位老太太的一份税金。假如我不认真考察就建立项目，假如我建立的项目是错的，那么，我决定盖的音乐厅，就可能只是在那里养蚊子，又如何对得起民众交到自己手里的辛苦钱。除了对于钱的谨慎，龙应台也在试着建立一些制度，让企业捐款者和文化项目之间产生契约关系，尽可能使得她曾经介入的地方文化事业，能逐步脱离个人的人情关系，能够持之以恒地走下去。

龙应台对于"权"的这种惶恐，甚至延续到今天。在她离开"体制"，重返独立作家身份的今天，她说自己仍然会有这样的疑问，手中的"笔"是否就比"权"更轻飘？在你写出什么的时候，你甚至都不知道会带来怎样的结果。假如用笔不当，也可能带来你所看不到的伤害。在这个意义上，今天的龙应台觉得自己要比以前更慎重地对待自己写下的文字。会引出这样的反省，也许是龙应台在"当官"前，所没有想到的吧。

我不由得想到，对龙应台来说，也许坚持一个"知识分子"的位置，更容易保有高风亮节之形象。而她进入体制"当官"，竟是因为看到细细节节的文化建设工作也要有人做。如此一脚踏进"体制"，要支付多少心力，才能获取一点一滴的进展，只有她自己能够体会了。我自己以前很少这样深切地想过，作为一个体制外的文人批评者，其实有更容易更轻松的一面,所以也许就并没有理由因此轻薄许许多多在体制内的、从事建设性工作的、推动着渐进改革的人们。他们大多是没有名气的,甚至是被误解的。然而,假如没有他们在一片需要改良的土地上默默耕耘,而只有燃野火者,那么当春天来临,也未见得就能够快快长出健康丰润的树苗来。

里根葬礼观后

2004年6月5日,人们正在准备二次大战诺曼底登陆六十周年庆典,传来了美国前总统里根逝世的消息。之后,美国人一直在默默等待,等着里根总统的葬礼。

前总统里根,如布什总统在葬礼上说的,"我们失去他其实已经十年了"。十年前,里根被诊断出患老年痴呆症,就退出了公共领域。在最后神志清醒的时刻,里根手书文字致美国公众,向大家告别。他坦然承认自己的病状,表现了一个绅士的勇敢和尊严,他对他的同胞们说:"现在,我开始了旅程,它将把我带向生命日落。我知道,美国永远会有一个灿烂的黎明。"

十年之后,我们和美国公众一起观看他的葬礼。感受整个过程传达的里根精神遗产,以及在点点滴滴的细节中表现出的和我们的文明来源不同的另一种文化。

这是一个前总统的大型葬礼,电视报道整个仪式过程。里根葬礼在华盛顿开始,先是把棺木从白宫运送到国会大厦,让公众有机会前往告别。一英里半的路程中运送棺木的是马车。这个传统始于林肯时代。林肯的整个总统任期,领导了一场南北战争。战争刚结束就被暗杀。人们把他看作一个死于疆场的士兵,于是开创了以马拉炮车运送总统棺木的先例。这个做法再次使用,是在肯尼迪总统被暗杀之后,他的夫人杰奎琳·肯尼迪,要求找出林肯葬礼的全部细节,并以同样方式安葬他。也许被枪杀在任上的肯尼迪,使杰奎琳感觉她的丈夫和林肯一样,也是一个"战死的士兵"。从此这成为美国最隆重的总统安葬仪式之一,由此也开创了一个传统:安葬总统的仪式细节,是依照第一夫人的意愿安排,而不是政府做主——他是总统,更是一个妻子的丈夫。

电视上看到成千上万的民众,有的通宵站在队伍中,等待进入国会大厅向里根告别,有的站在灵车经过的大街或高速公路旁,迎送灵车。在灵车开过时,没有人失声痛哭,人们只是保持静默,一些人挥舞着小小的国旗,一些人行军礼,一些人鼓掌,一些人向南茜挥手致意。

我们很习惯"瞻仰遗容"的说法,但里根的棺木始终是完全闭合的,上面覆着国旗。人们在棺木前站一站,有时画个十字。亲人和亲近的朋友会走近,抚摸棺木上的国旗,作为和里根告别。南茜出现时,身边照护她的不是一个搀扶她的女护士,而总是一个身材高大、举止得体的中年军人,很绅士、很自然地伸出自己弯曲的右臂,让里根夫人一直挽着他。这也是和我们东方人不同的文化习惯。

虽没有有组织的大型集会,只是人们随意参与,里根葬礼给人的感觉却极为隆重。美国总统是宪法规定的三军统帅。所以,始终有各军种的代表和仪仗队守护。有二十一响的礼炮、有四个并列的战机组从空中飞过。当四架飞机并列开过的最后一刻,其中一架突然离开队列,垂直向上,向着无垠的太空飞去。美国人把这个仪式叫做"一个人的离去",象征着他离开大家,被上帝召唤而去。果然,在莽莽落基山脉中,夕阳金色余晖下的一座山顶上,安葬仪式正在最后一刻,抬守棺木的军人一起托起棺木上的国旗,此时,四架战机呼啸而来,突然,其中一架指天"离去"——这整个场景,大概可以算是最慑人心魄的行为表达了。整个葬礼中,人们的目光始终被仪仗队的军人、灵车、战机等等所吸引,而不会注意一个默立一旁的人。他是整个葬礼的安排者,美国人叫他葬仪指导。实际上不仅总统享有葬仪的设计,美国的殡仪馆都有这样一个职位,负责设计和指导人们如何让亲人有自尊地走完最后一程。在里根葬礼中,所有的活动,就连仪式最后时刻和日落时分的完美吻合,也是设计的结果。这个职位的设立和对葬仪设计的重视,从南北战争之后就开始了。

  国会大厦的告别仪式之后,正式葬礼分两部分。国家的葬礼在华盛顿巍峨的国家主教堂完成,然后棺木运往加州,在安葬地里根图书馆举行安葬仪式。后者更有家葬的意味。不论是前者还是后者,都非政治性的政府追悼会,而是宗教仪式。主持仪式的是神职人员,而不是政府官员。此中的意味是,当"你的时刻"来临,不论是谁,肉体来自泥土,归于泥土。而你的灵魂,将在牧师带领的祈祷声中,回到上帝的身边。对这些西方人来说,对于良善的坚持、对灵魂救赎的重视,来自于这个文化相信:人是由肉体和灵魂两个部分组成,而后者更为重要。他们相信人不是完美的——在上帝面前,人都是有罪的。可是,人可以通过爱,使精神上升,从而净化自己的灵魂。在这样的普遍信仰之下，当一个人离开世界的时候，世俗的政府是没有能力去为一个人送行的。不论是谁，在上帝面前，他只是一个"人"，需要的不是世俗的盖棺论定，而是请求上帝接纳自己净化了的灵魂。因此，现任总统和诸位达官贵人，也只能是参加葬礼的一个普通宾客而已。

只有在这样的观念之下，他们的葬礼才可能是适度幽默的。几乎每个上台致词的人，都不会忘记说几句引起大家笑声的话，政要官员如此，丧者里根的孩子们也如此。当然，在国家葬礼上，人们不会忘记叙述里根总统从政历程上的功绩。同时，人们更赞扬里根作为一个人，是怎样一个有绅士风度、大度、善良、幽默、有情趣、自尊而又谦和的人。这是美国人欣赏的人品。最后，在《欢乐颂》中，棺木和棺木中的里根离去。